光文社文庫

夢の王国　彼方の楽園

マッサゲタイの戦女王

『マッサゲタイの戦女王』改題

篠原悠希

光　文　社

夢の王国
彼方の楽園

マッサゲタイの戦女王

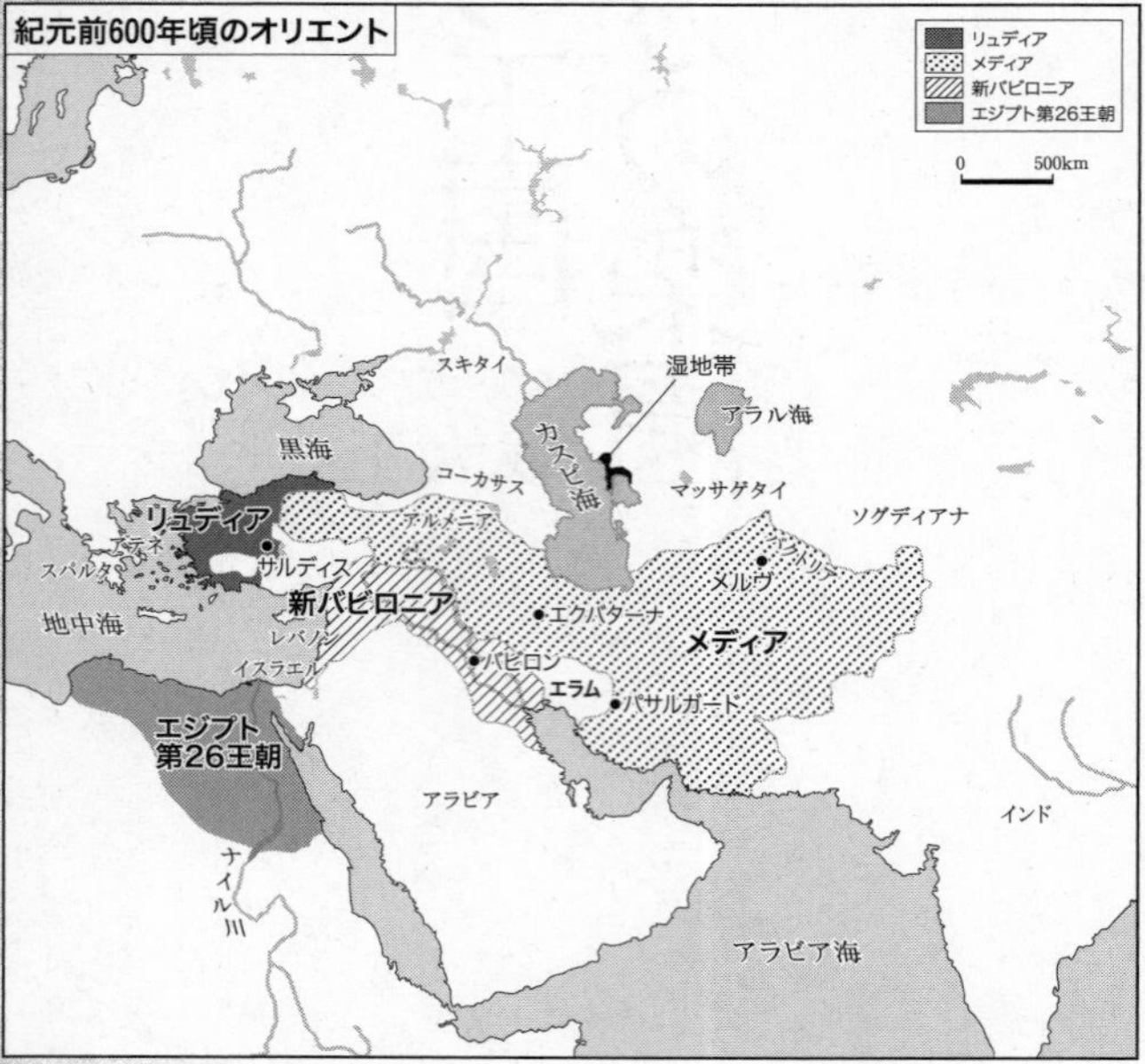
紀元前600年頃のオリエント
リュディア
メディア
新バビロニア
エジプト第26王朝
0
500km
スキタイ
湿地帯
アラル海
カスピ海
黒海
コーカサス
マッサゲタイ
ソグディアナ
リュディア
アテネ
サルディス
スパルタ
アルメニア
バクトリア
メルヴ
新バビロニア
エクバターナ
地中海
レバノン
メディア
イスラエル
バビロン
エラム
パサルガード
エジプト
第26王朝
アラビア
インド
ナイル川
アラビア海

血に飢えたファールスの大王よ。
約束どおり、そなた自身の血で、その飽くなき渇きを満たして差し上げよう。

『ヒストリア――歴史』ヘロドトス著

目次

第二部　草原の女王　217

注）

本文における地名や人名などの実在の固有名詞は、可能な限りファールス語もしくはメディア語、古代ソグド語、メソポタミア関連の文献を参考にしており、比定できる名称の見つからないものは、近似性のある名称に置き換えています。

例　ギリシア語による表記名　↓　作中
トミュリス　↓　タハーミラィ
キュロス　↓　クルシュ
アステュアゲス　↓　イシュトゥメーグ
ペルシア　↓　ファールス
ハルパゴス　↓　アルバク
スパルガピセス　↓　シャープァ・カーヴィス
トルコ石　↓　フィルーザ　　等

――*――*――

ヘラス（古代ギリシアの呼称）

現在のアムダリヤはアラル海に注いでいますが、かつてはカスピ海に注いでいた時代もあったという説に、本作は依っています。

第一部　邪眼の乙女

一、沼沢の花嫁

朝霜《あさしも》の月の十日。

すみれ色の空に鏤《ちりば》められた星が、ひとつずつ姿を消してゆく。

草原とも沙漠ともつかぬ荒涼とした東の地平が、ようやく白み始めた。

アム大河《ダリヤ》が西海《さいかい》（カスピ海）の東岸に注ぎ込む沼沢《しょうたく》地帯では、秋の朝霧《あさぎり》と厚く繁った葦《あし》原《はら》を透かして、網を打つ漁船の影が揺れる。

ひたひたとした岸辺の静寂を破り、腹にずんと響く音がして、小舟の舳先《へさき》が岸辺に乗り上げた。続いて、櫂《かい》を引き上げるせわしない水音と、その櫂を船底に横たえるときの、木と木のぶつかり合う重たい音が葦の繁みから聞こえてきた。

水音が絶え、葦の繁みをがさがさとかき分けて、大きな毛布を抱えた小柄な影が湿原から姿を現す。

白い毛並みに斑《ふ》の散った、仔海豹《こあざらし》の上質な毛皮の帽子と胴着、そして脚衣《きゃくい》も、同じ海獣の柔らかな革を赤く染め上げた上級品だ。幅広の革帯に差した反《そ》り返った短剣には、柄《つか》にも鞘《さや》にも貴石がはめ込まれている。細い脚衣の膝近くまで届く、飴色《あめいろ》になめされた仔牛革の柔らかな長靴。その海と陸の富貴《ふうき》によってこしらえた身なりは、漁師の子でも、羊を追う牧童でもない。

革の手袋と長靴、背中の腰から裾まで割れた膝丈の外套《がいとう》という、勇ましい乗馬着姿の少女は、指先を野ばらの蕾《つぼみ》のような唇に当てて、高く鋭い口笛をピュッ、と三度吹く。すると流れる霧の中から、灰斑《はいぶち》の小馬が駆け寄ってきた。

「おはよう。いつもより早くて、ごめんね」

快活に語りかける少女の声には、まだ幼さが残る。肩に下げた革袋から小さな林檎《りんご》を出し、小馬の口に入れてやった。小馬が満足げに林檎を嚙《か》み砕き、咀嚼《そしゃく》する間、少女は慣れた手つきで鬣《たてがみ》から首、肩、背中とブラシをかけ、蹄《ひづめ》の手入れをすませた。

「今日は少し遠くまで行きたいの、いい？」

カチャカチャと音を立てながら、小馬に黄銅《おうどう》のハミを嚙ませる。小型の馬といえども、少女の小さな体と並べば、おとなが大きな馬を扱うのと変わらない。

少女――タハーミラィは、厚いフェルトの馬座を灰斑の背に載せ、革帯で固定した。

小馬の背にまたがり川上へと顔を向ける。東の地平には、金色の矢を無数に放ちながら、朝日が昇り始めていた。タハーミラィは昇りゆく太陽神《スーリヤ》に、揺れる馬上から短い祈りを捧げ、灰斑の小馬に話しかけた。

「今日は、ゼーズル兄様が、お帰りになるの」

タハーミラィは、マッサゲタイ王国の都、メルヴの王庭《おうてい》へ出仕している従兄《いとこ》の名を口にした。

「織物も刺繡《ししゅう》も、去年よりうんと上達したし。バルバートも滑《なめ》らかに弾けるようになったわ。乗馬もこんなに上手《じょうず》。優しいお兄様にふさわしい花嫁になるために、とてもがんばったのよ」

灰斑の馬を河上へと歩ませながら、タハーミラィは、従兄の引き締まった精悍《せいかん》な顔を思い浮かべた。額帯《がくたい》の中央に縫い付けられた青い玉石に片手を当てる。

タハーミラィの母は、河口の湿地帯を治める沼沢ゲタイの、氏族長の妹である。一度は他部族に嫁《か》したが夫とうまくゆかず、幼い娘を連れて実家に戻ってきた。タハーミラィは母とともに河の女神の神殿に預けられ、そこで育った。遊び相手と言えば、姉妹のように一緒に育った侍女《じじょ》のナーヒーダと、族長の名代《みょうだい》として氏族の供物《くもつ》を女神に捧げるために神殿を訪れる、従兄のゼーズルのみであった。

ゼーズルは次の沼沢ゲタイの氏族長となるべき、水のゲタイの貴公子だ。

五年前、外界へのただひとりの窓口であったゼーズルが、宮仕えのためにアム大河の遥か上流にある王都へ上がることが決まったときは、タハーミラィは寂しさのあまり胸が張り裂けそうになった。出発の挨拶に訪れたゼーズルを涙ながらに迎えたタハーミラィを、従兄は快活に笑い飛ばした。

「行ったきりの別れじゃない。一年ごとに帰省が許される。次の夏には土産《みやげ》をたくさん持って帰る」

ゼーズルが最初の帰省に持ち帰ったタハーミラィへの土産は、ホラーサーン産の天空石《フィルーザ》だ。

「天空石は魔除《まよ》けの石だ。タハーミラィの瞳と同じ、夏の空みたいにきれいな青だろう」

ゼーズルは天空石と同じ色をした従妹《いとこ》の瞳を、まっすぐにのぞき込んで微笑《ほほえ》んだ。そして、艶《つや》やかに磨かれた空色の石を、九歳のタハーミラィの掌《てのひら》にポンと落とした。

「これは南のメディア帝国で採れる、最上の守護石と言われている。ものすごく貴重なものだからな。失くすんじゃないぞ」

タハーミラィは、小指大の天空石を両手で包み込んだ。石はほんのりと温かく、ゼーズルのぬくもりが石に宿ったように思われた。タハーミラィの碧眼《へきがん》から目を逸らさず、屈託のない笑みを向けてくるゼーズルの好意がなによりも嬉《うれ》しく、涙が込み上げる。

沼沢ゲタイの氏族に、まっすぐタハーミラィの目を見て笑いかける人間はいない。母親と従兄のゼーズルをのぞけば、姉とも慕う侍女のナーヒーダだけだ。

村の人々は、伯父《おじ》の族長から異民族の奴隷にいたるまで、マッサゲタイ族には珍しい彼女の碧眼を邪視と呼んで恐れ、決して目を合わせようとしない。

父親など、生まれたばかりの赤ん坊の瞳を見ただけで、母娘ともども遠ざけたくらいだ。もっとも、父親がタハーミラィを忌《い》んだのは、娘の邪視を恐れたのではなく、妻が異民族の男――西海の北岸以西に住む碧眼の民――を密《ひそ》かに通わせたのでは、と疑ったからだとも噂《うわさ》されていた。

碧眼の娘のために夫に離別された母親は、兄である沼沢ゲタイの氏族長のもとへ舞い戻った。

母親が東海岸でもっとも有力な沼沢ゲタイ氏族の首長の妹であること。そして青く透き通ったエジプト硝子《ガラス》のような瞳で睨《にら》まれたら、どんな災難が降りかかるかわからない、という迷信。このふたつの理由のために、庇護者たる父親のいないタハーミラィは敬意こそ払われてはいるものの、沼沢の民からは腫れ物のように扱われていた。

そうした境遇から、兄の家でも居場所のないタハーミラィの母親は、人々の好奇や嫌悪の視線から娘を守るために、河の女神の社《やしろ》に仕える女たちの葦家に移り住んだという。

その穏やかだが、孤独な母娘の祈りの日々に喜びをもたらしてくれたのが、タハーミラィの六歳年上の従兄ゼーズルだった。供物の奉納によせては、寄る辺ない母娘のために、陸のゲタイから得た美しい羊毛の織物や穀物、季節の果物に新鮮な魚、あるいは保存の利く干物、そして男たちの獲《と》ってきた獲物のなかでも、冬海豹の最上の毛皮と肉と脂を選《え》り分けては、母とタハーミラィに贈ってくれた。

ゼーズルはいつでも、明るい鳶色《とびいろ》の瞳をまっすぐタハーミラィに向けて、恐れることなく話しかけてきた。

「邪視が怖くないかって？　タハーミラィの瞳は、真夏の空のように澄んでいる。人を呪う魔性の影なんか、これっぽちも見えはしない」

ゼーズルが屈託なく断言したのは、タハーミラィが人々の好奇の視線や、目を合わせるのを怖れる相手の態度に敏感になり、人を避けるようになっていた六歳くらいのころだ。人に瞳を見られないように目深《まぶか》に頭巾を被り、引っ込み思案にうつむいて歩くタハーミラィの顔をのぞき込んで、ゼーズルは邪視は迷信だと断言した。

「昔、このあたりには、青い目の民がいて、俺たちのご先祖が南へ追い払ったんだそうだ。そいつらの恨みを恐れて、そんな言い伝えができたんだろう。でも、もし本当に青い目の人間に邪視が使えるのなら、そんなに易々《やすやす》とゲタイ族のご先祖様に追い払われてしまうこともなかったと思う」

帰省のたびに、ゼーズルはタハーミラィへの土産を忘れなかった。葦の繁みに船を浮かべ、タハーミラィを膝にのせて、外の世界から持ち帰った土産にまつわるあれこれを話して聞かせた。エジプト硝子《ガラス》のビーズ、ファールス湾産の真珠、紅海《こうかい》産の珊瑚《さんご》。まるで恋人への贈り物みたいですね、と主人の宝石箱を見て侍女のナーヒーダがため息をついた。

西海に注ぐ、河口流域の沼沢地しか知らないタハーミラィは、ゼーズルの話してくれる外の世界の話をなによりも楽しみにしていた。

「メルヴには、東西からたくさんの人間が交易のためにやってくる。いろんな言葉が話されているし、人々の目の色だけじゃなく、肌や髪の色もいろいろだ。いつかタハーミラィも連れて行ってやりたい」

マッサゲタイ王国の王都メルヴへは、大型の強靭《きょうじん》なニサイア馬を休まずに走らせても、十日はかかる行程だという。アム大河を渡り、都へたどり着く前に、赤砂沙漠《キジルクム》や黒砂沙漠《カラクム》で方角を誤り、命を落とす者も少なくない。

マッサゲタイ族全体の人口はもちろん、どれだけの数の氏族から成り立っているのかも、タハーミラィは知らなかった。マッサゲタイの言葉の話される世界の外に、さらに強大な帝国や、無数の王国があることも。

ゼーズルのもたらす真珠や珊瑚は、商都メルヴが最大の交易国としている南のメディア帝国よりも、さらに南や西にあるという海で採れ、黒や褐色の肌の商人たちによって、メディアの帝都エクバターナに運ばれて取り引きされ、各地へ売られていくのだということも、タハーミラィは知らなかった。

昨年の土産は、ゲタイ貴族の成人男女が、常に身に着けておくべき青銅の短剣《アケナケス》だった。純金を被《かぶ》せた柄頭《つかがしら》には柘榴石《ガーネット》がはめ込まれ、輝く黄銅で縁取《ふちど》られた鞘には、藍星石《ラピスラズリ》、孔雀石《マラカイト》、黄玉《トパーズ》が鏤められていた。

葦の狭間《はざま》を漂う小舟の上で贈り物を受け取ったタハーミラィは、そのあまりの美しさに手が震え、ため息をついた。

「タハーミラィ」

切実な響きを込めた従兄の囁《ささや》きに、タハーミラィは顔を上げた。思いがけないほど近くに、ゼーズルの鳶色の瞳があった。

息を呑《の》むタハーミラィの戸惑いをよそに、ゼーズルは従妹を抱き寄せた。葦の間を吹きすぎる海風は夏とはいえ肌寒く、寄せ合った体は熱い。タハーミラィは早まる鼓動を抑え込みながら、まぶたを閉じてゼーズルの体温を感じた。

触れるだけの口づけを交わし、さらに固く従妹を抱きしめたゼーズルは、うわごとのように「この短剣は約束の証《あかし》だ。来年はおまえを都へ連れて行く」と少女の耳に囁いた。

この一年、タハーミラィはその短剣を肌身離さず持ち歩いた。金属の刃に唇を寄せると、初めて触れたゼーズルの乾いた唇の感触が蘇《よみがえ》り、抱いて眠ると従兄の体温に包まれているように思われ、タハーミラィの胸をやる瀬なく焦がした。

「ああ、お兄様」

ゼーズルとの甘い思い出をいくつも呼び起こしながら、タハーミラィはアム大河の上流へと小馬を急がせる。前方に目を凝らすと、街道の彼方《かなた》に土埃《つちぼこり》が上がっていた。何頭もの馬や馬車が立てる土煙だ。駱駝《らくだ》もいるかもしれない。

マッサゲタイの国王カーリアフのおぼえもめでたく、ゼーズルの帰省は年々、行列の規模が大きくなってくる。従者の数が増えるだけではなく、宝飾品や衣料から穀物などの食糧、家畜や奴隷にいたるまで、俸給は上がる一方だ。

今年は例年になく、大規模な行列のようだ。荷駄を牽《ひ》く人と獣、騎馬の群れは地平線まで続き、土埃は空にまで届いている。

前方の土煙の中から、先頭近くの一騎が、早駆けでタハーミラィへ近づいてきた。

その長身と俊敏な体の動きは、遠目にもはっきりとゼーズルとわかる。王騎兵の、黄銅をあしらった円錐帽《えんすいぼう》が陽光を弾き返した。その黄金色の輝きに、タハーミラィの喉に熱い喜びが込み上げる。

「ゼーズルお兄様――」

タハーミラィに駆け寄ってきたのは、確かにゼーズルだったが、その顔には戸惑いが浮かび、たちまち怒りに染まった。

「タハーミラィ、ひとりで村を離れて、ここで何をしているっ」

激しく叱責され、タハーミラィは驚き困惑した。タハーミラィの迎えをゼーズルが叱ったことなど、これまで一度もなかったからだ。

「お兄様を、お迎えに……」

「余計なことをっ」

みなまで言わせず、タハーミラィの手から灰斑の手綱を奪いとる。ゼーズルは行列を置き去りにして、自らの馬とタハーミラィの小馬を沼沢の村へと急がせた。

四肢が短く胴の太い灰斑は、骨格の大きなゼーズルのニサイア馬についていくために、心臓も肺も潰れそうなほど息を切らす。速歩《はやあし》の馬術さえおぼつかないタハーミラィは、馬から振り落とされまいと、必死で灰斑の鬣にしがみつかねばならなかった。

伯父の村に着くなり、灰斑は口の両端から泡を吹いてよろめき倒れた。とっさに飛び降りたタハーミラィは落馬こそ免れたものの、膝の皮は剝《む》け、足腰はがくがくし、息もすっかり上がっていた。

敬愛する従兄の突然の怒りと、急ぎ村に戻らねばならなかった理由を問いかけようにも、タハーミラィの喉はからからで、声にならない。

ゼーズルは父親の奴隷女を呼びつけ、タハーミラィを葦家のひとつに閉じ込めておくように命じた。そのまま伯父の葦家にずかずかと入っていく従兄の背中を、タハーミラィは呆然《ぼうぜん》と見つめた。

急に祭でも始まったかのように、葦家の外では人々の往来する音が激しくなっていく。戸外で大勢の人間の叫び交わす声や笑い声とは裏腹に、タハーミラィが押し込められた葦家では、族長の姪《めい》を見張るように命じられた奴隷娘が、ぼんやりと静かに乳茶《にゅうちゃ》を温めているだけだ。

しばらくして、女神の社から呼び出されたタハーミラィの侍女、ナーヒーダが入り口の垂れ幕を上げて葦家に入ってきた。

「お嬢様、こんなところにいらしたのですか。みなで捜していたのですよ。今年はゼーズル様が、全ゲタイの王様をお連れになったのです。葦原の東の草原では、宮殿のように大きな王族ゲタイの穹廬《きゅうろ》が並び始めてますわ。色鮮やかな亜麻《あま》や毛織の衣装をまとい、頭には宝冠を戴《いただ》いた王族の方々や、煌《きら》びやかな魚鱗札《ぎょりんざね》の鎧《よろい》をつけた陸のゲタイ貴族が、狩猟や馬の競技に興じておられるのですよ」

まるで王都メルヴがここまで移動してきたみたいだと、王都など一度も目にしたことのないナーヒーダが、浮き浮きとタハーミラィに話して聞かせる。

「この沼沢に王様の行幸《ぎょうこう》なんて、何年ぶりのことでしょう」

マッサゲタイ国王カーリアフの沼沢地帯への行幸は、タハーミラィが物心ついてから初めてのことだ。何年もの間、北方のイッセドネ人や、東方境界のサカ族との衝突が頻繁《ひんぱん》なため、いたって平穏な東海岸沿いの視察や徴税は、下位の王族に任されていた。

翌朝、タハーミラィは氏族長の葦家に呼び出された。沼沢ゲタイ族の長である伯父は、厚い絨緞《じゅうたん》に正装して胡坐《こざ》していた。伯父の右隣に、ゼーズルのいっそう精悍さを増した姿もあった。

しかし、その表情は固く、タハーミラィと目を合わせようとはしない。

なぜ、いつものように自分の目を見て笑いかけてくれないのだろう、と緊張したタハーミラィは、両膝と両手を絨緞についた。不安を抑え込んだ低い声でゼーズルの帰省を喜び、王族の行幸を寿《ことほ》ぐ。

ゼーズルに似た面差しの伯父はしかし、息子の快活さとは無縁の男だった。タハーミラィを厳《いか》めしい顔で睨みつけ、重々しい声で姪の運命を宣言する。

「おまえは、我が氏族と王族ゲタイとの盟約を改め、水と陸のゲタイの絆《きずな》をより固いものにするために、今宵《こよい》よりマッサゲタイ王カーリアフ様に、側妃《そくひ》として仕えるのだ」

この夏にはゼーズルと祝言《しゅうげん》を挙げるのだと思い込んでいたタハーミラィは、雷にでも打たれたような衝撃を受けた。驚きのあまり小刻みに震えが走り、タハーミラィは普段は決してしないこと――顔を上げて伯父の顔を直視する――をした。

「王様には、もうお妃様がおいでと聞いておりますが」

マッサゲタイ人の婚姻は一夫一妻が基本だが、婚姻を政略や盟約の条件とする王族や氏族長はその限りではない。

姪の顔を、何年も正面から見ていなかった族長は、その天空の青さを宿した目に鋭く見つめられ、一瞬怯《ひる》んだ気色《けしき》を見せた。

タハーミラィの瞳に浮かんだ憤《いきどお》りや不服が、邪視を思わせたのだろうか。あるいは、己の意志を捻《ね》じ曲げようとする他者に、けして折れまいという決意がほの見えたためか。

「タハーミラィ、ゼーズルが何年もかけて進めてきた縁談を、無駄にするか」

愕然《がくぜん》としたタハーミラィは、ゼーズルに視線を移した。

今年は都へ連れて行くと、短剣《アケナケス》にかけて誓った言葉は、王族への輿入《こしい》れを意味していたのか。では、あの口づけと抱擁《ほうよう》の意味は？

ふたりきりの男女が葦原の奥ですることなど、ひとつしかない。それなのに、若く健康なゼーズルが、タハーミラィの唇に触れる以上のことをしなかった理由は――。

唇が震えたが、言葉は出てこない。

ゼーズルは床の絨毯を睨みつけたまま、居心地悪そうに掌の汗を膝にこすりつけた。

「タハーミラィ。おまえのためを思って、この話を進めてきた。わが氏族は、数ある沼沢ゲタイ族でも特に古く、王族とも深いつながりがある。その血を引く者として王家に嫁ぐことは、ゲタイ貴族の女としては最上の栄誉ではないか」

ゼーズルの固い口調に、焼石のような怒りがタハーミラィの喉元に込み上げた。目の奥に熱い涙がせり上がるのを、必死でこらえる。

幼いころから、一族の者たちに忌み嫌われ、厄介者扱いされてきたタハーミライが、心のよりどころにしていたゼーズルの優しさや気遣い。しかしそれは、政略に使える血族の女を手なずけておくための、方便だったのか。

まばたきをすれば、まつ毛にからんだ涙が弾かれて床に落ちそうで、タハーミライは目を大きくみはったまま、正面を睨みつける。こんな風に嫁がされるのは嫌だ、とタハーミライは胸の内で叫んだ。そして女が結婚から逃れられる、ただひとつの道を思いつき、考えることもせずに口走った。

「私は、河の乙女になりたいのです。誰にも嫁ぎたくありません」

生涯夫を持たずに女神に仕える、河の乙女となるという決意を明らかにしたタハーミライに、男たちは顔色を変えた。

「今日まで、そなたを養ってきた我が民の恩を、なんと心得るかっ」

膝を立て、姪の細い肩に摑《つか》みかかろうとする伯父を、タハーミライは怯むことなく青い目で見つめ返す。

「父上っ」

ゼーズルが立ち上がり、父親の腕を押さえた。

「すでに、女神に誓いを立てたのか?」

タハーミラィの涙を湛《たた》えた目から視線を逸らさず、ゼーズルは緊張した面持ちで問いただした。タハーミラィは歯を食いしばり、固く口を閉ざした。

たったいま思いついたのだ、手順を踏んだ誓いなど立てられない。

現世のすべてを捨て、女神に誓いを立ててしまえば、女は男たちから自由になれる。女の人生を自由に操る男たちでさえ、天罰を怖れて女神を冒瀆《ぼうとく》することはできない。

だが、タハーミラィはゼーズルの問いに是《ぜ》と答えることができなかった。嘘《うそ》は、清浄を至上とする河の女神の、最も憎むところであったからだ。

ゼーズルはタハーミラィのその場逃れの思いつきを見破り、諄々《じゅんじゅん》と説得を試みる。

「王都にはいろいろな民がいる。目の色など気にせぬ人間も多い。タハーミラィには暮らしやすいのではと、ずっと思っていた」

帰省のたびに、ゼーズルはメルヴの話を聞かせては、口癖のようにタハーミラィも連れてゆきたいと語っていた。その思いに偽りはないのだろう。故郷では肩身の狭い従妹を、より自由な空気の世界に連れ出したいという思いではあったのだろうが。

タハーミラィの意志がどうであろうと、沼沢ゲタイ氏族長の姪の、王家への輿入れは既に決まったことであった。自死よりほかに、この結婚から逃れる道はない。タハーミラィは静かに息を吐き、下を向いた。まぶたに留まっていた涙が、ぽとりと絨毯に落ちる。

「河の女神に仕えるのが私の望みですが、伯父様の血縁で、私の他に王族に差し出せる妙齢の処女《おとめ》がいない以上、私は私の務めを果たさねばならないことは、自覚しております」

ようやく十四度目の夏を数えたばかりの少女とは思えないほど、あきらめに乾いた口調でタハーミラィは応えた。

「支度をして参ります」

葦家を退出するタハーミラィが一度だけふり返ると、苦い痛みを帯びたゼーズルの鳶色の瞳と目が合った。先に目を逸らしたのは、ゼーズルであった。

草原に近い急ごしらえの天幕で、タハーミラィは女神の井戸から汲み上げた冷たい真水で髪から爪先まで清められ、香油を肌にすりこまれ、頬に丹土《につち》を差し、美しく飾り立てられた。母親とナーヒーダとの静かな時間を許されたのは、午後も遅くなってからだ。

「私も、メルヴにお供させてください」

タハーミラィの無念を察して、泣きはらした目のナーヒーダが訴える。タハーミラィはかすれた声で「もちろんよ」と応え、礼を言った。

そして顔を上げたタハーミラィは、吉祥《きつしよう》と豊穣を表す鳥や花の刺繍を隙間なくほどこされた平たい円筒の帽子と、その縁から顔を隠すように垂れ下がる、金環のすだれ飾りの隙間から母親に問いかけた。

「お母様は、すべてご存じでしたか」

タハーミラィの王家への輿入れが、何年も前から計画されていたことを。

母親は、頭を小さく揺らした。うなずいたようにも、首を横に振ったようにも見えた。貴族の娘が、同盟と結束のために王族や他氏族に嫁がされるのは、生まれた時から定められた運命だ。赤ん坊のときから縁付けられていた夫に離縁された妹とその娘を、沼沢ゲタイの族長が迎え入れたのは、女児に恵まれなかった伯父にとって、政略の駒としてタハーミラィが有用であったからだ。

そして、タハーミラィの瞳の色にかかわらず慈《いつく》しんでくれた母親は、その実、神殿での安穏とした暮らしと引き換えに、娘を氏族の供物として、自分の兄に差し出したのだ。

なぜだろう、涙も出てこない、とタハーミラィはぼんやりと思った。伯父の冷酷さに、母親の欺瞞《ぎまん》に、ゼーズルの不実に、もっと怒りをぶつけてもいいのではないか。理不尽に散らされた初恋と、人身御供《ひとみごくう》にされた自分を憐《あわ》れんで、泣き叫んでもいいのではないかと。

なのに、拳よりも大きな石を呑み込んだように、胸の下に冷たく重い塊《かたまり》がつかえている。その石に、タハーミラィの感情も痛みも押し潰され、封印されてしまったかのようだ。

日没近く、母と侍女に見送られたタハーミラィは、族長とその妻の先導によって、王族ゲタイの女たちに引き渡された。

花嫁に劣らぬ、きらきらしい装身具と華やかな毛織の衣装をまとった王族ゲタイの女たちに囲まれ、草原に連れてゆかれる。タハーミラィが見たこともないほど巨大で豪壮な穹廬《きゅうろ》が並ぶ広場には、昨日まではそこになかった馬頭や鹿角を戴く十二本の石柱が、円を描くように立てられていた。円の中心には、人間の背丈を優に超える石柱が立てられ、その先端には、いまにも夕空へ飛び立とうと、翼を広げる鷲《わし》の石像が据えられていた。空を飛ぶ鳥が見下ろせば、石柱の描く円は車輪のようにも日輪のようにも見えただろう。

中心の石柱の前には婚礼の祭壇が造られ、そこには太陽の神官たちに囲まれて、壮年の男が立っていた。夫となるカーリアフ王の逞《たくま》しい体軀《たいく》や、金銀の糸に彩られた豪華な青と白の婚礼衣装、身に着けた金銅の武具、濃いひげに覆われた顔を見分ける間もなく、タハーミライは頭から大きな白布を被せられた。

石柱のサークルを囲む男女の、祈りの詠唱を耳で追っていくうちに、タハーミライは陶然となり、西海を染めて沈みゆく赤い円盤に自分も溶けていくような気がした。このまま、夕闇の底へと何もかも溶け去ってしまえばいいのに、と考えていると、体がふわりと宙に浮いて天地がひっくり返った。体を覆っていた白布ごと、花婿の肩に担ぎ上げられたのだ。

驚いたり抵抗したりする暇《いとま》もなく、軽々と穹廬に運び込まれ、閨《ねや》に連れ込まれた。

分厚い絨緞の上に広げられた、肌理《きめ》の細かい亜麻布の上に横たえられる。慣れない滑らかな白布の感触に気を取られることもなく、タハーミライは、緊張に体を固くした。

タハーミライの頭に被せられていた布が取り払われ、舌打ちのような音を聞いた。ずっしりとした低い声が「子どもではないか」と失望と苛立《いらだ》ちを込めてつぶやくのも。

タハーミライは灯火に淡く照らされた初対面の花婿を、間近に見上げた。

輿入れにはまだ幼さの残る少女であれば、恐怖で体が震えたり、恥ずかしさで顔を隠したりするのが、普通であったかもしれない。

だが、そのときタハーミラィの胸中に湧き上がったのは、初めて身内以外の男性を間近に目にしたことへの好奇心だった。

物心ついてからは女ばかりの神殿で育ち、父親の面影すら記憶にないタハーミラィが、まともに顔を見て話すことのできたのは、ゼーズルしかいなかった。さらに、頭に冑《かぶと》も帽子も被らず、頭巾も巻いていないおとなの男を見るのは、これが生まれて初めてだった。

花婿の、秀でた額《ひたい》の中央から分けた黒髪は波を打って肩に流れ、頰の中ほどで髪より縮れの強いあごひげと合流している。意志の強そうな鼻はゼーズルのそれよりも高くて長い。額や目尻に、伯父のような深い皺《しわ》は刻まれていなかったが、日焼けし厚みのある皮膚は、ゼーズルのように滑らかでもなかった。濃く太い眉毛の下、大きな目の色は、影になっていてよくわからない。

年端もゆかぬ花嫁の、無垢《むく》な瞳に凝視されたためか、カーリアフは気が削がれたように体を起こした。枕元の青銅杯を手に取り、そこに満たされていた水を飲み干す。

「名はなんという」

カーリアフは、腹に響く重みのある低い声で問いかけた。

「タハーミラィと申します」

答える少女の声はかすれていたが、震えてはいなかった。

「そなたは、なぜ自分がここにいるのか、わかっているのか」

「王様にお仕えするためです」

少女の口調は平坦《へいたん》で乾いていた。

「わしに、どのように仕えるのか」

カーリアフの重ねた問いに、答を探して首をかしげたタハーミラィは、夫となる男が自分の目を見ても、視線を外すことなく普通に会話していることに気がついた。突然、ゼーズルと一族のためだけでなく、年の離れた花婿を失望させたくないという気持ちがタハーミラィの胸に湧き上がった。

「よく、わかりません。教えていただければ、そのようにいたします」

カーリアフは苦笑し、寝台の上に体を伸ばした。

「そなたは何ができる」

「女のすることは、たいていします。縫い物や織物、刺繍。でも、薬作りや馬の世話の方が得意です。あ、カーリアフ様はバルバートはお好きですか。歌はあまりうまくはないのですが、声はよいと言われました」

初夜とは思えない、少女のはきはきとした返答に、カーリアフは低く笑いながら体を起こした。帳《とばり》の向こうに控える奴隷に、四弦のバルバートを持ってくるように命じる。

タハーミラィは、無花果《いちじく》の実を縦に割ったようなバルバートの胴を膝の上に置いた。左手で棹《さお》の弦を押さえつつ、右の指で胴の弦を爪弾《つまび》き、沼沢に伝わる民謡を静かに唄《うた》い始める。

カーリアフは横になって目を閉じた。始めはタハーミラィの指の動きもぎこちなく、声もかすれがちだったが、慣れた曲を奏でるうちに、演奏に夢中になっていった。

タハーミラィが知っている歌曲をすべて唄い終えた時、カーリアフは寝息を立てていた。

男女が閨で行うことを、タハーミラィは知らないわけではない。ましてこの婚礼は王族ゲタイと沼沢ゲタイとの婚姻そのものである。新郎が眠り込み、このまま何事もなく朝を迎えたら、王族との盟約も無効になってしまうのだろうか。

自分の不手際のために、ゼーズルの出世にも響くかもしれないと考え、タハーミラィはおろおろと自分の夫となるはずの男の顔をのぞき込んだ。

「確かに、よい声だな。疲れがとれる」

眠り込んだと思っていた相手が突然しゃべり出したので、タハーミラィは飛び上がった。うろたえながらも、意を決して訊《たず》ねる。

「あの、夫婦となる婚姻のことは、いたさないのでしょうか」

カーリアフは薄目を開けてタハーミラィを見た。

「わしは痩せて小さいのは好みではない。もう少し尻と胸に肉がついてからでもよいだろう」

寝返って乱れた髪を耳の上に掻《か》き上げながら、カーリアフは低い声で続けた。

「そなたくらいの娘を、孕《はら》ませたことがあったが、初産で母子ともに亡くしてしまった。あまり若くて細いと、女の体は子を産むのに耐えられないことがあると、産婆が言いおった。そういうことは、はじめに教えておいてくれればよいものを。善《よ》き氏族の女と、生まれてくるはずであった息子を一度に失った」

歯の間から息をゆっくりと吐いて、カーリアフはつけ加えた。

「同じ過ちを繰り返すほど、わしは愚かではありたくないし、そなたを産褥《さんじょく》で死なせたら、ゼーズルに一生恨まれる。急ぐことはない。——だが、盟約の証を、そなたの伯父が気を揉《も》んで待っていることだろう」

カーリアフは体を起こし、奴隷を呼び出した。

「ハオマの酒と、銀の杯をふたつ、持ってこい」

奴隷は盆に載せた小さな銀杯に、聖酒を満たして捧げた。カーリアフは杯のひとつをタハーミラィに渡した。

「ハオマ神よ、我らの祈りを聞き届けたまえ。われとわが妻、わが家とわが氏族、わが民とわが国の上に、豊穣と繁栄をもたらしたまえ」

カーリアフが祈りの一節で言葉を切ったので、タハーミラィは自分が復唱しなくてはならないのだと悟った。タハーミラィの手が震える。聖酒をこぼさぬよう、タハーミラィは小声で囁いた。

「ハオマ神――」

涙が込み上げ、誓いの言葉は続かなかった。タハーミラィは、喉を詰まらせて告白した。

「私は……河の乙女になりたかったのです」

カーリアフは目を細めた。しばらく無言だったが、やがて重い口調で訊ねた。

「女神に、徴《しるし》を示されたのか」

河の女神に選ばれた処女《おとめ》に手を出すのは、王といえど禁忌であった。沼沢ゲタイの族長が、河の乙女と知りながら、姪を花嫁として国王に差し出したとしたら大問題である。とはいえ、気まぐれな河の女神が、親や保護者の知らないうちに未婚の娘に徴を授けることがないとはいえない。

タハーミラィは、肯定の言葉を返してこの結婚から逃れることもできたが、正直に首を横に振った。片手で目を覆い、込み上げる涙を隠す。カーリアフは安堵《あんど》の息を吐いた。

「とりあえず、この酒を飲め」

震えながら慣れぬ聖酒を口に含み、タハーミラィは無理に飲み下した。たちまち酒精が体にまわり、悲しみを押さえつけていた胸の重石が融《と》けた。タハーミラィはあふれる涙を抑えることができなくなった。

国王との婚礼の初夜にいきなり泣き出した少女を、それほどまでに神聖な河の乙女になりたかったのかと、マッサゲタイの王は解釈したようだ。そこまでの願いを抱く少女に、女神が情《なさけ》をかけるおそれもある。

「女神の怒りも恐ろしいが、沼沢の民との盟約を反故《ほご》にするわけにはいかぬ」

カーリアフは、水盆の傍《そば》に置かれていた短剣で自分の腿《もも》を浅く切った。絨緞に広げた白い亜麻布に、血の染みが広がる。空になったふたつの杯と、血を染み込ませた白布を渡された奴隷は、音を立てることなく外へと滑り出た。婚姻の成立を眠らずに待っているであろう、タハーミラィの伯父に届けるために。

翌朝、タハーミラィは編み込まれた髪に低い円筒帽を載せ、薄紫の布を被せられた。カーリアフは自ら、王族のみが許される金細工の額冠《がくかん》で花嫁のヴェールを留めた。

日の出とともにカーリアフに手を取られて表に出たタハーミラィは、居並ぶ沼沢の氏族と、ゲタイ王族の歓声に迎えられた。

受胎と豊穣を約束する紅玉髄《カーネリアン》を鏤めた純金の額冠が、曙光《しょこう》を浴びて煌《きら》めく。

妃の筆頭であるロクシャンダの成熟した美貌に圧倒されつつ、カーリアフの側妃ひとりひとりに膝を折り、名乗り合う。そのたびに肩を抱擁され頰に接吻《せっぷん》を受けた。最後に接吻を交わした側妃は、タハーミラィとさほど変わらぬ十代の少女であった。第十妃マニージェと名乗ったその娘は、にっこりと親しみに満ちた笑みを向け、タハーミラィの手を取って自分の傍《かたわ》らに立たせた。

妃の列の末席に無言で佇《たたず》むタハーミラィは、ここに王族ゲタイとして承認された。

沼沢ゲタイの名氏族に生を受けた娘タハーミラィの、マッサゲタイ王カーリアフへの輿入れは、表向き滞《とどこお》りなく執り行われたのだった。

七日にわたる祝宴を終え、王族の行幸が再開された。いくつも建ち並んでいた穹廬が撤去されると、そこは初めからそうであったように、茫漠《ぼうばく》とした草原に戻る。

タハーミラィは移動用の住居として、幌《ほろ》を張った王族の四輪馬車へと案内された。幌を上げると、婚姻の儀で挨拶した第十妃マニージェが飛び出してきて、タハーミラィの手を取り抱擁する。

「私、島ゲタイ族の出身。よろしく。こちらは、アム大河《ダリヤ》の上流にある河ゲタイ族の第八妃ファリダ。水のゲタイ同士、仲良くしましょうね」

馬車の中から、もうひとりの女性が顔を出す。姉妹のようによく似たふたりは、タハーミラィに微笑みかけた。婚姻の儀では、マニージェよりも上席にいた何人かの妃のひとりファリダは、二十歳には届いていないと思われる若さであった。タハーミラィは、帽子から垂れ下がる金鎖の奥から、青い瞳が見えないようにとぎこちなく微笑み返した。

夫を共有する妃たちとその侍女らが、ひとつの幌馬車に寝起きする。沼沢における女神の神殿での暮らししか知らないタハーミラィは、そういうものかと思ってナーヒーダとともに馬車に乗り込んだ。しばらくして、馬車はゴトリゴトリと進み始めた。

物心つく前から目にし、その水の匂いで毎朝目覚めていた西海がやがて見えなくなる。風に舞い上がる砂の大地に、まばらに生えた枯れ草がなびく渺渺《びょうびょう》とした沙漠。あるいは岩や岩と同じ色の草、灌木《かんぼく》ばかりの岩沙漠がどこまでも続くマッサゲタイ大平原だ。大河のほとりでさえ、両岸を砂地に挟まれ、楊《やなぎ》はおろか雑草すら生えていないところもあった。

「水が砂に吸い込まれているのかしら、それとも砂が水に呑み込まれているのかしら」

水を汲むために岸辺に立ち、濡れた砂を踏みしめるタハーミラィがそう問えば、マニージェは小鳥のように首をかしげ、笑いながら応じる。

「面白いことを気になさるのね。どちらなのでしょう。言われてみれば不思議ねぇ」

北海《ほっかい》(アラル海)の島で生まれ育ったマニージェは、同じ海育ちのタハーミラィと話が合った。

妃とはいえ、まだ十代の半ばから後半の娘たちだ。ファリダとマニージェそれぞれの側仕えはナーヒーダのように年上で落ち着いているが、特にマニージェは自分より若い少女が加わったことが嬉しいらしく、なにかとタハーミラィの世話を焼いた。

水の恵み豊かな沼沢地帯で育ったタハーミラィには、このような荒涼とした地で、どうやって人々が生きられるのか、それもまた不思議でならない。

そう思っていると突如、沙漠の中に湧き出したオアシスの村が、王族ゲタイの一行を歓待する。オアシスの周辺には、瞬《また》く間に豪壮華麗な穹廬が並び立ち、マッサゲタイの王庭が沙漠の蜃気楼《しんきろう》のように姿を現す。

そのようにして、王庭は草原に、あるいは河の岸辺に、海の浜辺近くに、谷の入り口にと、半日も経たないうちにどこにでも現れては、数日後には朝露とともに蒸発したかのように消え去る。

穹廬の王庭を建てるために馬車が停まると、マニージェはタハーミラィの手を取って草原に降り立ち、花を編んだり羊の群れを追いかけたりする。

「ねえ、タハーミラィ。あなたは乗馬は得意？」

王族のゲタイが優美なニサイア馬に乗って競馬に興じるのを遠目に眺めつつ、マニージェはタハーミラィに訊ねる。

「小馬になら乗れるようになったばかりです。村に置いてきましたけど」

きらきらしい王族の乗馬に比べると、見劣りする灰斑の小馬を連れてくることは、許されなかった。タハーミラィには、結婚祝いとして王族より葦毛のニサイア馬が授けられていたが、まだ触れてもいない。

「あんな風に馬の背に乗って、風のように草原を駆けることができたら、気持ちよさそう」

砂まじりの風に目を細め、タハーミラィは騎馬の一団へと憧れの視線を送る。

「乗馬が不可欠の王族になるには、水のゲタイは不利よねぇ。泳いだり舟を操ったりなら、誰にも負けないのに」

「北海の島ゲタイも、葦の家に住んでいるの？」

「葦だったり、木だったり、日干し煉瓦《れんが》だったり。私の家は前がすぐに水路で、お隣に遊びに行くのに舟がいるのよ」

カーリアフに嫁いで二年目のマニージェは、これから故郷の村へ向かうのをとても楽しみにしていた。各氏族から妃妾《ひしょう》として差し出された娘たちの楽しみは、王の行幸に付き添って故郷を訪れることであるようだ。マニージェは喜びを抑えきれないようすで、北海の沿岸に住む島ゲタイの話を続ける。

「まだカーリアフ様のお子を産んでないから、両親をがっかりさせてしまうことでしょうけど」

少し憂鬱《ゆううつ》そうに北の地平を眺めて、それでも久しぶりの帰省を思ってすぐに笑顔になる。

「ねえ、どうしてタハーミラィはいつもうつむいているの？」

前髪を垂らし、さらに金鎖と円環を下げた帽子を深く被って、瞳を直視されることを避けていたタハーミラィではあったが、相互に距離を取り、会話も少なかった女神の神殿とは違い、同じ馬車に住み、四六時中ともに過ごす相手から目を逸らし続けることは、さすがに不可能である。

マニージェは無口でうつむきがちなタハーミラィを、王庭に馴染《なじ》めないでいるのだと心配していたようだ。親しく接してくれているのだと察したタハーミラィは、戸惑いながらも正直に応える。

「沼沢では、私の目の色は不吉なので、人と目を合わせぬようにしつけられました」

「え、どんな色？」

マニージェは怖れと好奇心の交じった口調で訊ねる。いまにも顔をのぞき込んできそうだ。タハーミラィはあわてて顔を背けた。

「青です。直接見てはいけません」

はっとした表情で、マニージェは身を引いた。北海付近のゲタイ族も碧眼が邪視であると信じているらしい。カーリアフ王がタハーミラィの瞳から目を逸らさなかったことに、胸に芽生えていた希望と喜びがしぼむ。

「でも、カーリアフ様はタハーミラィを娶《めと》られたのでしょう？　不運を招かないためには、タハーミラィと目を合わせなければいいのかしら。これまで、あなたと目を合わせたことで、不幸になった人間がいるの？」

タハーミラィは考え込む。ずっといっしょに育ってきたナーヒーダは健康で、風邪も引いたことがない。幼いときからタハーミラィ親子の世話をしてきたゼーズルなど、出仕後はカーリアフ王に気に入られて、王庭では順調に出世している。唯一の被害者は父に離縁された母親だが、沼沢に戻ってからは可もなく不可もなく静かに暮らしてきた。

タハーミラィは首を横に振った。

「いまのところ目を合わせたことがあるのは、身内ばかりですが、特に誰も――むしろ、私の目の色を気にせずに良くしてくれた者たちは、みな恵まれているように思います。私の従兄は出仕二年目にして、王鎗《おうそう》の騎手に任じられました」

マニージェは目を丸くし、同時に手をパンと打ち合わせる。

「それはむしろ、幸運のもたらし手ではなくて？　もちろん、詩人の物語によれば、幸不幸は巡る糸車のようなものだから、現在の栄光が未来の悲劇の布石になることはお約束だけども、お話そのものは邪視とは関係ないわね」

それから首を左右にかしげて、ひとつの仮定をしぼり出す。

「たぶん、タハーミラィが怒ったり、恨んだりして睨みつけるのでもない限り、呪いは引き起こさないのではないかしら」

マニージェは不安げに微笑んで、おずおずとタハーミラィの手を取った。

「私、思慮が足りないってよく叱られるんだけど、もしもタハーミラィの気持ちを害するようなことを言ったり、してしまったら、すぐに教えて。改めるから、睨んだりしないで」

王庭において妃として寵《ちょう》を競う相手に、村娘が新しい友人と姉妹の情誼《じょうぎ》を結ぶようなことを言う。

ゲタイ貴族に生まれて王族へ嫁すための教育を受け、タハーミラィよりも年上で、すでに一年を妃の末席として王庭で過ごしてきたマニージェではあるが、本人が自覚する通り、あまり賢い方ではないらしい。しかし正直で善良であることは間違いなさそうであった。

あるいは、マッサゲタイを支配する王族が陸のゲタイである以上、水のゲタイの妃が結束することを、もっとも優先させるように教え込まれているのかもしれない。

それでも、マニージェが邪視の力とタハーミラィの人格を切り離して受け取ってくれたことが、タハーミラィの心に響く。

「もちろんです。でもうつむいたり目を逸らしてしまうのが癖になっているので、私が目を逸らしても気を悪くなさらないで。私、本当は閉じこもっているよりも、歌を歌ったり、散歩したり、小馬に乗って遠乗りするのが好きなんです」

言動に幼いところの見られるマニージェではあったが、それだけに一族に大切に育てられた天真爛漫《てんしんらんまん》さが、新しい環境に臆病であったタハーミラィの気持ちを軽くした。上席の妃というよりは、ふたりの少女の指導役という態度で見守るファリダと、彼女たちを世話するナーヒーダら侍女たちの幌馬車は、争いや緊張もなくマッサゲタイの平原を移動してゆく。

王庭でカーリアフを見かけるたびに、タハーミラィは夫ではなく、王に付き従う近衛騎兵へと視線がさまよう。高鳴る鼓動に胸を押さえ、無意識に従兄の姿を追い求めては、見つけても見つけられなくても深いため息をついた。

ゼーズルの姿を目にすることがあっても、近くで言葉を交わす機会は滅多になかった。従兄の甲冑《かっちゅう》や乗馬が視界に入るだけで、タハーミラィの胸は苦しくなり、ひとりでに涙が込み上げる。いくつかの天幕や穹廬を隔てただけなのに、かつて沼沢の女神の社で、遥か彼方の王都に勤めるゼーズルを想っていたときよりもずっと、越えられない距離がふたりを隔《へだ》てているようだ。

異民族との境界近くを巡回する行幸は、いつ戦闘が起きるかわからぬ緊張をはらんでいた。行幸先の氏族から受ける歓待と饗応《きようおう》、盟約の更新、それに続く下賜《かし》品の授受、徴税などで忙しくもある。ゼーズルもまた各氏族の貴族に課せられた公務に忙殺され、この旅に加わったばかりの年若い従妹の機嫌を伺いに、訪ねる時間もないのだ。

移動中のカーリアフは、新妻の存在を忘れ去ったように、女たちの天幕から夕ハーミライを呼び出すこともない。ファリダは数日おきに迎えを寄越されるが、マニージェも夕ハーミライも、滅多に王の穹廬へ足を踏み入れることはなかった。

「カーリアフ様は、成熟した女性がお好みのようなのね。もう少し太った方がいいのかしら。あなたもそう言われた？」

マニージェは自分の腹や腰に手を当てて、途方に暮れたように訊ねてくる。赤裸々な質問に、夕ハーミライは口を濁す。

「あまりに若くて痩せている女は、難産となることを危惧していただきました。穹廬に呼んでいただくときは、バルバートと歌でご奉仕いたします」

ああ、そうなの、とマニージェは少しほっとしたように微笑み返す。

ナーヒーダはマニージェ妃のあけすけさが少し気に入らないようではあったが、狭い移動住居における同居生活に波風も立てられず、上席の妃らを立てて和やかに務める。

王の傍には、カーリアフの子を既に四人も産んでいる妃のロクシャンダが常に侍《はべ》っていた。カーリアフがロクシャンダと馬首を並べ、睦《むつ》まじげに駆けてゆくところや、タハーミラィと年齢の変わらぬ息子や娘たちに囲まれ、くつろいでいる姿を目にすることもあった。

王の子を生《な》した女は、自分の穹廬や馬車を持っていたが、新参のファリダ、マニージェ、そしてタハーミラィは、馬車や穹廬を共有することに不満はない。

五百の近衛騎兵、その数倍の牧民兵とかれらを支える職人群だけで、集落がひとつできる。また、それぞれが家族や親族、奴隷らを連れた王族や貴族と、かれらの口を養うために、自身の肉と乳をその脚で運ぶ家畜の群れ。行幸は長大な列をなし、先頭と最後尾は平原の地平から地平まで達する。

「国そのものが、丸ごと旅をしているみたいですね」

ナーヒーダは、揺れる馬車の上から一日に一度は同じことを言って、タハーミラィを笑わせた。

行幸の間、タハーミラィは生まれて初めて、マッサゲタイ王国のほぼ全容を目にした。

タハーミラィの属する水のゲタイは、海辺や川岸、広大な河州《かわす》に点在する島や沼沢地に、葦で半筒型の家を編んで住む。あるいは船そのものを住居とする水のゲタイもいた。いっぽう、草原や沙漠、山岳に住む陸のゲタイは、御柳《タマリスク》の枝を編み、フェルトを張ったつつましい穹廬や馬車で寝起きし、狩猟や遊牧に拠《よ》って生きていた。季節ごとの滞留地で豆や粟《あわ》などを育てたり、胡桃《くるみ》や果樹を植えて数年先の収穫を期待することはあるが、恒久的な農業というものは知られていない。

どちらのゲタイも、馬車や船に財産を積み、天地と水の恵みを追って、大地を寝床、天を屋根と仰いで生きる民だ。

それぞれの生き方は異なりつつも、マッサゲタイの神を信じ、同じ言葉と文化を共有するゲタイの民をまとめ、部族間の物流を促し、諍《いさか》いがあれば調停を図り、ひとつの国としてマッサゲタイの大平原を守っているのが王族ゲタイであり、十を超える水陸のゲタイ氏族の頂点に立つのが、マッサゲタイの王カーリアフであった。

北海の沿岸まであと数日というころ、マニージェは興奮を抑えきれずに、自分の馬を牽き出してきて、ファリダに外出をねだった。

「あまり、王庭から離れてはなりませんよ。このあたりは異民族も出るという話ですから。われわれの家畜を奪おうと、つけ狙っているかもしれません」

「ありがとうございます。気をつけます」

ファリダには丁寧に応え、マニージェはタハーミラィの手を取って草原を駆け出した。

「両親にちゃんと乗馬できるところを見せたいのに、行幸の間はあまり練習できないので、勘が鈍ってしまいそうで」

マニージェの馬はつやつやとした栗毛で、体格は大きすぎない。馬座の前に座るように言われたタハーミラィはためらう。

「ニサイア馬には、まだ乗ったことがなくて」

「とても賢い馬だから、大丈夫よ。いくらゆっくり歩かせても、人間の足ではついてこられないわ。タハーミラィは座っているだけでいいから」

説得されたタハーミラィは、馬丁《ばてい》の手を借りて馬座に上り、栗毛の鬣《たてがみ》にしがみついて体を固くする。マニージェは馬丁の差し出した両手に足をかけて、ひらりと馬の背に跨《また》がると、巧みに手綱を操って馬を歩かせる。マニージェの言う通り、馬はのんびりと歩いているように見えて、馬丁は大股で足早についてこなくてはならない。ただの野歩きとはいえ、タハーミラィでは追いつけなかっただろうと納得する。

王騎兵の一隊と遠目にすれ違う。マニージェはくったくなく手を振ったが、円錐の冑を被った騎兵たちに、王の妃に手を振り返す者はいない。タハーミラィたちに気がついたかどうかも、定かではなかった。

馬や鎧、背恰好《せかっこう》のようすから、騎兵のひとりはゼーズルであるような気がしたが、タハーミラィは会えない寂しさから、騎兵を目にするたびに従兄ではないかと目で追うことに疲れ始めていた。

タハーミラィは空と平原の境目へと顔を向けた。右も左も同じような地平線に囲まれ、ふり向けばマニージェの肩越しに背後の王庭がどんどん遠ざかってゆく。

馬の鬣から少し体を起こすと、いつもより高い視点から平原を見渡し、頬に風を感じているうちに、婚礼を伯父に命じられた日から沈んでいた気持ちが、少しずつ浮き上がってくる。

馬の背に揺られながら、均衡を保つコツを覚えたころには、王庭の穹廬は草原の向こうに見えなくなっていた。背後から追いかけてくる馬丁も、風に跳ねる芥子粒《けしつぶ》のようだ。

「あまり遠出しないように言われていたのに、大丈夫なの？　マニージェ。どこを見渡しても誰もいなくて、怖くない？」

「大丈夫。誰もいないから、怖くないのよ。むしろ、人影を見つけたら、ゲタイ族かどうかを確かめるよりも、全力で逃げた方がいいというわ。私は遠乗りで異民族にも他のゲタイにも、会ったことはないけどもね」

マニージェが自信たっぷりに言うので、タハーミラィは気持ちが落ち着いた。改めて、マッサゲタイというのは広大な国土を有するのだと感動する。湿原と草原、その周辺の荒野、葦の繁みから見上げた空と波の寄せる浜辺が、いまは取るに足らない小さな世界に思えてくる。

「そろそろ帰りましょうか。馬丁の姿まで見えなくなっては、馬から乗り下《お》りできなくて困るから」

マニージェはいたずらっぽく笑い、手綱を引いて馬首を返した。来たはずの方向も、これまで見てきた風景と変わらないことに、タハーミラィは少し焦る。正しい方向へ馬を走らせているのか、心許《こころもと》ないためだ。

そろそろ同じ姿勢でいることに体が強《こわ》ばり、尻が痛み始めたころ、追いついてきた馬丁の小さな姿が見えてきた。ずっと走っていて疲れないのかしらとタハーミラィは心配になったが、一定の速度を保って走る馬丁の姿は少しずつ大きくなる。

馬丁の顔や帽子の柄まではっきりと見えたときだった。ビュンと風を切る音がして、馬丁は見えない手に弾かれたように空を向いて倒れた。馬丁の胸の上で、何か細い物が震えている。

うしろをふり返ったマニージェが、ひっと息を呑み、馬の腹を蹴った。突然走り出した馬から振り落とされないよう、タハーミラィは鬣に顔を埋《うず》めるようにしてしがみつく。

馬の左右を、風を切って矢が飛んでくる。マニージェの馬はたちまち馬丁の骸《むくろ》——あるいはまだ生きているのかもしれないが——を無情にも通り過ぎ、ふたりの妃を乗せて可能な限りの速さで駆け続けた。

顔を伏せたタハーミラィの耳にも、背後から迫り来る複数の馬蹄《ばてい》の音が聞こえる。弓弦《ゆづる》の弾ける音も止《や》まない。女をふたり乗せた馬は、すぐに追いつかれてしまうだろう。

いきなり馬が竿立《さおだ》ちになり、タハーミラィの体が宙に浮いた。両手が鬣を握りしめている他は、両脚も上体にも触れるものはなく、上下の区別さえつかない。ぎゅっと背後から抱えられて、マニージェが馬を落ち着かせ、ふたりはふたたび馬座を両脚で挟み込んで体勢を立て直した。しかし、栗毛の馬はよろよろと歩くよりものろく進み、やがて膝を折って倒れ込む。タハーミラィとマニージェは地面に投げ出され、草の上を転がった。

後方からは砂煙を上げて、十騎は超える集団が近づいてくる。帽子や衣服から異民族の一団と思われた。話に聞くサカ族か、スキタイであろうか。何本もの細長い三つ編みが、かれらの肩の上で馬の足並みに合わせて靡《なび》いている。

泡を吹いて足掻《あが》く栗毛の馬の尻に、矢が二本突き立っていた。マニージェへと目をやると、地に伏したまま動かない。タハーミラィは両手と両脚をばたつかせて、どこも骨折していないことを確かめ、這《は》うようにしてマニージェに近づいた。

「マニージェ、怪我《けが》をしたの？」

タハーミラィが肩を揺すると、マニージェはうめき声を上げた。タハーミラィはマニージェを起こそうと背中に手をやったが、べっとりと生温かいものに触れて思わず手を引っ込めた。タハーミラィの手は真っ赤な血に染まっていた。マニージェは首に矢を受けたのだ。

「マニージェ！」

タハーミラィが悲鳴を上げてマニージェを抱き寄せ、傷の深さを調べようとしたときには、すでに異民族の一団はタハーミラィと倒れた馬を囲んでいた。

タハーミラィたちを見下ろし、にやにやと笑いながら交わされるかれらの言葉は理解できない。マニージェにしがみつくようにして寄り添ったタハーミラィは、馬を下りてこちらへ近づいてくる、褐色の髪を編んだ男をぎっと睨みつけた。

唸《うな》り吠えるような言葉の意味はわからなかったが、男たちに嘲《あざけ》られ罵《ののし》られていることは理解できる。褐色の髪の男は、抵抗するタハーミラィの襟首と上腕を摑んでマニージェから引き剝がした。続いて、淡い色の髪をした男が馬を下りて、ぐったりとするマニージェを片手で抱き上げた。まだ息はあるようだが、男はいまいましげにマニージェを地面に放り出した。馬上で弓を持つ若者を罵る。怪我をさせずに捕らえるつもりだったのだろう。若者は謝罪らしき言葉を吐いた。

ああ、このまま捕らえられて異民族の奴隷にされるのだ、とタハーミラィは目を閉じた。

マッサゲタイが使役している奴隷たちが、このようにして異民族を狩って連れてこられた者たちなのだ。逆に異民族に捕らえられ使役させられているマッサゲタイ人も、少なくはないはずであった。

タハーミラィを捕らえた男は、マニージェを拾い上げた淡い髪の男に早口で何か命じた。淡い髪の男は腰に差した短剣を抜いて、マニージェの襟を裂き、背中を開いて傷を確認する。淡い髪の男は顔を上げて首を横に振った。

「マニージェ！」

悲鳴とともに駆け寄ろうとするタハーミラィを、背後の男が羽交い締めにした。いまや馬を下りたほかの男たちがマニージェに群がり、その身につけた宝飾品や衣装をむしり取り、引き剝がしていく。タハーミラィの金銀や宝石を縫い込んだ帽子も、乱暴に奪い取られた。目の前の異民族とさほど変わりのない、タハーミラィの薄茶色の髪が宙を舞う。男が太い指でタハーミラィのあごを摑み、空へと向けた。

あごを潰されそうな痛みに、声も上げられない。たった十四年しか生きてこなかったタハーミラィの、命と貞操、そしてささやかな財産と未来が失われようとしているこの瞬間も、空はただひたすらに青い。

タハーミラィの目尻から涙がこぼれる。

男はタハーミラィのあごから手を離した。人形のように扱い、肩と腰を摑んで地面にうつ伏せにする。ここで犯されるのだろうか。太陽神より隠れることのできないこの空の下で、この男たちに身も心も引き裂かれてしまうのだ。いっそいますぐ息の根を止めて欲しい。絶望に目を閉じるタハーミラィの、草地に押しつけられた頰と腹に、大地の振動が響く。

馬蹄の響きだ。それも一騎や二騎ではない。どちらの方角から来るのか、タハーミラィにはわからなかったが、これがマッサゲタイの騎兵隊であることを太陽神に祈る。

異民族の男たちが慌て出した。背中に感じていた男の拘束と体重が遠ざかる。馬に飛び乗り、弓を構えようとする男たちに矢の雨が降った。タハーミラィは流れ矢に当たるまいと、倒れてもがく栗毛の馬の背まで這って逃げた。

二十騎ばかりのマッサゲタイ騎兵が殺到して、異民族の戦士たちと戦い始めた。タハーミラィは、先頭に立ち馬上で戦斧《せんぷ》を振り回している騎兵がゼーズルであることに、心臓が飛び跳ねるほどに驚き、怪我をしないようにと祈る。

怒号と馬の嘶《いなな》きが耳を聾《ろう》し、砂煙や土埃で視界が曇る中を激しく戦う、マッサゲタイ騎兵の黄銅の冑や鎧が、陽光を撥《は》ね返す。

大地が揺れ目も霞《かす》む。タハーミラィは背後からすくうように胴を持ち上げられた。悲鳴を上げようとして、胴を抱く腕が、黄銅の板を打ったマッサゲタイ騎兵の革籠手《かわごて》であることに気づいてほっとする。

首を捻《ひね》って後ろを見れば、ゼーズルの怒った顔があった。

「王の妃たる者が、黙って遠出などするものではない」

しゃがれた声で叱りつけられたが、タハーミラィは言葉を返したくても声も出せなかった。ただ、マニージェの体が草に埋もれている方へと目配せをする。

そもそもニサイアの成馬を操れないタハーミラィが、ひとりで遠駆けなどするはずがない。ゼーズルに助けられて、タハーミラィはよろよろとマニージェへと近づいた。地面に膝をつき、掠奪《りゃくだつ》の爪跡を残したその亡骸《なきがら》を抱き上げて、開かれたままのまぶたを閉ざす。沼沢ゲタイを出て初めてできた友人の死に、タハーミラィは言葉もない。自らもまた同じ運命をたどるところであった恐怖に体が震え、悲しいのかどうかもわからなかった。

「こいつらはコラスミオイ族の斥候《せっこう》だ。こいつらだけでなく、異民族は常に王族ゲタイの動向を窺《うかが》っている。人間や家畜がはぐれたらすぐにでもかすめ取ってゆく。王庭が見えなくなるところまで離れるのは危険だ。二度と、護衛もなく出歩くな」

タハーミラィは、ゼーズル配下の騎兵らが、栗毛から取り外した馬座を広げてマニージェの無残な亡骸を包み込むのを、呆然として見つめた。

午後のひとときの遠駆けが、予想もしなかった惨劇を引き起こした。王の妃が掠奪されかけ、ひとりが殺害された。この事件に王庭は騒然とした。

タハーミラィは、カーリアフの前に連れてこられて事情を説明させられた。ファリダが付き添い、マニージェの思いつきによる遠出であったことを話す。マニージェの軽率さは日頃から知られていたうえに、ファリダが自身の監督不行き届きを謝罪したので、タハーミラィの遠出は不問となった。

マニージェの宝飾品と衣装は取り戻され、その亡骸も凌辱のあとは見られなかったことから、タハーミラィの貞操も守られたことが証される。同時に、妃らの危機に駆けつけ、第十一妃の命を救ったゼーズルの功績が認められた。

この日に味わった恐怖から、タハーミラィは王庭の内側でさえ、ファリダやナーヒーダから離れてひとりで行動することが、長い間できなかった。マニージェの故郷、北海の島ゲタイを訪れたときは、マニージェの最期を説明することも恐ろしく、与えられた穹廬から出ることもしなかった。

草原の暮らしは、常に異民族とのせめぎ合いであった。王族の行幸はそうした異民族に対して、王国の偉容を見せつけ、牽制《けんせい》するものなのだ。

王族ゲタイに迎えられた最初の年に、タハーミラィは平原の掟《おきて》を身を以《もっ》て学んだ。

タハーミラィの癒《いや》されない心の傷をよそに、商都メルヴに近接する王庭に落ち着いたのちも、末席の側妃の日常に変化はなかった。

日干し煉瓦を重ねた、草原のオアシス都市メルヴの城壁の内側に住んでいるのは、マッサゲタイ人ではない。マッサゲタイ人がこの地に入植する遥か以前から、この都市に住み、城壁の内外で農耕を営んできた古き言葉を話す古き民と、東西を行き来する商人たちであった。

城内には石や煉瓦でできた家がひしめき合い、人や家畜の排泄物《はいせつぶつ》の臭《にお》いが染み付いているため、大地の民マッサゲタイ人は都市に住むことを嫌がる。住民たちの記憶より遥か昔から続く古都メルヴを征服し支配しつつも、マッサゲタイ人はそこに生きる人々の営みにはほとんど干渉しない。

豪壮な穹廬が都市のごとく並び立つマッサゲタイ国王カーリアフの王庭は、メルヴから少し離れた緑地帯にあった。王庭から見晴るかす草原では、無数の牛羊《ぎゅうよう》や駱駝が草を食《は》み、アム大河の支流も近くを流れ、魚も豊富に獲れた。

王族は近くの森や草原で狩猟を催し、鹿や羚羊《れいよう》、猪《いのしし》を狩って食卓にもたらす。女たちは羊毛をとって糸を紡《つむ》ぎ機《はた》を織る。

「ねぇ、ナーヒーダ。どうしてメルヴを王都と呼ぶのかしら。王族ゲタイも町に住んでいるわけじゃないのに。カーリアフ様も、ここへ来てから数えるほどしか城内にお入りになってないみたいだし」

この王庭で暮らしてひと月も経《た》つころ、タハーミラィは不思議に思っていたことを口にした。ナーヒーダは慣れない手つきで毛糸を紡ぐ作業を続けながら、女主人の疑問に同意する。

「ですよねぇ。王族ゲタイも森や草原の恵みだけで暮らしに困ることはなさそうですし」

ナーヒーダに糸紡ぎを教えていた王族ゲタイの娘が、苦笑まじりに話に加わる。

「どこの氏族にも、その氏族の富を生み出す本拠地というものはありますでしょう？　滋味の豊かな草原や、金の鉱脈、胡桃の森ですとか。水のゲタイでしたら、秋には必ず卵を抱えた鮭《さけ》の回遊してくる秘密の漁場でしょうか。ああ、お妃《きさき》様の里は海豹《あざらし》の猟場で知られていましたね。王族にとっては、メルヴが富の源なのです。メルヴは東西南北の交易の要地、富を生み出す黄金の羊です。ちゃんと世話して手を入れれば、無限の富でマッサゲタイの民を潤してくれるのです」

奴隷や穀物、金属器や硝子《ガラス》の什器《じゅうき》、ゼーズルのように各氏族から仕官している側近たちの俸給などは、メルヴにおける交易から得られているのだという。

「もちろん、マッサゲタイの国土から採れない宝石や香料もね」

王族ゲタイの娘は、自分の頭に手を当て、婦人用の円筒帽に縫い付けられた真珠や琥珀《こはく》を満足げに撫《な》でた。

「でも、交易って何かと交換しないといけないのでしょう？　マッサゲタイからは何を出して宝石や穀物と換えるの？」

タハーミラィは、マッサゲタイの国土のほとんどが沙漠と草原、不毛の山岳地帯であることをつい最近知ったばかりだ。豊かといえるのは、海の幸に恵まれたタハーミラィの故郷、西海の東海岸沿いや北海の河州地帯くらいではないだろうか。ところが、王族ゲタイの娘は誇らしげに微笑んで答える。

「マッサゲタイからも良質な宝石は採れますし、金や黄銅も産しているのを、タハーミラィ様はご存じないのですか。オアシスの村では少しですが、小麦や燕麦《えんばく》を育てています。山岳ゲタイは山羊《やぎ》の乳だけを飲んで生きているわけじゃありません。鉱脈を知り鍛冶《かじ》に長《た》けた山のゲタイは、羊や良馬を育てる草原のゲタイと並ぶほど豊かなのですよ」

何も知らないまま沼沢から嫁いできたタハーミラィには、驚くことばかりだ。いや、メルヴが富の集積地であり、マッサゲタイの財源であることは、ゼーズルから毎年聞かされていた。ただ、見たこともない世界のことは、話を聞いただけでは想像も実感もできなかった。

沼沢ゲタイの貴族とはいえ、芥子菜《からしな》を添えた魚粉の粥《かゆ》と蒸した魚が普段の食事だ。祝いごとがあれば、粗く挽《ひ》いた堅果と魚粉を練って焼いた固いナーンを楽しみにし、甘みといえば果物と干果くらいしか知らない。妊娠でもしない限り、村の女たちが海豹の肉を口にすることは滅多になく、病気になれば蜂蜜を舐《な》めさせてもらえるのが、寒い冬の何よりの楽しみであった。

そんな単調な沼沢の食事しか知らなかったタハーミラィとナーヒーダは、厳寒を迎えてもまだ、色とりどりの果物や、祭や祝儀でもなければ口にできなかった鹿や羊の肉が気前よく振る舞われることに驚いた。

特に、稀少な駱駝のバターと蜂蜜をたっぷり入れ、干果を練り込んだ粗挽き麦粉の焼菓子は、ナーヒーダのお気に入りだ。蜜を軽く焦がした香ばしい風味と、舌に心地よい甘みは悪くない。ただこれも、食べつけない濃厚さに、タハーミラィは胸が焼けて多くは食べられない。

だが、そのような美食三昧の日々も、タハーミラィの慰めにはならなかった。絶えず草原を渡りゆく乾いた風に鼻も喉も痛み、沼沢の湿った空気や、塩分を含んだ西海の匂いが懐かしい。

タハーミラィの孤独感と望郷をさらに深くさせるのは、妃ロクシャンダをはじめ、カーリアフの女たちが、タハーミラィがそこに存在しないように振る舞うことだ。挨拶といくばくかの言葉を交わしてくれるカーリアフの妃は、同じ水のゲタイ出身の、年の近いファリダくらいなものであった。

マニージェとの短くたわいのなかった交流が、折に触れて思い出され、胸が痛む。その精神に幼さを残したマニージェもまた、このように寒々とした王庭の暮らしに倦《う》んで、心のままにはしゃいだり草原を駆け回ったりする相手が欲しかったのだ。それは、氏族の姫として育てられた女には、許されない贅沢《ぜいたく》ではあったのだが。

序列の厳しい女たちの内廷《ないてい》において、新参者の肩身は狭い。閨にカーリアフが訪れることがないせいか、露骨な嫌がらせなどはされなかった。しかも、第十妃マニージェの死について、タハーミラィを責める空気がいつまでもつきまとったこともあり、王庭では目立たないように努めてきた。

そのために、タハーミラィの存在は空気よりも薄くなるばかり。

タハーミラィの唯一の慰めは、ゼーズルとの面会だ。ただ、公人となったふたりの面会には、常にナーヒーダや他の王族が同席する。ゼーズルは恭《うやうや》しい態度でタハーミラィに接し、視線を合わせることも滅多になく、事務的なやりとりののちに退出した。

以前のように吐息が触れるほどに体を近づけて、親密な言葉と抱擁を交わす日々は、もはや二度と来ないのであろう。

王の妃たるもの、いつか王の子を産む日のために、人形のようにおとなしく息をひそめ、黙々と糸を紡《つむ》いで染め、布や絨毯を織って静かに生きていくのが務めなのだ。

二、帝都エクバターナ

雪融けで河川の増水する、水の女神の月も下旬。

南の山脈を越えて、蹄も乗馬靴も泥にまみれたメディア帝国の使節がメルヴに到着し、マッサゲタイ王に謁見《えつけん》を求めた。王庭で二夜にわたる饗応を受けた使節は、来た道を戻って帰国した。

その後、慌ただしく王庭の穹廬が撤収され始めた。男たちは甲冑を磨き上げ、鎗《やり》や戦斧、鎚鉾《つちほこ》を研ぎ、冬の間に作り蓄《たくわ》えておいた矢を、荷馬車や駱駝用の荷籠に積み上げる。

「戦でも始まるのでしょうか」

穹廬の戸口から、タハーミラィと外を眺めていたナーヒーダが不安そうに囁いた。

「シャヒーブ!」

忙しく行き交う人混みに、鎖鎧《くさりよろい》姿の兵士をめざとく見つけたナーヒーダが叫んだ。シャヒーブはまっすぐにタハーミラィたちの前に進み出る。

シャヒーブは、沼沢ゲタイ族出身の兵士で、ゼーズルの側近でもある。

ナーヒーダが状況を訊ねる前に、シャヒーブが口を開いた。

「メディア帝国の王イシュトゥメーグより、騎兵隊を要請されました。今年はカーリアフ王ご自身が直属の騎兵隊を率《ひき》いて、即刻発たねばなりません。同行する側妃の数にタハーミラィ様も入っています。毛皮や毛布をたっぷりそろえ、山越えの準備をなさってください」

マッサゲタイ王国は毎年、メディア帝国のもたらす富と引き換えに、百騎単位で騎兵を帝国に提供してきた。帰国まで数年に及ぶこともあるために、王族や兵士の家族も同行するのは慣例であったが、あいにくロクシャンダは五人目を身籠《みごも》っていた。気候の不安定なこの時期に、妊婦の山越えは無理との判断であろう。ロクシャンダは王の名代として王庭に残ることとなり、随行に選ばれたのは三人の十代の側妃であった。

メルヴの南から西へと、高峰に雪を戴《いただ》く山脈アルボルズを越えたその彼方に、メディア帝国の都エクバターナがある。

使節の騎手たちは、山脈とその向こうの高原を、半月あまりで駆けてきたという。だが、軽快な装備で、途中の宿場で馬を換えることのできた熟練騎手と違い、三百の騎兵、王の子女と側妃に仕える女たちや奴隷、許される限り同伴する兵士の家族と、行軍に必要な物資を連ねた行列は、一日にいくらも進まない。

荒れた山道では、馬車がひどく左右に揺れて、針仕事などの手作業も、おしゃべりもままならない。いくら毛布や毛皮を敷いても、車輪が硬い地面に当たる衝撃が腰や背中に響き、じっと座っているのにひどく疲れる。平原を旅していたときの方がまだましであった。

ガクンと揺れて、タハーミラィとナーヒーダは前にのめった。

「姫様方、すみません。馬車から降りてください」

ディンという名の、鼻と頰にそばかすの散った、まだ少年といっても通りそうな兵士が、幌の垂れ幕越しに申し訳なさそうに話しかける。

「また落石に乗り上げたの？」

ナーヒーダがうんざりして文句を言った。

「すみません。この先は狭くて急な登り道です。馬車はなるべく軽くして進めた方が速いので、姫様方には馬で登ってもらえって、ゼーズル様が」

ディンは恐縮して、ナーヒーダとタハーミラィが馬車から降りるのに手を貸した。ナーヒーダは、未だ雪の融けない高原を渡る風に悲鳴を上げる。

「この冷たい風の中を、タハーミラィ様と私に馬で行けって言うの？」

「ナーヒーダ、ディンのせいじゃないわ」

ディンに助けられて、与えられた馬に騎乗する。ゼーズル配下の兵士らが、岩に車輪を取られた馬車を押し上げるのを、タハーミラィは気の毒に思って眺めた。

ディンはタハーミラィと同じ沼沢ゲタイの民で、一昨年からゼーズルの従卒《じゅうそつ》として仕えている。水のゲタイ族だけに、馬車の扱いや馬術はいまひとつだが、タハーミラィたちに不便がないように、気を遣ってくれている。王族ゲタイの基盤が、騎兵を主力とした戦闘集団であるだけに、水ゲタイ出身の兵士は苦労をする。

輿入れのときに、結婚祝いとして与えられたニサイアの成馬は、まだタハーミラィには大きすぎた。シャヒーブやディンがつきっきりで、タハーミラィの乗降に手を貸さねばならなかった。

マッサゲタイの平原を見下ろしながらの登攀《とうはん》は、いつまで続くとも知れない。

雪は少なくなってきたが、低地のメルヴや湿地帯に比べれば、アルボルズ山系に吹く風は肌を切り裂く冷たさだった。標高が上がるほどに、少し歩いたり、行列に遅れぬよう馬を励ましたりするだけで息が切れる。目の下に隈《くま》をつくったナーヒーダが、網にかかった魚のように口を開けて息を吸い込んだ。姉役のプライドもすり減り、疲労から愚痴も言わなくなるナーヒーダと対照的に、タハーミラィはむしろ、この過酷な旅を楽しみ始めていた。

祈りと神馬《じんめ》の世話に明け暮れる女神の社や、マッサゲタイ内廷で漫然とカーリアフ王の訪れるのを待つだけの生活が、いかに退屈なものであったか。

「殿方はずるいわね。ゼーズルも、王様も、いつもこんな冒険をしていたのかしら」

「お嬢さま。こんな冒険は男に任せておけばいいのですよ。女には、子を産むという命がけの大仕事が、一生に何度もあるんですからね」

妙に自信たっぷりにナーヒーダは断言した。

いつ親になってもおかしくない年頃のナーヒーダが、シャヒーブと恋仲なのは、処女のタハーミラィにだって明らかだ。

優しいナーヒーダは、タハーミラィの前では、シャヒーブとのやりとりは慇懃《いんぎん》に努めている。だが、いつもは真面目《まじめ》腐った顔のシャヒーブが、ナーヒーダとふたりきりになると、砕けた口調で草原に誘うのを、タハーミラィは知っていた。それは、少年時代のゼーズルが、従者のシャヒーブを伴って女神の社を訪れていたときから、ずっと続いていたことも。

恋人たちは丈高い葦に隠れて、あるいは、草深い野原で愛を語る。

マッサゲタイ族の恋はおおらかだ。労務民や下位の貴族では、妻帯者や人妻が、配偶者でない相手と戯《たわむ》れるのも人目を忍んだりはしない。処女の花嫁が好まれ、既婚女性が異性との同席を避けるのは、氏族の家系を明らかに保つ必要のある、高位の貴族や王族のみ。

カーリアフに仕えることで、ナーヒーダとシャヒーブが共に過ごせる時間が増えたことは、おのれの恋が成就しなかったタハーミラィにとって、ささやかな慰めであった。

雲海を見下ろすアルボルズ山脈の尾根に沿ってゆくと、右手にマッサゲタイの広大な版図《はんと》と、青い鏡のような海原が見晴るかせた。沙漠や草原を蛇行するアム大河《ダリヤ》が、西海へと注ぎ込む故郷の湿原はあまりに遠く、水平線と地平線の接する彼方に霞んで見えない。眼下では曖昧模糊《あいまいもこ》とした淡い緑野が、滲《にじ》んだ染料のように雲と溶け合っていた。

誰もが自分のことで精一杯な高山の旅だ。自力で馬に乗り下りしたい、というタハーミライの願いを聞いて、ゼーズルが自分の黄銅製の帯輪で乗降用の片鐙《かたあぶみ》を作ってくれた。

タハーミライにとっては、よじ上ることも不可能な馬の背に、ゼーズルは楽々と手を回して片鐙の革帯を調節する。従兄の背後に立ち、息を詰めてその作業を眺めながら、タハーミライはゼーズルの背中がこんなに広くて大きかったことを、初めて知った。

ゼーズルは身をかがめて片鐙を片手で押さえ、タハーミライに話しかける。

「この輪に、左の足をかけて」

言われたとおりに、タハーミライは左側に落とした片鐙の輪に、左の足を通して踏み込み、馬座の端につかまって体を引き上げる。反対の足を振り上げて、馬の背に跨ろうとするのだが、うまくいかずにずり落ちかけ悲鳴を上げる。みっともなく天地が逆になりかけたタハーミライの腰を、ゼーズルが軽々と押し上げた。

「ありがとう、お兄様」

タハーミライの向けた感謝の笑みに、ゼーズルは生真面目な面持ちで目を逸らした。うつむいて、片鐙の革帯の長さをタハーミライの足の長さに調節する。

「俺のことは、名で呼べ。タハーミライ――様」

そう言いつつ、従妹の踵《かかと》を握って片鐙から引き抜く。厚い乗馬靴越しに触れたゼーズルの手の温度を、タハーミライは確かに感じた。革帯をくるくると巻き上げながら、片鐙をタハーミラィに手渡したゼーズルの手は、とても大きくて硬く、そしてマッサゲタイの大地のように乾いていた。

ゼーズルがまとまった時間、このように身近にいてくれたのは、一昨年の湿原の逢瀬《おうせ》以来だと、タハーミラィは切なく思い返す。馬の背に揺られながら、タハーミラィはぎゅっとその鬣を摑んでしがみつき、こぼれ落ちる涙を馬の毛で拭き取った。

シャヒーブを待たなくても、あるいは踏み台を使わずに馬の背に上れることは、タハーミラィの世界を変えた。寒冷な早春の高原では、悪路に揺れる馬車で毛布にくるまっているよりも、乗馬運動で体を温めた方が寒さを感じずに済む。

毎日、馬を操っているうちに、タハーミラィは高地の薄い空気に慣れてきた。

「兵士も勤まりますよ、お嬢様の体力と根性なら」

一日中の乗馬で皮膚の剝けたタハーミラィの膝やふくらはぎに軟膏《なんこう》を塗りつつ、ナーヒーダはため息をついた。

「マッサゲタイの草原で、ちゃんと練習しておかなかった報《むく》いだわ。王族や草原のゲタイ族は幼いうちから馬を乗りこなすというけど、きっと内腿の皮膚が駱駝の皮のように厚いのでしょうね」

タハーミラィは快活に笑った。絶えず内股に滲み続ける血や体液と、患部に物が当たれば飛び上がるような痛みに耐えて、一日も休まず騎乗を続ける意志の強さがタハーミラィにはあった。

あるいは、自分がもっと早く乗馬を学び、馬を自在に操ることができていれば、マニージェは殺されずに済んだかもしれないという思いを、胸の底に抱えていたのかもしれない。

尾根の南側へ進み、海が見えなくなってから数日、行軍の音がいつもより静かだった。兵士らは武具や馬具の金属部分に布や革を巻き、荷運びの奴隷たちは私語を禁じられたためだ。兵士も言葉を交わさず、息さえも殺して、ゆっくりと馬を進めた。

馬上で高原を移動していたタハーミラィは、前方に浮かび上がった光景に、その理由を知った。揺れる馬車に駆け寄って、毛布にくるまっていたナーヒーダに、外へ出るように囁く。

「何事ですか」

「ダマーヴァンド山よ。とても神々《こうごう》しいの。雪に覆われて、真っ白なとんがり帽子みたい」

頰を赤く染めたタハーミラィに促されて、霊峰《れいほう》を見上げたナーヒーダは、口元を両手で覆った。吸い込んだ息を殺すようにそっと吐き出す。

「あれが――」

炉端《ろばた》の昔語りでしか聞いたことのない、伝説の霊峰ダマーヴァンド山。

諸悪の王を父、罪を母として産み落とされた、人と家畜を貪《むさぼ》り食う闇の魔物、三つの頭を持つ蛇神アジ・ダハーカが、太古の英雄によって、この世の終わりまで地の底に封印されたという魔の山。

アジ・ダハーカは、どれだけ傷をつけても、流れる血からありとあらゆる邪悪な生き物を産み出す不死の怪物だ。永劫《えいごう》の時を鎖につながれたまま、闇の中で罪と邪悪を吐き出し続ける魔物を起こさぬよう、この山の麓《ふもと》を旅する者は、音を立てず静かに通り過ぎなければならない。

霊峰を見上げたタハーミラィは、融けることのない雪と氷を戴く荘厳なダマーヴァンド山の神威に、深く感じ入った。どのような醜い悪も深い罪も、この霊峰ならば、その永劫に融けることのない雪と氷の下に閉じ込めておけるだろう。タハーミラィは絶えず胸を焦がす自分の想いも、この地の底に封印できればよいのにと心から祈った。

高峰はまだ雪を戴いていたが、慈雨《じう》の月は過ぎ、新緑の月へと、高原の季節は確実に移り変わっていた。荒地は萌黄色《もえぎいろ》の牧草地となり、森は新緑に染まる。大地は春の女神があらゆる色の染料を風に散らしたように、赤や黄、ピンクやオレンジ、青に紫と、思いつく限りの色彩をまとった花々が咲き乱れ、無数の蝶《ちょう》が舞っていた。

日中の気温は、毛皮の外套では汗をかくほどの陽気となっていた。

いつしか、一日の終わりには、ナーヒーダでさえ旅の疲れを忘れて、タハーミラィとともに王族の女たちと野を駆け、花を編んでは笑い戯れ、高原の春を満喫した。

王都メルヴを出発してふた月、ようやくマッサゲタイ王の一行は、メディア帝国の都エクバターナにたどりついた。メルヴも円形の城壁に囲まれた町であったが、丘の上に造られた城壁都市エクバターナは、その数十倍の規模があった。

城門の前で入城を待ちながら、タハーミラィは白く塗られた頭上の胸壁を、畏怖の念を抱いて見上げた。

どの胸壁の間からも鎗と盾、弓矢で武装した兵士たちが直立して、城壁の下に並ぶ人間たちを睥睨《へいげい》している。こんな強固な城壁に守られた都市に、攻め込むような敵がいるのだろうか。

馬上で首を曲げすぎたために、帽子がずれて被り布ごと滑り落ちそうになった。タハーミラィが慌てて額冠を留め直していると、ゼーズルが馬車に乗るように指図した。

「そしたら、町のようすを見ることができませんわ」

好奇心を封じられたタハーミラィは不満を訴えたが、ゼーズルは眉間に皺を寄せて叱責した。

「いつまでも娘気分でいるものではない」

ゼーズルは、王の側妃という自覚のない従妹に、手厳しかった。

おとなしく馬を下り、馬車に乗り込んだタハーミラィだが、ナーヒーダの制止を無視して、小窓から外をのぞき見た。

エクバターナは、七重の城壁に囲まれた都だ。丘の頂上、都の中心に近づくほど高くなる同心円の城壁は、それぞれの胸壁が第六城壁は黒、第五は真紅と、色の違う塗料で染め分けられていた。鮮やかに染め上げられたどの胸壁にも弓兵や鎗兵が立ち、城壁の内外を監視している。

ゆるやかな勾配《こうばい》を登りながら、ひとつひとつ城門をくぐって、一行は徐々に王宮のある中心の城郭へと近づいてゆく。第四城壁では、濃青色の胸壁が目に沁《し》みた。貴重な藍星石《ラピスラズリ》や藍銅鉱《アズライト》を砕いて顔料としたのだろうか。そうだとしたら、メディア帝国は、エクバターナという都は、どれほど豊かで富んだ国なのだろう。マッサゲタイの王でさえ、使者の口上ひとつで呼びつけることのできる帝国の王イシュトゥメーグとは、どれだけ強大な権力を誇っているのか。

赤朱の胸壁を戴く五つ目の城門からは、カーリアフ幕僚《ばくりょう》の三十騎、側妃たちと王族の子女、その従者らのみとなって進む。

タハーミライたちはエクバターナでの住処《すみか》へ案内された。異国から伺候《しこう》する諸侯らの居留館は、この第三城郭に用意されていた。

さらに内側の、胸壁を銀で覆った第二城郭には、各種の政庁と、メディアの名門大氏族ら高位貴族の住居がある。そして、都の中心、七つ目の城壁の内側、金の胸壁の第一城郭には、メディア帝国の主イシュトゥメーグの王宮があった。

エクバターナでの日々は、空気の淀みがちな石造りの家で、メディア語やメディア風の織物を学びつつ、身内の男たちの訪れを待つほかに女たちはすることもない。

最近の都びとの一番の関心は、南に国境を接する、属国ファールスで起きているという反乱であった。

「ファールスという国が、このメディアに攻めてくるらしいけど、そのファールス軍と戦うために、カーリアフ様が呼び出されたのかしら」

居館に出入りする商人から噂を聞き込んできたナーヒーダが、シャヒーブを捕まえて問い詰めた。タハーミラィも不安になる。

「遠い南国の王様との戦いに、どうしてゼーズルたちが行かなくてはならないの」

女たちの不安に、シャヒーブは生真面目に答えた。

「ファールス王国の反乱ではなく、ファールスの一部の氏族がメディアへの従属を不服として、国境付近で暴れているものです。ファールス王が鎮圧すべき反乱なのですが――」

「じゃあいまは、ファールス王が反乱軍と戦っているのね」

タハーミラィに説明を遮《さえぎ》られたシャヒーブは、呼吸を整えて話を続けた。

「ファールス王はいま、エクバターナの王宮に抑留されています。反乱の知らせを受けて以来、ファールス王は再三の帰国願いを出していますが、イシュトゥメーグ王は拒絶し続けているそうです。ファールス王を反乱の鎮圧のために解放すれば、そのまま反乱軍をまとめて、メディアに反旗を翻《ひるがえ》し、独立するおそれがあるとかで――」

「では、誰が反乱軍と戦うの。やはり、カーリアフ様が行かされるのでは？」

ナーヒーダが勢い込んで口を挟む。

「ファールス本国では、現王の父である上王が反乱を鎮めようとはしているそうですが。この上王が病気がちだそうで――」

「シャヒーブも、ゼーズルも、ファールスの反乱軍と戦いに行くの？」

たびたび話を遮られ、矢継ぎ早に質問を繰り出されたシャヒーブは、咳払いをしてから結論を言った。

「このまま反乱の火がメディア国内に及べば、そうなるかも、しれません」

不安に顔を見合わせる少女たちに、シャヒーブは硬い笑みを向けた。

「マッサゲタイの戦士は、勇猛で恐れられています。南国の弱腰な兵士どもに、後れは取りません」

「ファールス兵って、弱いのね？」

恋人のシャヒーブが、見知らぬ異国で出陣することに不安を覚えていたナーヒーダは、ほっとしたように問い返した。

「このエクバターナにもファールス人はいます。かれらは大変な寒がりで、夏でも厚着をし、男も女のように化粧をして着飾り、ひらひらした華美な服をまとっていますから、すぐにわかります」

マッサゲタイの戦士から見れば、戦闘や騎乗には不向きなファールス人の服装を思い出したのか、シャヒーブは皮肉な笑みを浮かべた。

エクバターナに同行した妃妾のうち、主にカーリアフの閨を務めるのはファリダであった。面長の上品な顔立ちと、頬のほんのり赤い、豊かな体つきの美女だ。まもなく二十歳を迎えるファリダの魅力に、胸も尻も少年のように薄いタハーミラィは足元にも及ばない。

ファリダら若い女たちは、メディア語の流暢《りゅうちょう》な従者に駕輿《がよ》や馬車を手配させ、神殿や市場など街を見物しに出かけるのを好んだ。しかしタハーミラィと大半の婦人たちは、城下の人混みを嫌って屋内に留まり、おしゃべりや織物などの手作業で時を過ごした。

噂話の好きな女がひしめき合う、空気の淀んだ石の家での暮らしに、タハーミラィは息が詰まりそうだ。思い立って乗馬の練習がしたいと主張し、シャヒーブに頼み込んで厩舎《きゅうしゃ》と馬場に出入りできるようにしてもらった。

供も連れず、ひとりで厩舎へ出かけるタハーミラィをナーヒーダは何度もたしなめたが、やがてあきらめた。赤朱の胸壁の内側、第三城郭には、メディアの中流貴族の館や異民族の王侯の居留館が並んでいる。奴隷に至るまで身元は正しく、怪しい者は入れないはずであった。

タハーミラィは、花の咲き乱れるエクバターナ城外の森や草原を遠駆けしたかったが、高原は風が強すぎた。標高の高いメディアの方が、沙漠に囲まれた盆地の大平原、マッサゲタイよりも涼しいのだが、一年中吹き止まぬという風にはさすがに体力を消耗する。また、客王の妃が城外へ出るとなると大げさな護衛隊も必要となることから、安全な城郭内の馬場で満足するほかはない。

馬丁らに気を遣わせないために、タハーミラィは身軽な馬小姓の身なりで厩舎に出入りした。短い胴着の革帯に、宝飾をあしらった短剣を帯びていれば、身分の高い戦士の小姓と思われ、誰にも不審がられずに愛馬を連れ出すことができた。

もっとも気候の麗《うるわ》しい、望ましき王国の月が過ぎ、太陽の月を迎えた。高原でも真夏の日中の暑さは耐えがたい。タハーミラィは日の出前に厩舎へ行き、陽《ひ》が昇りきる前に愛馬の手入れを終えた。

それから城内の馬場に愛馬を連れ出す。陽が昇り、暑さと疲れで動けなくなるまで、馬術を練習した。木陰のひんやりとした草の上を転がって、体の熱を取ろうとする馬を愛《いと》しげに眺める。ところどころ黒っぽい斑の、灰色がかった毛並みの葦毛馬は、年を経るに従って白馬になるという。やがては正妃の位に上がって欲しいという、ゼーズルの願いがこもった、穏やかな性格の去勢馬だ。

タハーミラィは、ぼんやりと従兄の横顔を思い出した。

最後にゼーズルが笑ったのを見たのは、いつのことだろう。カーリアフ王に嫁してより、ゼーズルはタハーミラィに対して慇懃な態度しか取らなくなっていた。

ゼーズルは本心から、タハーミラィを政略の駒としか見ていなかったのだろうか。

では肌寒い葦原で、温かさを分け合って過ごした時間は、なんだったのだろう。膝に乗せられたときに服越しに伝わってきた、ゼーズルの熱い体温と高鳴る鼓動は。

最後に静かに触れた、唇の柔らかさは。

異民族に掠奪されそうになったタハーミラィの危機に、全速で駆けつけることができたのも、常にタハーミラィの動向と安全に気を配っていたからではないのか。

急速に暑さを増す午前遅くに、馬場に来る者の数は少ない。間近に人の息や気配を感じずに済む広い場所でようやくひとりになれた少女は、甘くやるせない記憶を反芻《はんすう》しながら、あえなく散った初恋の痛みをじっくりと噛みしめる。

ふいに、空気に花の香りが漂った。嗅覚を刺激され我に返ったタハーミラィは、さくりと草を踏む音に背後をふり返る。姿勢のよい背の高い人物が、青紫の花をびっしりとつけたラベンダーの小束を手に、タハーミラィの愛馬に好奇の視線を向けていた。

紅玉《ルビー》と菫青石《アイオライト》を通した金環の耳飾りにかかる、明るい栗色の長い巻き毛。その上に載せられた水色の頭巾は、夏らしく涼やかな上質の亜麻布だ。頭巾が風で飛ばぬように締められた額帯の両端は、メディア風に内側に折り込まず、背中に流している。

藍星石《ラピスラズリ》の粉で染めたのではと思われるほど、目に沁みる濃青の表着は踵まで届き、内側の水色の中着も裾が長い。上質な薄布をたっぷりと贅沢に使ったゆるやかな袖は、風に揺れてはたはたと波打ち、ときに突風に煽《あお》られて大鷹《おおたか》の翼のように虚空に広がる。

水の流れるような青の装いは、慈雨の神《ティシュトリヤ》が天から降り立ったかのようだ。メディア貴族にしては、ゆったりとした外出着であった。

表着の下にのぞく幅広の革帯には、純金の縁取りと、磨き上げられた金銅の留め金が目に眩《まぶ》しい。タハーミラィの短剣《アケナケス》を子どものおもちゃに見せてしまうような、見事な象嵌《ぞうがん》と多彩な宝飾が鏤められた、しかし実用も兼ねた大ぶりの短剣を右腰に帯びていた。よほど身分の高い男性なのだろう、タハーミラィは慌てて立ち上がり、メディア風のお辞儀をした。

「美しい馬だな。名前はなんという」

ゼーズルよりは二、三歳年上と思われる、若々しさと落ち着きを同時に具《そな》えた声が、流暢なメディア語で訊ねた。カーリアフのような腹に響く太さや重みはないが、ほどよい低さの、そして深みのある、いつまでも耳の底に残る声だ。

タハーミラィはかしこまって答えた。

「ペローマ（鳩《はと》）、と呼んでいます」

若者は、驚いてタハーミラィの顔を見下ろした。馬の名前には似つかわしくないと思われたのかと、タハーミラィは急に恥ずかしくなった。

「そなたは女か」

タハーミラィは思わず両手で口をふさいだ。身なりを少年のものにしても、声を出せばすぐにばれてしまう。見知らぬ人間に話しかけられ、うかつに応えた自分の愚かさが痛い。

「心配せずともよい。私は怪しい者ではない。そなたから良馬を奪うような真似はしない」

笑みを含んだ、穏やかな青年の話し方に、タハーミラィはおずおずと応じた。

「お殿様なら、ペローマよりも素晴らしい馬をたくさんお持ちですよね」

「数えきれないほど所有しているが、まことに心に適《かな》う名馬とは、なかなか出会えないものだ。そなたとペローマは、相性がよさそうだな」

膝を折って草の上に転がったままで、大きな頭をタハーミラィの膝にすり寄せてくる葦毛の馬に、青年は優しく微笑みかけた。

「そなたは、マッサゲタイ族であろう」

タハーミラィは驚きに目をみはった。青年は少女のうろたえぶりを見て快活に笑った。

「その先の尖《とが》った頭巾の織目模様で一目瞭然だ。訛《なま》りにも、北方民の特徴がある」

タハーミラィはふたたび両手で口を押さえた。エクバターナに来てから学び始めたメディア語は、流暢とはいえない。青年はタハーミラィの羞恥《しゅうち》に頓着《とんちゃく》せず、単語を一語ずつ切りながら、ゆっくりとした口調で質問を重ねた。

「マッサゲタイには、良馬がたくさんいると聞くが。メディアの馬と比べてどうだ」

「どう、と言われましても――」

タハーミラィは首をかしげて考え込んだ。

メディアの馬は、もとはマッサゲタイの東の平原にいたニサイア馬が原種であるので、大きさや性質はあまり変わらない。ただ、管理された繁殖を繰り返したことで、馬の形質がそろっているメディアの馬と違う点は、定期的に野生馬の群れを捕らえて、馴《な》らした馬と交配させるところだ。そのため、マッサゲタイでは時にとんでもない形質や能力を備えた馬が生まれてくる。

「とんでもない、とは？」

タハーミラィのたどたどしい説明に、青年は興味をそそられたらしい。身を乗り出して話の先を促した。

「とても大きな馬や、珍しい毛色とか。あるいは、どんな馬でも追いつけないくらい、おそろしく脚の速い馬などです。気が荒くて、獅子《しし》や牡牛《おうし》でさえ蹴り倒してしまう馬も。あとは、それは素晴らしく美しい馬とか」

タハーミラィは、王庭で育てられていた美しいニサイア馬の群れを思い出して説明した。

「どのように美しいのか」

「顔から尻尾《しっぽ》まですべて真っ白な馬です。陽に当たると毛先が白金色に光って、体つきも素晴らしく優美で、脚も速かったのですが、ひとが乗ることは許されていませんでした」

「なぜ。立派な白馬であれば、王の騎乗にふさわしい名馬と思えるが」

怪訝《けげん》そうに訊ねる青年に、タハーミラィは切なそうに答えた。

「純白の馬は、『マッサゲタイの天空馬』と呼ばれる聖獣なのです。飼育も、専任の神官のみにゆだねられていました。冬至《とうじ》祭には太陽神を連れ戻す供犠《くぎ》として、また、日照りや洪水のときには、河の女神に捧げるために、心を込めて育てるのです」

「さぞかし美しく、神々しい馬なのだろう。マッサゲタイの天空馬というのは」

「ええ。殿様は、純白の神馬の群れが草原を疾走するさまを、ごらんになったことはありますか」

青年は、静かにかぶりを振った。

「神馬の群れは、ないな」

タハーミラィは少しの間、故郷を想い無言で北東の空を眺めていたが、急に青年の存在を思い出してうつむいた。

見知らぬ異性と、気安く話していることが不思議だった。自分の身分や立場を思えば、異国の男性と口をきいていることにも、大いに問題があるのだが。

思えば、タハーミラィは、ほとんど異性と接する機会がなかったにもかかわらず、男性を怖いと思ったことはなかった。子どものころはゼーズルが身近にいたことや、公式の場では沼沢ゲタイの姫君として、形だけは男たちから丁寧な扱いを受けていたためかもしれない。

そして、初めてタハーミラィを抱き上げ、閨へ連れ込んだ屈強な男——まだ心も体も幼いタハーミラィの純潔を散らそうとしなかったカーリアフの大らかさが、タハーミラィに男性への恐怖を植えつけなかった。

草原でマニージェを殺し、タハーミラィを凌辱しようとした異民族の戦士たちは、人間の男というよりは言葉の通じぬ野獣としか思えなかったためか、この青年のように身だしなみもよく、礼節のある、距離を取って話しかけてくる相手を恐れる必要を、タハーミラィは感じなかった。

「それで、このペローマは、そなたの馬か、それともそなたの主人の馬か」

タハーミラィは一瞬迷ったが、正直に打ち明けた。

「私の乗馬です。ペローマの背に乗って、アルボルズの山を越えてきたのです」

青年は、タハーミラィの腰帯に下げた短剣《アケナケス》に一瞬だけ目を落としてから、すぐに顔を上げた。

この青年も、タハーミラィの碧眼をまっすぐに見据えて、忌むことなく話しかけてくる。恥ずかしさを覚えたタハーミラィは、思わず目を逸らした。

「では、私とここで言葉を交わしたことがカーリアフ王に知られては、そなたに迷惑をかけるかもしれぬな」

タハーミラィは、はっとした。妃の衣装を身に着けずとも、赤朱の城郭内に住み、ペローマのような上質な馬を所有する少女が、高貴な身分であることは隠しようがなかった。そして、カーリアフを公称で名指したことで、青年がマッサゲタイの王と同等か、それ以上の身分であることも推測できた。

「私がここにいることは、侍女しか知りません。私が自分で馬の世話をすることを、家の者が喜ばないので」

シャヒーブはともかく、ゼーズルには内密にしてあった。ゼーズルは二言目には貴顕《きけん》の女らしく振る舞うようにと口うるさい。人気《ひとけ》のない場所で異性と、それも異国の貴人と気安く話していると知れたら、ゼーズルはきっと激しく叱るだろう。

タハーミラィの口元がゆるんだのを、青年は見逃さなかった。

「姫君は、なにか楽しいことでも、思い出されたか」

「いえ」

口元を引き締めたタハーミラィは、青年を見上げた。青年は目を逸らすことなく、タハーミラィを見つめ返す。

「殿様は、私の目を見ても、嫌な顔をされないのですね。殿様の国には、青い目の人間がたくさんいるのでしょうか」

青年は、虚を衝《つ》かれた顔をした。

「多くはないが、珍しくもない。なぜだ」

「マッサゲタイでは、青い目は邪視とされ、忌まれるのです。だから、誰も私のことなど気にかけませんし、私がいつの間にかいなくなっても、気にする者などおりません」

夫であるはずのカーリアフも、まったく関心がないのだから。

マッサゲタイの内廷において、タハーミラィは一対の碧眼のために、どこにも居場所がなかった。

声音に、タハーミラィの孤独と寂しさが滲み出たのか。黙っていた青年が急に片膝をつき、タハーミラィを見上げて言った。

「私の目も、少しだが、青みがかっているといわれる」

南国風に、目の縁に沿って黒炭で化粧を施された青年の瞳は灰色であった。太陽の光が当たると、わずかに青みが射す。タハーミラィの胸の奥で、心臓がどくんと跳ねた。

メルヴやエクバターナにも碧眼の人間がいるとは聞いていたが、未知の人間と出会う機会はほとんどなく、まして瞳の色をのぞき込むほど他人と顔を近づけることもない。

青年が立ち上がり、陽光の影になると、瞳はもとの灰色に戻った。

「私の陰気な目の色と違って、姫君の瞳は、夏空のようにすがすがしく、美しい青をしておられる。邪視ではない」

タハーミラィは、急に胸に懐炉《かいろ》を差し込まれたように熱くなった。

「とっ、殿様の瞳が陰気だなんて。そんなことありません。銀の月みたいです。光が射すと、澄んだ水のようにきれいです」

はるかに年下の少女に、女性美を称《たた》える比喩を持ち出されて、青年は苦笑した。

「姫君のように、私も子どものころ、この瞳の色で疎《うと》まれたことがある。そのころは、古きマンナエの民や、色の濃いアッシリア人の多い村に住んでいた。かれらにとって、メディア人は遠くから来た圧政者であるらしいのだ。私がかれらに悪いことをした覚えはないというのに。目や肌の色で他者を厭《いと》うたり、憎んだりというのも、おかしな話だ」

青年は嘆息《たんそく》した。

「身分や出自、見た目の姿や話す言葉、服装や信じる神が異なろうと、みなが争わずに、ひとつの法の下に、敬《うやま》い合い譲り合って、生きてゆける国はないものかと、姫君は思われたことはないか」

マッサゲタイ人しかいないところで育ち、初めて訪れた外国でも、身内ばかりの区廓《くかく》に押し込められたタハーミラィには答えようがなかった。だが、自分の碧眼をあれだけ厭う人々の視線を思い出せば、地上のどこであろうと、互いの抱えるわずかな違いを理由に人々が争い合うことは、珍しくはないのだろう。この青年のように、誰もが当たり前のようにタハーミラィの目を見て笑いかけ、話しかけてくれる国に生まれていれば、どれだけ幸福な毎日だろうか。

「そのような国があれば、住んでみたいです」

青年は、ゆったりとした笑みを口元に浮かべ、両手を広げた。

「なければ、自分の手で創るがいいと、思われぬか」

青年の顔を見上げたまま、呆《ほう》けたようにタハーミラィは問い返した。

「創れるでしょうか」

「やってみる価値はある。いまのままでは、何も変わらぬのであれば」

青年は、深みのある声と、硬い口調で断言した。それは、目の前の少女ではなく、青年自身に言い聞かせているようでもあった。

タハーミラィは、急に怖くなった。

現実には存在しない王国を、いまでさえ数多《あまた》の王国がひしめき合っているこの地上のどこに、打ち建てようというのだ。

タハーミラィは落ち着きなく両手を組み合わせた。青年はふと顔を上げて、こちらに駆けてくる黒い馬に目を留めた。

「もう行かなくては。よい話を聞かせてくれた。礼を言う。マッサゲタイの姫君」

青年はごく自然に、タハーミラィにラベンダーの花束を手渡した。どこの国の風習なのか、メディアでは見たことのない仕草で別れの礼をしてみせる。驚くタハーミラィの鼻腔《びこう》にラベンダーの香りが満ちた。

「私の名はクルシュだ。また馬について語り合える日があればよいな。マッサゲタイの姫君」

クルシュは駆け寄ってきた黒馬を止めることなく、ひらりと馬の背に飛び乗った。タハーミラィと違い、片鐙など使わず、馬との絶妙の呼吸と、自身の跳躍力だけで。

濃青の表着の袖と裾が風を孕んで、猛禽《もうきん》の翼のように蒼穹《そうきゅう》を舞った。

馬上で生まれ育つとされる草原ゲタイ族でさえ、走ってくる馬に飛び乗れる騎手は多くない。しかも、婚礼の花嫁が身に着けるような広やかな袖と、裾の長い衣の重ね着も、青年のみごとな馬術を妨げはしないらしい。重力を感じさせない一連の身のこなしに、青年がゼーズルにも劣らぬ戦士の技量を備えていることも窺われる。

クルシュと名乗った青年は馬首を返し、あっというまに馬場を去って行った。

あたかも、一陣の青い風が駆け抜けたかのように。

三、ファールスとアンシャンの王

枕元に吊るしたラベンダーの花は、乾燥させたのちも、よい香りで寝所を満たしてくれる。その尽きぬ香りのように、クルシュと交わした言葉やその面影は、タハーミラィの脳裏を離れない。ナーヒーダは、口数の減ったタハーミラィにぼんやりしている理由を訊ねたが、

「いつになったらマッサゲタイに帰れるのかと思って」と憂鬱そうに言葉を濁せば、望郷の病と判断して疑いもしなかった。

翌日も、その翌日も馬場に行ったが、クルシュに出逢《であ》うことはなかった。

婚礼から一年近く経てば、カーリアフが閨で示した寛大さは、タハーミラィに向けた優しさではなく、沼沢ゲタイ氏族長への配慮であったこともわかる。

いずれの国か由緒《ゆいしょ》正しい氏族の、かなりの身分と察せられるクルシュもまた、たまたま通りすがりにタハーミラィの馬に興味を持ったから話しかけてきたのであって、ちっぽけな自分にわざわざ会いにくる暇などあるはずがないのだ。

しかし、思いがけなく間近で見たクルシュの容貌は、日ごとに鮮明さを増してくる。形よく整えられた眉、秀でた額。鼻は、少し高すぎる。そして、まぶたの縁が黒炭で強調された大きな眼《め》。その瞳は、銀の水盤のように謎に満ちていた。

「目の色を褒められるたびに、その気になってしまうのは、ゼーズル兄様で終わりにしなくては。いつまでも、小娘じゃないんだから」

虚《むな》しく馬場から引き上げるたびに、タハーミラィはペローマに話しかけた。小娘どころか、既婚者である。王の手はついていないにしても、とペローマの黒い目が諭しているようであった。

　ある日、馬場から戻ると、ナーヒーダがばたばたと衣装を整えていた。

「タハーミラィ様。明日、カーリアフ様と王族の皆様で、太陽の神殿にお参りするのですって。どちらのお妃様も姫様方も、衣装選びで大変な騒ぎですわ。タハーミラィ様は、何をお召しになります？」

　最礼装で着飾り、国王に随行して神殿に詣でるのは、王族の女たちにとっては最高の娯楽であった。

　だが、この暑い季節に、重ね着の正装をしてメディア流に面紗《めんしゃ》と被り布で顔と体を隠し、人の多い神殿に上がり、長時間祈らなくてはならない王の随行になど、タハーミラィは興味を持てない。

　そういえば、クルシュの服装も女性の装束と似ていたが、暑そうではなかった。クルシュの衣類は薄手で、わずかな風にもふわりと舞い上がり、波打つさまが美しかった。羊毛でない、最高級の繊細な亜麻糸で織られた風通しのよい布地なのだろう。

　藍星色《ラピスラズリ》の袖を、翼のように翻して馬を駆るクルシュを思い浮かべてしまい、タハーミラィはかぶりを振った。

「何でもいいわ。太陽神《スーリヤ》に失礼にならない程度に、地味な正装を選んで」

　とにかく目立つまい、人目を引くまいとする女主人に、ナーヒーダは落胆した。

「タハーミラィ様だって、きちんと着飾れば、他のお妃方に充分張り合えるくらいお美しいのに。せめて、メディア風のお化粧をなさいませんか。タハーミラィ様の瞳がそれは美しく映えますわ」

タハーミラィは黒炭が目に入ったら痛そうでやったことがないのだが、メディアの貴族は男女とも目の縁に炭を塗り、目元を強調する。それはマッサゲタイの貴婦人たちの間でも流行していた。ゼーズルやシャヒーブは、南国貴族の女装趣味と嗤《わら》うのだが、クルシュの化粧は見苦しくはなく、逆に目元の魅力を引き立てていた。

「どうせ被り布と面紗で隠してしまうのに。でも、ナーヒーダがそうしたかったら、お化粧してもいいわ」

ナーヒーダがとても楽しそうに微笑み返したので、タハーミラィも少し嬉しくなった。

不思議なものだ。すっぽりと布に包まれて、誰にも見えはしないのに。目の縁を黒く塗って、頬に紅を差し、薔薇《ばら》の香油で艶を出した唇が、薄い面紗の奥でひとりでに微笑む。

しかし、初めての化粧で浮き立つ心も、早朝から始まった喜捨、祈禱《きとう》と山羊の供犠《くぎ》の長さに磨《す》り減っていった。日が高くなってようやく一連の儀式は終わったものの、蒸し暑さと生贄《いけにえ》の血の臭い、そして聖火の煙で、タハーミラィは具合が悪くなりそうだ。

拝殿から広間へと下りる階段で、華やかな宮廷服をまとった、貴人らの一行と行きあった。その中心に立つ、ひときわ華麗な長身の人物に、タハーミラィの足が凍りついた。

王侯閣僚級の地位を示す、深い緑のフェルトに金糸銀糸を縫い込んだ、メディア風の背の高い円筒帽《ティアラ》。

床に裾を引く、目の醒《さ》めるような翡翠《ひすい》色の表着、その広やかな袖は丁寧に襞《ひだ》を折り、肩の上で銀の房のついた組紐《くみひも》で留め、孔雀《くじゃく》の尾羽のように背中に流れていた。表着の下は精緻な蔦《つた》の葉もようの薄織物だ。胸に幾重にもかけられた、金銀と輝石の重たげな宝飾品や、帯の右に佩《は》かれたまばゆい宝剣に、帝国メディアの王その人だと言われれば、信じてしまっただろう。

階段を下りてゆくマッサゲタイ王族の一行を、親しみ深い笑顔を湛えたクルシュは、いくつもの指輪をはめた両手を広げて迎えた。

「マッサゲタイの王、すべてのゲタイ族の長、カーリアフ」

「ファールスとアンシャンの王、シャー・クルシュ」

互いを慇懃に名指しあったふたりの王は、親密な抱擁を交わした。

クルシュの地位と身分を知ったタハーミラィは震え上がった。

国許《くにもと》で反乱が起きているにもかかわらず、メディア王イシュトゥメーグの不信から、エクバターナに抑留されたままのファールス国王。

「クルシュ王におかれては、反乱平定の武勲を祈願しての参拝ですか」

十歳は年下の異国の王に、カーリアフは丁寧に話しかけた。

「私に武勲など、縁はございません」

クルシュは自嘲気味に応えた。カーリアフは苦みのある笑みを返す。

「十六でアンシャンの王に即位、その年のうちに隣国ファールスを併呑《へいどん》された御仁《ごじん》のお言葉とも思えませんな」

「アンシャンとファールスは、もともと同じパサルガード氏族。ハカーマニシュを家祖とするひとつの王家です。私が王位に就いた当時は、東方のサカ族による侵略が激しく、氏族の団結を求めたアンシャン上王カンブジヤの希望に、ファールスの王が同意した上の再統合です」

儀礼的ではない、目元にも柔らかな笑みを絶やさぬクルシュの言葉に、カーリアフは鷹揚《おうよう》にうなずき返す。

クルシュは、カーリアフを誘って、拝殿下の広間に案内した。

「私の祈禱は、病の長引く父の健康を祈るものです。順番がまだ先ですので、カーリアフ殿が急いでおいでなければ、控えの間で一緒に葡萄酒《ぶどうしゅ》でもいかがですか。この神殿は、真夏でも涼しく過ごせるよう、あちらこちらに噴水がもうけてあります。特に西の中庭は、木陰も多く塀も高くして、貴顕《きけん》の婦女子が人の目を気にせずくつろげるように造られています」

クルシュが手を伸ばして指し示したアーチの出口に目をやり、カーリアフは慇懃に応じた。

「酒は、祭儀のときにしか呑まないことにしているが、乳茶ならいただこう」

カーリアフはすぐ近くにいたファリダに先に行くよう、目配せをした。

タハーミラィは、クルシュの視線がカーリアフの女たちをなぞってゆくのを、面紗の奥から見て取った。カーリアフの三人の妃妾の上を素通りし、頭の被り布だけで、顔は隠していない未婚の王女や侍女らの顔に数瞬ずつ目を留めるのを。

――私を、捜しているのかしら。

そう思ったタハーミラィは、面紗の下で頬を染めた。まさかマッサゲタイ王の妃が、小姓の恰好をして馬の世話をし、従者も連れずにひとりで馬場を歩き回っているなど、想像もしないのだろう。もっとも、王女や貴族の年若い姫でも、そんなことはしないものだが。

ファリダに促され、列をなして西の中庭を目指す女たちに従いつつも、タハーミラィは、反対方向へ並んで歩み去る、ふたりの王の背中から目が離せなかった。


その翌日、ゼーズルがタハーミラィの居室を訪れた。メディア貴族の居合わせない場所で、カーリアフとクルシュ王が鉢合わせしたと知り、会見のようすを知りたがった。

「カーリアフ様が参詣された日に、クルシュ王が神殿に現れるなど、偶然だろうか」

ゼーズルは苦々しげにつぶやく。

「カーリアフ様とクルシュ様が神殿で顔を合わせると、何が不都合なのですか」

タハーミラィはどきどきしながら訊ねた。

「このまま国許の反乱が続けば、メディア国内のファールス人差別や排斥が激しくなり、クルシュ王はメディア宮廷で孤立を深める。アルメニア公の子息やヒュルカニア人の首長とは懇意らしいが、みなイシュトゥメーグ王の顔色を怖れて、クルシュ王の帰国を後押ししてくれる王侯貴族はいない。メディア王の目の届かない所でカーリアフ様を取り込むには、神殿での祈禱はよい隠れ蓑《みの》だ」

タハーミラィは、身分や出自にかかわらず、互いの違いを敬い、譲り合える国を創れぬものかと、嘆息まじりに語った青年の物憂げな笑みを思い浮かべる。

ゼーズルはタハーミラィの沈黙に注意を払うことなく、話し続けた。

「北のマッサゲタイと南のファールスが結べばメディアには脅威となるが、クルシュ王には他国との盟約に差し出せるような娘もなく、自国の反乱ひとつ収められない弱小国の王に、カーリアフ様がご自分の王女を娶《めあ》わせる利点もない」

タハーミラィは急にカッとなって従兄を睨みつけた。

「まったく、殿方のおつむには政略と戦争のことしかないのですね。たとえクルシュ様に姫君がおられたとしても、這い這いも難しい幼子でございましょう。カーリアフ様にも王子様方にも、現実味のないご相談ですわ」

タハーミラィの剣幕にゼーズルは驚いた顔をしたが、すぐに嘲る口調で付け足した。

「王宮で拝見するクルシュ王は、いつもずるずるとした衣装をまとい、金銀や宝石で飾り立て、浴びるように酒を飲んでは美姫《びき》と戯れている。たとえクルシュ王がメディアの王太子だったとしても、カーリアフ様はご自身の王女をやりたいとは思わぬだろうよ」

タハーミラィは絶句し、あとはゼーズルに何を訊《き》かれても上の空であった。


豊穣の月の初旬。

タハーミラィはいつもと同じように厩舎で馬の世話を終え、馬場へ向かった。

ファールス内における氏族らの反乱は広がりつつある。不在の王であるクルシュの内心の焦りはいかばかりだろう。自分がマッサゲタイ王の娘なら、クルシュの基盤を固める盟約のために嫁がされてもかまいはしないのだが。と、ゼーズルに対しては政略結婚を蔑《さげす》んだことを棚に上げ、希望のない想像に浸《ひた》る。現実には、カーリアフの側妃である自分では、醜聞以上の災厄をもたらすだけではあったが。

話しかけなければいいのだ。すれ違うだけでいい。もう一度、あの光に透けるダマーヴァンド山の氷雪のような、青灰色の瞳が現実だったのか、確かめたかった。

衝動が理性を麻痺《まひ》させる心の病というものが、確かにあるのだ。破滅という代償を知りながら、美しく揺れる焔《ほむら》に惹《ひ》かれて、飛び込み燃え尽きる羽虫のように。

だが酷暑の季節に、陽が昇ってから馬を調教している人間は見かけなかった。タハーミライががっかりしていると、ペローマがぐいぐいと勝手に歩き始めた。愛馬の好きに歩かせているうち、枝葉が隙間なく繁った大木の下に、見覚えのある黒馬が、手綱を付けたまま草を食んでいるのを見つけた。

「あら、おまえのご主人様はどちら」

タハーミラィが周囲を見回しても、クルシュの姿も、馬小姓も見かけない。ふたたびがっかりするタハーミラィの肩に、硬い礫《つぶて》がポンと当たった。どんぐりでも落ちたかと見上げるが、樫《かし》の木ではない。足元の青い小石を拾い上げると、黄金虫《こがねむし》の形をした天空石《フィルーザ》であった。しかも、蜘蛛《くも》の巣のような網目模様に覆われた、最高級の天空石だ。

「私はここだ。マッサゲタイの姫君」

ほどよく低く落ち着いた、耳に沁み込む声が、頭上から降ってきた。しかし見上げて目を凝らしても、大木の枝葉はみっしりと絡み合い、その上で涼を取っている人物の姿は判別できない。

「姫君は、木登りは不得手か」

笑いを含んだ声に、タハーミラィは革靴を脱ぎ捨てると、憤然と幹を登り始めた。

「これはこれは。思ったよりお転婆な姫君であったか」

厚く繁った葉をかき分けながら、クルシュの笑い声を頼りに登ってゆく。

枝葉を広げた大木の真ん中あたり、ちょうどいい太さの枝に、クルシュは居心地よさそうに横たわっていた。今日は木登りのためか、表着の袖は絞ってあり、丈も短い。縞《しま》模様の脚衣も細く、襞の少ない地味な色合いの目立たぬ装いだった。靴は履かずに裸足《はだし》で、顔を見なければ牧童と間違えそうだ。

タハーミライは、クルシュから少し離れたところに、座り心地のよさそうな枝を見つけてそこに腰かけた。木登りに汗を流したせいか、息が弾む。タハーミライの気分はひどく高揚していた。

「そうしていると、王様には見えませんね」

マッサゲタイ内廷では息を潜めているタハーミライだが、もともとおとなしい、という性格ではない。碧眼を忌む人々に囲まれて臆病になってはいるが、母やナーヒーダ、ゼーズルのようにまっすぐに接してくれた人間のおかげで、自分の目を見て話しかけてくる人間には、生来の明るさで応じることができることをクルシュと出会って知った。

「そなたも、姫君には見えない」

「クルシュ様は異国の王様なのに、おひとりで城内を歩き回っておいでなのですね。カーリアフ様は、いつでも護衛の兵士や、通訳を連れておられるのに」

頭上の枝から葉をむしり取りながら、クルシュは穏やかに応えた。

「私はエクバターナで生まれ育ったのでね。あらゆる抜け道を知っている。それに、イシュトゥメーグ王の客分でもない。カーリアフとは違う」

タハーミライは混乱した。

「でも、クルシュ様は、南の海沿いのファールスという国からいらした王様なのでしょう?」

「いかにも。ファールス王族の家祖ハカーマニシュの裔《すえ》だ。しかしメディアの客王ではない。王宮に自分の館を持っている」

尊大にも聞こえる、おのれの血統への並々ならぬ矜持《きょうじ》が感じられる口調だった。

「金の胸壁の、内側にですか」

タハーミラィは合点がいかなかった。ファールスといえば、辺境の異民族の国だ。マッサゲタイもそうではあるが、メディアの属国ファールスと違い、独立国である。国の格でいえばマッサゲタイの方が上だ。

カーリアフの居館が第三城郭なのに、属国の藩王クルシュの館が第一城郭にあるとはどういうことか。タハーミラィが混乱していると、クルシュが口を開いた。

「メディア王イシュトゥメーグが、私の祖父だということはご存じないのか。マッサゲタイの姫君」

タハーミラィは顔を赤くして俯《うつむ》いた。ファールスとメディアの王家が、姻戚《いんせき》であってもおかしくはない。つまり、クルシュは現メディア国王の親族でもあったのだ。

「女ばかりの館では、あまり込み入った話は聞けないのです」

そもそも、どうしてファールスの国王でメディア王の外孫が、城壁をふたつ隔てた第三城郭の馬場でひとり、供も連れずに裸足で木登りなどしているのだろう。

葉ずれの音にまぎれて、含み笑いが響いた。

「マッサゲタイの後宮《こうきゅう》では、私はどのように噂されているのだろうか」

「あの……」

タハーミラィは口ごもった。あまり好意的な噂は流れていない。本国の危機に、出奔《しゅっぽん》してでも反乱の鎮圧に赴かないことから、ファールス上王カンブジヤの胤《たね》かどうかも怪しい、と言う者さえいた。そう噂する者は、猜疑心《さいぎしん》の強いイシュトゥメーグ王の許可も得ずに、クルシュが一歩でもエクバターナを出れば、たとえ孫であろうと、その首を刎《は》ね飛ばされてしまうであろうことを知らないか、失念している。

タハーミラィの返答を待たずに、クルシュが自分で答えた。

「山犬に育てられた私生児であるとか」

「いえ、そんな――」

立ち消える語尾が肯定してしまった。

「私生児ではないが、犬に育てられたというのはあながち嘘ではない。誇張はあるが」

一呼吸入れて、クルシュは続けた。

「イシュトゥメーグ王は、娘の産む男子がかれを玉座から追い落とすという夢を見て、遠方の小国へ嫁がせ、娘が妊娠したと知るとエクバターナまで呼びつけた。ここで赤子を産み落とさせ、殺すために」

タハーミラィは息を呑んだ。だが、その赤ん坊が目前の青年であると思いいたる。

「あ、でも、その赤子は助かったのですね」

「イシュトゥメーグ王に赤子の処分を命じられた家臣は、子どもを死産したばかりの王家所有の牧童夫婦に私を預け、代わりに死んだ赤子をアンシャンの王子として葬った。そのとき、私に乳を与えてくれた牧童の妻の名が、スパカ（雌犬）というのだよ」

タハーミラィは驚いた。何を好んで女子を雌犬と名づけるのか。

「マッサゲタイでも、雌犬は侮蔑《ぶべつ》の響きがあるのだろうか。国や民族によっては『雌犬の子』呼ばわりは、大変な侮辱と受け取られるらしい」

クルシュは首を曲げて、感情のない灰色の目でじっとタハーミラィを見つめた。

「あまり、女の子にはつけない名前ですね」

タハーミラィは、声が震えないように気をつけて応えた。

「そなたは自分の愛馬を鳩と名づけた。それは、鳩の温厚な性質が、婦人を乗せる良馬に具わるように、という願いからだろう。マッサゲタイでは馬が聖獣であるように、メディアやファールスでは、犬は全知全善《アフラ・マッダ》の神の定めたもうた、最も神聖な獣だ。仔をたくさん産み、自分の仔犬でなくても、ときにそれが犬の仔でなくても、情を抱き、分け隔てなく乳をやり、細やかに面倒を見る。犬は飼い主に忠実で、決して裏切らない。それを美徳と考え、そのような母になれと、スパカと名づける親はメディアには少なくない。そして、私の育ての母は、まさにそのような女性だった」

　枝の上で、クルシュは慎重に伸びをした。

「私は、牧童奴隷の子として育てられたのだよ。朝は養母と山羊の乳を搾《しぼ》り、昼は養父と牛羊を追って山を登った。家畜の糞《ふん》を集めて火を熾《おこ》し、牧草を刈って冬に備えた。自分で育てた牛羊の肉を口にすることはなく、王宮に納めた。十になったころ、近隣の貴族の息子と諍いをして王宮に引っ立てられ、王と顔立ちが似ていたことから、養父が拷問に屈して、出生がさらされたというわけだ」

　目の前の貴公子が、一国の王子に生まれながら、何も知らず奴隷として育てられたと聞いて、タハーミラィはどう反応してよいかわからなかった。

「出逢ったばかりの、名も知らぬそなたに、なぜこのような話をするのか、不思議に思っているのだろう」

　図星を指されたタハーミラィは口ごもった。

「なぜだろう。そなたに、山犬に育てられた私生児と思われていたのなら、それを正したかったのだと思う」

　帯に下げた水袋を外し、クルシュは栓を抜いて水を飲んだ。そのまま腕を伸ばし、タハーミラィに差し出す。

「姫君は、喉は渇いていないか」

木の中は涼しいとはいえ、空気は乾燥している。喉の渇きを自覚したタハーミラィは、枝から落ちないよう片手でつかまり、水袋を受け取った。吸い口はかすかに薄荷《はっか》の匂いがした。酒の臭いなどしない。清涼な水が喉を流れ落ちた。

「予知夢に関しては、祖父は娘の子を殺したことを後悔していたらしく、もう一度夢を読み解かせたマゴス僧の解釈のおかげで、処刑は免れたが——姫君に聞かせるには、陰気な話題だな。姫君の話を、聞かせてもらえないだろうか。マッサゲタイとは、どのような国で、どのような慣習に従って暮らしているのか」

タハーミラィは、沼沢の浮島に造られた、円筒を縦に切って伏せたような形の、葦の家を思い出す。

「子どものときには、マッサゲタイは緑豊かな水の国だと思っていました」

タハーミラィはそこで言葉を切った。クルシュは自分をマッサゲタイの王女だと思っているのだ。王族の姫が沼沢育ちなのは不自然ではないかと、タハーミラィは急いで頭を回転させる。

「私は、大きくなるまで河の女神の神殿に預けられて水辺で育ち、ほとんど外出も許されなかったのでそう思い込んでいたのですが、王族として行幸に加わってからは、マッサゲタイの国土の大半が、果ても見えない沙漠と草原であると知りました——」

クルシュは、タハーミラィの話を遮ることなく、地方氏族の水辺の暮らし、千人を超える王族ゲタイの沙漠越え、マッサゲタイ人の住まない王都メルヴのこと、そしてアルボルズ越えの話を興味深く聞いた。時折り、マッサゲタイの氏族制度や、周辺の異民族との関係についても幾度か質問を挟み込む。タハーミラィは、自分が知っていることは答えた。

ダマーヴァンド山がいかに美しかったか、という話に夢中になっていると、ひゅるると甲高い猛禽の鳴き声が聞こえた。

クルシュは体を起こした。

「さて、私の姿がどこにも見えないことに、祖父殿が気づいたようだ。王宮に戻ってご機嫌を取らねば、この首が危ない。マッサゲタイの姫君、次にお目にかかるまで生きていたら、また話を聞かせて欲しい」

タハーミラィが応える前に、クルシュはひょいひょいと枝を伝い降りた。

「バード（風）！」と一声叫ぶと、黒馬が駆け寄ってくる。一番下の枝から飛び降りざまに黒馬の背に跨り、たちまち走り去る。胡豹《ファラン》のように身軽に枝を渡り、裸足で馬を駆けさせるなど、クルシュは確かに牧童育ちの王様であった。

一方、昼近くまで帰らなかったタハーミラィは、ナーヒーダに雷を落とされた。都暮らしが長くなり、女たちの知人も増え、人の出入りが多くなっているのだ。長時間の単独外出がばれたら、とんでもないことになると釘を刺された。

それでも、馬の世話は欠かせないと、タハーミラィは馬場に通い続けたが、数日経ってもクルシュが顔を見せることはなかった。

銀や金の胸壁の向こうにはもっと立派な、王族のための馬場があるはずだ。わざわざ身分の低い者が使う馬場に来る理由もない。


その日も、分相応でない相手に期待などすまい、そもそも外で異性と会って語らっていい立場ではないのだから、と自分に言い聞かせながら、急いで馬場に向かう。

朝の早い時間に、黒馬とともに馬柵《うませ》に佇む姿勢のよい人影を見つけて、タハーミラィは息を吞んだ。心が浮き立つ。小走りにそちらへ駆け寄ってしまう自分が止められなかった。

今日のクルシュは、初めて会った日のような、裾も袖も広い、ひらひらとした葡萄酒色の上着だった。頭巾と中着はラベンダー、帯は濃い貝紫と、同系色の濃淡を組み合わせるのがファールス風なのだろうか。

「これに、替えてくれると、助かる」

そう言ってクルシュが差し出したのは、ファールス人の馬小姓が着ける、丸い帽子と袖の広いオレンジ色の表着だった。

「森へ行かねばならないのだが、その衣装なら誰の目を引くこともないだろう」

タハーミラィは急いで着替え、クルシュの馬の後をついて行った。

重なり合う枝葉で日光が遮られ、朝露の残る森の中は涼しかった。小径《こみち》に沿って標《しるべ》のように点々と咲く柘榴《ざくろ》の赤い花、小鳥のさえずりや梢《こずえ》のこすれるざわめき。

「城壁の中に、こんな森があるなんてすごいですね」

「練兵場も兼ねるこの城郭の森が、一番広く居心地がよい。公務が休みでないと来られないのが残念だ」

タハーミラィは、クルシュが王宮から城壁をふたつ隔てた馬場を、数日を置いて訪れる理由を、そのとき初めて知った。

「王様って、忙しいのですか」

「カーリアフは忙しくないのか」

逆に問い返されたタハーミラィは、上目遣いに空を睨んで考え込む。

「殿方は、戦がないときは、家の外では何をしておられるのでしょう」

クルシュは愉快そうに笑った。

「これではカーリアフも働き甲斐《がい》がない。そなたらを守り養うために、身を粉《こ》にして帝国への職務を尽くしているというのに」

タハーミラィは、愚かな質問を恥じて赤面した。

「カーリアフ様は、外向きのことはお話しになりませんので。クルシュ様の公務とはどのようなものですか」

「カーリアフとは職分が違うので、参考にはなるまいが。私は王宮ではイシュトゥメーグ王の執事を務めている」

「しつじ、ですか。何をなさるお仕事でしょう」

「羊を数える仕事だ」

タハーミラィはクルシュが駄洒落《だじゃれ》を言ったのかと、思わずその横顔を見つめた。その、いつ見ても穏やかな笑みを刷《は》いた口元に、変化はない。

「冗談と思うか。本当だ。もっとも、数えるのは羊だけではなく、家鴨《あひる》に鶏、牛や酒樽、穀物や玉葱《たまねぎ》の袋とか、ひと口では語れないが」

クルシュが、神殿でまとっていた背高の帽子と華美な宮廷服、宝石だらけの指で、羊や玉葱を数えているところを想像して、タハーミラィは混乱した。それは、牧童や農夫の仕事ではないか。

「王様なのに、ですか？」

「王室主催の正餐《せいさん》や、酒宴、外国使節を接待する饗宴に必要な、食糧と酒庫の出納《すいとう》を管理している、と言った方がわかりやすいか」

笑いながら答え直すクルシュに、タハーミラィは、からかわれていたことを察した。

「とても、忙しいのでしょうね。王宮にはものすごい数の王侯貴族や異国の賓客がおいでですもの」

突き放した言い方をすぐに後悔したタハーミラィは、同情を込めて付け足す。

「王様とは、もてなされるのがお仕事だと思っておりました。もっと栄えあるお仕事をいただけないのですか」

「そうかな。近衛の旗章持ちに、王錫《おうしゃく》や鎗持ちの随行役などは派手で名誉ある職務だから、王侯貴顕の子息はみなやりたがるが、あれは十日で飽きる」

タハーミラィは、ゼーズルが出仕二年目でカーリアフの鉾持ちを任じられたときの、鼻をふくらませた自慢顔を思い出した。

「饗応や接待については、有益なことを学ぶことができるので興味深い。平安に国を治めるには、首長として、なるべく多くの人間を満足させることが肝要だ。国王とは、国民の執事のようなものだ。国土の隅々まで、みなが過不足なく水と食と暖に満たされているかと、目を配る職務の」

国王の職務など、タハーミラィは考えたこともない。木漏れ日の下、クルシュの瞳はかすかな青みを帯び、タハーミラィの心臓は胸郭の内側で跳ね回った。

唐突に、クルシュは馬を止めた。

そこだけぽっかりと切り開かれた森の空間に、低い石垣に囲まれた小さな庭園があった。滑らかな石を組み合わせた細い水路が縦横に走り、たっぷりの清水が涼やかな音を立てて流れている。周囲の木々によって直射日光は遮られ、真夏とは思えないほど涼しい。

クルシュはタハーミラィの手を取ってペローマから下ろした。

「ようこそ、私の王国へ。マッサゲタイの姫君」

庭園の周囲には、等間隔で糸杉の若木が植えられていた。クルシュは、水路に沿って黄水仙《きずいせん》の揺れる小径へと、タハーミラィを導いた。突き当たりには、咲き誇る薔薇の花に挟まれた大理石の階段の上に、四柱の天蓋《てんがい》に守られた一組の椅子があった。

「玉座みたいですね」

「そのものだ。座ってみればわかる」

「いいのですか？」

言われるままに、白い大理石を上り、玉座のひとつに腰かける。左右対称、幾何学的に配置された花壇に、オリーブからラベンダー、雛菊《ひなぎく》まで、さまざまな種類の樹花が植えられ、小径には緑陰の葡萄棚を配置された庭園が一望できた。

庭園の中心には長方形の池に、白や濃紅《こきくれない》の睡蓮《すいれん》が丸い葉の間に浮かび、その池の周囲は、淡紅《たんこう》リコリスと高さの同じ、真紅の花々に縁どられていた。

「あの赤い花は、なんというのですか。とても、きれい」

鉢の開いた赤い花弁が、凜《りん》と立ちながらもはかなく風に揺れるさまに、タハーミラィはため息をついて訊ねた。

「マッサゲタイにはないのか。ラーレ（チューリップ）という名の花だよ。気に入ったのなら、帰りに何本か切ってあげよう」

　玉座の両側の水門から小さな滝があふれ、階段の脇の青いタイルを敷いた水路を流れ落ち、庭中に張り巡らされた水路へと分かれてゆく。

　同じ形と大きさをした左の玉座に目をやり、タハーミラィは、クルシュに訊ねた。

「上王のお父様と、クルシュ様の玉座ですね」

　タハーミラィの顔を見上げたクルシュは、首を横に振り、空いた席を指してこう言った。

「そちらは、『王妃』の玉座だ」

　隣の椅子を見直したタハーミラィは、息を呑んだ。タハーミラィの反応を、ただひとりの女性が、国王と対等の椅子に座ることへの驚きと勘違いしたのか、クルシュは苦笑まじりに説明した。

「メディア人や異民族は不思議がるが、ファールスでは普通のことだ。私の両親の玉座がそうだから」

　タハーミラィが庭園の美しさに感動している間、クルシュは花壇の雑草を抜いたり、木々の枝から害虫を摘《つ》まみ取ったりしていた。タハーミラィは石段を下りて、クルシュに近づいた。

「庭師みたいなことをなさるのですね」

　居留館に出入りする庭師たちを思い出しながら、タハーミラィは話しかけた。

「造園は父上と私の趣味なのだよ。ここにいて勘が鈍らないように、イシュトゥメーグ王の王后《おうこう》に献上する名目で造らせているのだが、それは国許から造園技師と庭師を呼び寄せるための口実だ。実質、私の庭園《パラデイサ》といっていい。ファールスの王都パサルガードに建設中の庭園はこれよりはるかに大きい。王都の庭園には運河を通し、美しい鳥や珍しい動物も放し飼いにしたいのだが、鳥はともかく、動物は庭師がいい顔をしない」

庭園や都市どころか、家すら恒久的な建物を造ることなど考えつかないマッサゲタイ人のタハーミラィには、想像もできなかった。どのくらいでできあがったのかと訊ねるタハーミライに、クルシュはまだ基礎工事が始まったばかりだと言って笑った。

「地取りの配置に従って、地下に効率よく水道を巡らすのが、都市計画の基本だと私は考えるのだが、地下から巨大な岩が出てきて掘り進めなくなったり、地下水が噴き出したり。そのたびに地上と地下の図面を描き直させなくてはならない。時間も費用もかかる」

クルシュは、子どものように屈託のない笑顔で、自分の頭の中にある遠大な王宮庭園《パラデイサ》のありようを夢中になって語った。

「これをごらん」

クルシュが水盤の縁《ふち》に尾鰭《おびれ》で立ち上がる海豚《いるか》の彫刻に手をかざすと、そのくちばしから水があふれ出した。

驚きに目を丸くするタハーミラィの顔を、クルシュは満足そうに眺める。

「ファールス人は、水の魔術師なのだよ。河や湖から遠く離れた沙漠にも、たくさんのオアシスを造り出してきた」

誇りに満ちてそう言うと、クルシュは海豚の傍に置かれていた銀の杯を取り、噴水から水を汲《く》んでタハーミラィに渡した。

水はとても冷たく、爽やかな味がした。

「どこにでも水を湧かせることができたら、どんなに素晴らしいでしょうね」

水の豊富な沼沢地に育ったタハーミラィは、沙漠や草原の横断が大部分を占めた国内の行幸では、渇きと水場の確保に悩まされたことを思い出し、水の魔術を心から羨ましく思った。

タハーミラィの賞賛に、クルシュはむしろ腕を組んで顔をしかめた。

「この庭園は失敗だ。水を使いすぎた。エクバターナは湿度が高く、アンシャンとは土壌も気候も違う。森の庭園造りがオアシス庭園と同じではいけないと、父上にも庭師にも警告されていたのだが」

この庭園のどこが失敗なのか、タハーミラィにはわからない。タハーミラィがそう言うと、クルシュは右手であごを撫でながら、ひとりごとのようにつぶやいた。

「庭園造りは、王国創りに似ている。植えるべき植物の性格を知り、風土と気候を理解すること。そして、水を制すること――父上の、受け売りだが――いつか、バビロンの空中庭園を凌《しの》ぐ庭園都市《パラディサ》を、私の王国に出現させたいものだ」

タハーミラィは感嘆のあまり、半ば叫ぶように言った。

「クルシュ様は、お仕事でも、お休みのときも、つねに王国のことをお考えなのですね」

「そうだろうか。むしろ、庭仕事をしていると、煩《わずら》わしいことを忘れられる」

「私は、馬の世話や、バルバートを弾いていると、嫌なことを忘れます」

「姫君は楽器が弾けるのか。いつか聴いてみたいものだな」

そう応えると、クルシュは葡萄棚へ注意を向けてつぶやいた。

「庭師が言っていたのは、これだな」

散策者に緑陰の休憩所を提供するはずの葡萄棚には、蔓《つる》が幾重にも絡み合い、葉は重なり合って繁り、支柱は葡萄樹の重みで傾《かし》いでいた。繁りすぎた葉をむしりながら、葡萄の実の付き具合を見ていたクルシュの背中に、タハーミラィは勇気を出して訊ねた。

「クルシュ様は、どうして、私をここへ？」

「ああ、すまない」

手を止めたクルシュは、草の汁を上着の裾で拭いた。

「庭仕事につきあわせるつもりではなかった。姫君にひとつ訊きたいことがあったのだ」

タハーミラィは心の中で身構えた。いよいよ、自分の真の身分を明かすときがきたのか。

カーリアフの王女でなく、妃妾のひとりなのだと告白すれば、二度とこのような時間は戻ってこないだろう。

「メディアの食事は、マッサゲタイ兵士の口に合わぬらしい。マッサゲタイ兵が当直をした週は、食べ残しが多く、持ち帰ることもしない。葡萄酒はまったく減らぬという報告を受ける。カーリアフの兵が痩せてしまっては、私の責任問題だ。マッサゲタイ人はどのような料理を好むのか、教えてもらえないだろうか」

予想もしなかった質問に、タハーミラィは絶句した。しかし、クルシュの困った顔を見ているのも申し訳なく、大急ぎで自分の考えをまとめた。

「マッサゲタイに葡萄は育ちませんから、甘すぎる葡萄酒の味はわからないのでしょう。乳酒《にゅうしゅ》も乳茶も、季節によりますが、おとなは塩を入れるのが普通です。カーリアフ様ご自身がお酒を嗜《たしな》みませんし。肉も、先日申し上げた通り、庶民は季節の祭とか、祝い事や神事のときくらいしか食べませんので、毎日のように供されては、いささか食傷気味になるのでは」

「では、何を出せばマッサゲタイ人は喜ぶのだろう。穀類の料理もあまり減らぬという」

「小麦などはメルヴの周辺でしか栽培されていませんし、そのほとんどは都市に住む種蒔《たねま》く者たちや交易商人たちの食糧なので、王族以外のマッサゲタイ人は、その味を知りません。短い夏に採集できる穀物は粟や黍《きび》くらいで、粥もナーンも、収穫期でなければ魚粉や堅果の粗挽《あらび》きで作ります。なので、小麦だけのナーンでは淡白すぎるかと思います。それに、マッサゲタイ人の半分は、水辺の民なのです。河川の近くや、西海の沿岸では特に、魚料理や海豹《あざらし》の肉、魚卵の塩漬けなどが好まれます」

「西海？　ヒュルカニア海のことか。ヒュルカニアから献上される魚卵漬け《カーヴィアー》は、確かに美味だ。ここでは王侯貴族でも希《まれ》にしか食べられない魚卵を一般兵が常食するとは、マッサゲタイ族は思ったより富貴の美食家なのだな」

驚嘆の声を上げたクルシュは、あごに左手を当てて考え込んだ。

「わがファールスの領土も海岸に接している。美味な海鮮が豊富に獲れるのだが、ここから荷馬で二十日の距離だ。新鮮な海魚を取り寄せるのは難しい。いまの季節に魚卵や海豹をヒュルカニア海から取り寄せるのも無理だから、このあたりの河川で間に合わせるしかないだろう」

クルシュは頭を抱えながらも、光明が差したような明るい笑みをタハーミラィに向けた。

「王様が、兵士の食事の量や好みまで心配されるなんて」

「王室の主催する正餐には、王宮警備当直の兵士や役人など、王宮に勤める者たちとその家族、およそ千人分の食事も含まれている。つまり、兵士らの胃袋を心配するのも、私の職分だよ。兵士が空腹では国が亡《ほろ》ぶ」

「千人分の食事ですか！　毎日の！」

タハーミラィは驚きの声を上げた。

「戦ともなれば、数万の兵とその家族を養うのだ。日々千人単位の食事くらい賄《まかな》えずに、国王は務まらない」

タハーミラィは、クルシュの大真面目な話しぶりに、王様というのはずいぶんと気を遣う仕事なのだと感心した。カーリアフも、自分たちの知らないところで、いろいろと煩雑な仕事を片づけたり、兵士の食事まで気を配っているのだろうか。

「どのように調理すれば、マッサゲタイ人の口に合うのだろう。王宮の厨房で魚が捌《さば》けるのは、バビロニア使節のために雇われている、バビロニア人の調理人くらいだが」

「あの、大漁のときは、燻製《くんせい》や塩漬けにしたのをよく乾かしてから擂《す》って粉にし、さらに乾燥させて保存しますが、新鮮なものを食べるときは、焙《あぶ》ったり、蒸したり、擂り身団子にしたり――」

タハーミラィが、思い出せる限りの魚の調理法を説明しようとしたとき、森の中から大勢の話し声と蹄の音がした。クルシュの顔が強ばり、タハーミラィは背後をふり返った。

華美な服装の、メディア宮廷人の一団が、どやどやと森の庭園に雪崩《なだ》れ込んできた。

「クルシュ、やはりここにいたのですね」

年配の女性の声が、森の庭園に響き渡る。

メディア貴族とその従者の列が割れた。太陽の神殿でクルシュがまとっていた最正装をはるかに上回る豪奢《ごうしゃ》な宮廷装束に身を包み、貴金属と宝石に覆われた貴婦人が現れた。

「大后様《おおきさき》」

　クルシュは急いで貴婦人を迎え、膝をついた。その堅苦しい挨拶に、タハーミラィはこの貴婦人がイシュトゥメーグ王の后であり、クルシュの外祖母アリュエニスであることを悟った。

　アリュエニス大后は、クルシュを立ち上がらせて抱き寄せ、背伸びをして孫の両頰に口づけした。クルシュは腰を折り、祖母の手を取ってその指輪に接吻を返した。

「そなたが非番であると聞いて、わが宮で朝食を、と思い使者を送ったのに、外出と聞く。こちらの森へ向かったというので、庭園での会食も善《よ》きことと思い、自ら足を運んだわけじゃ。わらわの庭園がどれほど仕上がったか、興味もあったゆえ。酒食はこちらで用意させた。クルシュよ、こちらへきて相伴《しょうばん》しなさい」

　アリュエニス大后は、ひとり高所の玉座に座ることを拒み、白や橙《だいだい》色のラナンキュラスが咲き乱れる花壇の中心に腰を落ち着けた。

「なんと、春の花がいまでも咲いている場所は、この森の庭園をおいてほかにない。そなたの庭師は魔術でも使うのか」

　大后が感嘆の声を上げる横で、芝生《しばふ》や草花を踏みしだいて給仕が慌ただしく動き回る。陪《ばい》食《しょく》の大后側近らがところ構わず腰を下ろしたり、まだ堅い棗椰子《なつめやし》の実を遠慮なく摘まんで齧《かじ》り、その未熟さに吐き捨てたりする。

　庭園文化の存在しない国から来たタハーミラィにも、クルシュの感性によって緻密に計算された造園設計であることは、漠然と理解できていた。突然の闖入者《ちんにゅうしゃ》の群れに踏みにじられてゆく草花に、袖の中の拳を握りしめたクルシュの内心を思い、タハーミラィも、胃の絞られるような痛みを覚える。

タハーミラィは少しずつ後退し、黒馬バードと愛馬ペローマのところまで戻った。

ファールス人風の馬小姓の存在など誰も気にかけることなく、庭園の昼餐《ちゅうさん》が始まった。

「このごろ、マンダネからは便りがありましたか。息災でいるか、つねに気にかけておるのじゃ」

「母上は健康に過ごしております。父上の看護が長引くので、少しお疲れのようですが」

「まったく、くだらぬ夢占《ゆめうら》のせいで、愛娘《まなむすめ》を遠い小国の病弱な王に降嫁させてしまうなど、王のなされようはひどすぎます。可哀《かわい》そうなわが娘。帝国リュディアの王女である私と、メディアの王との間に生まれたマンダネには、いずれの四帝国の王后の位も、望みのままだったのですよ」

よほど悔しかったらしく、手巾《しゅきん》を握りしめた大后の拳が震えている。

「そうであれば、そなたも帝国メディアの王太子、またはいずれかの帝国の正嫡として、誰にも劣ることのない将来が約束されていたであろうに」

父方の血統が子どもの帰属を決定する氏族社会。ファールス人を父に持つクルシュは、メディアでも、この世界のどこへ行ってもファールス人である。そのことに気づかず、大后はメディアの中流貴族にも劣るとされるファールス王家をこきおろす。辺境の山羊飼い首長に嫁がされた娘の不幸と、その血を受けた孫の不遇を、当の本人に向かって延々と嘆き続けた。

やがて、さすがに祖母の愚痴に辟易《へきえき》したのか、大后の繰言に相槌《あいづち》を打つだけであったクルシュは、話題を帰国の願いに誘導した。イシュトゥメーグ王の勘気を恐れる大后は口添えを渋ったが、クルシュの腰の低い、しかし粘り強い嘆願にやがて根負けした。

「イシュトゥメーグ王お気に入りの宦官《かんがん》で、銀の香りに靡きやすい者に心当たりがあります。十三年前にそなたの命を救うために買収した、夢解きマゴス僧のように容易《たやす》くはいくまいが、手は尽くしてみましょう」

クルシュは感謝の言葉を祖母に浴びせかけ、その裾にも袖にも口づけをした。そうしたクルシュのなりふりの構わなさに、陪食のメディア貴族が侮蔑の笑みで囁き交わすのを見て、タハーミラィは激しい怒りを覚えた。

四、幻の王国

豊穣の月の半ば、その年の収穫を祝って、各城郭は祭で賑《にぎ》わった。

街路に漂うごちそうの匂いと、あちこちで振る舞われる酒のせいか、中心近くの城郭も浮かれた気分が蔓延《まんえん》していた。

カーリアフは、メディア帝国とリュディア帝国が国境を接する西部で、掠奪を働く異民族の征伐に出ていた。

森の庭園で大后に遭遇して以来、タハーミラィは外出禁止になっていた。帰館が午後もかなり遅くなってしまったせいで、とうとうひとり歩きがゼーズルにばれてしまったのだ。

日々、退屈しのぎにバルバートを爪弾くほかは、館に出入りする庭師の仕事をぼんやりと眺めるくらいしかする気が起きない。そのうち、庭師同士で話している言葉がメディア語でないことに気がつき、メディア人の使用人から、かれらがファールス人の奴隷であることを知った。

クルシュも本国ではあの言葉を話しているのかと思うと、季節柄毎日通ってくる庭師たちの会話を窓越しに聴いているだけで、会えない寂しさを紛らわせることができた。

もしまたいつか会えたなら、ファールス語で挨拶をしてみよう。元気でしたか、ありがとう、こちらへどうぞ、また会いましょう、庭師のやりとりから聞き取れたいくつかの言葉を反芻しながら、そう話しかけたときのクルシュの顔を想像するだけで、孤独を忘れられる。

祭の当日になると、外出したいファリダの発案で、外隣の城郭への冒険が計画され、タハーミラィも誘われた。内廷の女たちが一同で出かけるということなら話も違う。退屈していたナーヒーダにも手伝わせて、留守居警備役のシャヒーブを説き伏せ、町へと繰り出した。

赤朱の胸壁のひとつ外側、商人や富豪など自由市民の住む第四城郭で、祭の催し物を見た帰り道は、人混みがひどくて駕輿は進まない。先頭のファリダの駕輿も見えなくなり、タハーミラィは不安になった。

「あまりきれいな衣装で面紗とか着けていると、富豪の婦女と思われて、盗賊にさらわれてしまうかもしれないわね」

そう言って、タハーミラィは面紗を外し、額冠などの宝飾品は革袋にしまい込んだ。

神輿《しんよ》や聖娼、聖牛、供犠の獣の行列が、群衆の投げかける花びらを浴びつつ通り過ぎるたびに、人々が集まり喝采し、駕輿は動けなくなる。歩いた方が早いと、タハーミラィはシャヒーブを説得して、駕輿も降りてしまった。

ナーヒーダは、はぐれてしまわないよう、恋人と女主人にしがみついていたが、タハーミラィは視界に入った黒馬に気を取られ、立ち止まった弾みで人波に押された。ナーヒーダとつないでいた手が離れ、あっという間にはぐれてしまう。焦ったタハーミラィがふり返ると、人混みから飛び出た馬の黒い鬣《たてがみ》と頭は、まだそこにあった。

タハーミラィは人の波を縫って黒馬に近づいた。

「バード」

名前を呼ばれた黒馬は、まるで人間のようにきょろきょろとした。馬柵《うませ》につながれたバードは、この祭の喧騒に心底うんざりしたように、耳を倒したりうしろに向けたりしながら、タハーミラィに恨みがましい目を向けた。

「こんな騒ぎでもおとなしく待てるなんて、おまえは賢い馬ね。ご主人様はお近くにいるの？」

どきどきする胸を押さえて、人混みを見渡す。少し離れた軒先に、見覚えのある背恰好の若者を見つけた。呼吸が浅くなり、指先が震える。あの日から馬場に来なくなった自分を、クルシュはどう思っているのだろう。


最後に過ごした午後の記憶は、繰り返しタハーミラィの胸に蘇り、どうにかして居館を抜け出して馬場へ行きたい衝動を募らせた。しかし、シャヒーブとナーヒーダが結託して目を光らせているので、それこそひとりでは一歩も自室を出ることができなかったのだ。

あの日——

森の庭園の会食が終わり、大后の一行が立ち去ったあと、荒らされた花壇の手入れをクルシュは無言で始めた。上質な衣装の袖や裾、貴石のはめられた指輪が汗や泥に汚れるのもかまわず、黙々と作業する姿に胸が詰まり、タハーミラィは見よう見真似《みまね》で手伝った。

大后と側近貴族への怒りのおさまらないタハーミラィは、折られたり薙《な》ぎ倒されたりした草花を抜く手つきが荒くなりそうで、代わりに言葉で鬱憤を吐き出した。

『メディア人だからって、どれだけ偉いっていうの！　私たちと、どう違うっていうんですか！』

自分でも思いがけない語調の激しさに、目頭まで熱くなってしまい、袖で目をこすった。

クルシュは手を止めて顔を上げた。抑制された口調で、静かにタハーミラィを諭す。

『大后の側近は、リュディア人やリュディア貴族の血を引く者が多い。大后の兄、リュディアの王クロイソスは四帝国一の富貴を誇る。かれらから見れば、メディア人も洗練されているとは言い難い。ましてや、リュディアからは地の果てにあるファールスは――』

言葉を切ったクルシュは、思い出し笑いに喉をクッと鳴らした。

『大后でさえ、未だに私や母がファールスに帰れば、木の皮と凝乳《ヨーグルト》しか食べるものがなく、山羊皮のほかに着るものもないのでは、と心配しているくらいだからな』

『そんなことを言われて、どうして笑っていられるんですか？　クルシュ様は怒るべきです！』

タハーミラィは思わず声を上げた。驚くほど素直な感情が迸《ほとばし》り、恥ずかしさに下を向く。気さくに接してくる相手とはいえ、おとなの男性、それも異国の王になんという口をきいてしまったのか。

だが、クルシュは気分を害したようすもなく、淡々と作業を続けた。

『国王が自ら畑仕事に汗を流すからといって、国も貧しいと決めつける。富や豊かさというものに対する基準が違うのだ。言い争うだけ時間と労力の無駄だろう？』

クルシュは何を富と考えているのだろう。タハーミラィは、口を開けば愚かな自分をさらけ出しそうで、黙って土を掘り返した。

手に白っぽい塊が当たり、拾い上げて陽にかざす。

『これは、百合根《ゆりね》みたいですが、食べられるのですか』

クルシュはタハーミラィの手元をのぞき込み、泥のついた手で額の汗を拭った。

『それはラーレの球根だ。食べられないこともないが、毒のある種類もあるから、よく知らないうちは食べない方がいい』

河の女神の社で薬草を学んだころのことを思い出して、タハーミラィはうなずいた。

『百合と同じですね』

『欲しければ持って帰るといい。そっちの花壇のラーレは、飢饉《ききん》に備えて荒地に植えさせている種だ。マッサゲタイに根がつけば、いつか役に立つだろう』

そう言ってから、クルシュは満面に笑みを広げてつけ加えた。

『春になったら、第七城壁の南門から外を眺めるといい。ファールスへ続く街道の両側は、沙漠に至るまで、満開のラーレが赤い絨緞を敷き詰めたようになる』

春にメディアの王宮に出仕し、秋に本国ファールスへ帰るクルシュが、十三歳のときから植え続けてきたのだという。

やがて、片づいた庭園を見回しながら、クルシュは手の土を払いつつ、タハーミラィに礼を言った。そして、蕾のついたラーレを切り、小さな花束を作ってタハーミラィに手渡した。

『今日は、見苦しいところを見せてしまった。忘れてくれるとありがたい』

と、面目なさそうにつけ加えた。

しかし、梢の木漏れ陽や、咲き乱れる花、膨らみ始めた果実、流れる水の音、まだ見ぬ麗しき王国への熱意を夢中になって語る庭園のあるじを、どうして忘れることができるだろう。枕元の花瓶に挿《さ》したラーレの蕾は、涼しい森から切り出されたためか、夏の暑さにあっというまに開ききって、二日ともたずに散ってしまった。だけれども、その紅《くれない》の鮮やかさは、いつまでもまぶたの裏から消えない。

タハーミライは目をぎゅっとつぶって、何度も蘇る森の緑とラーレの赤を、まぶたから締め出した。すぐに目を開けて、危うく人混みに紛れてしまいそうなクルシュらしき男の背中を慌てて追う。

祭の喧騒《けんそう》をゆく男は、商人のような格子縞の短い表着、粗い麻布の帯という地味な出で立《い》ちに、灰色の頭巾で頭髪を包み込んでいた。だが、短く整えられた明るい栗色のひげと、そのきびきびとした立ち居振る舞いは、クルシュに間違いない。

迷子になったと言えば、赤朱の城郭への近道を教えてくれるだろうか。タハーミライは、首から下げた小さな布袋を、懐から取り出した。大樹の下で肩に当てられ、森の庭園で返し忘れた天空石《フィルーザ》も、返さなくてはならなかった。

同じような風体《ふうてい》の男と連れ立って、軒下を縫うように路地の奥へ入ってゆくクルシュの背中を見失うまいと、必死になってあとを追ったものの、男の足についていけるはずがなかった。迷路のような街区に、都会慣れしていないタハーミラィは、たちまち道に迷う。

雑貨を扱う露店や、何を商売としているのかわからない軒が続く。店先に立つ、髪も肌も露《あら》わにした女たちが、タハーミラィを蔑むように睨みつけた。

とうとうクルシュを見失ってしまったらしい。城壁まで戻れば、門ごとに兵士の詰所がある。そこで赤朱の城郭への案内を頼めばいいと、タハーミラィは考え直した。

引き返そうとしたとき、低く聞き取りにくかったが、確かにクルシュの声が聞こえた気がした。タハーミラィは立ち止まり、耳を澄まし、声のする方に歩き出す。

かすかに流れてくる話し声は、メディア語に似ているが、違う。暑さと湿気を払うために、扉の開け放たれた煉瓦造りの家から聞こえてくる。軒の下に近づいてそっと中を窺えば、クルシュが数人の男たちと、真剣な面持ちで話し合う姿が見えた。

クルシュが拳で膝を打ち、苛立ちに声を荒らげた。男のひとりが、慌てて頭を下げる。

クルシュは祭見物に城下へ来たのではないらしい。

温厚な顔しか見せたことのない、クルシュの怒りを含んだ暗い顔など、タハーミラィは想像したこともなかった。タハーミラィの前では口にしない、国許《くにもと》の反乱や病気の父王、メディア宮廷における危うい立場といった、クルシュが抱え込んでいるものの重さを、このとき初めてタハーミラィは現実のものとして実感した。

　タハーミラィは、急いで元の大通りへ戻ろうとした。つま先立ちになって空を仰ぎ、焦って城壁を探すタハーミラィは、突然うしろから口をふさがれた。荷物のように抱えられて狭い路地に引きずり込まれる。

　驚きと恐怖で、抵抗もできずにいるタハーミラィの耳に、よく知った声が囁きかけた。

「盛り場で男のあとをつけるなど、高貴な姫のすることではないな。それとも、姫君を装って私に近づき、行動を監視していたのか。カーリアフはメディア王家のいざこざに首を突っ込むような野心家には見えなかったが。それとも、マッサゲタイ人を装った、バクトリアかパルサワの間者《かんじゃ》か」

　間違いなくクルシュの声であったが、その冷たい恫喝《どうかつ》には、いつもの柔らかさはない。

　タハーミラィを背後から押さえつけてくる肩や胸は厚く、身動きも許さない腕の力強さは、これまで見知っていたクルシュの優雅な物腰からは、想像もできなかった。口をふさぐ掌の厚さ硬さも、日々鍛練を怠《おこた》らないカーリアフに劣らず武骨であった。

　タハーミラィは押さえつけられたまま、小さく首を横に振り、ずっと握りしめていた小袋をクルシュに差し出した。タハーミラィが暴れも叫びもしないことに、クルシュは拘束を弛《ゆる》めた。小袋を受け取り、中から転がり出た黄金虫の天空石を掌で受け止める。

「大通りで、バードとクルシュ様の後ろ姿を見つけたので、この石をお返ししようと思っただけです。森で、お返しできなかったので」

タハーミラィは、声も体も小刻みに震わせながら、目に涙を溜《た》めて訴えた。クルシュは目を細めて、値踏みするようにタハーミラィを見つめた。

「その娘、始末しておきましょうか」

背後から低い声がして、タハーミラィは飛び上がった。目立たないが危険な目つきをした、三人の男たちに囲まれていた。

掌の上で天空石の黄金虫を転がしていたクルシュは、首を横に振った。

「嘘はついていないようだ。間者にしては動きが素人《しろうと》すぎる。本当にマッサゲタイの王族なら、行方知れずになってもやっかいだ。どれだけ嗅《か》ぎ回っていたのか確かめるまでは、解放はできないが」

クルシュはタハーミラィを抱き上げると、先ほど密談をしていた家に戻り、窓のない部屋に連れてきた。絨緞は敷かれておらず、むき出しの石床には座る場所もない。蒸し暑く薄暗い部屋で、クルシュの酷薄さを湛えた灰色の瞳が、無表情に見下ろしてくる。

「そなたは、カーリアフの親族ではないのであろう」

タハーミラィを壁際まで追い詰め、鋭く切り込んでくる。

「太陽の神殿では、カーリアフの随行にそなたの姿はなかった。調べさせてもカーリアフには碧眼の王女はいない。そなたがマッサゲタイの王族を装って、私に近づいてくる理由はなんであろうか」

タハーミラィは、両手を組んで目を閉じた。

「私が、クルシュ様に近づいたのですか？　最初に優しいお声をかけられて、馬の話を聞きたいと言われ、次にお会いしたときは樹上に招かれ、親身に身の上を話され、森の庭園を見せてくださったのはクルシュ様ではありませんか」

クルシュは、眉根を寄せた。

「私はあの日、神殿におりました。クルシュ様がファールスの王様と知り、二度と軽はずみに会いに行ってはならないとわかっていました。どうして再び馬場へ行ってしまったのでしょう。私は愚かな娘です」

嗚咽《おえつ》に言葉を詰まらせる少女に、クルシュは不愉快そうに眉根を寄せた。

「あの日、神殿にいた？　嘘をつくな」

「クルシュ様からは、私の素顔は見えませんでしたが、私はクルシュ様のお姿を、とても近くから拝見しておりました」

クルシュは考え込んだが、すぐに閃《ひらめ》いたように声を上げた。

「そなたは、カーリアフの女か！」

呆《あき》れた口調で、クルシュはタハーミラィを見下ろした。

「私は、自分からマッサゲタイの王女だと、クルシュ様に申し上げた覚えはありません」

タハーミラィは、ぶるぶると震えながら、涙をこぼした。

「私は、カーリアフ様には忘れられた女です。沼沢の一族のために、カーリアフ様のお妃様たちと並んで、人形のように日々を過ごしているだけの、役に立たない女です」

言葉にすると、急に胸が苦しくなり、ますます涙があふれた。

「あさましいことです。クルシュ様に『姫君』と呼ばれて、本当にそうだったらどんなにいいかと思ったのです」

クルシュは額に手を当てて、拍子抜けしたように壁にもたれた。

震えが止まらず、奥歯が鳴るのをこらえるために、タハーミラィはしゃべり続けた。

「立ち会い者もなく、顔も隠さずにクルシュ様にお会いしたことがカーリアフ様に知られたら、私は自害を命じられても仕方がありません。わが沼沢の一族の名誉は泥にまみれるでしょう。それでも、この石をお返しできて、クルシュ様の瞳をもう一度拝見できたら、それだけでも本望だと思ってしまうのです」

「私の、瞳？」

クルシュは意味をはかりかねて訊ねた。

「私と同じ、青い瞳。初めて会えたのです。青い目の人間に」

もう言葉は出てこなかった。物心ついてからずっと胸に抱えてきた我慢と孤独が、堰《せき》を切ってあふれ出した。

激しくしゃくり上げるように泣き出した少女を、クルシュは苦りきった顔で見ていたが、やがていつまでも泣き止まないタハーミラィに困り果て、なだめようと試みる。

「確かに、声をかけたのは私の方だった。そなたをカーリアフの娘と思い込んだのも、私の勘違いだ。見張りの者から、そなたに尾《つ》けられていたと聞かされ、疑心暗鬼になっていたようだ」

優しい言葉をかけながら、タハーミラィの背中に手を回して抱き寄せた。

軽く燻《いぶ》した糸杉のような、それでいて爽やかな柑橘《かんきつ》の、淡い香りのするクルシュの胸に額を当てたまま、ひとしきり泣いたタハーミラィはようやく落ち着いた。手巾を取り出して顔を拭く。化粧が崩れ、まぶたや鼻の周りが真っ赤に腫れていることを思うと、みっともなさに顔を上げられない。

クルシュは、部屋の隅に置かれていた水差しから銅杯に注いだ水を、タハーミラィに勧めた。

「このメディアにも、見渡せば青い目の人間は大勢いる。そなたは、世界というものを知らぬだけだ。姿形や、言葉、無意識に行ってしまう習慣が人と違うために、自分の居場所がどこにもない痛みは、私もよく知っている」

クルシュは一度言葉を切って、息を整えた。

「ファールスに行けばメディア人であると疎《うと》まれ、メディアに来ればファールス人だと蔑まれる。メディア人の奴隷だった私が、ファールスの王子としてファールスの言葉を覚え、風習に馴染み、氏族らに受け入れられるまで、長い時間がかかった」

タハーミラィは、クルシュの愁《うれ》いを帯びた眼差《まなざ》しを見つめ返した。

「その必要もなかったのに、なぜ、そなたを森の庭園に連れて行ったのだろう。自分でも不思議に思ったのだが、いま、わかった。そなたが、私と同じ痛みを知り、誰もいない木漏れ陽の下、水のせせらぎだけが聞こえる空間で、ようやく心安らぐことのできる同種の人間であると、直感したからだ」

再び熱い涙が込み上げて、タハーミラィはぐっと奥歯を嚙みしめた。

「だが、その痛みも間もなく終わる。やがて世界はひとつになる。誰もが自分のあるべき姿でいることを許され、居るべき場所に戻り、様々な神々も、異なる人々も、同じ地平を分け合い、外見や信条、言語の違いのために憎み合ったり、争ったりすることのない世界だ」

なんという夢物語だろう。だがクルシュの瞳は真剣だった。

「そのような世界であれば、マッサゲタイの民も、そなたの瞳を天空の神の賜物《たまもの》といって、羨むであろうな」

ぽろぽろと涙をこぼすタハーミラィの肩を抱き寄せ、クルシュはぽんぽんと子どもをあやすように背中を叩《たた》いた。

「そなたとは、会うべきではなかったな。声をかけるべきではなかった。イシュトゥメーグ王ひとりでも手に余るのに、カーリアフまで敵に回したくない。私と姫君の出会いは、永遠に秘密だ」

そう囁くと、クルシュはタハーミラィの頬に片手を添え、唇に自分のそれを重ねた。目を見開き、呼吸も止めて、タハーミラィは呆然とクルシュの口づけを受け入れた。頬に当たる男性のひげは、想像したほどにはチリチリとしない。むしろ、仔犬の毛並のようにふわふわと柔らかかった。心臓が早鐘を打つ。

高原風の、対等で親密な友人との挨拶の、軽い触れ合いではなかった。重ねた唇の奥へ、互いの中に分け入り、頬の内側に触れ合い、胸の底まで求め合い、そしてもっと深いところで、強くつながろうとする恋人たちの作法であった。

タハーミラィは骨の芯から、熱く蕩《とろ》けてなくなってしまいそうな陶酔を、初めて知った。熱を孕んだ抱擁にも、なされるがままのタハーミラィから顔を離したクルシュは、意表を突かれた表情のあと、苦笑いを漏らした。

「カーリアフは、自分の妻に接吻もしたことがないのか。道理で未婚の姫と勘違いしてしまったわけだ。マッサゲタイ人はそこまで邪視を恐れているのか」

クルシュは、自分の袖を水で濡らし、タハーミラィの顔から涙で流れた黒炭の汚れを拭き取った。それから少しの間、普段の華美な衣装と優雅な動作からは想像もつかないほど固く無骨な手指で、タハーミラィの唇や頬を名残《なご》り惜しそうに撫でた。タハーミラィは、自分に触れてくるクルシュの手の温かさを、ただうっとりと感じていた。

「姫君はご存じか。メディア人とファールス人は、もとは同じひとつのアーリア人と呼ばれていた種族であったとされていることを。そして、マッサゲタイ人もスキタイ人も、パルサワ人やカスピ人なども、淡い肌と瞳の色、柔らかな金や茶色の髪に生まれついた人々はみな、ヒュルカニア海のはるか北岸から、あるいは東の平原から、馬を操り羊を追って南下してきたアーリアの民が、途上で道を別《わか》ち、枝分かれしていった氏族の子孫であるということを」

タハーミラィはそのような話は聞いたことがなかった。絶えず東や北の境界を脅《おびや》かす異民族が、マッサゲタイと源《みなもと》をひとつとする種族であると言われてもすぐには信じられない。

「移り住んだ風土も気候も異なる土地で、色濃き先住の種族と交わっていくうちに、言葉も、信じる神も、姿形も変わっていった私たちだが、遡れば同じ根につながるという。姫君の瞳は、それを我々に思い出させるための、遠い祖先の記憶のしるしだ。誰にも恥じることはない」

自分の瞳の色は、母親が北方の異種族と道ならぬ恋をした報いだと、陰で囁かれていた言葉を、タハーミラィは信じていた。クルシュの話が真実なら、母は潔白だったのだろうか。タハーミラィの両親はともに、マッサゲタイの民だったのか。

氏族のために嫁いでいった母にはなんの罪もないのに、青い瞳の娘が産まれた。それでも慈しんで育ててくれた母を、自分を氏族のために貢《みつ》ぎものにしたと、タハーミラィは恨んでいた。

当時の母に、タハーミラィを抱えて生きる術《すべ》など、他になかったであろうに。

タハーミラィの乾きかけたまぶたに、再び涙が滲む。

「だからといって、いまさらわかりあえるものでもないが」

タハーミラィから顔を背けたクルシュは、誰に言うともなく、小さくつぶやいた。

扉の外に控えていた男に、大判の布を持ってくるように命じ、タハーミラィを連れて外へ出る。人通りの多いところまでくるとタハーミラィに白布を被せ、手を引いてバードをつないでおいた馬柵へ導いた。

クルシュは自分の前にタハーミラィを横抱きに座らせると、人通りの多さなど歯牙《しが》にもかけずバードを走らせた。クルシュは、まことに城市の地理に精通していた。クルシュの胸にしがみついたタハーミラィは、雲を分け空を飛んでいるような夢心地のあと、誰にも見られずにマッサゲタイ族の居館の近くで下ろされた。

午後の陽射しが、タハーミラィを見つめるクルシュの灰色の瞳に温かな青みを添える。

「姫君――こう呼ばせてもらっても、いいだろうか」

タハーミラィは応えることもできずに、じっとクルシュの青灰色の瞳を見上げた。

「一時の情に流されないことだ。王女であれば、正式な手順を踏んで申し受けることもできたであろうが、妃ではそれも叶《かな》わぬ。私がマッサゲタイを征服しない限り――」

家族のために、氏族のために、王国のためにだけ、存在する個。心をねじられる恋情や憧憬に振り回されながらも、タハーミラィは己の職分は自覚していた。

ためらいながらも、小さくうなずく。

クルシュは、タハーミラィが返そうとした天空石を差し出した。

「いついかなるときも、そなたの上に、女性の守護神、水の女神アナーヒターの御加護があるように」

タハーミラィは素直に石を受け取った。クルシュは、その石を置いたタハーミラィの手に自分の掌を重ねる。

「誓約の神、太陽神ミトラに誓って、そなたのことは忘れない。これよりのちは、ただひたすらに、自身の責務に努められるように」

これが永遠の別れであるという言外の含みに、タハーミラィは涸《か》れたはずの涙が再び込み上げる。

「世界の王に、おなりなさいませ」

タハーミラィは石を挟んだ手を握り返し、小さな声で、しかしはっきりと言葉を紡いだ。

青灰色の瞳に驚きを浮かべたのも一瞬のこと、クルシュの頰に誇らしげな笑みが広がった。

それは、全天を覆う鉛色の厚い雲を裂いて、まばゆい太陽の光が大地を照らしたような、そんな笑顔であった。

別れ際に固く握り合った手の熱さも冷めやらぬうちに、タハーミラィがこっそりと居留館に忍び込もうとしたところを、シャヒーブに見つかってしまった。半狂乱になってタハーミラィを捜し回ったというナーヒーダは、女主人の顔を見て安堵するどころか、狂気じみた行為に及んだ。

タハーミラィの服の乱れを調べ、脚衣を脱がし、肌衣《はだぎぬ》が汚れていないか、内腿やその奥が穢《けが》されていないか、細かく調べた。歩き回り拉致《らち》されたために、表着は少し汚れていたものの、その下は乱れも汚れもなかったことで、タハーミラィの潔白は証明された。

だが、ことはそれだけでは済まされなかった。

翌週、西部の遠征より戻ったゼーズルが、恐ろしい形相でタハーミラィの居室に乗り込んできた。

「カーリアフ様のご不在中に、クルシュ王と会っていた、というのは本当か」

祭の直後であれば、逃れられぬ糾弾に狼狽《ろうばい》したであろうタハーミラィだが、数日が過ぎていたことと、異性との対面に義務付けられた被り布と面紗のおかげで、落ち着いてゼーズルの疑惑を受け流すことができた。

「何を根拠に、お兄様は恐ろしいことを口になさるのですか」

落ち着き払った従妹の声音に、ゼーズルは戸惑い、眉間に皺を寄せた。

「そなたが城下で半日も行方《ゆくえ》がわからず、館の近くで見つかったとき、同じ通りでシャヒーブがクルシュ王とすれ違ったと報告した。そなたの羽織っていた被り布には、乳香《にゅうこう》の香りが染みついていた。マッサゲタイの誰も、この香料を使わない。同じ重さの黄金で取り引きされる乳香を、日常の衣料に焚《た》き染めるのは、大神官や祭司長、そして、四帝国の王族くらいなものだ」

タハーミラィは姿勢をただし、被り布を額へずらしてあごを上げた。ゼーズルにもタハーミラィの澄みきった目が見えるように。

「それが、いかように不都合なのでしょう」

泰然とした従妹の物言いに、ゼーズルはかっとなってタハーミラィの面紗をむしり取った。

「駕輿を降りたいと言ったのは、そなただというではないか。クルシュ王と示し合わせたのか。王と半日も何をしていたのだ」

「示し合わせてなど、おりません。私がクルシュ様と、どうやって連絡を取れるというのですか。お住まいも存じ上げないのに。ましてクルシュ様は、私の名前もご存じない」

その言葉の、どこにも嘘はない。凛として言い放つ従妹の気迫に、ゼーズルは気圧《けお》された。

「道に迷い、城門を目指して歩いていた時にクルシュ様に声をかけていただき、ここまで送っていただいたのです。祭の混雑で外出に慣れない名家の婦女子が城下で迷い、行方知れずになることは珍しいことではないとおっしゃっておられました。私が蒙《こうむ》っていたかもしれない災難と不名誉から救っていただいたことを感謝こそすれ、不義を疑われるなどとんでもございません」

ゼーズルはタハーミラィの剣幕に押され、言葉を失った。ナーヒーダが、おずおずと前に進む。

「タハーミラィ様の御召し物には、乱れも汚れもございませんでした」

「では、この亜麻布は」

ゼーズルは、クルシュの匂いが染みついた白布を差し出した。

ふわりと漂う、糸杉と柑橘の溶け合った乳香の薫りに、クルシュの体温がタハーミラィの肌に蘇る。とくり、と高鳴る心臓を落ち着けるため、タハーミラィは背筋をまっすぐに伸ばした。

「クルシュ様のご配慮です。人目の多いところで、ファールス王の御馬に乗せられた女の身元がわからぬようにとの。とてもお心の行き届いた方でした」

ゼーズルは憤懣《ふんまん》やるかたない目つきで、シャヒーブを睨みつけた。シャヒーブは顔を伏せてかしこまっている。

「クルシュ王は、貧しい商人のごとく粗末な服装であったそうだが、そなたは見知らぬ卑《いや》しい男に声をかけられて、疑うこともなくついていったというわけか」

「城下にお顔を知られているクルシュ様が、祭を見物するのにお忍び姿なのは、別におかしいこととは思いません。姿かたちを卑しく見せても、態度やお声は気品や尊厳に満ちておいでで、高貴な素性は明らかでした。それに、クルシュ王のお顔とお声につきましては、私は太陽の神殿で拝見して、覚えておりましたし」

一歩も譲らないタハーミラィの態度に、ゼーズルはついに論破されるしかなかった。

「何事もなかったのなら、それでよい」

苛立たしさを隠さずに言い捨て、ゼーズルは立ち上がった。

「だが、今後は外出は必ず俺の許可を求め、俺の派遣する護衛なく出歩いてはならん」

叩きつけるように言い放ち、ゼーズルは足音高くタハーミラィの居室から出て行った。ナーヒーダの詰《なじ》るような視線から逃れるように、シャヒーブは頭を下げたままゼーズルの後を追った。

タハーミラィは放り出された亜麻布を引き寄せた。乳香を焚き染《し》めたクルシュの残り香を胸いっぱいに吸い込む。緑にむせかえるような森の庭園が、まぶたの裏に鮮やかに蘇った。

稲妻の月に入り、ファールス上王カンブジヤの病状が篤《あつ》くなっているという知らせが、王宮に届いた。クルシュの求める帰国の許可を、祖父のイシュトゥメーグ王はまたしても却下したという。

クルシュの嘆願を、イシュトゥメーグ王は半ばで遮って立ち去ろうとした。その裾に取りすがり床に額を押しつけて、父の生きているうちに会わせて欲しいと、必死で訴えるクルシュの姿を、メディア貴族や諸国の王侯も目にしたという。

クルシュはイシュトゥメーグ王の居室に続く回廊まで追いかけ、深夜まで絨緞もない冷たい石床に膝をつき、拳が切れて血が流れるまで床を叩き、自分の髪を引き抜き、身に着けた衣服を素手で引き裂きながら、声が嗄《か》れるまで嘆願を続けたが、イシュトゥメーグ王は一顧だにしなかったという。クルシュはその夜から自分の館に閉じこもり、出仕しなくなったという噂も追って囁かれた。

ファールス人は、自分の体や衣類を、自身の爪や指で激しく傷つけることで、非常な悲しみや怒りを表すのだという。常に温厚な態度を崩さなかったクルシュの激情の発露に、出奔を恐れたイシュトゥメーグ王は、メディアの王宮すべての城門の警備を強化させた。

宮廷の人々は、かつてイシュトゥメーグ王がクルシュの処刑を望んでいたこと、そして、王の命令に背いて赤ん坊のクルシュを助けた家臣に、残酷で非道な刑罰を与えたことを思い返し、同時にファールス王国において長引く反乱とも重ね合わせ、不吉な予感に暗い視線を交わし合った。

メディア国王とクルシュの関係は、宮廷の貴族らに、常に不安と緊張の影を落とす。

イシュトゥメーグ王は、狩猟や王室の催しでは、孫のクルシュを常に傍に置き優遇するが、王が愛おしむのはクルシュの顔立ちや気性の、自分に似ている部分だけだ。酒に酔ったり機嫌を損じたりすれば、公衆の面前で孫を『物乞いのファールス人』と揶揄《やゆ》するなど、クルシュの立場や心情を忖度《そんたく》しない。

真偽の定かでない噂が飛び交うなか、タハーミラィは銀の胸壁を戴く城壁を見上げて、七重の壁の中心、絢爛《けんらん》たる王族の宮殿に幽閉された、孤独なクルシュの心痛を慮《おもんぱか》った。

朝霧の月に入ってすぐ、アリュエニス大后の工作がようやく功を奏したのか、イシュトゥメーグ王はクルシュの帰国を許した。

嘆願が聞き入れられたのは、月初の祭儀を終えた昼餐の場だったという。供犠の示した予兆が心に適ったものであったらしく、その日のイシュトゥメーグ王は大変な上機嫌であった。陪食者らに酒や肉をしきりに勧め、自らも美食を楽しんでいた。

その日の宴《うたげ》では、クルシュの家臣がファールスの名酒を献上し、メディア帝国の栄光とイシュトゥメーグ王の長寿を祈願した。クルシュはふた心のないことを示すために、イシュトゥメーグ王の面前で手ずから混酒した器より葡萄酒を注ぎ、酌《く》み交わした。このとき、クルシュは自ら帰国の嘆願はしなかった。

代わりにイシュトゥメーグ王の側近宦官が、息子としても国王としても、本国の聖地において氏族の神々へ供犠を捧げ、祭儀を主催すべきクルシュの義務を説き、帰国させるよう説得した。

上機嫌のイシュトゥメーグは、諸侯貴族の前で、次の春には必ずエクバターナに戻ることを誓わせて、クルシュの帰国を許した。

五、野に放たれた猛禽

クルシュは未明には王宮を出て、夜明けの開門とともに、少数の護衛を連れてエクバターナを発《た》ったという。

カーリアフはマッサゲタイの臣下を交えた団欒《だんらん》の座で、王宮の内情について一同に語った。クルシュの出立以来、イシュトゥメーグ王の仕打ちを怖れ、クルシュの境遇に心を寄せる宦官や貴族の数は増えているようだと語った。

つまるところ、息子に恵まれなかったイシュトゥメーグ王の血を引く男子は、クルシュしかいないのだ。中には、イシュトゥメーグ王がクルシュをファールスに帰さないのは、メディア帝国を継がせるためではないのかと憶測する者もいた。だが、それはそれで、隷属《れいぞく》民であるファールス人のクルシュに、支配されることを善しとしないメディアの名門氏族が、謀《む》反《ほん》を起こすことは必至であった。

内側から眺める帝国の基盤は、驚くほど脆《もろ》い。

ファリダが、カーリアフの杯に乳茶を注ぎつつ訊ねる。

「イシュトゥメーグ王やメディアの貴族は、なぜそれほどクルシュ王の帰国を憂《うれ》えたのでしょう」

「クルシュ王が生まれる前に、イシュトゥメーグ王の見た夢のせいだ。クルシュ王の母御の胎内から芽吹いた葡萄の樹が、メディアからバビロニアを覆って、東はインダス河、西は黒《こっ》海《かい》や地中海まで枝を伸ばして葉を茂らせ、紅海の岸まで覆いつくしてしまったものだという。それがまことに予知夢ならば、メディアの玉座ひとつの話ではないのだがな」

末席でその話を聞いていたタハーミラィは、ぎくりとした。自ら口にした『世界の王』という言葉が脳裏に蘇り、クルシュの最後の微笑みが目の前に浮かぶ。

しかし、次のカーリアフの言葉に現実に引き戻された。

「とにかく、クルシュ王が一年ぶりに妻子らのもとに戻られるのはよいことだ。昨年生まれた次男の顔も、まだ見ることが叶わないとこぼしていたからな」

タハーミラィは愕然とした。

一国の王が、それも即位して数年が経っているのだから、すでに妃や子女がいて当然だった。だが、クルシュは家族を都に伴って伺候する他の王侯と異なり、単身で王宮に居留していたせいか、家族の気配に無縁であった。そして、言葉を交わしたのが馬場や森の奥、城下といった、とても庶民的な状況であったことから、タハーミラィは一対一の契《ちぎ》りを交わす身分の恋であったような、愚かな錯覚を覚えていたのだ。

庭園の王妃の座は、タハーミラィの知らない女性によって、すでに占められていた。

呆然としていたタハーミラィは、後に控えるナーヒーダに背中を突つかれて我に返った。

カーリアフがこちらを見て、話しかけていたのだ。タハーミラィの心臓が喉まで跳び上がる。

「バルバートと歌謡の練習は怠ってはおらぬな」

焦ったタハーミラィは、すぐには返事ができなかった。

「明日、王宮で歌曲の宴がある。メディア中の楽人を集めての催しであるそうだが、各諸侯からも、楽器や歌の上手を出すようにという命を受けた」

「私など、王宮で演奏するほどの歌の上手ではございません」

タハーミラィは背中から汗が噴き出し、滝のように流れるのを感じた。

「歌の上手はひとりいるが、私の妃なので表に出せないと申し上げたところ、アリュエニス大后の差配で、女たちの宴も催されることになった。もはや断れぬ」

騎兵を以て宮仕えとしているマッサゲタイが、そもそも楽人など抱えていないと言えばいいのに、カーリアフの実直なところが裏目に出たもようだ。

その夜、タハーミラィはカーリアフの閨を務めることとなった。緊張するタハーミラィに、カーリアフは寛《くつろ》いだようすで話しかけた。

「河の女神は、そなたに徴をもたらしたか」

タハーミラィは小さく首を横に振った。

「いえ。ここは、大河からは遠く離れておりますし」

ふむ、とカーリアフはうなずいた。

「そなたは、どうだ。まだ、河の乙女を志しているのか」

急に、胸に下げた黄金虫の天空石《フィルーザ》を重く感じる。恋人同士の接吻を受け入れ、異民族の神々にかけて立てられた誓いと、贈り物を受け取った。心の純潔は生身の異性に捧げ、信仰を曲げてしまったのだ。クルシュの信じる女神の祝福を受けてしまった以上、マッサゲタイの河神がタハーミラィに微笑むことは、もはやありえない。

心乱れ、考え込むタハーミラィに、カーリアフは嘆息した。

「まあよい。今宵は、そなたのバルバートと歌を聴かせてくれ。あまり拙《つたな》いようなら、他の誰かを手配せねばならん」

初夜に形だけ閨を共にしてから一年が過ぎていたが、カーリアフはそれが昨夜の続きでもあるかのように、寝床に体を横たえ、タハーミラィの歌声と、爪弾く弦の調べに耳を傾けた。

タハーミラィにとって、カーリアフは娘に無関心な父親のようであった。それは、自分を厭《いと》い、忌避した実の父親よりは心落ち着ける存在だった。マッサゲタイの王室はひとつの大家族であり、タハーミラィは過不足なく養われていた。カーリアフの庇護のもとで、タハーミラィは自分が幸福でもないが、不幸でもないことをこのとき身に沁みて理解した。

カーリアフが何人の妃妾を愛そうと、タハーミラィは髪の一筋も傷つきはしない。だが、クルシュが祖国に戻り、他の誰かと家庭を築き、愛を深めてゆくところを想像するだけで、胸が抉《えぐ》られるようだ。クルシュの愛する女たちと、同じ屋根の下に暮らす地獄は、容易に想像できた。

生まれつき、王家のしきたりに従って生きるという選択肢しかない以上、ひとりの男を深く愛しては、女は不幸にしかならないのだ。

マッサゲタイの草原に帰れば、きっと、この痛みも薄れていくだろう。

タハーミラィが、クルシュの面影を拭い去ろうと奏でる調べと歌声は、胸に迫るものがあったようだ。まつ毛に涙の露を光らせながら、祖国の言葉で望郷歌や恋歌を歌う若い妃の横顔を、カーリアフが興味深げに見上げていた。

翌日、タハーミラィは最奥《さいおう》の城郭、金を被せた胸壁の内側、エクバターナ王宮に連れてこられた。緊張のため雲を踏むような危うい足取りで、カーリアフの後に続く。

すでに、広間でも庭園でも楽曲が演奏され、歌声が流れていた。王宮のどこに行っても、陽気な、あるいは心に沁みる音楽が響いている。

千の騎兵も収容できそうな大広間は、メディア後宮の妃妾だけでなく、招待された王侯の女たちも歌曲を楽しめるよう、薄布を垂らした帳が幾重にも張られていた。

アリュエニス大后に顔を見分けられては、という不安もあったが、森の庭園でクルシュの背後に馬小姓が控えていたことすら、大后は覚えてはいなかった。

マッサゲタイの言葉で歌われる民謡は、後宮の女たちのまぶたを濡らした。言葉はわからずとも、タハーミラィが調べに乗せる失われた恋の痛みに、共感する女たちも多かったのだろう。女たちの評判がイシュトゥメーグ王の耳に届き、高名な吟遊詩人がタハーミラィに王の招喚を告げた。

イシュトゥメーグ王の前に進み出たタハーミラィは、ハオマ酒を賜った。吟遊詩人のためにバルバートを弾くように命じられる。

手持ちの民謡しか弾けないタハーミラィだが、さすがに吟詠に生きる詩人は、すぐに調べに合わせた詩吟を即興で詠じた。タハーミラィにはメディア語の複雑な詩文の決まりはわからなかったが、ふたりの呼吸の合った演奏に、周囲が感嘆していることは見て取れた。

ハオマ酒の酔いが回り、タハーミラィは夢心地に襲われる。


蒼穹を衝《つ》いて聳《そび》える、万年雪に覆われた霊峰ダマーヴァンド山。

その真っ白な山頂に、ひとりの人間が立ち尽くしていた。山麓には蟻《あり》のような大軍が湧き出し、頂《いただき》から大地を見下ろす人物を討ち取ろうと、四方から押し寄せてくる。

麓を覆い尽くす雲霞《うんか》のごとき軍勢から、無数の矢が轟音《ごうおん》とともに空に放たれた。黒い豪雨と化した矢は、山頂の人物へと降り注ぐ。山頂に佇む人影は静かに弓を構え、光り輝く矢を射返した。

黄金の矢は、迫りくる矢の黒雲を切り裂き、沈みゆく太陽を射抜く勢いで、遥か地平へと飛び去った。

弓を掲げた人影の背から二対の翼が大きく広がり、天空を覆った。真っ白なダマーヴァンド山は純白の神馬の群れへと転じた。もっとも優美で体軀の優れた白馬の背に、天より王権を授けられた若者が跨り、九騎の精悍な戦士を率いて、雲霞の軍勢を蹴散らしてゆく――

ハオマ酒の見せる幻影に心を浸しながら、弦を爪弾くタハーミラィの歌は、無意識にその喉から流れ出た。同じ夢見心地を漂う詩人の声質は高く、ふたりの歌声は共鳴し、ゆえに、どちらが主旋律の歌を歌っているのか、すぐには誰にもわからなかったのだ。

猛《たけ》き野獣が野に放たれた
地上のいかなる野猪《のじし》よりも獰猛《どうもう》で
天空のいかなる猛禽よりも狡猾《こうかつ》な
獅子の誇りに満ちた荒ぶる獣が
二対の翼を得て太陽の王国に放たれた

わずかな手駒で、あまねく大地を統治する
地平を覆う四帝国の大軍も
太陽の獅子を押しとどめることは敵《かな》わない

詠唱が終わったとき、広間はしんと静まり返り、イシュトゥメーグ王はひどく蒼《あお》ざめていた。

四帝国が何を指すか、いまこの瞬間に自由の翼を得て飛び立った太陽の獅子が誰を意味するのか、詩人の口を借りて為《な》された預言を理解できない者は、メディアの宮廷にはひとりもいなかった。

藩王クルシュの祖父への叛意《はんい》は、神託によって明らかにされたのである。

タハーミラィは、ダマーヴァンド山の幻影に浸った入神状態のまま、自分の吟じた歌も自覚せず、ハオマ酒の酔いにぼんやりとイシュトゥメーグ王を見つめた。

老人の怒りと不安に満ちた灰色の瞳は、クルシュのそれとよく似ていた。だが、形や色が同じというだけで、クルシュの瞳に映し出されていた憂愁と穏やかさはどこにもない。疑心と、権勢という妄執《もうしゅう》に侵された老人の目であった。

直ちにクルシュを呼び戻せというイシュトゥメーグ王の怒声が、宮殿に響いた。連れ戻したら即刻処刑すべしと進言したのは、その衣装と訛りから、四大帝国のひとつバビロニアの大使であったと思われた。

追跡捕縛の命はマッサゲタイの王に下された。配下の三百の騎兵を以て、即刻クルシュに追いつき、連れ戻すように。帰還の命令を拒否すれば、その場でクルシュの首を刎《は》ねて持ち帰るようにと。

酒と幻覚に酩酊《めいてい》したタハーミラィは、広間に反響する人々の叫びに気分が悪くなり、その場にうずくまった。カーリアフに抱き上げられて退出したのも覚えていない。

ハオマの酩酊から醒め、一部始終を知らされたタハーミラィは、おのれが為したという預言が、クルシュを窮地に陥れたことに愕然とした。

タハーミラィの思いはただひとつ。

死罪の確定したクルシュに、絶対にエクバターナに戻ってはならないと、警告しなくてはならない。

馬小姓の衣装に着替えて、出立の準備で騒然とする居館から抜け出し、厩舎へと忍び込んだ。ペローマに馬具をつけ、騎兵の小姓らに紛れてマッサゲタイ騎兵隊を追った。

カーリアフと三百の騎兵は、十日の距離を五日で駆ける勢いで、ファールスへの街道を南へと疾駆する。

マッサゲタイ騎兵隊は、ファールス国境から遠くない宿場町でクルシュに追いついた。口上で伝えられたイシュトゥメーグ王の召還命に、クルシュは朗《ほが》らかに応じた。

「我らが大王の命であれば、従わぬ法はない。しかし、今日は間もなく日が暮れる。エクバターナへは明日発とう。今宵はこの町の神殿に、父の健康と残りの旅の無事を祈って、供犠を捧げようと家畜を買い求めていた。祭儀ののちは、供犠の肉を料理させ、昼夜強行軍にお疲れのカーリアフの将兵をねぎらおうではないか。神殿に奉納したファールスの美酒もふんだんにあるゆえ、さっそく買い戻してこよう」

酒を嗜まないカーリアフが、ファールス王クルシュに差し出された葡萄酒をあおってしまったのは、連日ほとんど休みなく、乾燥したイーラーンの高原を駆け抜けた渇きと疲れのためであった。

自らの王が杯を干した酒を、マッサゲタイの戦士らがクルシュの奴隷らに注がれるままに呑み干し、獣脂《じゅうし》の焙られる香ばしい匂いに空腹を捻り上げられ、武装を解いて腰を下ろしたとしても、誰を責めることもできない。

たちまち、飽食し、泥酔して眠り込んだ。

小柄で軽装とはいえ、女のタハーミラィがカーリアフの騎兵隊についてこられたことは、奇跡に近い。街道といっても、緑豊かな北部と違い、高原の中央部から南部にかけては岩と砂の山岳地帯である。集落のある渓谷やオアシスの町を離れたら最後、地理を知らぬ者は容易に荒地から沙漠へ迷い込み、消息を絶つ。

必死の思いでここまでついてきたタハーミラィは、体中の痛みと疲労にふらつきながら、馬小姓のふりを続けて騎兵の世話をし、クルシュに接触できる機会を窺った。周りが静まり返ると、カーリアフとクルシュのいる町の中心へと入り込む。

タハーミラィが煌々《こうこう》と灯《あか》りの漏れる神殿の石段を上りきったとき、内側から靴音が響いた。反射的に最上段の柱の陰に身を隠す。

「町の住人の避難は終えたか」

若さと張りのある、そして同時に威厳に満ちたクルシュの声だった。タハーミラィの心臓が跳ね上がる。

「御意の通りに。みな、貴重品と食糧を持って、谷の奥へ逃げ込みました」

老人のしゃがれた声がクルシュに応えた。

「町長の協力に感謝する。私を取り逃がしたからといって、カーリアフの騎兵がこの町を蹂躙《じゅうりん》することはないと思うが、異民族のすることは予測がつかないものだ」

「慈悲深いアンシャンとファールスの王が、ミトラ神の栄光と、ウルスラグナ神の勝利を賜りますように」

老人は深々と頭を下げた。

「酒と獣肉の代金は、これで足りるか」

クルシュから差し出された重たげな袋を受け取り、押し戴いた老人は、礼の言葉を小さくつぶやくと、そそくさと石段を駆け下り、闇に消えた。

クルシュは、耳まで覆う毛皮の帽子の上に、さらに厚手の外套の頭巾を深く被った。いましがたまで酒宴を催していたとは思えない、冬旅の装束だ。声をかけようとしたタハーミライは、もうひとつの足音を耳にして思いとどまった。

「北部では勇猛で恐れられるマッサゲタイの戦士といっても、他愛《たわい》のないものですな」

クルシュの背後から、太い声の男がメディア語で話しかけた。

「平原の獅子も、酒に酔えばただの眠れる駑馬《どば》だ。その尾を踏まぬよう注意を払えば、恐れることはない」

「目を覚ましたときに騙《だま》されたと気づいて、追いつかれては面倒です。止《とど》めを刺しておかなくてよいのですか」

「先代のメディア王ハヴァフシュトラのように、我が家の宴に招いた客人らを、眠っている間に虐殺せよと言うのか。ファールスの王は卑怯者《ひきょうもの》ではない」

クルシュの峻烈《しゅんれつ》な皮肉に、男の太い声が己の短慮を謝罪した。クルシュは語調を改め話題を変えた。

「夜通し駆ければ、明日中にはヒルバの町だ。今朝《けさ》、父上の率いるファールス軍が、ヒルバへ向けて進軍中であると早馬が知らせてきた。さすがのマッサゲタイ王も、精鋭とはいえ二日酔いの三百騎で、ヒルバの城壁を背にした千のファールス騎兵と、五千の歩兵を相手取ろうなどとは思うまい。尻尾を巻いてエクバターナに駆け戻るしかなかろう」

「しかし、マッサゲタイ族を、いとも簡単に手玉にお取りになりましたな」

　クルシュの話にうなずきつつ、男は芯から感心したように繰り返した。クルシュが含み笑いを返す。

「カーリアフ掌中の小雀《こすずめ》が、マッサゲタイ軍の弱点を教えてくれた。かの国では、肉を食べるのは年に数えるほどで、ふだんでもまったく酒を口にしないのだそうだ。何を楽しみに生きているのだろうな」

　クルシュの呆れ口調に、男も同調の笑いを漏らした。

「だから、祭などで馳走《ちそう》が振る舞われると、我先に肉や菓子を腹に詰め込み、わずかな酒で泥酔し、酔い草《ハシシ》の煙で羽目を外した翌日は、まったく使い物にならぬという」

「確かに、その通りの振る舞いでしたな。追っ手の急報に先を急がず、この町で供犠と饗宴の準備をされたのは、そのためでしたか」

　クルシュは得意げにうなずいた。

「メディアで最速の騎兵部隊は、マッサゲタイ族だ。私の逃走を知ったイシュトゥメーグが追っ手に差し向けるとしたら、カーリアフをおいて他にない。また、そうなるようにアルバク将軍が根回しをしてくれた」

　そのとき、表通りの闇から湧いたように、数人のファールス兵によって馬が引き出された。防寒の頭巾と砂塵《さじん》避《よ》けの覆面で頭から肩まで覆い、わずかな隙間から目をのぞかせた兵士から手綱を受け取ったクルシュは、思い出したように話を続ける。

「カーリアフをはじめ、マッサゲタイの戦士は腿や腹回りが肥《ふと》るのを嫌がり、日常はエクバターナの美食にも手を出さぬ。だから女たちの肉付きも、さしてよいものではないのだろう」

「まるで、マッサゲタイの女をご存じのような口ぶりですな」

クルシュは、カーリアフの眠り込む神殿を見上げた。

「小雀を一羽ほど、搦《から》め取ってはみたが、さして旨味《うまみ》もなさそうなので、すぐに放した」

それが自分を指していることを悟ったタハーミラィは、怒りで首が熱くなった。胸の鼓動が耳元で激しく響き、この音がクルシュにも届くのではないかと怯《おび》える。

「カーリアフが私の首を求めてヒルバに至れば、かれの騎兵隊は壊滅する」

自信たっぷりにそう宣言したクルシュは、馬の背に飛び乗り地上の男に別れを告げた。

「アルバク将軍に、すべては計画通りと伝えてくれ。エクバターナも準備万端であることを祈っていると」

「アルバク将軍の御尽力により、メディア貴族は六割方、クルシュ様にお心を寄せています。クルシュ様が王の間《ま》で夜通し嘆願をされたあとは、さらに増えたもようです」

クルシュは手にした馬の鞭《むち》で、きまり悪げにあごを掻いた。

「私の将官の入れ知恵だ。いい年をして泣き叫び、周囲の同情を引くなど、たとえ演技でも女こどものような振る舞いは避けたかったのだが」

「効果は抜群でございました。イシュトゥメーグ王がクルシュ様になさってきた仕打ちを知らぬ者はおりませぬし、クルシュ様が耐えに耐えて、外孫としての孝を尽くされ、藩王として帝国への公務を果たしてきたことも、みなわかっております。ぎりぎりまで引き絞られた弓ほど、遠くまで飛び、深く突き刺さるもの。王であろうと奴隷であろうと、悲しむべき時には悲しみ、怒るべき時には、怒ってよいのです。畢竟《ひっきょう》、人は情によって動かされるのですから」

そう言い切る。

「クルシュ様がメディアの王権を手になさった折には、どうか、メディアの民にもご慈悲をくださいますよう」

クルシュは鷹揚にうなずいた。

「私とアルバク将軍が報復を望むのは、イシュトゥメーグ王ただひとり。異民族や無辜《むこ》のメディア国民を戦に巻き込むのは、私の望むところではない。この身には、メディア人の血も流れているのだ」

男はさらに腰を曲げた。頭がクルシュの膝に当たるほどに深々と下げ、ファールス王の外套の裾を手に取って接吻した。

「道中、星の導きとご加護を」

砂塵避けの覆面を目元まで引き上げようとしたクルシュは手を止め、沙漠を明るく照らす満天の星を見上げた。行く手には、ひと際青白く輝く星々の王、冬の天を支配する白馬星《ティシュトリヤ》。西方では大犬の目《シリウス》と呼ばれるその星は、夜の沙漠を行く旅人の道しるべであった。

「そなたにも、エクバターナへの帰路、星の導きと加護のあるように」

祝福の言葉を返したクルシュは、冷気と砂塵避けの覆面と頭巾を額帯で固く締め、厚革の手袋をはめた。

男が一歩下がり、クルシュは控えていた騎兵たちにファールス語で命令を下した。

いくつもの蹄が硬い土を蹴り、たちまち遠ざかっていく。

アルバク将軍の密使も馬を引き出し、街道を北へと駆け去った。

かれらの会話に集中していた間は硬直していたタハーミラィの体は、砂埃がおさまり大気に静寂が戻ると、ぶるぶると震え出した。日中は陽射しも強く気温も上がるが、夜間は氷点下ともなる初冬である。つま先も指先も冷え切り、タハーミラィはゆっくりと体を曲げ伸ばししながら、注意深く立ち上がった。

クルシュははじめからマッサゲタイ族について知るために、タハーミラィに近づいてきたのだ。それはおそらく、馬場で見かけたマッサゲタイ族の馬小姓から、その主君の評判を聞き出し、カーリアフの人となりと氏族内の人望、利用できそうな北方遊牧民の習慣や考え方を知ることができれば、という心づもりであったのだろう。

声をかけたのが思いがけなくカーリアフに近い身分の女性と察し、また、タハーミラィが同族に疎外されている寂しさを知って、取り込んで利用できないかと優しくしたのだ。

カーリアフの神殿詣でと同じ日に祈禱に現れたのは、ゼーズルの推測したように、マッサゲタイとの同盟の可能性を探るためだけではなく、タハーミラィの王族内における地位を探り出し、利用価値を確認するためであったのか。

クルシュは、マッサゲタイ内廷におけるタハーミラィの明確な立場を探り出せぬまま接触を続けておきながら、城下で密偵と会っているところを見られたときは、あたかもタハーミラィがクルシュを尾行し監視しているかのように詰った。

「なにもかも――」

タハーミラィは両手で顔を覆った。

イシュトゥメーグ王への、父王の危篤を口実に繰り広げられた帰国の嘆願も。その病の床にあるはずの当のファールス上王はいま、何千という軍を率いて国境へと進んでいる。

「なにもかも、嘘――っ」

属する氏族社会の中で、外見や出自のために疎外される痛みを分け合ったのも、演技か。あの愁いに満ちた優しい青灰色の瞳で、異なる言葉や考え、個々の姿や心の在り方の違いのために互いに争うことのない、弱いものが他者との違いに怯え、肩身を狭くして生きる必要のない王国を創りたいという言葉も。

自分を理解し、共感してくれた初めての相手に、最初から最後まで利用されていたことを、タハーミラィは知った。

腹の内側に熱い炭火をいくつもいくつも詰め込まれたようだ。胃の腑《ふ》が沸騰して腸《はらわた》が爛《ただ》れ、喉も焼ける。いまにも真っ赤に燃える石炭を吐き出しそうだった。

両手を開いても、涙の痕はない。怒りの方が勝っているのだ。不実な男のために、流す涙などあってはならない。初恋のゼーズルには、政略の手駒にされ、その痛みを忘れさせてくれたクルシュには謀略の道具にされた。

重たい体を引きずりながら、カーリアフを捜して神殿の奥へ進む。

神殿内の一室で、質素な寝台にカーリアフが熟睡していた。黒く豊かなひげに覆われた温かな頬に触れ、呼吸に上下する厚い胸に自分の頬を載せる。深いため息をつくタハーミラィの目尻から、ぽろぽろと安堵の涙が零《こぼ》れ落ちた。氏族間の盟約によって娶わせられた、親子ほど年の離れた夫。タハーミラィの心を弄《もてあそ》んだことのない、タハーミラィから何も奪わない、求めない、ただひとりの男。

「カーリアフ様。御無事で」

カーリアフが目を覚ましたら、ヒルバで待ち構えているファールス軍の罠《わな》を教えなくてはならない。

「我が君。マッサゲタイの草原へ帰りましょう。メディア人もファールス人も欺瞞《ぎまん》と謀略の塊。城壁に囲まれた華やかな王宮は、虚飾と陰謀の泥濘《でぃねい》。甘い酒には毒が、優しい笑顔の裏には、研がれた鋭い剣が潜んでいます。風の吹かない王宮は蛇と蠍《さそり》の巣窟なのです」

タハーミラィは、カーリアフのぬくもりに触れているうちに、心が落ち着いてきた。ここまで駆け抜けてきた疲れがどっと押し寄せ、たちまち深い眠りに吸い込まれていった。

六、ヒルバの戦い

未明に喉の渇きで目を覚ましたカーリアフは、傍らにいるはずのない妃妾のひとりが眠り込んでいるのを見て、驚きの声を上げた。

「ここはどこだ。わしはなぜこんな場所で寝ている。ひどい頭痛がする。これは深酒の症状か」

カーリアフは、目のくらむ痛みに額を押さえているうちに、昨夜の記憶を取り戻した。

「クルシュ王の計略か！　虚偽神《ドゥルジ》の申し子めが。あの若造に悪霊《ダエーワ》の呪いあれ！　わしの騎兵隊はどうした」

夫の声に目を覚ましたタハーミラィは、起き上がって答えた。

「みな、あちらこちらで寝込んでいます。誰ひとり傷ついておりません」

カーリアフは額から手をおろして、まじまじとタハーミラィの顔を見つめた。

「タハーミラィ、なぜ、そなたがここにいる」

「申し訳ありません」

タハーミラィは頭を下げた。

「私の歌がこのような事態を招いたと知り、いてもたってもいられずに、後を追ってきました」

「そなたが来たからといって、何の役に立つというのだ。神々が詩人や楽人の口から預言を漏らすことなど珍しくない。そなたに落ち度はない」

タハーミラィは膝をそろえて背筋を伸ばし、カーリアフを見つめた。

「でも、お役に立つことなら、知っています。昨夜は偶然、クルシュ王と配下の者との会話を耳にしました。クルシュ王の要請で、次の城市ヒルバには六千のファールス軍が向かっているそうです。私たちがファールスとメディアの戦争に巻き込まれる理由なんかありません。マッサゲタイへ帰りましょう」

新たな情報に驚きつつも、カーリアフはこめかみを指の関節で揉《も》みながら、タハーミラィの失念を指摘した。

「エクバターナに残してきた者たちはどうする。わしがイシュトゥメーグ王に背けば、女や子どもたちは見せしめに皆殺しにされてしまうのだぞ」

タハーミラィは一瞬にして蒼ざめ、背中に氷を投げ込まれたように身震いした。

「どう、したらいいのでしょう」

「クルシュ王の身柄を拘束もできず、その首を持ち帰れないとなれば、イシュトゥメーグ王にどんな罰を受けるか想像もつかぬ。ファールス軍の動向について、ひとつでも情報を掴んで帰らねば、わしの首もあやうい」

部屋を見回したタハーミラィは、水差しを見つけて角杯に水を注ぎ、清潔な麻布を冷水に浸してカーリアフに差し出した。

喉を潤し、顔を洗ってひと息ついたカーリアフは、あたりを見渡した。

「みなは、無事なのだな」

念を押されて、タハーミラィはうなずいた。

「少なくとも、メディア方の曽祖父のように、宴に招いたスキタイ貴族を皆殺しにしたような、騙し討ちはしなかったわけだ」

メディア王家は謀略と血で呪われている——とカーリアフはつぶやいた。

タハーミラィが、クルシュと密使の会話から得たメディア宮廷内の陰謀を、すべてカーリアフに話そうとしたとき、将兵らが叫びながら部屋に駆け込んできた。

「我が君、クルシュ王の姿が、どこにも見当たりません。町の住人も、神官も、すべて姿を消しています」

「タハーミラィ？　なぜここに」

血相を変えて報告してきたゼーズルは、開いた口を閉じることも忘れて、ここにいるはずのない従妹の姿に目を剥いた。

カーリアフは毛布を撥ね上げて立ち上がった。

「クルシュに騙された！　すぐに追跡にかかる。クルシュ王がファールス軍に合流する前に、なんとしても、捕らえなくてはならん。まだ眠っている者は水をかけてでも叩き起こせっ。夜明け前にはここを発つ。馬を引け」

ゼーズル以外の兵士は、命令を遂行するために慌ただしく戸外へ走り去った。

クルシュ王本人が謀反の意志を明白にした以上、カーリアフが果たさねばならないことはただひとつ。

短剣《アケナケス》を鞘から抜き、自らの手で砥石《といし》にかける。肘の外側で切れ味を確かめたカーリアフは、噴き出た血を舐め取ってから、重々しくうなずいた。

「タハーミラィ、そなたはエクバターナに戻れ」

「カーリアフ様。大事なお話が――」

ゼーズルに武具の装着を手伝わせながら、カーリアフは厳《おごそ》かに命じた。

「ゼーズル、タハーミラィに護衛をつけて送り返せ」

ゼーズルは了解し、タハーミラィの腕を掴んでカーリアフから引き離した。

「カーリアフ様、クルシュ王を追ってはなりません」

必死の叫びも、ゼーズルに両方の腕を鷲摑みにされて部屋を引きずり出され、カーリアフには届かない。神殿を出たところで、ゼーズルに厳しく叱責された。

「女の身でなにをふらふらとうろつき回っているのだ。都でおとなしくしていられないのかっ」

「お願いです、カーリアフ様にお伝えください。クルシュ王を追ってはなりません。メディアの王家と関わってはなりません」

「そなたはクルシュの何を知っている？　やはりあいつと会っていたのかっ」

ひどい剣幕で両肩を摑み、タハーミラィの踵が持ち上がるほどに顔を近づけてくる。それは叱責というよりも、自分に明かさぬ秘密を抱え、予測のつかない行動を取る従妹への、苛立ちと怒りにまかせた尋問であった。

「違います。楽宴の吟詠を聞かなかったのですか。クルシュ王は人の身で敵《かな》う相手ではありません。あれは野に放たれた野獣です。ダマーヴァンド山の地下から解き放たれた災厄そのものです。人の形をした魔物なのです。誰にも止めることはできない――」

「ゼーズル、タハーミラィを放せ」

ゼーズルの背後から、カーリアフが声をかけた。ゼーズルは雷に打たれたようにふり返り、敬礼して頭を垂れた。

「そなたの従妹かもしれぬが、いまは私の妃だ。手荒にするな。年少者の軽はずみな行いを叱るのは、一族の長としての務めゆえ、今回は大目に見る。次にタハーミラィが不都合を犯せば、それを正すのは夫たる私の役目であるとわきまえろ」

「申し訳、ありません」

ゼーズルは下を向き、歯を食いしばって謝罪した。

「タハーミラィ」

カーリアフに呼びかけられて、タハーミラィは直立不動になる。

「他に、歌で吟じられた以外のことを知っているのか」

「ハオマの幻を視《み》ました。ダマーヴァンド山の頂上から、その背に二対の翼を広げた人間が天空馬に跨り、降り注ぐ矢の嵐の中を、九騎の戦士を率いて高原から沙漠へ、二つの大河を越えて海へと駆け抜けてゆくのを見ました」

カーリアフは沈痛な面持ちで嘆息した。

「四枚の翼を持つ天使は、勝利の神の化身とされている。霊山の封印から解かれた災厄というより、太古の英雄その人の復活であるようだ。その翼ある人物と九騎兵が、クルシュ王を筆頭とするファールスの十氏族を指すのであれば、その頸木《くびき》を外してしまったメディア帝国は、すでに命数が尽きたということだ」

石段の下に乗馬が引き出され、ものものしい武装のカーリアフは愛馬に跨った。

「ゼーズル、そなたもタハーミラィを伴ってエクバターナに戻れ」

「我が君っ」

突然の帰還命令に、不服の声を上げたゼーズルを、カーリアフは厳しく制した。

「そなたの任務は重要だ。都にいるマッサゲタイ族に、退避の準備をさせるのだ。もし私が不在のまま都で異変が起きたら、そなたの判断で、すぐに全員をとりまとめ、アルボルズの山へ向かい、祖国を目指せ」

「何が、起きるというのですか。我が君」

「戦争だ。エクバターナが戦場になるかもしれぬ」

「カーリアフ様っ。話がまだ――」

慌ててタハーミラィが呼び止めたときには、カーリアフは前夜クルシュが駆け去った方向へ馬を走らせていた。後に続く三百の騎兵の立てる土煙が高く舞い上がり、視界を遮る。埃を吸い込み咳き込みながら、タハーミラィは絶望して髪をふり乱した。

「夢解き以上に、現実に迫っている危険をお知らせしなくてはならなかったのに」

「タハーミラィ、いい加減におとなしくしろ。とりあえず、朝飯を食え」

慌ただしい出立に取り残された者たちや、主人に置き去りにされた馬小姓たちが、ゼーズルの姿を見つけて駆け寄ってきた。説明を求められたゼーズルは、タハーミラィに水袋と干し肉を渡すと、大急ぎでかれらの方へと走り去る。

ゼーズルが、同僚たちとエクバターナへ引き返す準備に注意を取られている隙に、タハーミライはペローマを引き出して、こっそりと町を抜け出した。

　都を出たときは、処刑の決まったクルシュにエクバターナに戻らないよう、警告するつもりだったのだが、いまは逆だった。カーリアフに、メディア貴族アルバクとクルシュとの陰謀を伝えなくてはならない。マッサゲタイ族は、ヒルバにもエクバターナにも逃げ道のない捨てられた駒なのだ、ということを。

　土地勘のないタハーミライは、どれだけ走れば追いつけるのか、ヒルバに着くのかわからない。ただ、無数の蹄に荒らされた街道から目を離さぬよう、駆け続けるだけだ。そして、初冬の高原を吹き抜ける早朝の風は、肌を切り裂くように冷たい。砂礫《されき》まじりに叩きつけてくる追い風は、騎手の速度を上げるよりもむしろ、体力を激しく消耗させた。

　昼近くには、早くも背後から馬蹄の音と土煙が上がり、たちまちゼーズルに追いつかれた。

「止まれ、止まれ。タハーミライっ」

　並走するゼーズルに怒鳴りつけられても、タハーミライは前方を睨みつけて速度を保った。業を煮やしたゼーズルは、半馬身前に出た。絶妙の馬術で、ペローマが恐慌を起こさない程度に接近し、少しずつ幅を寄せてくる。おとなしいペローマがゼーズルの戦闘馬に威圧され続けて、走り続けることは不可能だ。やがて所在なげに立ち止まった。

「自分のやっていることが、わかっているのかっ、タハーミライ」

「わかっているからやっているんです」

カーリアフを窮地に陥れたのは自分だ。クルシュにマッサゲタイ族の習慣を語り、弱点を教えたのは自分なのだ。腹立ちからくる胃の痛みに、タハーミラィは血を吐きそうだった。

恋で破滅するのもいい、と思った。だが、三百の同胞の命を異郷に散らし、マッサゲタイ族全体を巻き込むことまでは望んでいなかった。なんとしても、ファールスの大軍と激突する前に引き返すよう、カーリアフを説得し、みなを連れてメディアから脱出するのだ。

カーリアフは酒で酔い潰された隙に殺されなかったことで、クルシュの高潔さを評価したが、数人の手兵しかいないクルシュに、三百の騎兵を殺して回る時間も余力もなかった。それより、一刻も早くファールス軍と合流し、数倍の兵力を以てマッサゲタイ軍を迎え撃つのが最良であった。

クルシュの行動原理が、手に取るようにわかる自分に、タハーミラィは身震いした。初めて出会ってからのクルシュの言葉、表情、行動、そして、その結果。それらを考え合わせれば、クルシュの行動には常に理由や目的があった。それを果たすために周到に準備し、最良のときを待ちつつ、雌伏《しふく》を続けることのできる人間だった。

孤独なタハーミラィへの共感を見せたのも、未熟な少女の心を捕らえるための巧妙な演技だったのだろうか。タハーミラィのあまりに純朴で少女じみた言動に、調子を乱されたクルシュが、計算ずくではない無防備な表情を見せたことはある。

しかし、それらを含めて、優しい言葉も、夢の王国への想いも、タハーミラィを取り込み、籠絡《ろうらく》するための筋書きに過ぎなかった。

そういう相手に祖国を売ってしまった自分は、クルシュと刺し違えてでも、カーリアフを連れ戻さなくてはならないのだ。それが、どれだけ不可能なことであっても。

「そなたは、馬場でクルシュと会っていたのだろう」

食いしばった歯の奥から、ゼーズルが決めつけた。タハーミラィの肩がびくりと揺れる。

「祭のあと、シャヒーブを問い詰めて、そなたがひとりで毎日のように馬場に出入りしていたことを聞き出した。ナーヒーダに口止めされていたそうだが」

タハーミラィは口を閉じたまま、ゼーズルの顔を見つめた。何も、白状すまいと。

「王宮の配膳に乳茶と魚が増えたのは、そなたの外出を禁じたあとだったな。どういうわけか、マッサゲタイ兵の配食だけだったが。クルシュ王が第三城郭の馬場を好むことは、調べればすぐわかることだ。そなたは祭の以前から、クルシュ王と知り合っていたのだろう」

無言を通すタハーミラィに、ゼーズルは苛立ちを表した。手を伸ばし、タハーミラィの腕を摑んで乱暴に引き寄せる。ペローマから落ちそうになったタハーミラィは、ゼーズルにしがみつかねばならなかった。

「クルシュ王と、何があった」

ゼーズルは、タハーミラィの腕が折れそうなほど固く握りしめ、狂おしい光を帯びた目で問い詰める。イシュトゥメーグ王のような、信頼を裏切られたときの単純だが激烈な怒りではない。むしろ、内廷の女たちが、序列を無視した女に王の閨を奪われたときに見せる、相手の顔を指で引き裂き、眼球を抉りぬいたとしてもおさまらぬであろう、溶岩のようにどろりとした憤懣《ふんまん》に似ている。

「なにも、なにもありませんっ」

タハーミラィは怯えた。

ゼーズルは、なぜいまさらそのような感情をむき出しにしてくるのか。カーリアフには平然と売り渡した従妹が、異国の王に靡くのは許せないというのか。

ゼーズルの本心を斟酌《しんしやく》している場合ではない。タハーミラィは深呼吸して、言葉を選んだ。

「昨夜、神殿で漏れ聞いたことをすべて、カーリアフ様にお伝えしたいのです。私たちが踏み込んでしまった罠は、ヒルバで待ち受けている六千のファールス兵だけではありません。クルシュ王は、エクバターナにも蛇を潜ませているのです」

タハーミラィは、エクバターナの水面下で進行しているアルバク将軍の造反《ぞうはん》を話した。メディア帝国の重鎮アルバク将軍の名に、ゼーズルは切迫した状況を悟り、顔色を変えた。

「なぜ、それを早く言わんのだっ」

ゼーズルの叱責に、タハーミラィは激昂《げきこう》した。

「言おうとしたのに、お兄様もカーリアフ様も聞こうとしなかったではありませんか。私がか弱い女で、頭の悪い小娘だから、役に立たないと決めつけてっ」

ゼーズルはもはやタハーミラィを追い返そうとせず、ペローマを置き去りにしかねない速さでカーリアフの後を追った。

そして、ヒルバの手前の丘まで来て、既に遅かったことを知った。

城壁にはファールスの軍旗、赤地の布に黄金の翼を広げた『王家の鷹《シャーバーズ》』が無数に羽ばたき、周囲の丘はファールス歩兵であふれていた。

丘陵地では、マッサゲタイの騎兵がファールス騎兵に分断されていた。タハーミラィとゼーズルの同胞が、城壁から降り注ぐ矢の雨から逃げ惑い、追走するファールス騎兵の投げ槍に貫かれて落馬し、血を吐きながら地に叩きつけられ、鋤《すき》で草を引くように斃《たお》されていく。

その光景に逆上したゼーズルは雄叫《おたけ》びを上げた。弓を取り、矢筒から数本の矢を鷲摑みにすると、馬を励まして丘を駆け下りた。疾走する馬上から、もっとも近い二騎の味方に追いすがるファールス兵へと、立て続けに矢を放ってこれを射殺した。

あちらこちらで分断されたマッサゲタイ軍のひとつ、退路を求めて丘を駆け戻ってくる一隊に、カーリアフの無事な姿を見つけて、タハーミラィは胸を撫で下ろした。そして、カーリアフを追うファールスの重装騎兵隊に目を移した。

青銅の冑の尖頭《せんとう》から、馬の尾を赤く染めた冑《かぶと》飾りを風になびかせ、陽光を受けて黄金色に輝く青銅の鎧に身を固め、深紅の戦袍《せんぽう》を翻して、カーリアフを追ってくる武将がいた。

騎手と同じ青銅製の額覆いと、魚鱗綴《つづ》りの胸甲に護られた馬は、エクバターナから走り続けたバードではない。この日のために用意された、ひと回り大きな戦闘馬だ。タハーミラィには持ち上げることも不可能であろう長柄《ながえ》の鑓刀《やりがたな》を携えて、クルシュはカーリアフを追撃した。

カーリアフの疲れた馬が、クルシュに追い詰められていくのを見て、タハーミラィはペローマの手綱を打った。こちらも疲れきっていたペローマだが、どこまでも従順であった。可能な限りの速さで丘を駆け下りたところで、ペローマは力尽きた。ふらつき、しかしタハーミラィが落馬しないように、慎重な動きでゆっくりと大木が倒れるように膝をついて泡を吹く。

地面に飛び下りたタハーミラィは、自分の足で走り出した。

敗走するマッサゲタイ騎兵は疲労と、そしておそらく空腹で、みるみる失速していく。逃げながらふり返りざまに放つマッサゲタイの矢も、追っ手のファールス騎兵には届かない。士気の高いクルシュの騎兵に追いつかれることを覚悟したカーリアフは、馬首をめぐらせて迫りくるクルシュに対峙《たいじ》した。

クルシュのまとう、ひとつひとつが磨き上げられ丁寧に綴られた魚鱗札の青銅の鎧が、陽光を受けてきらきらと黄金色に反射した。その照り返しを受けた顔に浮かぶ傲岸不遜な笑みも、地に降りた軍神ウルスラグナのように残酷だった。

「斥候も出さずに、いきなり数千のファールス主力軍へ、たった三百の騎兵で突っ込んでくるなど、いかにマッサゲタイ人とはいえ勇猛にもほどがある。我が軍は、よほど見くびられたものだ」

城壁に兵と旗を忍ばせ、マッサゲタイ騎兵からは見えない場所に伏兵を配置し、逃走するクルシュに見せかけたひと握りの無防備な騎馬群を囮《おとり》に、広範な縦深《じゅうしん》の罠へマッサゲタイ騎兵隊を誘い込んでおきながらの、クルシュの挑発だった。

カーリアフは体力を温存するため、言葉を返さなかった。鎚鉾《つちほこ》を構えてクルシュの隙を窺う。クルシュは左右の逸《はや》る騎兵を手で制した。

「王を斃すのは、同じく王にのみ許された特権である」

ファールス騎兵は、メディアに対する憎しみを込めた視線をマッサゲタイ兵に投げつけ、引き下がった。クルシュはカーリアフに傲然《ごうぜん》と向きあった。

「ファールスの王が、まことに噂どおりの腰抜けかどうか、試してみられてはどうか」

余裕の笑みを浮かべて、クルシュが馬を一歩進めた。ファールス騎兵が王対王の一騎打ちのために場を広げ、マッサゲタイの騎兵も後ずさった。

突き出されるカーリアフの鎚鉾を、クルシュの鑓刀が受け流し、クルシュの斬撃を、カーリアフは鎚鉾の長柄で受け止めた。

先端が尖《とが》り、鉄鋲《てつびょう》で覆われたカーリアフの鎚鉾は、一撃の殴打で甲冑ごと敵手の頭や胸を叩き潰し落馬せしめる。長柄の先の厚く湾曲した長刃のひと薙ぎで、鎖鎧に覆われた敵手の胴を両断するクルシュの鑓刀との対決に、両軍の騎兵らは魅せられたように動かない。

どちらかの武器が、相手の体の一部や馬を直撃すれば勝負がつく。均衡する力のせめぎ合いに、ときに柄元で嚙み合った刃と鎚が固定されたまま、両馬がぐるぐると円を描くように足掻いて砂埃を上げた。

早朝から馬を走らせ続けたカーリアフも疲労の極であったろうが、クルシュもまた、昨夜から一睡もせずにヒルバへ駆け抜け、到着後は軍を配置して追っ手を迎え撃つ準備を整えていた。

明暗を分けたのは、クルシュの若さというより、乗馬の疲労度でもあったかもしれない。押し切られて鎚鉾を引いたカーリアフが馬上で反り返った。重心の移動で馬がよろめき、膝を折って倒れ、カーリアフは地面に投げ出された。

マッサゲタイ騎兵が騒《ざわ》めき立ち、戦斧や鎚鉾を振り上げ構えたが、ファールス騎兵に矢を向けられて静止した。

立ち上がるより先に、カーリアフは腰の短剣を抜いたが、頭上に迫っていたクルシュに鑓刀の柄で弾き飛ばされる。

クルシュは馬を下りた。カーリアフは膝をついたまま、最期の一閃を振り下ろさないクルシュを見上げた。

「貴殿の鎚鉾は、そこだ」

クルシュは鐵刀でカーリアフの得物を指した。カーリアフは鎚鉾を拾い上げたが、落馬の衝撃のためか、立ち上がるときに少しふらついた。しかし握りしめた鎚鉾を構え、大地を踏みしめたカーリアフは、気迫を込めてクルシュと再び対峙した。

クルシュの口角がわずかに上がり、青灰色の瞳が構えた鐵刀の煌《きら》めきを映して酷薄に輝いた。明らかに、この一騎打ちを心の底から楽しんでいた。雌伏のときを終えた獅子《アルスラーン》が、最初の獲物に爪をかけ、その喉首に牙《きば》を埋めようとする瞬間であった。

クルシュの放った一閃に、カーリアフはそれを受け止めた鎚鉾ごと投げ出された。仰向《あおむ》けに地面に叩きつけられた衝撃に、マッサゲタイ王の黄銅の冑が飛んで転がる。

クルシュは鐵刀から手を放し、腰から短剣を抜き放った。カーリアフに歩み寄り、その髪を摑んで首を落とすために、左の手を伸ばす。

その刹那、小さな灰色の影が、クルシュとカーリアフの間に飛び込んだ。気配を直前に察知したクルシュが、柳葉の槍先が喉を突く前に後へ跳び下がった。

細身の投擲槍《とうてきやり》を構え、ふたりの王の間に立ちはだかったのは、小柄な馬小姓だった。

王の一騎打ちを囲んで立ち尽くす騎馬の脚の間を駆け抜け、落ちていたファールス兵の投げ槍を無意識に拾い上げたタハーミラィが、なんのためらいもなくカーリアフの前に飛び出し、無我夢中で槍を突き出したのだ。

タハーミライは女であることが周囲にばれぬよう、口を固く閉ざし、必死の思いで槍を握りしめ、彫像のように動かなかった。

眼光の刃で貫けたら、というほどの激しさを込めて睨みつけてくる青い瞳を、クルシュは無表情に見つめ返した。小姓に矢を向けるファールス兵を、身振りで制する。短剣を鞘に戻し、クルシュはタハーミライの瞳から目を逸らさず、一歩近づいた。ゆっくりと上げた右手を開いて、タハーミライに差し伸べる。

「ともに来るか。私の庭園《パラディイサ》に」

淡々とした、囁くような誘い。

無数の矢に貫かれて、累々と横たわるマッサゲタイ戦士の屍《しかばね》の前で、それを言うのか。切り裂かれ串刺しにされた痛みに悶《もだ》え苦しみながら、死にゆく同胞の血に染まった、その手を取れと。

この男は、どこまで非情なのだ。

タハーミライは血が滲むほどに唇を噛みしめ、泣き叫びたい思いを必死で押し殺した。焼けるように熱いまぶたを見開き、小さく、しかしきっぱりと首を横に振った。カーリアフを庇《かば》うように、さらに姿勢を整える。槍先をクルシュの喉へ向けたまま。

クルシュは一歩進む。しかしタハーミライは身動きもしない。周囲の騒めきを無視して、クルシュは槍先が喉に触れるまで近づいた。

タハーミラィが決して槍を突き出さないという自信があるのか。確かめたくても、タハーミラィの視界は滲んで歪《ゆが》み、クルシュの表情が見えなくなっていた。自分の両目から、涙があふれて頰を伝い落ちていることすら、タハーミラィは気づいていなかった。

伸ばした槍の重さに耐えかねて、タハーミラィの腕が震える。小刻みに揺れる槍穂の継ぎ目を摑んだクルシュは、軽く捻るだけで容易くタハーミラィの手から槍を引き抜いた。

槍を横に投げ捨てたクルシュは、最後の一瞥《いちべつ》を碧眼の馬小姓に投げると、背中を向けた。鐺刀を拾い上げ、自分の馬に飛び乗る。カーリアフとその騎兵に興味を失い、麾下《きか》の兵士らに城内への退却を命じた。ファールス兵は、血に飢えた物欲しそうな視線をマッサゲタイ騎兵に注ぎつつも、武器を収め、国王の命に従ってヒルバの町へと戻っていった。

マッサゲタイの戦士らは、事の成り行きが理解できず、呆然としてカーリアフと馬小姓を眺めた。

タハーミラィは、身を返してカーリアフの傍に手をついた。

「差し出たことをして、申し訳ございません。どうぞ一日も早く、みなを連れてマッサゲタイへの帰還を遂げられますよう」

言うなり帯に佩いた短剣を鞘から引き抜き、自分の喉に当てた。カーリアフは反射的に手を伸ばし、タハーミラィの手首を摑み、短剣を取り上げた。

「拾った命に文句は言わん。ファールス王の気が変わる前に、退却するぞ。生き残った者を集めろ」

ヒルバの城門は閉ざされ、城壁から外を監視するファールス兵に性急な動きはない。追撃のかかる気配はないものの、生存者が少なすぎた。同胞の遺体は置き去りにするほかはなかった。

はっと我に返ったタハーミラィは、ゼーズルの安否が気になった。周囲を見回すが、騎乗のマッサゲタイ兵の中にゼーズルの姿は見えない。

「ゼーズルっ」

甲高い声で叫びながら、最後にゼーズルを見かけた方角へ走り出す。いくらも進まぬうちに、ゼーズルの馬を見つけたタハーミラィは、息を呑んで立ちすくんだ。ゼーズルは、地面に膝をついてうずくまっていた。

駆け寄ってくるタハーミラィの気配に、顔を上げたゼーズルの目は真っ赤であった。ゼーズルの足元には、深い草に沈むようにしてこと切れた若い兵士。タハーミラィも知っている沼沢ゲタイ出身の兵士であった。

「ディン？」

タハーミラィは目を背けそうになったが、こらえた。

右腕は肘から先がなく、投石を受けたのか、頭の右側が陥没していた。胸には背中から貫通した鏃《やじり》が数本突き出し、腹から下は切り刻まれた肉片と臓物がタハーミラィの足元まで散乱していた。

三百のマッサゲタイ兵に、六千のファールス兵だ。戦闘ですらない、一方的な虐殺ではなかったか。馬を失い逃げきれなかったディンは、弓兵や投石兵の的となり、倒れたあとも群がってきたファールス歩兵に何度も槍を受け、なぶり殺しにされたのだ。

これが、敵の王を愛した報いだ。目を逸らしてはならない。タハーミラィは大きく見開いた目から涙があふれるままに、何度も自分に言い聞かせた。

ゼーズルは鞘から短剣を抜き、無言でディンの髪をひと房切り取った。ディンの短剣と一緒に布の切れ端に包み込み、自分の帯に結びつけた。

ディンは前歯の欠けた笑顔が、親しみやすい若者だった。アルボルズ越えでも、女たちの馬車がわだちや岩で動かなくなると、真っ先に駆けつけて押してくれた。

タハーミラィは止まらぬ涙を拭きながら、生存者を探した。冑を失ったシャヒーブが頭から血を流しながら、重傷者に肩を貸して歩いてきた。ゼーズルが駆け寄って手を貸す。

生き残ったのは、五十人に満たなかった。

最後に戻った兵士が、外套にくるんだ遺体を抱きかかえていた。命の失せた、蒼ざめ硬直した顔は、まだ頬の滑らかな少年のものだ。

「ハルハミード！」

カーリアフの喉から、悲痛な叫びが漏れた。

昨年から騎兵隊に加わったばかりの、カーリアフの長男であった。カーリアフは、沈痛な面持ちで息子の屍を受け取った。そして、髪と顔の汚れを拭い落とし、かすかな温もりの残る頰に唇を寄せた。

光の橋を渡りゆく息子の魂が悪霊に捕らわれぬよう、途切れがちに精霊の加護を祈るカーリアフの、低い慟哭《どうこく》。生き残った者たちは、今日までともに生きてきた同胞たちが、ひとり残らず無事に光の橋を渡りきれるよう、かすれた声で死者のための詠唱を続ける。

ようやく全員の応急手当が済み、無事な馬を集めて、マッサゲタイ人は立ち上がった。ペローマの脚は折れたようすも、注意すべき腫れもなく、負担をかけずにゆっくり歩けば、ついてこられそうだった。

高原の北、アルボルズの山脈から、小雪まじりの砂粒を叩きつけてくる向かい風は、研ぎ澄まされた刃のように敗北者たちの骨を嚙み、心を切り裂く。

打ちのめされた異郷の戦士たちとタハーミラィには、沙漠の彼方の帝都エクバターナは、来た道よりも遥かに遠く感じられた。幾日、幾歳月かけても、生きている者たちには決して行きつけない、光の橋の彼方にあるようにさえ、思われたのだった。

紀元前五五二年、ヒルバの戦い。

ファールス対メディア戦争の始まりである。

七、亡国の廃園

ヒルバの敗戦からひと月半が過ぎ、新しい年が明けた。

カーリアフは、任務の失敗とファールス国軍の蜂起をイシュトゥメーグ王に報告した後も、朝議や軍議のたびに、同じ説明を繰り返すために何度も王宮から呼び出された。

直属の騎兵をほとんど失ったカーリアフは、帰国を申請した。しかし、ファールスとの全面戦争に向け、一兵でも必要なイシュトゥメーグ王に、さらに五百騎を供出するように命じられた。

王宮から居館へ戻ったカーリアフは、銀の杯を床に叩きつけて怒鳴った。

「そもそもマッサゲタイはメディアの属国ではないっ。これ以上、われらマッサゲタイ人の血を流してたまるか」

重厚なカーリアフは、その厳めしさから恐れられているものの、怒りを露わにすることは珍しい。

マッサゲタイの版図は、メディアの王もその果てを知らぬほど広大だ。マッサゲタイ族の入植以前から栄える、古き城砦《じょうさい》都市メルヴを王都としたのも、メディアとの国境に近く、東西の交易路の要にあったためだ。その交易路の東がメディア属領のバクトリアと、西はヒユルカニアに重なっていることから、協定によって独立を保ってきた。

マッサゲタイは都市メルヴを放棄しても、広大な沙漠と平原の奥へ奥へと移動してしまえば、水場もわからぬメディア軍は、やがて補給を使い果たして引き返すしかない。マッサゲタイ人は、メディア軍が疲れきって退いてしまうのを待ち、また戻ってくればいいのだ。

だから、協定に反することをメディア王が命じたり、行ったりすれば、マッサゲタイ王は協議の卓を蹴り上げて、本国へ帰ってしまえばいい——のだが、ヒルバの失態以来そうもいかなくなっていた。

藩国の王位にある外孫を支配することに、異様な執念を見せるイシュトゥメーグ王は、とうとう反旗を翻したクルシュ討伐のために度を失っている。長らく慣例的に提供されてきたマッサゲタイ騎兵を、属国からの進貢《しんこう》と取り違え、さらなる供出を強いた。

わずかに生き残った騎兵と、その数では守りきれない家族を連れてエクバターナを脱出しようとすれば、イシュトゥメーグ王の逆鱗《げきりん》に触れて、残った兵は殺され、女こどもは奴隷にされてしまう。

「カーリアフ様。帰国となれば、戦死者の家族への補償も必要です。イシュトゥメーグ王の懐から、同胞の流した血と同量の銀と鉄を持ち帰らねば、故国の土は踏めません」

末席から、落ち着いた声で意見を述べたのは、タハーミラィだ。

帝国から受け取る報酬が、マッサゲタイ王国の財源に占める割合は高い。沼沢や草原の恵みだけでは支えきれない王族の豊かな生活を支えているのは、交易都市メルヴより上がる収益とともに、王族ゲタイによる傭兵《ようへい》事業なのだ。

故郷を離れて異国で命をかける兵士たちが、年季明けに持ち帰る報酬は、冬の間に豪雪や氷嵐《ひょうらん》に見舞われ、家畜や船を失った家族の命をつなぐこともある。ましてその稼ぎ頭が二度と帰ってこない家族には、通常の俸禄《ほうろく》以上の手当が必要であった。

八割以上の兵馬を失って、手ぶらでなど帰れない。しかも本来ならばメディアからマッサゲタイに支払われるはずの穀物も、この戦争の需要に回されそうな気配であった。

それを、たった十五歳のタハーミラィが指摘した。ヒルバの戦いの直前では、クルシュとアルバクの造反を知り、カーリアフにこのままマッサゲタイに逃げ帰ろうと叫んだ少女のタハーミラィが。

カーリアフは硬い表情に、驚きの色を目に浮かべた。カーリアフだけでなく、他の妃や王族、ゼーズルら側近も凝然《ぎょうぜん》とタハーミラィを見つめた。

このひと月、カーリアフは王宮における軍議に疲弊し、悲嘆に暮れる戦死者の家族は、遺体も形見もない葬儀に忙しく、負傷者らの回復は時間がかかった。それゆえに、誰もタハーミラィの行動に注意を払う者はいなかった。

タハーミラィは都へ戻ってすぐ、ファールスの動向を探るために行動を起こした。館に出入りするメディア人の噂話に聞き耳を立て、外出しては城壁の外から来る商人、宮仕えの奴隷や女官と言葉を交わした。

生き残った幕僚として敗戦処理に追われるゼーズルは、従妹の外出に目を光らせる余裕はなく、タハーミラィは自由に城下や馬場を歩き回ることができた。

薄暗い屋内でじっとしていると、マッサゲタイ戦士の屍が累々と横たわるヒルバの丘の光景と、ディンの凄惨な死にざまが、絶えずまぶたの裏に蘇る。夜半の耳底に繰り返されるのは、神殿で本性を現したクルシュの、マッサゲタイ族と自分に対する嘲弄《ちょうろう》。胸が煮えて、闇を睨みつけたまま眠れなくなる。

なのに明け方には、無表情に手を差し伸べ幻の王国へと誘う、黄金の戦士が夢に現れ、タハーミラィは思わず宙に浮かせた自分の手の動きに驚かされて、薄明《はくめい》の中で目を覚ますのだ。耳に残るクルシュの最後の囁きに、涙の滴を目尻に滲ませて。

外へ出て、体と頭を常に使っていなければ、喪失と自責の念で、気が狂いそうだった。

誰もが悲嘆に暮れるなか、誰もが祝うことを忘れた新年の、祖霊の月に入ったある日、タハーミラィとペローマは、雪を踏み分けて森の庭園を訪れた。

クルシュに対する怒りや憎しみ、あるいは恨み。孤独な者同士の共感と、夢の王国への想いに、かすかにでも真実はあったのではという未練。相反する感情の狭間を絶えず揺れ動くタハーミラィは、仇敵《きゅうてき》の王と夏の一日を過ごした庭園を、もういちど見たいという誘惑に抗《あらが》えなかった。

森の庭園は、静謐《せいひつ》であった。

落ち葉に覆われ雪の積もった石畳と、霜の融けぬ木陰の芝生を歩けば、水門の閉ざされた庭園の草木は枯れ、手入れする者のいない花壇や芝生には雑草が根を広げていた。

収穫されない葡萄の房は干上がり、白霜《はくそう》のために変色し、白い粉を吹いていた。葡萄酒は苦手だが、食事に出された果実の甘さを思い出す。しわくちゃの実をちぎり取り、タハーミラィは口に含んでみた。醜く皺だらけの葡萄の実は驚くほど甘く、香り高かった。

雪を払い、氷に滑らないよう注意を払いながら、大理石の階段を上り『王』の玉座に腰かける。防水防寒に優れた海豹《あざらし》の毛皮の外套を暖かく着込み、温石《おんじやく》を胸に抱いたタハーミラィは、荒廃した庭園を眺めながら、長い時間をひとりで考えて過ごした。

庭園の隅々まで観察すれば、いろいろなことが見えてきた。庭園は、調和を維持する手がなければたちまち荒廃する。植物は互いの領域を広げようと枝と根を広げ、弱い者から駆逐され、より強い植物の養分となるのだ。そして、風に乗って舞い込む異分子である種が芽吹けば、あっという間に花壇も芝生も侵略者に覆われてしまう。閉ざされた水路は干上がり、あるいは淀《よど》んだ水が悪臭を放つ。

庭園は王国だと言ったクルシュの言葉が、わかるような気がした。

カーリアフが直面しているマッサゲタイの危機。マッサゲタイの財産は、勇猛な戦士たちだ。なかでも、国王直属の精鋭部隊は、王族ゲタイと各名門氏族の子弟で構成される。その中核を失った敗残の王を、民はどう迎えるのだろう。

国王は、国民の執事であり、王国の庭師であるとクルシュは語った。カーリアフはどのように王国の損失を埋めるのだろう。国民を極寒の冬から守るのだろう。夫をささえるために、自分に何ができるだろう。

タハーミラィは、自分が異国の王に魅せられたために無残に散っていった、二百五十のマッサゲタイ戦士と、その家族に償《つぐな》わなくてはならなかった。

庭園で交わされたクルシュとの会話が、繰り返し耳の奥にこだまする。一国の王とはいえ、クルシュはまだ二十四歳という若さだ。しかし、牧童奴隷として市井《しせい》に育ち、王国の世継ぎの教育を受け、十代半ばで玉座に登り治政に関わり、他国の宮廷で雌伏を強いられたクルシュの言葉や考えは、広い視野と深い洞察、豊かな見識に満ちていた。

暮色の迫る城下の別れ際、固く手を握りながらタハーミラィに向けた、大地を隅々まで光で満たす希望に満ちた笑み。それが真実であろうと偽りであろうと、もはやタハーミラィにとっては、虚空の果ての月のような、手の届かぬ幻であった。

そのようにして、タハーミラィは敗戦後の一ヶ月を情報収集と、孤独な思索に費やした。

帰国の許可が下りず、苛立ちを募らせるカーリアフが、さらなる兵の供出を命じられ、みなの前で堪忍袋を引き裂いた夜、タハーミラィはこのひと月の間に出した結論、国許への増援要請を進言した。

カーリアフは、信じがたいという目でタハーミラィを見ていたが、やがて得心のいった表情となった。クルシュの策にはまり、数時間で騎兵隊の基幹を失い、敵の真の技量を知らずに一騎打ちに臨み、自国兵の前で打ちのめされた。そして初陣《ういじん》の息子を亡くし、メディア王家の闇に巻き込まれて、焦りを深め正しい判断ができずにいた。

何より、そういったことを意見し、議論できる幕僚がほとんど生き残っておらず、生還した側近も、予想もしなかった損失に衝撃を受け、現実に直面する気力を失くしていた。

そして、幾重もの城壁に囲まれ、風の淀んだ都市の中では、戦争が稼業であるはずのマッサゲタイの戦士たちでさえ、ヒルバで虐殺された同胞友人の最期が脳裏から離れず、異郷に朽ちゆくかれらの屍を思い、息苦しさでまともに物事を考えられなくなっていた。

ただただ、国王のカーリアフから一兵卒にいたるまで、城壁から逃れ、空と交わる高さまで草原の続く、マッサゲタイの地平に帰りたかったのだ。

落ち着きを取り戻したカーリアフは、親族と側近を見回したが、落胆を禁じ得ない。兵站《へいたん》の手配や、兵士への報酬管理、メディアとの協約交渉にあたっていた側近が欠けていた。

まず、欠けた穴を埋める作業から、始めなくてはならなかった。

兵站や報酬の担当をしていた側近の代わりは、計数に長けた商人を雇うしかない。それを提案したのがタハーミラィであったことは、再度カーリアフを驚かせた。

タハーミラィは、居館に出入りする商人の中から信頼できそうな相手を見つけ、失われた損失に見合う補塡規模を算出させていた。商人が持ってきた、粘土板に刻み込まれたアッカド文字の明細を、タハーミラィは読めない。しかし、内容は口頭で暗記していた。

「これが、追討《ついとう》の損害補塡としてイシュトゥメーグ王に請求する分です。そしてこちらが、増援にかかる費用で、前払いでお願いする分です」

カーリアフは、粘土板を手に取り、楔《くさび》と鏃を組み合わせた異国語を指で追った。カーリアフもまた文字は読めなかったが、交易や国家間における交渉と契約に使われるいくつかの単語と数字は知っていた。

「布商人にやらせたものですから、軍備については不正確でしょう。カーリアフ様の方で、そちらの方面の商人を選んで、計算をさせ直すのがいいと思います」

驚きよりも呆れの混ざった顔色で、カーリアフは最年少の妃を見つめた。

タハーミラィの、冷静で前向きな提案に、おとなたちも徐々に平静を取り戻し、善後策を検討し始める。生き残った者たちの議論が活発になるのを見て、タハーミラィの胸に詰まっていた鉛が、ゆっくりと溶けていった。

翌朝、カーリアフがタハーミラィを自分の居室に呼び出し、王宮へ随行するよう命じた。それも、宦官の装束を用意される。女性が側近では都合が悪いのかと、タハーミラィは疑問の目を向けた。

「女や小姓では、わしについて入れない場所がある。宦官であれば高い声を出しても疑われることはない。人手のないときだ。少しでも知恵のありそうな者を、内廷で遊ばせておく余裕はない」

カーリアフが自分を認めてくれたことが嬉しく、タハーミラィは思わず笑みをこぼした。

タハーミラィの明るくほころんだ頬と唇を、カーリアフは節の太い無骨な指でなぞった。

「そなたは、もう十五であったな。まだ、女神に仕えたいと考えているのか」

柔らかな褐色の瞳を、カーリアフは若い妃に向ける。タハーミラィは頬を赤くしてうつむいた。

「もう、河の乙女は無理、と思います。このごろは、まったく女神を感じません」

湿原のことも、女神のことも思い出さなくなったことを、タハーミラィはそう表現した。

カーリアフは得心のいかない口調で問うた。

「幻視と予知はどうだったのか。あれは、女神の宣託ではなかったのか」

タハーミラィは首をかしげ、自信なさそうにかぶりを振った。

「違う気がします。女神の、水の気配はしませんでした。むしろ、太陽の熱を感じました。あの、ハオマ酒に酔っていたせいかも」

「ふむ」

カーリアフは拳にあごを載せて考え込む。

「西国のヘラスでは、巫女《みこ》が太陽神のお告げを受けると聞くが、あちらの巫女は処女《おとめ》でなくてもよいらしい」

メディアから東方では、太陽の神官は男ばかりで巫女はいない。カーリアフはタハーミライを膝に抱き上げたが、考え直した。

「マッサゲタイに帰れる目途《めど》がつくまで、そなたを身重にするわけにはいかぬ。明日の登庁は早い。今夜はよく眠ることだ」

河の女神の神殿で、妊産婦の世話もしたことのあるタハーミラィは、カーリアフの配慮が嬉しかった。カーリアフには七人の子女がいる。生まれてこなかったり、育たなかった子どもや、産褥で亡くした妃もいたことから、妊産婦の危うさに理解があることがありがたかった。

金の胸壁の内側、イシュトゥメーグ王の宮殿には、息の詰まる緊張と、すぐにでも破裂しそうな興奮が満ちていた。

カーリアフは、イシュトゥメーグ王と協定を見直した。金庫番から充分な報酬と費用を受け取り、増援の手配を整える。

アルボルズ山脈の峠は、冬は雪に閉ざされる。マッサゲタイ騎兵の補充は、春を待たねばならない。ファールス軍も、冬に備えて王都パサルガード近くまで後退したと報告がもたらされた。高原北部のメディアは豪雪に埋もれ、大地は凍る。少しばかり標高の下がる高原の南部ファールスもまた、容赦なく山岳を吹き荒れる氷雪に耐えねばならない、過酷な季節であった。

イシュトゥメーグ王は、決戦を春と定め、メディア全土の総督と服属国、同盟国の王侯に軍兵や軍資金の供出を通達した。

タハーミラィは、カーリアフの出席する軍議にも影のように付き添った。カーリアフが、四十代半ばの頑強かつ実直そうな将軍を指して、あれがアルバクだとタハーミラィに耳打ちした。カーリアフとタハーミラィは、クルシュとアルバクの陰謀をイシュトゥメーグ王に注進しないことで、意見が一致していた。

アルバク将軍は忠臣の誉《ほま》れが高く、有能な軍人でもあり、人望も厚い。もしアルバクの造反を明らかにすれば、アルバクに心を寄せる、メディア貴族の半分を敵に回す可能性があった。いまは引き際だけを見極めようとしているマッサゲタイ族には、イシュトゥメーグ王に恩を売る必要も、メディア人同士の争いに首を突っ込む理由もないのだ。

アルバクが造反の決意に至ったのも、そもそもイシュトゥメーグ王の残忍さに起因する。

アルバクが、赤ん坊のクルシュの命を助けたために受けた罰を、タハーミラィはそれまで詳しくは知らなかった。

「クルシュ王子を王宮に迎え入れたイシュトゥメーグ王は、当時十三歳だったアルバクのひとり息子を王子の遊び相手にと、王宮へ寄越すように命じたのだ。王子の命を救った罪を赦《ゆる》されたと思ったアルバクは大喜びで息子を王宮に送り出した。だが、イシュトゥメーグ王はアルバクの息子を殺し、その肉を料理させて、宴に呼んだアルバクに食べさせたという」

カーリアフから、話を聞いただけで、タハーミラィは顔から血の気が引き、気分が悪くなった。

「出された肉料理を食べ終えたアルバクに、イシュトゥメーグ王は何の肉を食べたか知りたいかと訊いた。知りたいと答えたアルバクに、王は料理に使わなかった部分をアルバクに見せたのだ。皿に盛られた息子の首と手足を前に、顔色を失くしたアルバクを見て、イシュトゥメーグ王は溜飲《りゅういん》を下げたという。そのときは引き下がったアルバクは、必ず復讐をしようとクルシュ王を抱き込み、機会を窺ってきたのだろうな」

ヒルバの戦いの前夜、クルシュがアルバクの密使に言ったことをタハーミラィは思い出した。ではこの戦は、イシュトゥメーグ王への復讐戦なのか。クルシュの奪われた子ども時代と、王子の身代わりに惨殺された、アルバクの罪なき息子の弔《とむら》い合戦なのか。

——世界の王になるためではなかったのですね。様々な神々と、異なる人々が、互いの違いを尊重し合い、同じ地平で譲り合って生きていける、夢の王国《パラディイサ》を創るための戦いではなかったのですね。

その復讐に巻き込まれて、無関係の二百五十のマッサゲタイ戦士が、異郷の露と消えたのだ。異民族や無辜の民を巻き込みたくないと、言った舌の根も乾かないうちに、何の恨みもないカーリアフと戦い、ためらいなく殺そうとした。

口を押さえて嗚咽をこらえるタハーミライを、嘔吐《おうと》を我慢しているのかと勘違いしたカーリアフは「話すべきではなかった」と、厚い掌をタハーミライの背中に回し、落ち着くまでさすってくれた。

王宮の軍議では、タハーミライは特にアルバクを観察した。アルバクと語らうメディア貴族や軍人に注意を払い、居室に戻ってカーリアフの知識と照らし合わせる。アルバクに限らず、気分しだいで相手を選ばず苛酷な処分を下すイシュトゥメーグ王に、恨みを抱えるメディア貴族や王侯は少なくなかった。

「増援が来ても、マッサゲタイの騎兵は練度の低さを理由に、後衛を務めるよう話を持っていかねば。アルバクが造反を明らかにしたとき、どれだけのメディア貴族がイシュトゥメーグ王に矢を向けるか、見極められる位置についておきたいものだ」

タハーミライは、カーリアフが考えをまとめるのを聞きながら、自分自身の意見は、ほとんど口にしなかった。政務にしろ、軍事にしろ、タハーミライにはまだ難しすぎたからだ。カーリアフも、タハーミライに参謀役や宰相役を期待しているわけではない。

ただ、タハーミライは、見聞きしたことはできるだけ正確に記憶し、カーリアフが聞き落としたり、見落としたりしたことがないか、その熟慮を助けた。

紀元前五五一年、イシュトゥメーグ王は女婿《じょせい》と孫を討伐するために、メディア全土と周辺諸国から、十万とも百万とも伝えられる軍を召集した。一方、ファールス軍は、正規の騎兵や歩兵の軍隊に加えて、臨戦徴用の牧民や農民をかき集めても総勢五万に満たないと噂されていた。

カーリアフは首尾よく後衛の位置を得た。イシュトゥメーグ王は、最前線で活躍し出世を望むメディア貴族や、クルシュの首をとって、莫大な報酬を故郷へ持ち帰りたい異民族の王には事欠かない。

数の強みに安心したのか、カーリアフはタハーミラィを幕僚に加えた。

「そなたの鎧も作らせてある。隣の陣がアルバクの伏兵であっては、危険だからな」

「本当に、前線に連れて行ってくださるのですね」

遊牧の民は、家族や家財までも戦場に伴う。だが、安全な後方に控えさせるのが普通で、最前線に伴うことは珍しい。

タハーミラィは、満面の笑みを浮かべていた自覚さえなかった。クルシュがイシュトゥメーグ王を待ち構えている国境へ行ける。その興奮を、抑えきれずにいることを。

再びまみえることなどないと思っていた。何十万というメディアの全軍を前に、生きたクルシュの姿を再び目にできるのは、奇跡かもしれない。しかし、ダマーヴァンド山頂から、地上を埋め尽くす軍勢を蹴散らして進む白馬の英雄の姿は、タハーミラィのまぶたに焼き付いて離れることがない。あれが本当に予知の幻視で、四翼の軍神がクルシュの化身であるかどうか、タハーミラィは確かめたかった。

「再び、クルシュ王との一騎打ちの機会があれば、逃したくないものだ」

自信たっぷりに笑うカーリアフの腕に、タハーミラィは不安そうに触れた。

「無理はなさらないでください。カーリアフ様の肩には、マッサゲタイ族の命運がかかっています」

「年寄り扱いはやめろ。あのとき、わしは愚かにもクルシュ王の腕を見くびっていた。一騎打ちを仕掛けられたとき、首をとる好機と疑わなかった。やつが、あれほど速く動くのも、武器を振り回すのも、王宮では目にしたことがなかったのでな。鍛錬場にはよく顔を出していたが、クルシュ王は手合わせに応じたことがなかった。そのくせ、我々の鍛錬を、熱心に眺めていた」

「この日のために、爪を隠し、牙を研いでいたのですね。恐ろしいお方ですわ」

タハーミラィは、ますますクルシュの慎重さと狡猾さを知った思いがした。カーリアフは不快げに唇を歪めた。

「もっとも、やつの豪胆と勇猛を知らなかったのは、新参のわれわれくらいなものであったようだ。クルシュ王はファールス反乱が起きる前後から、武辺で目立たぬように、柔弱軽薄に立ち回り始めたらしい。まったくもって騙された。わしがクルシュ王と一騎打ちをして、無傷で帰ったことを知ったメディア貴族がひどく驚き、感心していた。そなたのお陰で命拾いしたとは、言えなかったが」

カーリアフは、決まり悪げにそうつけ加えた。

タハーミラィは、馬術に長けた高貴の女たちも、斥候や伝令として戦陣に加えることを提案した。特に山岳や草原ゲタイの婦女子には、男に負けない弓矢の上手も少なくないのだ。マッサゲタイ族そのものの機動性を上げることで、メディア・ファールスのどちらが勝とうと、戦の帰結が決まる前に、帰国の機会を摑む心積もりであったのだ。

王宮に出入りするうちに、イシュトゥメーグ王の姿を見ることが増えた。ヒルバでの容赦のないクルシュの戦いぶりを見たあとでは、イシュトゥメーグ王とクルシュの酷薄な目つきは、確かによく似ていると思えてくる。

イシュトゥメーグ王は、娘のマンダネが少年のクルシュを連れて里帰りすると、孫の顔立ちと性格の剛毅《ごうき》さが、父親のカンブジヤよりも祖父の自分に似ていることを喜んだ。孫の出仕を待ちわび、クルシュの合わせる混成酒をもっとも好んだ。生まれてすぐに殺そうとしたことの埋め合わせのように、狩りや催しではつねに次席を用意し、帰国の折には浴びせるように金銀の財貨や香料、各地の名産品、選りすぐったメディアの名馬を下賜してきたという。

その孫に反逆されたのだ。

気まぐれで性情激しいイシュトゥメーグ王が、手中にクルシュを捕らえたとき、どのような処分を考えつくか、誰も想像したくはなかった。

八、ファールス国境戦

イシュトゥメーグ王率いるメディアの大軍は、春の樹花が散り急ぐ慈雨の月の終わりに、エクバターナより出陣した。

革の甲冑に身を包み、カーリアフと出陣の儀に現れたタハーミラィに、ゼーズルが驚愕の目を向けた。本国から到着した増援の練兵と、出陣の準備という激務が続いたせいか、ゼーズルはひどく憔悴《しょうすい》していた。

ヒルバの戦いから、ゼーズルはタハーミラィに対してよそよそしさを増していた。公務で言葉を交わすときも、目を見て話すことはなく、実務報告を終えるとすぐに退出する。その真意を測りかねながらも、タハーミラィもまた、必要がなければあえて自分から声をかけることはしなかった。

従兄に無言の会釈を向け、タハーミラィはカーリアフに連れられて、先発するメディア本軍を見送るために外縁の城壁に上った。南門上の白く塗られた胸壁から、都市の外を見渡したタハーミラィは、眼下の光景に息を呑んだ。

風に波打つ真紅の絨緞が、城門から南の地平へと、街道を挟んで平行に陽炎《かげろう》の彼方へと延びていた。それは満開の――

タハーミラィは両手で口を覆い、舌の上まで出かかった名前を呑み込んだ。

『満開のラーレを追って、パサルガードからエクバターナへ北上するのが、メディア宮廷に出仕するときの一番の楽しみなのだよ』

森の庭園で、タハーミラィに分ける球根を選びながら、クルシュは語った。

『でも、大変な手間でしょう。どうして』

『祖国のために避けられない役目なら、旅と宮仕えの楽しみは、ひとつでも多い方がいい。ファールスと帝都を行き来する者たちの心も、和ませるだろう？』

淡い微笑、穏やかな口調、土だらけの手。

メディアと祖国の平和を維持することなど、本心では露ほども望んでいなかったくせに。

偽りの優しさなど、思い出したくもない。なのに、まぶたの裏に、耳の底に、ひとりでに蘇る森の光景とクルシュの声。胸をかき乱す激しい痛みが恨みなのか、憎しみなのか、それとも思慕《しぼ》なのか。タハーミラィには、もはや判別できなかった。

クルシュが十年をかけて育てたラーレの街道はいま、千の戦車に轢《ひ》き潰され、数万、数十万という馬蹄と軍靴《ぐんか》に踏みつけられ蹂躙されてゆく。

爛漫《らんまん》と咲き誇り、無惨に散らされ風に舞うラーレの鮮烈な赤はむしろ、これから始まる殺《さつ》戮《りく》と、流される血の濁流を象徴しているかのようであった。


後続部隊として出立したマッサゲタイ騎兵が国境に着いたとき、戦いは既に始まっていた。付近のファールス人の町村は、イシュトゥメーグ王の命によってことごとく火をかけられ、燃え落ちていた。胸の痛くなるような煙の臭いに、タハーミラィは顔をしかめる。

「住人らは城砦に避難している。町も村も無人だったそうだ」

カーリアフは、タハーミラィを落ち着かせるように、そう言った。

マッサゲタイ騎兵は前線から離れた丘の上に陣取り、高みの見物を決め込んだ。

戦場にはすでに無数の旗がたなびき、氏族や部隊ごとに装備や服の色の異なる集団が、それぞれの旗章のもと、羊や蜂の群れのように一体となって動き回っている。

赤地に金色で描かれた『王家の鷹《シャーバーズ》』の軍旗が、胸壁ごとに翻る城壁を背に、ファールス軍は大盾兵と弓兵の厚い軍容を展開し、メディアの大軍を寄せつけない。

敵軍の連携を乱れさせるために、高速で接近し、駆け抜けざまに矢の雨を浴びせて、足並みの乱れた一隊を壊滅させては離脱していく軽装弓騎兵隊。その自在な動きはファールス、メディアの双方どちらも勝《まさ》るとも劣らない。

「時間の問題だ」

馬上から観戦するカーリアフは、傍らに並ぶ側近たちに言った。

「イシュトゥメーグ王の軍勢は、ファールス軍の二十倍を超えるという。つまり、ひとりで二十人以上を殺さねばファールス軍に勝ち目はない。ヒルバの戦いと数の優劣が逆転したわけだ」

カーリアフの皮肉に、側近らは同調の笑いを漏らした。

ファールス軍は、国境に沿って展開された兵の壁が全軍である。幾重にも控えた予備軍を、次々に投入していけばよいだけのイシュトゥメーグ王は、ただファールス軍の疲弊を待つだけでいいのだ。

緒戦において、双方が一斉に放った矢の雨で、すでに国境は血の川となっていた。積み重なる死者と負傷者の川を乗り越えて、大盾兵隊の守りを崩そうとメディア軍が押し寄せる。そのメディア軍を、整然と並べた盾の背後から槍を突き出し、押し返すファールス歩兵。守りの壁を切り崩し、突出してくるメディア兵へと稲妻の速さで襲いかかり、蹴散らすファールス騎兵の粘り強さに、カーリアフは賞賛の息を漏らした。

タハーミラィは、黄金の楔のようにメディア軍を切り裂いていく、ひとりの武将から目が離せない。

青銅の鎖鎧に覆われた戦闘馬を駆り、同じく甲冑も磨き抜かれた黄金の煌めきを放ちながら、血濡れた長柄の鑓刀を揮《ふる》い、重装の騎兵を率いてメディア兵を薙ぎ倒していく猛将。

それはまさに、タハーミラィが幻視した、ダマーヴァンド山の軍神が地上に降りたようであった。

タハーミラィが見守るうちに、クルシュは馬を三頭、鐺刀も五回は交換している。しかし、クルシュの交代はいない。クルシュが麾下の重装騎兵とともに、数個のメディア騎馬隊を分断し、駆け抜けては円を描いて城砦へ戻るたびに、再び出てくるのを見逃すまいと、タハーミラィは息をするのも忘れそうであった。

「アルバクは、いつ反旗を翻すつもりか」

カーリアフは、メディア軍の左翼を固めるアルバク軍に視線を向けた。ファールス軍の守りを削り落とすために前線に投入されているのは、バクトリア人やパルサワ人といった、マッサゲタイのような異民族であり、メディア軍の主力ではない。手柄に逸るかれらは、アルバクの意の通りには動かないだろう。

メディア軍がじわじわとファールス軍を擂り潰していくこの時間を、クルシュは何を信じて戦っているのか。タハーミラィは汗に濡れる掌を膝の脚衣で何度も拭き取った。

イシュトゥメーグ王が、ついにアルバクに出撃を命じた。国境へ進軍を開始したアルバク軍は、突如響き渡った転進のラッパ音とともに、右側面のメディアの友軍に襲いかかった。

この転回を合図として、メディア側に潜んでいたアルバクの盟友が、イシュトゥメーグ王の軍へ矢を射かける。側面や後背から突如として降り注ぐ矢の雨に、イシュトゥメーグ王配下の兵士らは盾を上げて防ぐ間もなく、次々と頭や背中を射抜かれ地面に倒れ伏した。即死しなかった兵士が数本の矢を体に生やしたまま地を這いずり、痛みに呻《うめ》き、得られぬ助けを求める叫喚《きょうかん》も、千の矢が風を切り、盾や地を打つ轟音に呑み込まれる。

イシュトゥメーグの歩兵隊と至近に隣り合っていたアルバクの友軍は、その場で一斉に横を向いた。瞬時に縦列の右端が前列となる。何が起きたのか理解できずにいる無防備なイシュトゥメーグの歩兵隊へ向けて、アルバクの軍はゆるやかに組まれた盾の間から無数の槍を突き出して前進し、切り刻むように押し潰していった。

同じ形の丸い帽子や冑を被ったメディア人同士が、戦況の変化を知る間もなく、命令されるままに、つい先ほどまで味方であった兵士の顔を槍で突き、腹を貫いた。槍を引き抜いては返り血を浴びながらも、そこに人の形がある限り、繰り返し槍を突き込み続ける。長柄が折れたり、串刺しにした穂先が骨や腱《けん》につかえて抜けなくなったりすれば、槍を捨て短剣を抜き、更なる『敵』の喉を切り裂くために目前の兵に躍りかかる。

敵味方の区別がついているのは、事前に打ち合わせた目印を付けたアルバク側の将兵だけで、混乱し疑心暗鬼に駆られたイシュトゥメーグの軍は、文字通りの同士討ちまで始める始末であった。

タハーミライの目には、あたかも表裏で色の違う絨緞をひっくり返し、激しく波打たせたように映った。後方の紛擾《ふんじょう》に気を取られ、戦意の削《そ》がれたメディアの前線部隊に、血に飢え復讐に燃えるファールス兵が襲いかかる。

アルバクと合流したクルシュは、その勢いを駆って、二万の親衛隊に厚く守られたイシュトゥメーグ王の本陣へ突撃した。

「どうしますか。我が君」

側近の誰かが、このまま傍観していてよいのかと、カーリアフに確認する。ゼーズルの声だったかもしれないが、タハーミラィはただひたすらに、馬尾を赤く染めた尖頭飾りが、矢のように地を奔《はし》るさまから目が離せなかった。

先頭を切って突っ込んでくるファールス王を討ち取ろうと、メディア騎将が駆けつけ挑みかかる。正面から突き出された槍を、クルシュは上体を斜めに逸らしてかわし、すれ違いざまに薙ぎ払った鎧刀がメディア騎将の首を斬り飛ばした。

いずれかの名門メディア氏族の騎将であろう、羽飾りの美しい冑に守られていた首は、血《ち》飛沫《しぶき》を上げながら、混戦の海に落ちて見えなくなった。

タハーミラィは静かに息を吐いた。

クルシュはうしろも見ずに、馬首をメディア本陣へ向けた。その国王に劣らず勇猛なファールス兵とアルバク兵を率い、混乱の広がるメディア軍へと切り込んでゆく。

「出撃の伝令は、来ておらん」

頭を失ったメディア騎将の体が、首から血を噴き上げながら落馬するのを見届け、カーリアフが冷淡に応じた。しかし、すぐに笑みを浮かべて側近を見回す。

「そなたらがヒルバの報復に逸る気持ちはわかる。わしも、息子ハルハミードの仇《かたき》を考えないわけでもない。だがいまは、クルシュ王にたどりつく前に味方に殺されかねん」

側近たちは一様にうなずいた。血に飢えた味方の数が、あまりにも多すぎるのだ。その一方で、マッサゲタイ族のように、推移を見極めるために傍観している部族もいれば、あるいは事態が呑み込めず手をこまねいている氏族も少なくない。誰が造反したアルバク側なのか、どれがイシュトゥメーグ王に忠実な部隊なのか、区別のつかないままどちらかを攻撃してしまえば、あとで取り返しのつかないことになる。

「イシュトゥメーグ王は、どうしてこのような大軍を擁《よう》する必要があったのでしょう」

タハーミラィは、戦いに加わらずに見物を決め込んで、横の連携もなく水と食糧を浪費している寄せ集めの軍隊を見回し、疑問に思ってカーリアフに訊ねた。

「第一の理由は、威を以て降参させるためだ」

戦うためでなく、たいへんな費用をかけて大軍を集める理由がわからず首をかしげ、小鳥のように目をまたたかせる若い妃に、カーリアフは愉快そうに笑みを向ける。

「そなたは、二十人の武器を持った男たちに囲まれて、助けの来ないことを知りながら、それでも戦う気になるか」

タハーミラィは身震いで答えた。むしろ自害するだろう。

「わしも、ヒルバに周到な罠が仕掛けられていたと知っていたら、深追いせずに引き返していた。囮に釣られて、クルシュ王が城内に逃げ込む前に捕まえねばと、焦ったゆえの失敗だ」

カーリアフは沈痛な面持ちで己の過ちを認めた。

「この戦では、イシュトゥメーグ王は、開戦にあたってクルシュ王とカンブジヤ上王に降伏勧告をしたそうだ。戦っても勝てない戦など、するものではないとな。クルシュ王は何と答えたと思う」

カーリアフの、探るような瞳を、タハーミラィはまっすぐに見返した。

「降伏を拒否されたのですね」

それは状況を見れば明らかだ。カーリアフは肩を揺らして笑った。

「クルシュ王は『神威も知覚せぬメディアの王よ。ファールスの運命はファールス人が決める。取るに足らぬ我ら貧しき山羊飼いに、これ以上お構いなきよう、寛大なるメディアの大王にお願い申し上げる。どうぞ、ファールス人には自由を賜《たまわ》り、メディアの王たる尊き御《おん》身《み》は、飽食と栄華の都エクバターナへお帰りください』と応えたそうだ」

どんな顔で、どんな口調で、そう述べたのだろうか。馬場での穏やかで優しげな表情だったのか、城下で見せた冷淡で脅すような口調だったのか、それとも、カーリアフと決闘した時の、傲岸でゆるぎない、王者の風格に満ちた態度であったろうか。

「まったくたいした若造だ。アルバクとの謀議があってこその自信であり、拒絶だったわけだが」

かれらの目の前で、メディア軍はじりじりと後退を強いられていた。造反による混迷で、待機の軍に伝令を届けられないまま、指揮官を失った部隊から潰走《かいそう》を始めていた。

それでも、メディアの全軍は厚かった。アルバクと共に造反した氏族の数は、メディア軍の四割に満たなかった。もともと少ない兵力から大量の出血を強いられてきたファールス軍と合流したところで、やはり数の上ではメディア軍に圧倒されていたのだ。

秩序を失いつつあるメディア軍だが、四帝国でも最強と謳《うた》われていた、イシュトゥメーグ王麾下二万の主力部隊は、樫の大木のように堅牢だった。ファールス騎兵は本陣へ近づくこともできない。おのれと味方の疲労を測ったクルシュは、メディア軍を崩すことをあきらめ、城砦へと退却を始めた。

初日は再編制を強いられたメディア軍が一時撤退し、ファールス軍が勝利の鬨《とき》を上げた。

陽が暮れてから、イシュトゥメーグ王本陣の軍議より戻ったカーリアフは、休む間もなく幕僚たちと翌日の作戦を話し合う。

アルバク将軍の欠けた左翼を埋めるために、複数の部族とともに、マッサゲタイ族もそちらへ配置されることになった。一日の傍観を強いられた戦士らは、むしろ参戦できることを喜んだ。ヒルバの生き残りたちは、同胞の復讐を果たさずにおかなかったし、増援として駆けつけた戦士らは、戦場の熱気に昂揚《こうよう》していた。

そもそも、かれらは戦うために、アルボルズの山を越えて、ここまでやってきたのだ。故郷に財を持ち帰るためには、可能な限りの敵の血を流し、その富を掠奪しなければならなかった。

天幕の中で、カーリアフはタハーミラィを抱き寄せた。

「明日は出陣だ。そなたは、戦うことなく、マッサゲタイに帰りたかったようだが」

タハーミラィは、夫の厚い胸に頭を寄せて、あきらめたように囁いた。

「殿方が戦いを望むときに、女の私たちに何が申し上げられるでしょう。ただ、愛しい方が生きて帰るように、祈ることしかできません」

「そなたは、誰に生きて帰って欲しいのだ」

タハーミラィは暗闇で目を見開いた。

カーリアフは何を、どこまで知っているのだろう。ゼーズルが話したのだろうか。それとも、今日のタハーミラィは、あまりに熱い視線で、クルシュの姿を追い続けてしまっただろうか。

タハーミラィは両手で顔を覆った。

「どなたにも、命を落として欲しくありません。カーリアフ様は、生きて私のもとにお帰りになり、私たちをマッサゲタイの平原に連れて帰ってください」

「クルシュの首は、要らぬか」

タハーミラィの体に走った緊張は、肌を重ねたカーリアフに伝わっただろうか。初めて、カーリアフはクルシュの名に王《シャー》を添えずに、呼び捨てにした。

「クルシュ様の御首は、イシュトゥメーグ王がお求めなのですから。ヒルバの恨みを晴らしたくても、我らマッサゲタイの手には落ちますまい」

「残念なことだ」

巧妙に本心を包み隠した若妃の返答を、カーリアフは鷹揚に受け取った。タハーミラィを横たえ、その上に重なる。タハーミラィは今宵、カーリアフを真に夫として迎える覚悟はできていた。戦いに赴く男の習性も、知っていた。

では、この丘より指呼《しこ》の間《かん》にある城砦の奥では、やはりクルシュも妻を抱いているのだろうか。むしろ、今日の一日を戦い続けて、疲労困憊《こんぱい》に夢も見ずに眠っていると考えたかった。あるいは、あの周到な性格ゆえに、休息と睡眠を削ってでも、アルバクらと額を突き合わせ、明日に備えて作戦を立てているのかもしれぬ。

どちらにしても、国境を守り、祖国の独立のために戦い抜き、今日を生き延びた、疲れ果てて蒼ざめた戦士を胸に抱いて眠る女は、自分ではない。

涙がこぼれたのは、破瓜《はか》の痛みのためだ。不実な男のためにこぼす涙など、一滴も残っていないのだから。

翌日のイシュトゥメーグ王の布陣は、半分近くの軍勢を失ったとは思えぬほど、厚みに変化がなかった。むしろ増えたかのように、はるか後方まで土煙が昇っている。対するファールス側は、昨日と同じ布陣で、国境の町を守り抜く構えであった。

「たとえ我らすべてこの日に死すとも、祖国の自由と勝利に散るならば本望！」

全軍に向けて上げたクルシュの雄叫びに、ファールス兵が盾と槍を打ち合わせながら唱和し、鬨の声は戦場をどよもした。三世代に渡るメディアへの隷属と忍従の日々を、勝利か全滅のどちらかで終わらせる覚悟の、ファールスという民族の叫びであった。

後陣に控えるタハーミラィにも鯨波《げいは》は届き、大気そのものが吠《ほ》え、大地が揺れた。

この日も激しい戦闘が繰り広げられた。

文字通り、これが最後の砦《とりで》と一歩も引かないクルシュとファールス兵が、波のように寄せてくるメディア兵を国境に押しとどめている間、イシュトゥメーグ王は数万の兵を迂回《うかい》させて、砦を後方から攻め落とすことに成功した。

持てるすべての兵力を、正面のイシュトゥメーグ王の軍勢に投じなくてはならなかったファールス側には、砦の周囲を哨戒《しょうかい》させる兵力すら、残ってはいなかったのである。クルシュとアルバクの軍は、砦を放棄して王都パサルガードへ向けて退却するしかなかった。

地に打ち捨てられ馬蹄に踏みつけられ、戦死者の血を吸って赤く重く染まってなお、風に舞い上がろうとするファールス軍旗の大鷹は、不屈の民族とかれらの戴く若き国王そのものであるように、タハーミラィには思われた。

「クルシュの首を取り損ねた」

戦闘より戻ったカーリアフは、タハーミラィの顔を見るなりそう言った。凄《すご》みを帯びた自嘲の笑みを、屠《ほふ》った敵の返り血とともに、頬にはりつかせたまま。

「カーリアフ様が無事にお戻りになっただけで充分でございます」

カーリアフの武装を解きながら、タハーミラィは本心からそう応えた。

「都市の住民は昨日のうちにパサルガードに退避していたようだ。城内にいたのは防戦中に負傷した瀕死《ひんし》のカンブジヤ上王と、老兵や負傷兵だけだった。イシュトゥメーグ王は、一気にファールスの王都へ追撃をかけず、いったん退いて軍を再編すべきか思案している。王都パサルガードは山岳地にあり、道は狭く、大軍を一気に送り込める地形ではない。どちらにしろ、メディア軍が王都まで攻め込めば、ファールス人どもはどこにも逃げ場はない。クルシュはもう、終わりだ。タハーミラィ」

カーリアフはタハーミラィの肩を、血と泥で汚れた手で鷲のように摑んで引き寄せた。細い肩を握り潰されそうな痛みに怯む若い妃に構うことなく、その碧眼をのぞき込む。

「そなたの幻視は、太陽神の宣託ではなく、ハオマ酒の見せた酔夢であったようだな」

そしてタハーミラィの口を覆うように激しく吸う。

戦闘と勝利の興奮さめやらぬ勢いで、カーリアフはタハーミラィを絨緞の上に組み伏せた。一日中、鎧をまとい鎚鉾を揮い、馬を駆って騎兵を指揮していた疲れなど、微塵《みじん》も感じさせない。

金属と埃と男の汗、そして血の臭いに満ちた天幕の闇の中、飢えた獣のようにタハーミラィの体を求め貪るカーリアフの体は、どこもかしこもおそろしく熱い。

出陣前夜の、儀式めいた交わりとはまったく違う、嵐のように激しい情交。

戦場を支配する、血に飢えた暴力の魔性《アエーシュマ》が、いまだに夫の体内で荒れ狂い、敵との殺し合いでのみ解放できる狂気と衝動を、そのままタハーミラィの胎内へと叩きつけているようだ。

勝者による掠奪と凌辱を以て、戦勝の宴とする。何千年も続いてきた、そしてこれからも続いていく、人の世の掟《おきて》であった。

殺戮に酔うメディア軍兵士の手にかからぬよう、決戦の前に女こどもと老人を王都へ送ったファールス軍の主将は、国境を守りきれないことを予期していたのだろうか。

最期の息で岳父と言葉を交わしたカンブジヤ上王を、イシュトゥメーグ王は尊厳を以て弔ったという。

勝ちが見え、地形的に大軍を投じられない戦場の状況もあって、イシュトゥメーグ王は異民族の傭兵や、忠誠の薄い遠国《おんごく》の王に帰国を許した。

幻視がただの酔夢であったかどうかなど、タハーミラィには知る由《よし》もない。現状では、ファールスの神々がみな、パサルガードに集結して王都を守らなければ、ファールス人とクルシュが生き残る道はなかった。

エクバターナに戻ったタハーミラィは、収穫祭をマッサゲタイで迎えるために、帰国の準備で忙殺された。暑さの厳しい太陽の月のある日、最後に一度だけ森の庭園を訪れた。伸び放題の雑草と、枝葉を暴力的に繁らせた樹花によって、クルシュの芸術はすべて、緑の葉と蔦に覆いつくされようとしていた。

玉座に積もった枯葉を払いのけ、胸元から小袋を引き出し、中の天空石《フィルーザ》を取り出す。細かな網目模様に覆われた空色の艶やかな黄金虫は、少し色が深くなったようだ。

クルシュから贈られた天空石を無人の玉座にそっと置いて、目を閉じる。

王と王妃の玉座も、やがて蔦草の下に見えなくなるだろう。人の手によって造られた庭園は、森に還ろうとしていた。

これでいい、とタハーミラィは思った。自然の営みと大地の恵みとともに生きるマッサゲタイの民にとって、人の手がかかわったすべてのものが、やがて草木に呑み込まれ土に戻るのは、神々の定めたまうところであった。

イシュトゥメーグ王が十万の兵を率いてファールス王国の懐へと親征し、その半数の兵をそろえることすら覚束《おぼつか》ない、ファールス王クルシュの命も風前の灯であると、エクバターナの住民は気の早い戦勝祝いの準備に忙しい。

そうした空気を背に、稲妻の月の初頭、マッサゲタイ族はエクバターナを後にした。

居館を発ってから五つ目の城門を出たタハーミラィは、馬上から白い胸壁を振り仰いだ。

気がつけば、この異国で三度目の夏を数えていたことに、静かな驚きを覚える。

まだ十四歳だったあの日、あの白い胸壁をただ呆然と見上げていた自分に、この都で待っていた運命を教えていれば、ただ怯えてマッサゲタイへ逃げ帰ったことだろうか。タハーミラィは城壁から見送る人々に手を振り、口元にかすかな笑みを浮かべて、北へ続く街道へと視線を向けた。

秋の気配のなか、森と緑の高原を移動するのは、残雪を踏み分けつつ来た道よりも、遥かに快適であった。雛罌粟《ひなげし》の赤、サフランの紫、黄や白の野菊に薄紅の秋薔薇、他にも名も知らぬ色とりどりの野の花が、春にも劣らぬ彩の競演を催し、この世の楽園を思わせる。

馬上から純白のダマーヴァンドの霊峰や、眼下に広がる真っ青な大海――マッサゲタイ族が西海と呼び、クルシュやメディア人がヒュルカニア海と呼んだ内陸の海（カスピ海）――は、戦やひとの営みに無関心に、来たときと変わることなくそこにあり続けた。

「ナーヒーダ、馬でなく馬車に乗り換えた方がいいのではない？」

タハーミラィは、馬首を並べてついてこようとするナーヒーダに気を遣う。

「馬車ですと、突き上げてくるような揺れで、よけいに腰が痛むのです。馬の方がまだ前方の地形が見えて、揺れに対応できますから」

国境戦にもついてきたナーヒーダの馬術は、かなり上達していた。その手綱さばきには、王族ゲタイの騎兵として仕える夫に、どこまでもついていく覚悟と努力が窺える。

「でも、苦しくなったらすぐ言うのよ。ありったけの絨緞と、毛布と毛皮を馬車に敷き詰めさせるから。妊婦はあまりお腹に力を入れてはだめだって、女神の神殿で習ったでしょう？」

タハーミラィは、不安と心配を隠さずに念を押す。

「私だけ特別扱いはいけません。タハーミラィ様こそ、いつ必要になるかわからないのですから。最後に月のものを見たのは、いつでいらっしゃいますか」

「ここふた月は見てないけど、もともと不規則だったし。国境戦のあとの大騒ぎは思い出しても恥ずかしいから、はっきりするまでは公にしたくないわ」

国境戦からエクバターナに戻ってしばらく、月の障りが訪れなかったことから、ナーヒーダは驚喜してカーリアフに報告したが、三月《みつき》後にはぬか喜びに終わった。そのために帰国が延びたのだから、周りに対しても気まずかった。

ナーヒーダは顔色を変えて馬首を寄せてきた。

「あのときは迂闊《うかつ》に騒いでしまい、申し訳ないことをしました。でも、はっきりしないときが、もっとも大事なときなのです。タハーミラィ様こそ、お体を損なわないようにお気をつけてください」

帰国するマッサゲタイ王一行には、生まれて数ヶ月に満たない乳児が、母親や乳母の背に負われ、あるいは腰に抱かれて、時に元気のよい泣き声を上げていた。タハーミラィはその数を把握していない。年長の妃ファリダは国境戦と前後して女児を出産し、ふたたび妊娠してカーリアフを喜ばせている。一番上等の馬車を与えられ、侍女三人《い》に世話をされているが、ファリダは悪阻《つわり》がひどいために馬車の揺れは快適とはほど遠く、往きと違ってかなりつらい旅となっている。

ファールス国境戦へ同行した妻女の多くが、この夏に、妊娠出産していた。中には、受胎したその翌日に夫や恋人が戦死した女たちも少なくない。

山路を急ぐ旅の中、ファリダをはじめ、悪阻や腰痛のひどい女たちの手当てに、特に体調に変化のないタハーミラィは忙しく働き回っている。早朝は一番に起き出して山羊の乳を搾り、旅で母親が体調を崩したために、乳の足りない赤ん坊に配って回るのもタハーミラィの仕事になっていた。

「戦では、あまりにも多くを失ってしまったわね。マッサゲタイの子どもたちは、誰が親とか、誰の子であるとか関係なく、みなで育てていかなくては」

二年と半年前の早春に、アルボルズ山脈を越えてきたときよりも遥かに成長し、妃の責任を自覚したタハーミラィに、母代わりでも姉代わりでもあったナーヒーダは、涙ぐんでうなずき返した。

カーリアフは、エクバターナを発ったあとも昼夜関係なく、タハーミラィを傍に置いた。タハーミラィが都市と王宮、戦場で学び考えたこと、理解に苦しんだことについて答えることを、純粋に楽しんでいるようであった。それは知識を授け、蒙を啓《ひら》くべき嫡子を亡くしたばかりの、カーリアフの心の慰めであったのかもしれない。

緑豊かな西海の沿岸では、遠征の長引いた戦士らは、懐かしい故郷の味である海の幸に舌鼓を打った。

「メディアには、これまで通り騎兵を派遣するのですか」

帰路、王の天幕で供される晩餐の最中、タハーミラィはカーリアフに訊ねた。

「出さないという理由はない。イシュトゥメーグ王が、マッサゲタイの騎兵にもっともよい値段をつけてきたことは、事実であるからな。だが、わしの直属隊をかつての実力に戻すには、二、三年はかかる。そのために地方の騎兵隊から優兵を引き抜けば、辺境の守りが甘くなる。なにより、派遣される騎兵隊の将は、メディア王宮におけるわしの代理を務める器が要る。残念ながら、それができる人材は、目下のところおらん」

カーリアフは嘆息した。

「ゼーズルでは、務められないとお考えですか」

メディア帝国の趨勢《すうせい》を見定めるために都に残った従兄を思って、タハーミラィは訊ねた。

「ゼーズルが、戦争の帰結を見届け、宮廷の情勢を見極めて報告できる器かどうか、正直なところわしにはわからぬ。ゼーズルは賢く勇敢だが、まだ若く気が短いところがある。だが、ほかに適任がいないのがわしらの現状だ」

そこへ、給仕奴隷が蝶鮫《ちょうざめ》の黒く粒々とした魚卵の塩漬けを差し出した。カーリアフは嬉しそうに匙《さじ》を取った。

「おお、懐かしい。エクバターナでは肉ばかりで、骨の髄まで山羊臭くなるところだった」

カーリアフの言葉は、高原の彼方に生きる山羊飼いの王を、魚卵の風味は、その味を褒めたたえた庭園のあるじのことを、タハーミラィに思い出させる。

ファールスの王都パサルガードは、既に燃え落ちたであろうか。幻の王宮庭園《パラデイサ》の庭師は、いまごろその首を野に晒《さら》していることであろうか。

光の橋の向こうでも、ふんだんに水の流れる、ファールス風庭園を造り続けるのだろうか。

『生まれついたのが王族でなければ、きっと庭師になっていたと思う』

夏の庭園で、葡萄の葉をむしり、蔦を柵に絡ませながら、ふと漏らしたクルシュのつぶやきが耳に蘇る。

つるりと喉をくだるはずの魚卵は、タハーミラィの喉につかえた。鼻の奥を満たした湿り気は、魚卵の塩気ではなかったかもしれない。

「臭《にお》いが、つらいか」

嗚咽をこらえようと、思わず口元を押さえた若妃に、悪阻の可能性を気遣ったカーリアフは、奴隷に命じて冷たい水を持ってこさせた。

国王の帰還に、メルヴのマッサゲタイ族は歓迎の祭に沸いた。メディアからせしめたふんだんな銀や鉄は、各氏族に公平に分配され、小麦粉や大麦などの穀物、布糸や宝飾品といった、戦死者の家族への見舞いも、気前よく振る舞われた。

第一妃ロクシャンダは、長男ハルハミードの訃報に力を落とし、カーリアフの不在中に産み落とした子どもは、その年の冬を生き延びなかったことを詫びた。

カーリアフは、ロクシャンダを慰め、自分の不在中に各氏族をよくまとめてくれていたことをねぎらったが、一年の間に我が子をふたりも失ったロクシャンダの痛みは、それだけでは癒されなかった。

公務でも内輪でも、昼夜を問わず国王の傍に付き添うタハーミラィに、不快の目を向ける。内廷で女の仕事をせずに、やたらと表に顔を出し、夫に意見をする最年少の妃を非難した。

これまで、タハーミラィをさりげなく庇ってくれてきたファリダは、旅の疲れもあって寝込みがちとなり、表に出られなくなっていた。王族ゲタイの活動が陸に寄るために、風下に置かれがちな水のゲタイ出の妃らは、競争よりも結束する傾向が強かったが、ファリダの不在も影響してか、最年少でカーリアフの寵愛を独占する勢いのタハーミラィに、内廷の空気は剣呑《けんのん》さを増してゆく。

エクバターナから生還し、現在は王国の要職を占める貴族らが、タハーミラィに並々ならぬ敬意を払うのも、ロクシャンダを苛立たせた。なにより、カーリアフとタハーミラィのやりとりに、他者の入り込めない固い絆《きずな》が見え隠れするのが、一の妃として国王の留守を預かってきたロクシャンダの矜持をいっそう傷つけた。

タハーミラィの懐妊が明らかになり、ロクシャンダの嫉妬はいっそう激しくなった。

「魚臭いとか、泥臭いとか陰口をたたかれるのは、別に構わないのですが」

草原や山岳のゲタイが、沼沢や島のゲタイを見下すときの常套句《じょうとうく》だ。対抗して、水のゲタイは陸のゲタイを山羊臭い、あるいは単に臭いと罵る。陸の民は、水辺の民ほど体を洗わないからだ。

カーリアフと雪の内廷を散策中に、タハーミラィはロクシャンダとの確執《かくしつ》を相談した。エクバターナから持ち帰った、上質の亜麻の衣装に腐乳をかけられて駄目にされたなどの嫌がらせは、あえて口にしない。

「ロクシャンダ様があまり公然と私を非難されますと、水と陸のゲタイが分裂しそうで、不安です」

女同士の揉め事を聞きたがる男はいない。タハーミラィは、妃と妃の確執が後見氏族の対立を引き起こす危険性を指摘し、カーリアフの関心を引こうとした。

「分裂は困る。共存してもらわねば」

「本来は、カーリアフ様を煩わせるような事案でもないのですが。水のゲタイ族に不満が募るようでは、国の再建が難しくなります」

雪で滑りがちな足下と、以前ほどには身軽に歩けないタハーミラィに歩調を合わせて、カーリアフはひとつの提案をした。

「そなたを左妃に立てよう。対等な地位であれば、ロクシャンダもそなたを粗略にはできぬ。そなたの身分に不足はなく、わしの子も宿しておる。何より、わしの命を救ったそなたに、まだ何も返してなかったな。そもそも、わしはそなたに礼を言ったであろうか。あの後、あまりに忙しすぎて、言い忘れておった気がする」

「礼など、もったいないことです」

タハーミラィは下を向いた。カーリアフを窮地に陥れたのは、自分の愚かさなのだ。ヒルバで、クルシュが馬小姓にかけた言葉を、ファールス語で囁かれたその意味を、カーリアフが理解したかどうか、タハーミラィは知りようもない。

タハーミラィが単純なファールス語を理解すると、クルシュが知っていたとは思えない。

誘いの言葉に、はっきりと首を横に振ったときの、青灰色の瞳に浮かんだかすかな失望。

タハーミラィが回想に引き込まれそうになったそのとき、急報を告げる騎馬が駆け込んできた。カーリアフの私的な内廷にまで騎乗して、ひとつひとつの穹廬《きゅうろ》に声をかけては、王を捜し回るほどの緊急の知らせであった。

国王を見つけて、転がり落ちるように馬から飛び下りた騎手は、地面に片手と片膝をついて王と妃を見上げた。

「エクバターナが、陥落しました」

カーリアフも、タハーミラィも、急使が異国語を話してでもいるように、不思議そうな眼差しを向けた。

急使は息を吸い込んで、声を上げた。

「ファールス軍が、エクバターナに入城、メディアは、ファールス王の領土となりました」

タハーミラィとカーリアフは顔を見合わせた。その意味がゆっくりと染み込んでくるにつれて、互いの顔色が変わるのが、双方の瞳に映る。タハーミラィはかすれた声で問いかけた。

「その、ファールス王の、名は」

急使は大きく息を吸い込んだ。

「パサルガード氏族首長ハカーマニシュの息子の、ファールスとアンシャンの王チャイシュピシュの息子の、アンシャンの王クルシュ一世の息子の、カンブジヤ王の息子である、ファールスとアンシャンの王クルシュ二世が、エクバターナ王宮の玉座に登り、メディアとファールスの王となりました」

タハーミラィの全身から血が下がった。足下にあるはずの地面も失う。森の庭園が再び息を吹き返し、多彩で色鮮やかな花々が咲き乱れる花壇と、オリーブや葡萄の木々とが、目に沁みる緑の枝葉を広げ、タハーミラィの視界を極彩色《ごくさいしき》に染め上げた。

「タハーミラィっ」

失神して崩れおちるところを、カーリアフに抱き留められたのも、タハーミラィの記憶にはない。

紀元前五五〇年、インダスの河畔からイーラーン高原全域、アナトリア半島の東部までを、約百五十年間、四代の王によって支配したメディア帝国は滅亡した。

古代オリエントの『世界』を支配したメディア、リュディア、バビロニア、エジプト四大帝国時代の、終焉《しゅうえん》の始まりである。

第二部　草原の女王

一、ファールスとメディアの王

ゼーズルは靴の底と大気に大地の唸りを感じ取り、城壁に駆け上った。

しかし、かれのいる第三城壁からは、七重の城壁に囲まれた帝都エクバターナの外は見えない。それでも、南の空に立ち昇る砂塵の雲は、数千の戦車と、万を超える騎馬隊の蹄が、大地を抉って作り出しているものだということは、経験から知っている。

赤朱の胸壁から身を乗り出して、南の地平を眺めていた見張りの兵が、横に立つゼーズルに機嫌よく笑いかけた。

「王の帰還です。今夜は凱旋《がいせん》の振る舞い酒にあずかれますよ」

背中に回した両手を組んでうなずいたものの、ゼーズルは同意の言葉を返すことにためらう。

凱旋なら秩序だった隊列を作って、沿道の市民たちから祝福を受けつつ、粛々とこちらへ進んでいるはずである。メディアの主要街道には石畳が敷かれており、エクバターナから遠く離れた、舗装されていない道路でも、騎馬隊や戦車が高速で移動できるように踏み固められている。十数万を超える大軍とはいえ、ここまで広く高く砂埃が舞い上がるだろうか。

この南の空に広がる砂塵の雲は、統率のない無数の人馬の群れが道路を無視して、無秩序に荒野を駆けているかのようであった。

ゼーズルは外套を翻して城壁を駆け下り、マッサゲタイ居館へ急ぎ戻る。

少数のマッサゲタイ士官と共に、エクバターナに残留したゼーズルの務めは、カーリアフ王の代理として、戦争の行方を見届け、メディアの今後の動向を観察し、イシュトゥメーグ王との協定を革《あらた》めることであった。

『年若いそなたには重い役目であるが、他に任せられる者がおらぬ。帰国したらすぐに、外交に長けた者を選んで寄越す。それまでは、新参の練兵のために、来年の騎兵は出せぬ。その後は、いまの段階では何も確約できぬという線だけを譲らなければ、それでいい』

カーリアフ王に場つなぎ的な役割を命じられたことに、ゼーズルは失望したわけではない。海岸沿いのゲタイ族における出自の高さから、湿原出身の兵士を束ねる身ではあるが、ゼーズルの若さでは老獪《ろうかい》なイシュトゥメーグ王や、狡猾なメディア貴族たちと渡り合うには、器量も経験も不足しているであろうと、カーリアフがゼーズルに国事を任せることを心配するのは道理であった。

一介のマッサゲタイ軍士官に過ぎないゼーズルに、王国間の駆け引きや、宮廷における王侯貴族の騙し合いは、確かに重荷である。

とはいえ、クルシュがファールスの王位を継いだのは、弱冠十六歳のときだ。

以来、クルシュはメディア帝国の宮廷に従順な藩国の王として仕え、祖父のイシュトゥメーグ王に服従を誓い欺《あざむ》き続けた。そしてついに叛意をあらわにし、四大帝国の最強とされるメディア帝国を相手取って、宣戦を布告したのが二十三歳。ヒルバの戦いからあっという間に二年が過ぎたいまは二十五になるはずである。

「俺の年ではすでに、帝国を打ち倒す野望を胸に秘めていたというわけだ」

国王の帰還に、群衆の浮かれ騒めく雑踏の中、ゼーズルは馬上でつぶやいた。宮廷で何度か見かけた、クルシュの温和な笑みを思い返して、身震いをする。

ただ、クルシュが即位した当時、父王のカンブジヤは引退したわけではない。上王として王都の玉座に留まり、一年の半分を盟主国のメディアに伺候し、残りは国内の各地を行幸する若き新王に代わり首都を治め、司政外交については息子に寄り添うようにして補佐してきた。ファールスに限らず、遊牧を国家の根幹とする国では、ふたりの王を戴き共同統治の形を取ることは珍しくはない。

マッサゲタイでは、カーリアフ王の父は他界しており、留守中の国政は右妃のロクシャンダに任されているが、次男が成人すればカーリアフとの共同統治が実現することだろう。

政治軍事について、知識不足と未経験を自覚するゼーズルの目から見ても、ファールスはよく持ちこたえたと思う。数倍の兵力と領土を有する四大帝国のひとつに、無謀な独立戦争を仕掛けたクルシュの気概は認めてもいい。

戦場におけるクルシュの獅子奮迅ぶり、あたかも軍神ウルスラグナの降臨を思わせる不死身の戦いぶりに、カーリアフ王の幕僚で舌を巻かなかった者はいない。メディアでもっとも有力な将軍アルバクを味方につけただけではなく、メディア宮廷ではクルシュに心酔する若手貴族も少なくはなかったのだから、クルシュなりに勝算はあったのだろう。

だが、賭けはクルシュの負けだ。たった五万のファールス兵と、反イシュトゥメーグ王の数万のメディア兵を擁しても、メディア全土とリュディア、バビロニアの両帝国からいくらでも支援を引き出せるメディア帝国の土台を揺るがすことはできない。

隷属を拒んだ以上、ファールスの民は地上から一掃されるか、生き延びた者はひとり残らず奴隷に落とされる。

クルシュはファールス最後の王として、その首をエクバターナの城壁に晒され、頭蓋を覆う肉が腐り落ち、白骨となり果てても、虚《うつ》ろなその眼窩《がんか》で、自ら破滅に導いた己《おの》が民の行く末を、無言で見つめ続けることになるのだ。

王宮に上がったゼーズルは、凱旋を迎えるにはどこか重たい宮殿の空気に戸惑った。顔見知りの衛兵に最新の知らせを訊ねる。

「ファールスは負けたんだろう？」

メディアの冑を被った衛兵は、爪の伸びた指でごま塩ひげを撫でつつ、曖昧にうなずく。

「ああ、ファールスはこれまでに三度負けている」

どこかうんざりした口調で、衛兵は吐き捨てた。

負けても負けても、何度も退いては軍を立て直し、ついにその王都パサルガードに切り込まれても、さらに奥地へ退いては盛り返し、降参することなく戦い続けるファールス軍に、メディアの兵士はむしろ士気を挫《くじ》かれていた。

王都に留守居する者たちは、戦勝の報告がもたらされるたびに、なぜこんなにファールス征伐に時間がかかるのか、イシュトゥメーグ王はいつになったら帰還するのかと、首をかしげていた。

その理由はやがて、負傷してメディア王都に送り返された兵士らによって、少しずつ明らかとなっていった。

パサルガードに至るファールスの国土は、イーラーン高原の大半を占める不毛な荒れ地と、複雑な山岳地形、峻険《しゅんけん》な谷を覆う深い森に守られており、イシュトゥメーグ王は大軍を一度に送り込むことができずにいたのだ。

ファールスの本拠地へ入り込むほどに、メディア軍の隊列は細長く伸び、不案内な地形では奇襲をかけられて分断され、前後の伝達が途切れがちになったという。本体から切り離された前進部隊はたびたび殲滅《せんめつ》され、後方にたむろするメディア軍の大半は、パサルガードから遠く離れた荒れ地や、無人の集落で何日も兵糧を食い潰した。

膠着《こうちゃく》した戦況に士気が衰えた部隊は、前線から増援の命令が届くたびに、細切《こまぎ》れに敵地へと送り込まれたという。

メディア兵は、不案内な地形で神出鬼没のファールス兵に用心しつつ進んだ。水差しの首のように細くなった街道のそこここで、雪崩れ落ちてくる岩石や丸太に押し潰され、命からがら逃げ帰ったところを、死角に潜むファールス兵に投石され、矢を射かけられて追い散らされ、待ち伏せていた遊撃の騎兵に薙ぎ倒された。

それでも、圧倒的に数で劣るファールス軍は、果てしなく攻め続けるメディアの進撃にいつかは疲弊しきって、玉葱の皮を剝ぎ取るようにやがて消滅するはずだった。

イシュトゥメーグ王が、孫の率いる小国相手の戦争にひどく手こずっているようすに、メディアの宮廷では不安な囁きが日増しに広がっていた。

ゼーズルは戦況が膠着していることを、本国のカーリアフ王に知らせるべきか迷った。だが、兵力の差を思えば、三代前のメディア王がファールスを征服したように、今回も最終的にはクルシュの敗北で終わることは疑いようがなかった。

衛兵に礼を言って、妙な緊張感に満ちた王宮の奥へと進んでいく。

宮廷人たちがひそひそ声で会話を交わしている。とても凱旋という空気ではない。イシュトゥメーグ王が負傷したという報告でも、もたらされたのだろうか。

確かな情報を求めて、ゼーズルは知り合いのメディア貴族か士官を捜した。

「なんとも不景気な空気ではないか、ゼーズル殿」

腹に響く低い声で話しかけられ、ゼーズルは振り返る。黒いひげに囲まれた厚い唇が、いつも皮肉な笑みを形作っているヒュルカニア人の貴族だ。身分や地位はゼーズルとさほど違わないが、年齢は三十前後と練れた落ち着きがある。指揮官としても、戦士としても、もっとも脂の乗った時期なのだろう。

ヒュルカニア貴族はゼーズルに微笑みかけた。

ゼーズルは相手の名を思い出せないまま、会釈を返す。

「ヒュルカニア軍は、イシュトゥメーグ王の遠征軍に同行していたと聞いていましたが」

ヒュルカニア人は、名前の通りにヒュルカニア海（カスピ海）の南岸に住む異民族だ。マッサゲタイ人のように、独立した国を営んでいるわけではないが、ファールスのようにメディア帝国に隷属させられているわけでもない。

海岸とアルボルズ山脈北麓に挟まれた、峻険な地形と深い森を本拠地とするヒュルカニア人は、統一された国体を持たない。ゆるやかに連携する各氏族の総意を以て、メディアに服属し、見返りにある種の自治を認められていた。

「全軍が出撃したとしても、留守番はつきものだよ。誰も残りたがらないが、今回は私が貧乏くじを引いてしまい、手柄を立て損なった」

それほど残念そうでもなく、ヒュルカニア貴族はかぶりを振った。

「凱旋軍が戻りつつあるのに、みな暗い顔をしていますね」

ゼーズルの言葉に、ヒュルカニア貴族は目を大げさに見開いて苦笑した。

「貴殿は前線から情報を得ていないのか」

ゼーズルは耳まで熱が駆け上ってくるのを感じて、歯を食いしばった。前線に密偵を置きたくても、マッサゲタイには人材がない。ゼーズルをはじめ、残留組に選ばれた数人の士官でさえも、メディア語をそれなりに操れるというのが主な理由なのだ。イシュトゥメーグ王やメディア貴族、異民族の首長の陣営に、客将として配置できる士官はいなかった。

「ミトラ神のご加護により、メディア軍の圧勝は明らかかと見えていましたので」

ゼーズルの苦しい言い訳に、ヒュルカニア貴族は唇の端を上げて、意味深長な微笑を浮かべた。

「国王が自らクルシュ王に一騎打ちを挑むほどであるから、マッサゲタイ人がメディア国内外の情報に疎いのは仕方あるまい。マッサゲタイはメディア帝都からは遥か遠くにあり、さほどの危機感もないのだろうね。老婆心から申し上げる。生きて祖国へ帰りたければ、情報収集は怠るものではない。この戦、イシュトゥメーグ王とクルシュ王を知る者には、緒戦から五分五分の戦いでござったよ」

暇潰しに鼠《ねずみ》をもてあそぶ猫のように、ヒュルカニア貴族は宮廷や戦況の事情に暗いゼーズルをからかう。相手の名がわからないまま、名指すこともできずにゼーズルは頰の内側を嚙んだ。

「私は、今回初めてメディア入りを許されたばかりの、一介の士官ですので」

「だが、貴殿は戦の趨勢を見極めて、本国へ報告する重責を任されている。主君の期待には応える必要があるのではないか」

ゼーズルにはこのヒュルカニア貴族の真意を察することができない。

「とはいっても、この四大帝国を巻き込むお家騒動に、御身の祖国が巻き込まれたくなければ、一刻も早く都から逃げ出した方が身のためではあるがね」

メディアとファールスの戦いは、まだまだ決着がつかないという展望を語る。それもメディアが不利だとこのヒュルカニア貴族は考えているようだ。

前線より帰還する同胞から、刻々と送られてくる報告に自信があるのだろう。

ゼーズルはかろうじて矜持を保って言葉を返す。

「深い思慮なく傍観してきただけでも、無能の誹《そし》りを免れませぬのに、真偽のわからぬ情報に振り回されて、尻尾を巻いて逃げ出すようでは、主君に合わせる顔がございません。はっきりと時勢を見極めて、祖国への生還については運を天に委《ゆだ》ねるのみです」

気働きのなさは欠陥ではあるが、実直さが美徳であることは否定できない。ヒュルカニア貴族は愉《たの》しげに目尻を下げてゼーズルに耳打ちした。

「ではマッサゲタイの王にはこう伝えるがいい。メディア軍はすでに崩壊した。パサルガードを陥《おと》し、ファールス兵を都の外に蹴散らし、もはや逃げ込む場所のない山奥へファールスの残党を追い詰めたことで、気の早い勝利の美酒をあおっていたところを奇襲された。からくも命拾いしたイシュトゥメーグ王は、自軍を放り出して大慌てで逃げ帰ったとな」

ゼーズルは啞然《あぜん》として口を開いた。

やはりあの砂塵は逃走する敗軍の巻き起こす暗雲であった。ゼーズルは自分の勘の正しさに喜びを感じずにはいられなかったが、事態はそれどころではない。

ゼーズルがさらに詳しく話を聞き出そうとしたところに、鎧は埃にまみれ、頭にはあるべき王冠《キタリス》も、略式の額冠もなく、白髪を振り乱したイシュトゥメーグ王が、親衛隊に守られて広間に現れた。

「城門を閉ざせ！　七つの城壁の、すべての門を閉じるのだっ。ひとり残らず武装するよう、市民に命じろ！　一兵たりとも、反乱軍を城内に入れてはならんっ」

唾を飛ばして叫ぶイシュトゥメーグ王は、老齢とは思えない速歩《はやあし》で玉座への階《きざはし》を駆け上がり、振り返って広間にたむろする宮廷人たちを睥睨《へいげい》した。

血の気のない唇はひび割れて震え、恐怖に塗られた灰色の皮膚には、出陣したときよりもしわが増えていた。生気のない灰色の瞳は焦点が合わず、居合わせた者たちを一層の不安に陥れた。

「お父様、お父様」

甲高い声を上げて、美しい衣装に頭からヴェールを垂らした婦人が、イシュトゥメーグ王の裾に取りすがった。イシュトゥメーグの末娘アミティス王女だ。メディアの大貴族に嫁しており、すでにふたりの男児を産んでいる。イシュトゥメーグ王が崩御《ほうぎょ》した折は、どちらかの王子が王位を継承し、アミティスの夫が摂政となって、この家族がメディア帝国を相続するのだろうと噂されていた。

蒼白な顔で父に無事を訊ねるアミティスについて、夫のスピタマが階を上り、イシュトゥメーグ王の横に立った。何事かを舅《しゅうと》の耳に囁きかけ、老人の背を促すようにして広間から連れて出て行った。

国王からなんの言葉も得られなかった宮廷人たちは、失望に顔を見合わせ、あるいはイシュトゥメーグ王に従ってきた近衛兵や近侍《きんじ》を捉えて説明を求めた。

騒然とする広間で、ゼーズルは必死になって戦況の行方を知ろうと努めた。先ほどのヒュルカニア貴族が、近衛兵のひとりに話しかけているのを目敏《めざと》く見つけ、近くへ寄る。

「勝利は目前と思われたのですが、本陣に奇襲をかけられまして――」

ヒュルカニア貴族がさきほどゼーズルに囁いたのと同じ内容を、近衛兵は口ごもりながら告げ、視線をさまよわせる。

「王が、王冠を放棄して本陣から逃げ出しただと!」

広間のどこかで貴族の誰かが叫んだ。メディア軍とその王の醜聞を、この日初めて知ったのは、ゼーズルひとりではないようだ。

ヒュルカニア貴族と話していた兵士は、自分がその恥ずべき事実を言わずに済んだことに、あからさまにほっとした顔をした。

平然と微笑を絶やさないヒュルカニア貴族に、ゼーズルは不審の面持ちで訊ねる。

「メディアがファールスに敗北したというのに、貴殿はなぜ平然としていられるのですか」

「イシュトゥメーグ王が戦場から逐電《ちくでん》したことは、すぐに全土に知れ渡っていましたからね。もちろん、伝令を前線に配置していた諸侯の間では、ということですが」

ゼーズルたちは自分たちの間抜けさに唖然とした。

マッサゲタイ王国にとって、メディアの滅亡は、傭兵事業による収入が失われる不便はあるが、その一方で、メディアとの国境に近い交易都市メルヴの所有権が脅かされる不安がなくなる。つまり、メディアの興亡はさほどマッサゲタイ王国の基盤を揺るがさないため、メディアの貴族や属国の諸侯ほど、その趨勢に神経を尖らせる必要がなかったのだ。

しかし、海岸以外の境界をすべてメディアと接するヒュルカニア族は、帝国のあらゆる情報に周知していなければ生き延びられない。居残り役のゼーズルには、そこまでの緊張感がなかった。

とにかく。

メディアがファールスに敗北した。

想像もしていなかった事態に、ゼーズルは必死で頭を働かせる。

まず、これからどうなるのか。王がエクバターナに帰還したのだから、メディアの滅亡が決まったわけではない。ファールス王国が求めていたのはメディア帝国からの独立だ。

メディアは国威を傷つけられ、ファールスに課していた朝貢《ちょうこう》や権益を失う。あるいは、さらに国土の一部を失うかもしれないが、この堅固な都城エクバターナに籠もってリュディアやバビロニアからの援軍を待てば、ふたたびファールスを叩く機会も訪れるだろう。

考え込んでいたゼーズルが顔を上げると、さきほどのヒュルカニア貴族がまだ近くにいて、広間の喧騒を興味深げに見渡していた。男の名をどうしても思い出せないまま、ゼーズルは話しかける。

「クルシュ王は、エクバターナに攻め込むでしょうか」

ヒュルカニア貴族は眉を上げ、目を見開いて、大げさに驚きを表す。

「いま攻め込まなければ、クルシュ王はファールスの将来に禍根を残すだけだ」

「貴殿は、メディアが滅びるべきとお考えですか」

「クルシュ王が望めば、そうなるだろう。イシュトゥメーグ王に見捨てられ、戦場に置き去りにされたメディア将兵や諸侯は、すでにファールス軍に投降し、敗残の王の追討軍に加わった。イシュトゥメーグ王とともに帰還したのは親衛隊と王に忠実な臣下のみ。クルシュ王の追討軍はすでに、このエクバターナを包囲している」

情報通のヒュルカニア貴族は、自信たっぷりにそう断言した。ゼーズルは全身が怖気立《おぞけだ》つ思いで、思わず第一城壁の南門の方角へと振り返る。

「自分の目で確かめてくるといい」

この王都の最深部から、都城の外を見通してでもいるかのように、ヒュルカニア貴族は薄い笑みでゼーズルの肩を軽く押した。

予想もしなかった事態に右往左往する他の宮廷人たちのように、ゼーズルもまたのろのろと大広間を出た。控えの間にいたゼーズルの部下と従僕《じゅうぼく》は、緊張した面持ちのゼーズルに説明を求めることもためらわれ、黙々と従う。

市内は城門をひとつ抜けるたびに混雑を増し、最外壁へたどりつくのは、生易しい試練ではなかった。城内の民衆は怯え、ひとつでも内側の城郭へと避難したがり、どの門にも奥へ逃げ込もうとする庶民が蜜にたかる蟻のように群がっていた。

すれ違う王都防衛のメディア兵士をつかまえて、片端から城外の現状を聞き取る。

「いずれの城門にも、ファールス軍が隙あらば雪崩れ込もうと鬨の声を上げています」

「第七城壁内の住民は、スピタマ卿《きょう》の指示で、第六城郭に避難させています。第七城壁には王都警備の兵を配置させて、攻城戦に備えています」

　ゼーズルらを応援の兵士と勘違いしたメディア兵士たちが、口々に状況を伝えてくれる。

また一方では、顔見知りのメディア士官が、城の奥へと戻るように親切な助言をした。

「メディア兵でない者が第七城郭をうろついていたら、在住のファールス人や、クルシュ王に加担する裏切り者と間違われて捕らえられてしまいますよ。居館へお戻りください」

　早くも王都から脱出できなくなっていたことに、ゼーズルは愕然とした。それでもメディア士官に頼み込んで、もっとも外側の第七城壁に登り、白い胸壁から顔をのぞかせた。

　四方を埋め尽くす兵馬と戦車、そのあちらこちらで、赤地に黄金で描かれたファールスの軍旗『王家の鷹《シャーバーズ》』が風にはためいていた。先年の春の出陣で目にした、野に咲き乱れる赤いラーレの花畑を思い出させる。

「これがすべて、ファールスの軍だと？」

　ゼーズルが上げた驚嘆の声に、案内したメディア士官がいまいましげに吐き捨てる。

「ファールスの兵士なんて、ほとんど生き残っちゃいませんよ。こいつらはクルシュ王に寝返った異民族や、恩知らずのメディア貴族です」

　目を凝らせば、確かにあらゆる色と意匠の旗が、ファールス軍旗の間に翻っている。なかでもゼーズルの目を引いたのは、ファールス王家の旗に紛れて寄り添うように翻る、濃い緑に黄色い太陽を象《かたど》った、ヒュルカニア首長アルタシールの陣旗。

アルタシールルは、イシュトゥメーグ王が逃走したのち、真っ先にクルシュ王のもとに参じて、ファールスとメディアにおけるクルシュの主権を承認したという。

ゼーズルは、王宮広間で言葉を交わしたヒュルカニア貴族の名を、突然思い出した。

「パルケシュ、常にアルタシールルの背後に控えていた騎士だ」

初めて会ったのは、カーリアフの側近として、ゼーズルが初めてエクバターナ王宮に伺候したときのことだ。もう三年になる。アルタシールルとカーリアフの会話越しに、その名を耳にしたのが、最初で最後だった。

その後はたまに王宮ですれ違うくらいで、会釈は交わすものの、話をしたこともなかったのだから、すぐにその名を思い出せなかったのも無理はない。

それがなぜ、今日になって急にゼーズルに話しかけてきたのだろう。

ヒュルカニア首長の、腹心中の腹心であるパルケシュが王宮に残り、いったい何をしていたのか。

ゼーズルは背筋の冷える思いで振り返り、金の胸壁を仰ぎ見た。すぐに城外に視線を戻し、ファールスとヒュルカニアの陣営へと目を凝らす。

赤と黄金の旗、緑と黄の旗、ふたつの旗を囲むように、パルサワ、バクトリア、サカといった異民族らの仰ぐ軍旗や陣旗が、高原の風を受けて無数に翻っていた。もちろん、イシュトゥメーグ王に反旗を翻したアルバクなど、メディア氏族の旗もある。

そのころには、本陣から一目散に逃げ帰ったイシュトゥメーグ王を追って、命からがら王都に逃げ込むことのできたメディア兵卒や将官によって、敗戦の詳細が巷間《こうかん》の隅々にまで知れ渡っていた。

ひとりひとりの断片的な証言を集めて整理すると、全体の様相が明らかとなった。

峻険な山岳に守られたファールスの王都パサルガードへ進んだ、メディア数十万の行軍は困難を極めた。狭隘《きょうあい》な谷間では岩を落とされ、野営地に火矢を浴びせられ、荒野を渡り水と涼を求めて踏み込んだ樫や杉の森には伏兵が待ち構えていた。

疲労困憊しながらも、ようやくパサルガードを包囲したメディア兵は、矢が尽きれば石や煉瓦を投げ、倦むことなく地の利を最大に活《い》かして襲いかかってくるファールス軍に戦意を失くして後退し、イシュトゥメーグ王を激怒させた。

イシュトゥメーグ王は、城壁へと前進させた攻城部隊の背後に五万の兵を配し、ファールス兵に追い返されて丘を逃げ下るメディア兵がいれば、その場で容赦なく刺殺するように命じた。前方に血路を開くしかない死にもの狂いのメディア兵の猛攻に、ファールス軍は都市を放棄して山上へと退却、ファールスの命運もここに尽きるかと、誰の目にも見えたという。

「クルシュ王は、どのようにしてその窮地を切り抜けたのだ」

ゼーズルの問いに、へこんだ冑を直しつつ、メディアの士官が応える。

死兵には死兵を以てぶつけるイシュトゥメーグ王の計は当たり、王都は陥《お》ちたが、踏み込んでみれば都はすでにもぬけの殻であったという。ファールス兵は、背後の山へ避難していた一般市民を追って王都を脱出し、さらに後退していた。

国境戦以来、ファールス軍の逃げ足の速さを何度も思い知らされたメディア軍ではあったが、王都が陥ちればあとは息の根を止めるだけだ。クルシュを捕らえて処刑すればすべてが終わる。これが最後の追討戦と、戦勝気分で奥地へと攻め込んだ。

「ファールスの女や子ら、老人の避難する森へ逃げ込んだ敗残兵です。矢も尽き、槍も折れて投降するか自刃《じじん》するほかない連中が相手だと、裾野を前進するメディア兵は油断していました。ところが、メディアの前進部隊が丘の中腹へさしかかるなり、空が黒くなるほどの矢がメディア兵の上に降り注いだのです。まだこれだけの武器を隠し持っていたのかと、メディア兵が仲間の死体を踏み越えて逃げ惑っていたときでした。黄金の甲冑と血に染まった戦《せん》袍《ぽう》を翻したクルシュ王が丘の頂に姿を現したのです。

時は夕刻近く、沈みゆく夕陽を照り返して、燦然《さんぜん》と輝くクルシュ王が、軍神ウルスラグナもかくやと鑓刀を振り上げて号令を下すと、それに応えて丘をどよもす鬨の声と地響きとともに、ファールスの残兵が一丸となって山を駆け下りてきました。ひとりひとりに悪鬼が乗り移ったかのような捨て身の猛攻撃を、我々に仕掛けてきたのです。

この最後の決戦まで生き残った一騎当千のファールス兵です。守るべき妻子と両親を背にした、命を捨てる覚悟の、ひとりでも多くのメディア兵を地獄へ連れて行く覚悟の精鋭たちです。遠征に疲れ倦んでいた六千のメディア兵は瞬く間に薙ぎひしがれ、残りは武器を捨てて逃げ出しました」

高地より攻めかける地の利に加えて、全軍が死兵と化しての反撃であった。丘を転げ落ちるようにして逃げ帰ったメディア将兵らを待ち構えていたのは、丘の麓で盾と槍衾《やりぶすま》を並べて待ち構える同胞たちだ。

イシュトゥメーグ王は、逃げ帰ってきた兵士ら全員を、その身分にかかわらず矢で射殺させ、槍で突き殺させ、首を刎ねさせたのだ。

この苛酷な処断に、新たに指揮官に命じられた経験不足の貴族らをはじめ、ただでさえ低かったメディア軍の士気は、完全に鎮火されてしまった。

メディア将兵の意気阻喪《そそう》した隙を突いて、ファールス王自らが、わずかな手兵でイシュトゥメーグ王の本陣に奇襲をかけたとき、メディア軍はおのずから瓦解した。

とにかく誰が敵か味方かわからぬ無秩序の中、誰もが先を争って逃げ出したという。

「どうやって、クルシュ王がイシュトゥメーグ王の本陣まで入り込めたのだろう」

イシュトゥメーグ王は、常時二万の親衛隊に守られていたはずだ。それこそ蟻一匹たりとも這い込める隙はない。

「ヒュルカニア人に内応させたのです」

メディア士官は吐き捨てるように言った。ゼーズルの脳裏に、パルケシュの訳知り顔の笑みが蘇る。

丘攻めに怖《お》じけづき、前進したがらない兵士たちを背後から脅すために、イシュトゥメーグ王直属の親衛隊も駆り出され、本陣の警備は常の厚い陣容ではなかった。

そこを内応者に案内されたクルシュ王は、易々と祖父の本陣へと入り込めたのだという。

連敗に連敗を重ねて、撤退を続けるふりを続けながら、クルシュはイシュトゥメーグの驕《おご》りを高ぶらせつつ王都へと踏み込ませた。パサルガードを放棄したと見せかけ、有頂天のメディアの主力軍を逃げ場のない窪地《くぼち》へおびき寄せる。そこへ、温存しておいた兵力を一気に注ぎ込んで叩き、さらにヒュルカニア人の手引きで、とどめを刺した。

自身の肉を切って餌を撒《ま》き、その骨を削って作り上げた罠に祖父を誘い込んだファールス王の戦略に、ゼーズルは背筋の凍る思いがする。

イシュトゥメーグ王の本陣に切り込んだクルシュ王は、数人の手勢を連れていただけであったという。しかし、内応したヒュルカニア軍や、寝返った異民族たちの上げる鬨の声に混乱したイシュトゥメーグ王は、押し寄せてきたファールス軍に囲まれたと思い込み、電光の勢いで真っ先に逃げ出した。

つい先刻までイシュトゥメーグ王のいた天幕では、アルバク将軍が地面に転がっていた王冠《キタリス》を拾い上げ、恭しい仕草でクルシュに戴冠したという、まことしやかな噂まで流れるほどであった。

「あとは盤上の駒が次々とひっくり返る勢いで、みな我も我もとクルシュ王の前に膝をつき、王権を認め忠誠を誓ったとか」

メディア士官は諦観の息を吐いた。

エクバターナに逃げ帰ったイシュトゥメーグ王は、七重の城壁の最奥に立てこもり、自分が最後の砦を守ることとなった。

イシュトゥメーグ王の不人気はいまに始まったことではないが、イーラーン高原における最大の帝国の王という権威が、メディア氏族らを従わせてきた。だが、決死の働きを強制しておきながら、軍を見捨てて逃げ帰る王に、誰がついていくというのだろう。

事態がここまで悪化しているのならば、ゼーズルにできるのは、逃げ道のないエクバターナ攻城戦に巻き込まれないよう、居留館の門を固く閉めて傍観を決め込むことだけだ。

居館に戻り、ひと握りのマッサゲタイ将兵らに事態を説明する。

「マッサゲタイ王国がメディアにつくか、ファールスにつくかは俺たちが判断することじゃない。エクバターナを脱出して帰国を遂げるためにも、さらに情報を集める必要はあるが、異民族の俺たちがうかつに外へ出てメディアの自警団に捕らえられたり、暴徒に巻き込まれてもならぬ。かといって、イシュトゥメーグ王とクルシュ王の決着がつくまで、ここに閉じこもっているのが最良かどうか、俺には判断がつかない。カーリアフ王に、他の諸侯らの動きや事態の趨勢を細かく報告できるよう、俺だけでも王宮に詰めた方がいいのでは、とも思うのだが」

ゼーズル配下のマッサゲタイ士官らは、困惑して互いに顔を見合わせた。

ゼーズルはこれまで、自ら考え判断することなく、命じられるままに王の鎗という務めだけを果たしていればよかった。ヒルバで上位の将官が戦死していなければ、ゼーズルが残留部隊の指揮を執らされることはなかったのだ。しかし、残留を命じられたマッサゲタイ人の中では、身分も地位もゼーズルが一番高い。状況の判断と意思決定はゼーズルに託されている。そのゼーズルが判断に迷うと言えば、みなが不安になるのも無理はなかった。

ゼーズルが他の部下には言えない不安や迷いを明かすことのできた、ただひとりの腹心シャヒーブを、タハーミラィの護衛につけて帰したのが悔やまれる。

しかしそんな内心の繰り言は、もはやなんの解決にもならない。

沼沢ゲタイのひとりが、おずおずと発言する。

「俺たちはみんな、メディア語が流暢でないし、訛りも強いです。町に出るのは危険だと思いますが、王宮ならゼーズル隊長の顔も知られていますし、危険はないかと思います」

ゼーズルがうなずく間もなく、居留館に勤めるメディア人の使用人が、王宮から召喚の使者が来たことを告げた。

「何事でしょう」

ついさっき、王宮ならば安全ではと言った士官が不安げに訊ねる。ゼーズルも憂鬱そうに答えた。

「ファールスに寝返った異民族を粛清するつもりかもしれないな」

ゼーズルは、数時間前に言葉を交わしたヒュルカニア貴族の顔を思い浮かべた。

クルシュ王を本陣まで手引きしたのがヒュルカニア人であれば、イシュトゥメーグ王の気質からして、エクバターナ滞留のヒュルカニア人を皆殺しにしかねない。

「マッサゲタイはそもそもパサルガード攻略には従軍していないのだから、責めを負うこともないだろう。召喚に応じなければ、逆に叛意ありと疑われて殺されかねない。行ってくる。おまえたちはいつでもエクバターナを脱出できるよう、準備しておいてくれ」

ゼーズルは従卒ひとりを伴ってふたたび王宮へと伺候した。

イシュトゥメーグ王が帰還した直後は、大勢の宮廷人が詰めかけていた大広間だったが、いまは閑散としていた。日和見《ひよりみ》主義のメディア貴族は出仕を控え、ファールスに寝返った諸侯に縁故のある者はみな、制裁を恐れて逃げ出したのだろう。かのヒュルカニア貴族パルケシュの顔もない。

そこここで交わされる囁きから、一般市民まで武装してファールス軍の攻撃に備えていることがわかった。マッサゲタイの騎兵を防衛に差し出せと命じられるのではと、恐る恐る玉座の間に上がったゼーズルだが、そこにいたのは、イシュトゥメーグ王ではなく、アミティス王女とその夫、スピタマ卿であった。

「我がメディアの王室につくのはこれだけか」

整えられた見事な黒いひげを撫で下ろして、スピタマは呻くように言葉を吐き出した。

武人というにはほど遠いものの、王家の婿に選ばれるだけあって、容姿にも態度にも卑しいところのない貴人ではあったが、いまは憔悴の色が濃い。

ここにイシュトゥメーグ王がいないのに、忠誠だけを捧げよというのは無理がある。ゼーズルに限らず、呼び出されたから来ただけの廷臣も少なくないはずだ。

「イシュトゥメーグ王はどちらに」

臣下のひとりがスピタマに詰め寄った。

「帰還の旅にお疲れでおられるので、休んでおいでだ。その間、私が王都防衛の指揮をとる」

毅然《きぜん》とした態度であったが、宮廷人たちに安堵を与えるほどの実績をスピタマ卿は持たない。

そこに、満身創痍《そうい》の伝令が、髪を振り乱して広間に転がり込んできた。

「ファールス軍が、クルシュ王が、たったいま入城しました！」

広間が騒然とし、誰もが逃げ場を求めてあたりを見回した。

ファールスの王都パサルガードが陥落したという知らせが届けられたのが、ほんのふた月前かそこらだったというのに、いまやメディアの帝都エクバターナがファールス軍の手に落ち、メディア帝国は滅亡を迎えようとしている。

「あの堅固な城門を、クルシュがどうやって打ち破ったというのだ！」

スピタマが絶望の声を上げ、アミティス王女が顔色を失って倒れる。スピタマはとっさにアミティス王女を支え、駆け寄った近習《きんじゆ》に任せた。

「クルシュには、攻城兵器を用意する時間などなかったはずだ！」

ファールスの起死回生の逆襲から、全力で逃げ帰ったイシュトゥメーグ王を追ってエクバターナに着いたクルシュに、高速移動には重たすぎる破城槌《はじようつい》や、組み立てに時間のかかる攻城塔や投石器《カタパルト》などを、数日のうちに用意できたはずがない。

籠城で可能な限りの日数を稼ぎ、講和に持ち込もうというスピタマの考えは、瞬く間に幻想となって崩れ去った。

「市民が内側から開門したのです。クルシュ王が城外から市民に呼びかけ、『用があるのはイシュトゥメーグ王ただひとり。開門してその鍵をクルシュ王に預け、エクバターナの主と認めれば、ファールス軍とその友軍は都において掠奪も殺戮も行わない』と、ファールス人とメディア人の神の名にかけて誓ったので、民衆が門に殺到してっ――」

伝令は言葉を切って咳《せ》き込んだが、濁流のような事態の移り変わりに、誰もが唖然として、伝令に水を差し出す者もいない。幾人かが音もなく広間から滑り出て、沈む船から逃げ出す鼠のように姿を消していく。

次の伝令が駆け込んできた。クルシュを先頭にしたファールス軍が、第六の城壁を過ぎ、隊列を保って王宮へ向かっていると告げた。約束通り、城内の建物に手を触れようとしないファールス軍に、市民は大通りの両側に物見高く並び、クルシュ王とファールスの軍隊を、あたかも自国の凱旋軍を迎えるように仰ぎ見ているという。

城門が開かれるたびに、伝令が広間に駆け込み、ファールス軍の入場を告げる。

もはやクルシュの前進を阻む者はこのエクバターナにはいない。

ゼーズルは広間の隅に下がった。低位の宮廷人や召使いたちの群れに紛れて、クルシュ王とイシュトゥメーグ王の対決を見届けようと、腹を据える。

駆け込んできた七人目の伝令が、最後の城門が開かれたと報告した。誰もが緊張した面持ちで広間の入り口を見つめる。

回廊の果てから、無数の武器や防具が触れ合う金属音、軍靴の床を打つ音が、波のように打ち寄せ、宮殿の壁に反響する。その傲然とした律動の響きがピタリと止まった。

広間のアーチの下に軍装の一団が現れる。

黄金色に輝く青銅の鎧をまとい、冑を従者に持たせたファールス王が、右に王の鑓、左にファールス王家の旗を掲げる騎士を従えて、柱の林立する玉座の間に堂々と入場した。

クルシュのまとった鎧、その魚鱗に綴られた青銅の札《さね》には連戦にわたる綻《ほころ》びの痕跡もなく、新品同様に煌めいて宮廷人の目に焼きついた。負け戦を重ねて最後の砦を落とされ、国の民ごと心中する覚悟で打った、起死回生の戦術によって生き延びた小国の王とは思えないほど、クルシュは威風堂々としていた。

「イシュトゥメーグ王はどこにいる」

クルシュは祖父によく似た灰色の酷薄な瞳の色で、義理の叔父《おじ》スピタマ卿を見つめ、傲岸かつ威圧的な声で問いかけた。

「知らぬ」

スピタマ卿もまた、一歩も譲らぬ威をまとって妻の甥《おい》に対峙した。クルシュはスピタマ卿に反論の隙を与えず、配下の兵士らに卿を捕らえさせた。

「拷問にかけてでも、卿にイシュトゥメーグ王の居場所を吐かせろ」

スピタマ卿は絶望的な瞳で広間を見回したが、同じメディア貴族の誰ひとりとして、クルシュの横暴を止めスピタマ卿に味方する者はいない。イシュトゥメーグ王の権威が失墜したいま、スピタマ卿のメディア帝国相続を容認するメディア人は、多くはなかった。

王国を持参金とする帝国の娘と結婚したスピタマ卿は、ファールス兵士に囲まれ、為す術もなく広間から引っ立てられていった。

「宮殿の隅々まで暴いてイシュトゥメーグ王を捜し出し、ここへ連れてこい。王宮内のあらゆる場所で、『スピタマ卿とその子どもたちは、イシュトゥメーグ王の居場所を白状するまで拷問にかけられる』と叫んで回れ。お祖父《じい》様がご自分の孫の命を、どれだけ気にかけておられるか、これではっきりすることだろう」

自嘲と皮肉を込めて、クルシュは配下の将兵に命じた。

王宮を我が物顔に闊歩《かっぽ》し、隠し部屋を疑って調度や室内を蹂躙するファールス将兵に、メディアの宮廷人や使用人たちは広間や廊下の隅にかたまり、ただ呆然として成り行きを見守る。

ゼーズルもまた、多少の面識のあるクルシュの視界に入るまいと、宮廷人の群れのさらに奥へと後ずさった。目立たぬよう、マッサゲタイ士官の兵装でなく、メディアの一般貴族の略礼装で参内《さんだい》した判断は正しかった。

兵士らの立てる荒々しい軍靴の音、幼児の泣き叫ぶ声、そして女官の甲高い悲鳴が追いすがる。怯えて泣きやまぬ幼児を肩に担いだ兵士に続いて、もうひとりの兵士に横抱きにされ、思いつく限りの悪態をついては虚しく手足をばたつかせる三、四歳くらいの子どもが、クルシュの前に連れてこられた。

クルシュは周囲の張り詰めた空気など、存在しないかのように子どもたちに微笑んだ。

「私の従弟《いとこ》たちか、なかなか威勢がいい」

そこへアミティス王女が割り込み、我が子を両手に抱きかかえてクルシュに懇願した。

「お願い、この子たちを殺さないで」

叔母《おば》というよりはむしろ、年の近い姉と呼んだ方がふさわしいアミティス王女に向かって、クルシュは優しげな笑顔を向ける。そして、庭園で世間話でもしているような穏やかな口調で話しかけた。

「それは叔母上とスピタマ卿のお心ひとつでしょう。お祖父様をどこに隠しました？　卿が自白しなければ、従弟たちに訊くしかない」

アミティスは息子たちをいっそう固く抱きしめ、美しい顔を恐怖に引きつらせてクルシュを睨みつけた。アミティスが父イシュトゥメーグ王の隠れ場所を知らないはずがない。だが母親の妹に手をかければ、クルシュの評判に傷がつく。アミティスが自発的に告白しなければ、その子どもたちを拷問にかけると、クルシュは叔母を脅しているのだ。

「わたくしに父親を売れと言うの？」

「我が子を見捨てる、という選択肢も、叔母上にはあります。しかし、叔母上の夫君と息子たちがどれだけ苦しみ血を流して秘密を守り抜こうと、いずれお祖父様は見つかります。隠れ潜む穴蔵から、メディア人が卑しむファールス兵に罪人のように引きずり出されるか、あるいはメディア最後の王としての尊厳を保ち、自ら敗北を認めその首を差し出すか。帝国の娘として、あなたはどちらのイシュトゥメーグ王の姿を見たいですか」

アミティスが答える前に、年老いた、しかし厳かな声が広間に響き渡った。

「スピタマと子どもらを拷問にかける必要はない」

帰還したときのままの服装で、髪に櫛《くし》も通さぬ疲れ果てた姿ではあったが、それでも声と姿勢に王の尊厳を保ったイシュトゥメーグ王が、かれを捕らえようと群がるファールス兵を、あたかも自身の親衛隊のように引き連れて姿を現した。

「お祖父様。お怪我《けが》はないようで何より」

かつて藩王として祖父に仕えていたときと、寸分変わらぬ親しげな笑みを浮かべたクルシュであったが、その膝を折って敗残のメディア王を迎えることはしなかった。

傍らに控えていたアルバクが、手にしていた王冠《キタリス》をクルシュに差し出す。

クルシュは両手に持った王冠越しに、祖父のしなびた顔を見つめた。

「王冠を放棄したあなたは、もはやメディアの王ではない」

重々しい宣告に、広間にいたものは誰もが息を呑んだ。

「そして、戴く王のないメディアもまた、帝国ではなくなった」

クルシュは傍らのファールス人側近に、メディアの王冠を手渡した。次に、居並ぶ将兵の中から、クルシュに劣らず美々《びび》しい鎧をまとった青年を名指した。

「我が従兄ウィシュタースパ、汝《なんじ》をファールス王国直轄領メディア州の暫時総督に任じる」

クルシュより少し年上らしきファールスの将軍は、床に膝をついてクルシュの命を受ける。

イシュトゥメーグ王に向き直ったクルシュは、重々しく宣言した。

「メディアのイシュトゥメーグを、バクトラ総督に任じる。今日中に出立するように」

クルシュの目配せによって、この時を待ち構えていたかのようにアルバク将軍が進み出て、イシュトゥメーグ王を連行していく。イシュトゥメーグは風化した古木のような顔から、一切の表情を消して、傲然と王の間から退場した。

クルシュは踵《きびす》を返すと、メディア帝国の玉座へと階《きざはし》を上った。四代のメディア王が君臨した玉座の前に立ち、広間に居並ぶ一同を見下ろす。

先ほどクルシュによってメディアの暫時総督に任じられたウィシュタースパが、房飾りも華やかな鎗を高く掲げて敬礼を捧げる。そして朗々たる美声で新しい帝国の時代を宣言した。

「ファールスとアンシャンの王、ファールスとメディアの王、パサルガード氏族の祖ハカーマニシュの裔《すえ》、カンブジヤ王の息子にして、偉大なるクルシュ大王とファールス王国に、長久の栄えあれ！」

クルシュに従ってきた将軍や指揮官たちは、次々に膝をつきクルシュの偉業を称えた。独立を勝ち取っただけでなく、常に郷土を圧迫し、搾取《さくしゅ》し続けてきた帝国を征服した君主への賛美と、解放の喜びに涙を流しながら、クルシュの名を叫ぶ兵士たち。

将兵らが一斉に上げる「ファールス！」の歓呼は、終わりのない波濤《はとう》のように王宮をどよもした。

この日、王家の交代劇に立ち会ったメディア貴族らは、否応《いやおう》もなく次々に膝をついてクルシュに忠誠を誓った。

ゼーズルもまた目立たぬよう、他の宮廷人たちと同じように振る舞い傍観者に徹することで、クルシュのメディア王位継承を見届けたのであった。

二、喪失と再建、そして分裂

クルシュの生存と勝利を知って、意識を失うほど動揺した理由を、タハーミラィはファールス軍の報復を恐れたためとした。体調の安定しない妊娠中であることも踏まえたカーリアフは、それ以上の追及はしなかった。

ダマーヴァンド山の軍神を幻視したタハーミラィが、ファールス王クルシュがマッサゲタイの征服のために、いまにもファールスとメディアの大軍を差し向けてくるのでは、と怯えたとしても無理はない。

エクバターナ陥落の報をもたらした早馬に遅れることひと月、王都に残留していたマッサゲタイ士官が、亡命を希望するメディア貴族を連れて帰国した。

「ゼーズル！」

ヒルバの敗戦以来、距離と溝を深めた従兄妹《いとこ》同士ではあったが、タハーミラィはゼーズルの無事な姿を見るなり、安堵のあまり体中の力が抜けた。

メディアとファールスの情報を、喉から手が出るほど求めていたというだけでなく、沼沢ゲタイ貴族の筆頭であるゼーズルは、王庭におけるタハーミラィの後ろ盾でもある。

身重《みおも》な体に、ロクシャンダとの葛藤とファールスの侵攻という、家庭と国外の両方の不安を抱え込むタハーミライにとって、国王の期待に応えて帰還した従兄は、心強い支えであった。

帰還の祝宴には、重たい空気が立ち込めていた。王朝交代劇を目《ま》の当たりにしたゼーズルの詳細な報告に、カーリアフとその幕僚は、供される馬乳酒にも、羊の肉にも手を出さず聞き入った。

「エクバターナ陥落は、まことの無血入城であったというのか」

むしろ感嘆の響きを込めて、カーリアフはつぶやいた。

少年のころより王宮に出仕し、積極的にエクバターナの行政にかかわってきたクルシュは、その気前のよさと寛容さで、エクバターナの庶民層や下級兵士には人気があった。

さらに、王都に囚《とら》われた無数の奴隷たち——その多くはファールス人であった——は、クルシュが降伏勧告に先立って約束した奴隷解放宣言に狂喜し、王都守備のメディア人兵士に弓を引き、徹底抗戦を叫ぶおのが主人の背中を刺すことをためらわなかった。

タハーミライは、第三城郭の隅々にまで入り込み、使役されていたファールス人の奴隷たちを思い返す。かれらは宮廷で雌伏を続けたファールス王と同じく、この日をどれだけ待ち続けていたことだろう。

そして、幼いころから都の内外を知り尽くし、成人してからは都市の行政にもかかわってきたクルシュの顔の広さと人気を、イシュトゥメーグ王やメディアの支配階級は知らなかった。イシュトゥメーグ王の人気が下がるほどに、メディア市民であれ、異民族であれ、クルシュのために内側から城門を開こうという王都の住民は増えていたのだ。

その一方で、ファールス人の国王を受容しないメディアの名門氏族は、一門と私軍を引き連れてエクバターナを逃れ、本拠地に立てこもり、地方の異民族をも巻き込んで抵抗を続けている。

そうした旧勢力による反乱の平定に忙殺されるなか、クルシュは祖父の末の王女、母親の妹アミティスを妃に迎え、メディアとファールスの王室の絆を強化した。

「だが、アミティス王女にはスピタマ卿という夫と、ふたりの男児がいたのではなかったか」

目を見開いて問うカーリアフに、客として遇されているメディア人の亡命貴族が吐き捨てるように答えた。

「スピタマ卿は処刑されました」

タハーミラィは思わず身震いをした。カーリアフは、左に侍《はべ》る身重の妃の顔色が変わったことに気づかず、さらに問いを重ねる。

「なんと、王子たちはどうした」

「パサルガードへ送られました。命は取らぬ代わりに、ファールス王宮でカーセナダーニー王妃によって育てられることになったとか。実際のところは、後宮の奥深く幽閉するために違いありません」

「メディア王家の復興を悲願とする者たちに奪還される恐れもある。生かしておくのは危険だが、殺してしまえばクルシュの残酷さに離反していくメディア人もいるであろう。だがいつか、アミティス王女の息子たちは、育ての親が実父の仇《かたき》であることを知るであろう。生涯幽閉で済めば、幸運というものであるな」

祖国を征服し、夫を殺し、父親を追放した甥の妃となるほか、アミティス王女は息子たちの命を守る術《すべ》を持たなかった。だが、恨みと屈辱を呑み込んで手放した我が子らに、その母親が今生《こんじょう》で顔を合わせることはおそらく二度とない。

タハーミライは、音を立てずに唾を飲み込んだ。敗戦は、貴賤《きせん》の上下にかかわらず、悲惨な運命をそれぞれの上にもたらす。

ファールス史において、アミティスはカーセナダーニーと並んでクルシュ大王の王妃と称された。帝国の夏の首都、エクバターナの女あるじとして君臨しながらも、アミティスがクルシュ王の子を産んだ記録はない。

夏の間だけ訪れる二度目の夫との仲がどのようなものであったのか。その孤独な胸の内も含め、七色七重の城壁に囲まれた宮殿の深奥に囚われた、亡国の王妃についての記録は、皆無に等しい。

クルシュが妃の数をいくら増やしたところで、カーリアフの子を宿して、自らの地位を固めつつあるタハーミラィが、傷つくことはない。

王族の婚姻は、王国と王国の結婚だ。敗戦国の王女を娶ることで、和解の手を差し伸べ、共存を提案する、勝者優位の外交政策にすぎない。

隷属と排斥を免れたと知ったメディアの貴族階級は、自らの帰属する氏族長らの顔色と、宮廷における保身の間で揺れながらも新王クルシュに服属しつつあった。

いまは、胸の奥に残された鋭く小さな針のチリチリとした痛みよりも、腹に触れればとくとくと響く胎児《たいじ》の鼓動が、タハーミラィの心を占めていた。

それゆえになおさら、クルシュの野心がいつか、地平の彼方の積乱雲のように成長し、やがて暴風雨となって平原を覆い尽くすのを、ただ為す術もなく見守らなくてはならない、不気味な日々の始まりであった。

タハーミラィはカーリアフの左妃に登り、ロクシャンダと同等の『王妃の穹廬《きゅうろ》』と、王庭における発言権を与えられた。カーリアフは、ふたりの妃を同等の地位に据えることで、長年連れ添ってきたロクシャンダが嫉妬を抑え、タハーミラィに敬意を以て対することを期待した。

陸と水のゲタイの両方から左右の妃が立つことは、慣例としても珍しいことではない。

王の不在中、山岳ゲタイの氏族を重く用いてきたロクシャンダの治政に不満を抱いていた水のゲタイ族は喜び、西海（カスピ海）の沿岸だけでなく、遠く北海（アラル海）の南岸からも、祝賀の使者が争うようにして祝いの品を贈ってきた。

　左妃の府庫《ふこ》として建てられた穹廬には、小麦や大麦、堅果や魚粉などの食糧で満たされた甕《かめ》をはじめとして、染料となる貴重な植物や鉱物、絨毯や壁掛けなどの織物、あらゆる獣の毛皮や革細工、貴金属、武器と武具、そして各氏族が得意とする宝飾品や、精緻な細工を施した扉、家具、馬具といった工芸品、遥か遠国から交易で得られた各種の香料や香辛料などが運び込まれ、たちまちいっぱいになった。

「妃ひとりにこんなたくさんの進物を捧げるなんて。マッサゲタイの民がこんなに豊かだったなんて、知らなかったわ」

　あふれた祝賀の貢ぎ物を収めるために、さらに大きな穹廬が急遽《きゆうきよ》建てられていくのを前に、タハーミラィは目を丸くして嘆息する。

「こんなのはマッサゲタイの富の、ほんの一部にすぎない。ロクシャンダの府庫にいたっては、すでに二十を数えている」

　王庭における、タハーミラィのもっとも位の高い近親者として、左妃府庫の管理を任されたゼーズルが、固い口調で言い返した。

「そんなに貯め込んでも、行幸や遊牧の邪魔になるだけでしょうに」

　ゼーズルは無骨な指を髪に突っ込んで、ボリボリと頭を掻きながら苦笑する。

「財務のことを口にする割に、その財がどこから来て、どこへ流れるのかは、わかっておらんのだな。それでロクシャンダと権勢を張り合うつもりなのか」

妃のひとりに、これだけの富を担わせるマッサゲタイの経済力を、東西から訪れる商人や各国の使節に誇示することで、国の威信を示しているのだ。

タハーミラィはそれまで、国や軍隊を支える『富』というものを、漠然とした印象で捉えていた。

それは、何十もの櫃《ひつ》に詰め込まれた銀や、荷馬車いっぱいに積み上げられた穀物、陸のゲタイならば草原を埋め尽くす羊や良馬の群れ、水ゲタイであれば保有する船の数という具合に、そのまま兵士らに分配できる形のものばかりだった。

だが、銀そのものは日々の必需品ではないし、ひとは穀物と家畜のみで生きているわけではない。交易によって巨大な富を生み出すのは、むしろ日常的に消費するものよりも、稀少な嗜好品《しこうひん》や装飾品などだ。

ゼーズルは、左妃府の奴隷が列をなして貢ぎ物を運び込むさまを指さした。

「王族ゲタイは、他のゲタイ族のように漁労や農耕は行わない。国内では水や陸のゲタイから集めたものを、それを必要とする氏族に再分配したり、国外との交易に充《あ》てたりし、さらに良馬と騎兵を育てて、戦争や交易で富を増やしていく」

マッサゲタイ経済の根幹は遊牧であり、移動に伴う副次産業である交易や戦争が、王族ゲタイの富の源泉であることを、タハーミラィは改めて理解した。

「軍資金として必要なのは、銀や食糧だけではない。あらゆる種類の物資を、いつでも国民《くにたみ》に与えたり、交易に運用したりできるよう、常に府庫を充実させておける強さが、王族ゲタイには求められているのね。王族の財産は、マッサゲタイの財産そのものなんだわ」

府庫を隙間なく満たす品々の重さが、そのまま王妃の責任としてタハーミラィの細い肩にのしかかってくる。

「試されているのね」

これらの富は、新しい王妃に捧げられたと同時に、さらに国を富ませ、マッサゲタイの民に還元するために己に託されたのだと、タハーミラィは王妃の自覚を新たにした。

もとより、タハーミラィはエクバターナで雇用し、連れ帰ったアラム人やユダヤ人の商人を使って、メルヴの通商を掌握するよう図っていた。帝国メディアが滅亡してしまった以上、別の収入源を確保するためであった。これまではカーリアフや長老衆の許可なく、タハーミラィの裁量で自由に運用できる財源を持たなかったのだ。

「ゼーズル。アラム商人に目録を作らせましょう。カーリアフ様に進言する歩兵隊の新設に、どれだけの費用がかかるか知りたいの」

ゼーズルは眉を上げた。固有の文字を持たないマッサゲタイ人で読み書きできる者は、王族を含めてほとんどいない。必要なことはすべて神官や詩人が記憶し、口伝《くでん》によって受け継がれてゆく。財務や兵站の管理についても、在庫や取り引きの内容を粘土板に刻みつけて記録を残すメディアやファールスに比べると、かなりおおざっぱであった。

ゼーズルは呆れた口調で言い返す。

「そなたは、未だに軍政に口を出しているのか。女の身で、政《まつりごと》に嘴《くちばし》を突っ込むものではない」

「ロクシャンダは突っ込んでいるでしょう」

タハーミラィは即座に反論した。王の不在中に政務を執っていたのは右妃ロクシャンダだ。

「形式上はそうだが、政は長老衆が話し合って行うもので、右妃は不在の王に代わって裁可を下すだけだ」

複数の氏族によって構成される遊牧国家はまた、氏族連合国家でもあった。国王といえども、氏族長たちが結束して意見を出せば、無視することはできない。国王代行であったロクシャンダの役割は、もっぱら氏族長から構成される長老衆の監視と、氏族間で揉め事があったときの調停であった。

「では、王庭の重職が山岳ゲタイの氏族で占められているのは、ロクシャンダの意向ではなく、長老衆の協議によるものだというの？」

ゼーズルは返す言葉に詰まった。

エクバターナの王宮にいたころから、メディアの官制でいえば筆頭秘書官に相当する役を担い、公務にも当たってきたタハーミラィだ。大国の宮廷を知り、諸侯らの駆け引きをその目と耳で学び、かつ騎兵らとともに戦場に立ったタハーミラィの目は、ロクシャンダが王の不在中に己に託された権威をどのように利用してきたか、はっきりと捉えていた。

そして、三人の異なる王のあり方を目の当《ま》たりにしたタハーミラィは、いつかクルシュがマッサゲタイを攻めてくるであろうことも確信していた。

「ファールスの王は、必ずマッサゲタイを征服しに来るわ。イシュトゥメーグ王の配流《はいる》先をメディアの従属国であったバクトリアの都バクトラにしたのも、廃王の監視としてバクトラに強大な軍隊を駐留させるための口実であり、バクトリアを直轄支配とする布石。バクトリアを完全に掌握したクルシュが次にすることは、バクトラとメディアの中間にある、マッサゲタイの形式上の王都メルヴを陥すこと」

ゼーズルは、淡々とした口調でイーラーン高原からマッサゲタイ平原、そして世界の屋根へと続くバクトリアの高山諸国の未来図を語る従妹を、鼻白《はなじろ》んだ表情で見つめた。


一日も早く、マッサゲタイ王国の、往時以上の国力を回復したいタハーミラィであったが、腹が膨れてくるにつれて、体調がすぐれなくなってきた。疲れやすく、足がだるい。あまり歩き回ることもできず、メルヴの商人や公廷の貴族たちの話を聞きに行けない。

そのような折ではあったが、カーリアフは、騎兵隊の補充と人材の確保も兼ねて、国土視察の行幸へ発つことをタハーミラィに告げた。

「すべての氏族を訪れ、わがマッサゲタイの境界を明らかにしてくる。そなたとわしの子が生まれるまでに、メルヴに帰還することは難しいかもしれん」

国王の行幸には、王族と妃の全員がついてゆく。留守居を務めるのは長老衆でも、本当の意味で年を取った者たちばかりだ。タハーミラィは妊娠後期にあってなお体調が思わしくなく、床に臥《ふ》しがちであったため、王庭に残ることになった。

「長く不在にしておいででしたから、国土にカーリアフ様のご健在を知らしめるためにも、必要な行幸です。アルボルズ北麓の動向も気がかりですし、私はカーリアフ様のお留守を守り、必ず元気なお子を産んで、お帰りを待ちます。それよりも、以前お願いしたこと、今回の行幸で実現してくださいますか」

カーリアフは、眉を曇らせた。

「歩兵部隊を作れという、あれか？」

タハーミラィは、青い瞳に力を込めてうなずいた。置き去りにされることよりも、行幸のあいだ、ロクシャンダや他の妃に夫の関心が向くことよりも、軍政を気にかける左妃に、マッサゲタイの王は苦笑する。

「戦うことを知らぬ労務民から歩兵隊など組織しては、王族ゲタイの権威に瑕《きず》がつく」

メディア滅亡の報を聞いたのち、タハーミラィは、騎兵隊に労務民の歩兵を加えるという、メディアやファールスの軍政を適用するように進言したが、カーリアフは取り合わなかった。

騎兵は王族ゲタイが独占すべき地位であり、王族以外では各氏族の貴族階級にのみ与えられる栄誉であった。王族が守り支配すべき労務の民を戦いに駆り立てれば、王族ゲタイの存在価値そのものが問われる。

マッサゲタイ人にとって、戦士は王族ゲタイにのみ許された職業であり生業《なりわい》であった。神を称える神官、戦士である王と貴族、生産に携わる職人と労務民、そして奴隷という四つの階級は神々によって定められたもので、魂の根源から異なると信じられていた。こうした確固とした階級意識は、多少の違いはあれ、インダス河西岸からイーラーン高原、黒海の北岸にいたるまで、スキタイ族に代表される、遊牧民を祖としたアーリア系の種族に共通する社会観でもある。

ファールス人も例外ではなかったはずだが、クルシュは過酷なファールスの地で生まれ育った男子を農民牧夫の別なく、すべて戦士に育て上げることで、ついにメディアという帝国を討ち滅ぼした。

「マッサゲタイはこれまでのやり方で異民族の侵入を防ぎ、メディア帝国に参陣する騎兵隊でも、最強を誇ってきたのだぞ」

「これまではそうかもしれません。でも、私たちが次に戦うのは、五万の兵で二十万を打ち破った、ファールス王クルシュなのです」

かれらの社会観を根底から覆《くつがえ》したことで、ファールス人はイーラーン高原の王者に成り得たのだ。

タハーミラィは、夫の顔色を見ながら、辛抱強く説得を続けた。

「ファールス国境戦で私たちが目にした両国の軍政は、メディア帝国の先代の王、ハヴァフシュトラの軍政改革を踏襲したものと聞いています。いくら勇猛な騎兵隊をそろえても、郷土を守る歩兵が脆弱《ぜいじゃく》では、国は守れません。ファールス軍があそこまで持ちこたえたのは、クルシュ王ひとりの勇猛さゆえではありません。カンブジヤ王とクルシュ王は、ファールスの労務階級にも、平時より戦士としての訓練を受けさせ、それぞれが熟練した武器によって構成された部隊を組織化していたのです。寡兵のファールス軍が大軍の進撃に一歩も引かず、押しとどめ押し返したのは、鉄壁の大盾歩兵隊の、常日頃の訓練の賜物なのです」

カーリアフは別人を見るような目で、年若い妃を見つめた。タハーミラィは、夫が顔色を変えるのを見て、柔らかく微笑み返した。

「カーリアフ様は、王宮で見たこと、聞いたことをすべて覚えて、必要なときにお伝えできるように、私を常にお傍に置いてくださったのではありませんか」

カーリアフは目を細めて黙り込んでしまった。タハーミラィは引きどきと考え、丸いお腹を撫でながら、首をかしげて疲れたように微笑んだ。

タハーミラィの夫は、血統ゆえに氏族の長老に据えられた愚鈍な一部の長老衆とは違う。かれらにありがちな蒙昧《もうまい》さや頑固さも、持ち合わせていないはずだ。だが、生まれついての王族であるカーリアフに、いまの体制を変えていく果断さは望めないのだろうか。

既存の常識を踏み越えて新しい制度を作り上げることができるのは、ふたつの民族の狭間に生まれ落ち、奴隷から身を起こしたクルシュや、少女期から戦場と政治の駆け引きに巻き込まれたタハーミラィのような、階層を超えた感性の持ち主にのみ、可能なのであろうか。

しばらく考え込んでいたカーリアフは、左妃の肩を抱き寄せた。

「いまは、表向きのことまで心配するな。体を大事にすることだ。そういえば、沼沢からそなたの母を呼び寄せるころ合いではないか」

もともと月経周期が不安定だったタハーミラィは、悪阻《つわり》がなく体調に変化がなかったこともあり、妊娠を自覚するのが遅かった。腹の膨れ方から、出産はナーヒーダより少しあとになると推測されていた。

「シャヒーブが迎えに行っています。ナーヒーダの姉妹も手伝いに来てくれるそうです」

乳姉妹《ちきょうだい》のタハーミラィとナーヒーダが前後して赤ん坊を産む。沼沢の一族の絆は、ますます強まることだろう。

「ゼーズルと沼沢ゲタイの部隊を、そなたの護衛に残していく」

「カーリアフ様のお気遣いをいただけて、私は幸せ者です」

ほんの数日前までは無数の穹廬が建ち並び、大きな町を形成していたメルヴ郊外の王庭は、いまはだだっ広い草原に数えるほどの穹廬がぽつりぽつりと立っている。

押し潰され土がむき出しになっていた無数の丸い穹廬跡は、やがてたちまち伸びてきた草に覆われ、庭に取り残された壮麗な左妃の穹廬は、淡い緑の波間に漂う船のようにも見える。草原には馬や羊が放たれ、左妃府の武装した護衛兵の巡回すら、牧歌的に見える風景が日々変わりなく過ぎていった。

そうした平穏極まりない景色と対照的に、王族ゲタイ不在の王庭を任されたゼーズルは多忙であった。ゼーズルの使命は、敵の侵攻を察知したら直ちに王庭を放棄し、左妃を安全な平原の奥地へと避難させることだ。

ファールスの侵攻を怖れる左妃タハーミラィの不安を取り除くだけでなく、絶えずメルヴの周囲と東西の境界を哨戒《しょうかい》させている兵士からの報告に注意を払い、直属の騎兵らを平安に馴れさせることのないよう、練兵に余念がなかった。

マッサゲタイは、宮殿や城壁を持たない王国だ。王族ゲタイのいる場所が王都であり、広大なマッサゲタイの平原そのものが、侵略者の補給を脅かす無辺《むへん》の防壁であった。

一日に一度、ゼーズルは左妃の穹廬に諸事を報告するために伺候する。

「クルシュはメディア氏族の反乱を鎮圧するのに、イーラーン高原を駆けずり回っている。マッサゲタイに攻め込む心配は当面なさそうだ」

ヒュルカニア貴族パルケシュに冷笑された屈辱から、ゼーズルは諸国の状勢を常に監視する必要を学んだ。亡命を助けたメディア貴族に自身の配下を預け、その伝手《つて》を使ってエクバターナはもちろん、メディア各地に密偵を派遣していた。それは編み始めたばかりの、頼りなく細い諜報《ちょうほう》の網ではあったが、もともと旧帝国領に根を張っていた反ファールス派のメディア氏族らの支援を受けて、少しずつ成果を挙げていた。

「クルシュはメディア領内のあちこちで上がる旧メディア勢力の火の手を消して回るのに忙しく、エクバターナの玉座を温めている暇もない。内政にもほとんど手を着けていない状態で、メディア人の官僚が以前と変わらずに行政を回している。エクバターナの実権を握っているのは、ファールス人の高官だが、城外や地方に逃げていたメディア人の役人が続々と帝都に戻って職場に復帰している。ファールス人はもともと少数しかいない。クルシュは沸騰する鍋の蓋の上で踊っているようなものだ。リュディアやバビロニアも、クルシュがきりきり舞いしているこのときに、メディアとの係争地を自領に組み込もうと国境に兵を派遣している。ファールスの天下もいつまでもつか、かなり危ういな」

自信たっぷりに語る従兄の情報に、タハーミラィは目を細めて耳を傾けた。

「ただエクバターナ王宮に居残って事態を見届けただけではなく、三帝国にも通じる人脈を広げていたのね。見直したわ、ゼーズル」

左妃に褒められ、ゼーズルは得意げに胸を反らした。タハーミラィはすぐに言葉を続ける。

「でも、相手はクルシュ王よ。敵も多いけど、その敵の中にかれに心酔して止まない味方を作り操って、イシュトゥメーグ王の支配を覆したの。クルシュ王とともにイシュトゥメーグ王に仕えてきた若いメディア人士官や貴族だけではなく、エクバターナ市民にいたるまで、クルシュ王個人を崇拝し、命を差し出すことも厭わない者は少なくない。かれらは母方からメディアの血を引いているクルシュの王権を疑うこともしない」

自分の働きを小さく評価されたようで、ゼーズルの口元が固くなる。タハーミラィは血色のよくない唇に指を当てて、遠くを見つめる。

「クルシュ王の足下で大鍋の蓋がぐらつき始めたら、メディア人による、メディア人に対する粛清が始まるでしょうね。クルシュ王が手を下すまでもない」

タハーミラィは顔を上げてゼーズルを見つめ、憂いの晴れた笑みを浮かべた。

「とはいえ、ゼーズルの言うことも正しいわ。クルシュ王の地盤はいまだ安泰ではない。マッサゲタイが力を蓄え、周辺の諸国や異民族たちと足並みをそろえる時間はあることでしょう」

純粋な信頼を湛えた青い瞳を向けられ、ゼーズルは喉につかえた息を咳《せき》で散らし、そのために少しかすれた声で応じた。

「それ以前に、左妃が健康な王族を産み育てる時間も、充分にあります。アルボルズ北麓の状勢に過剰な不安を持たず、左妃は御身をいたわるべきでしょう」

急にぎこちなく丁寧な物言いに変わったゼーズルに、タハーミラィは目を瞠《みは》って首をかしげた。

タハーミラィは、風邪《かぜ》を引いたらしい。

微熱が続き、食欲もなく、うつらうつらと眠ることが多くなった。いまの内廷でタハーミラィの世話をするのは、王族ゲタイから選ばれた侍女たちであった。王妃に仕えるために必要な作法も教養も備えた女たちであったが、ナーヒーダのように、タハーミラィの気性と心身を理解し、既往歴を知り尽くした看病ができるものではない。

主人よりひと足先に臨月に入ったナーヒーダは、マッサゲタイ公廷で地位も上がったシャヒーブと同居し、出産に備えていた。沼沢の村であれば、産婦のために建てられたひとつの葦家で、河の乙女や産婆らの介護を受け、妊娠中の不安を主従で分かち合いつつ出産の日を待つこともできたのだが、王妃ともなるとそうはいかない。

タハーミラィは微熱にまかせて、幻覚と幻聴に襲われるようになった。

新緑の煌めく樹上で、森の庭園で、タハーミラィは庭師の穏やかな言葉に耳を傾ける。城下の石畳を蹴る黒馬の背では、あえかな乳香の香りさえ鼻腔をくすぐる。耳に甘い声と、まぶたに映る美しい風景を噛みしめながら、タハーミラィはずるずると眠りに落ちていくのだ。

夏の緑に染まった森の庭園。育ちすぎた葉をむしりながら、傾いた葡萄棚を修理する背の高い庭師。その庭師の広い背中に、タハーミラィは土をいじりながら、たわいのないことを話しかける。庭師は支柱に何重にも巻き付いた蔓を引きはがすのに夢中で、返事をしない。気分を害したタハーミラィが、その場を立ち去ろうとすると、庭師はふり返ってタハーミラィを呼び止めた。

草汁に染まった庭師の手の中には、ついさっきまで緑の固い粒の塊であったはずの葡萄の房が、大きな濃い紫に熟していた。庭師は穏やかに笑いながら、甘い香りを放つ葡萄の房から実をひとつ摘まみ取って差し出す。タハーミラィが葡萄の実を口に含んだとたん、ぬるりとした感触とともに、鉄を含んだ臭いが口中に広がった。

庭師の姿は、黄金色に磨き上げられた、青銅の甲冑をまとった四翼の軍神へと転じた。軍神が手にした葡萄の房を手で握り潰すと、真っ赤な血しぶきが飛び散り、タハーミラィの顔を濡らした。悲鳴を上げながら目に入った血を拭き取り、あたりを見回すと、金銅の鎧に身を包んだクルシュが、蒼ざめた頬で血の海に横たわっていた。

タハーミラィははっと目を見開いた。汗をびっしょりとかいていた。似たような夢を、夜も昼もなく、もう何度も見ていた。意識がはっきりしているときは、二度とそのような幻覚に身をまかせまいと思うのだが、倦怠感《けんたい》に朦朧《もうろう》としてくると、甘美な悪夢の誘惑に抗えない。

やがて症状が悪化した。下痢が続いているにもかかわらず、幻覚を見る前に悩まされていた下腹の鈍い痛みを感じなくなっていた。そして止まらぬ嘔吐に、さすがに理性を取り戻した。出される食事を注意深く観察していくうちに、魚粉粥の底に細かく刻みそびれたアルラウンの根を見つけた。

すぐにゼーズルを呼び出し、毒を盛られたことを告げる。体調が悪化して以来、直《じか》に顔を見ることがなかったゼーズルは、タハーミラィの激しい憔悴ぶりに愕然とした。早急に沼沢の一族でタハーミラィの穹廬を固める。タハーミラィの身の回りを世話していた女や奴隷たちを、ひとり残らず厳しく尋問した。しかし、賄い場の犯人を特定する前にタハーミラィは出血した。赤子を取り上げるはずの母の到着を待たずして始まった陣痛のあと、小さな胎児を産み落とした。

呆然とする沼沢の一族が居並ぶなか、ゼーズルは低い声で囁いた。

「右妃の差し金に違いない」

疲れ果てて弱りきったタハーミラィは目を閉じた。旅の埃も落とさずに、娘の床に駆けつけた母の膝に抱かれていても、体が言うことをきかず、手足は冷たい。誰の目にも、左妃はいまにも死んでしまいそうに映った。

アルラウンの根は、適量であれば鎮痛剤や整腸になる薬草であるが、量を間違えれば神経を侵し、死に至る毒薬にもなる。堕胎薬にもなり、胎児だけでなく往々にして母親の命も奪っていった。

ゼーズルは、枕元に控えるシャヒーブにだけ、聞こえるように言った。

「ヒルバでハルハミード王子が戦死したのも、末の赤ん坊が病死したのも、タハーミラィの邪視を受けたせいだと右妃は触れ回っていた。カーリアフ様がタハーミラィに夢中なのも、邪視でたらし込んだからだと」

シャヒーブは、歯がみして短剣の柄を握りしめるゼーズルをなだめ、タハーミラィの母親を休ませるよう指示を出した。王族ゲタイの侍女を誰ひとり信用できないゼーズルは、血縁の女たちが場をはずすときは、自ら左妃の枕頭《ちんとう》を守った。

苦しげに眠っていたタハーミラィの目尻から涙がこぼれ、まぶたが薄く開いて泉のような碧眼がゼーズルを見上げた。

瞳孔の開いたタハーミラィの目は、縁《ふち》のない青い闇のようであった。誘い込むように美しく、焦点の合わない目で見つめられたゼーズルは、ごくりと唾を飲んだ。タハーミラィは、かすれた、ほとんど聞き取れない声でつぶやいた。

「あるいは、私にふさわしい最期でございましょう。誰に対しても、不実な女でございました」

目の前の人物を、誰と思い込んでの訴えであるのか、タハーミラィの眦《まなじり》から、涙の滴がほろほろと転がり落ちる。

「タハーミラィ、そなたのせいではない。責められるべきは、父上の命に逆らえず、そんな生き方をそなたに強いた、この俺だ」

ゼーズルは呻き、従妹を抱き上げた。ヒルバの戦いから、公務以外で言葉を交わすことのなくなっていた従兄は、五年ぶりにタハーミラィを胸に抱き、従妹のこめかみを落ちる涙に頬を押し当てた。

「――様、お待ちしています。夢の庭園《パラディイサ》で。青い目でも、混血でも、信じる神々が異なっても、みなが仲良く暮らせる、楽園《パラデイサ》の、その片隅に咲く、一輪のラーレとなって。どうか、見分けて――」

熱にうなされての途切れ途切れのつぶやきに、ゼーズルが低い声で訴えた。

「あいつの夢など見るな。そなたの場所は、ここにある。このマッサゲタイに。タハーミライ、そなたは、マッサゲタイの女だ。ここで生きるんだ」

それが従妹をこの世に引き止める唯《ただ》ひとつの手段であるかのように、ゼーズルはタハーミライの肩を抱き、耳元でその名を呼び続けた。

公務を放り出して看病するゼーズルと、母親の処方した解毒薬、沼沢の一族で固めた必死の手当てで、タハーミラィはようやく一命を取り留めた。

左妃の死産よりふた月後に帰還したカーリアフは、いまはただ、静かに養生するようにとタハーミラィを慰めた。

「申し訳ありません。赤子を、守りきれませんでした」

衰弱した体で、タハーミラィはただひたすらに己を責めた。河の女神の神殿で学んだ薬草の知識を思えば、毒を盛られた段階で妊娠の不調と異なる症状を察知できたはずだ。それを、クルシュの幻夢に溺れて、胎児を犠牲にした。

身も心も弱り、我と我が子の命が掌から滑り落ちていくなかで、タハーミラィがしがみつくことができた、もっとも幸福で美しい今生の記憶は、あの森の庭園の光景と、町の城下で交わした体温と共感しかなかったのだ。それが、偽りの幻影でしかないと、わかっていても。

「そなたのせいではない。わしの不行き届きだ。そなたを守れなかったのだからな」

カーリアフは、タハーミラィを抱き上げて、大きな掌でその頬や背中を撫でた。

「私はもはや、カーリアフ様にお子を差し上げることはできないかもしれません。流産や死産によって病を得た女は、子宮に子を宿す力を失うといわれています。女神の神殿には、そのために離縁された女たちが身を寄せていました」

カーリアフはタハーミラィの乾いた唇を無骨な指でふさいだ。

「そなたの地位はゆるがぬ。子など産めなくてもよい。早く体を治して、公務でわしを助けるがいい。そなたの進言したメディア流の軍政が、なかなかよい仕上がりになっておる。このマッサゲタイの国が、わしとそなたが育てゆく、かけがえのない愛児《まなご》だ」

「私の進言を、取り上げてくださったのですね」

「難しいのではと思っていたが、メディアの滅亡の現実が、存外に効いたらしい。王族からも労務階級からも、大きな反発はなかった。北東部のゲタイにとっては、メディアの危機よりも異民族の掠奪の方が深刻ではあるが、王族ゲタイの救援が間に合わぬとき、自衛する術があるのはよい考えと思われたようだ」

背に触れたカーリアフの大きな掌の温かさと、真摯な言葉に、タハーミラィのまぶたから、熱い涙があふれた。

死の床ですら、他の男を想っていた自分に、あまりに寛大な夫の言葉であった。

「申し訳ありません。申し訳ありません」

タハーミラィは、二度と夫を裏切るまい、と堅く心に誓った。


しかし、ゼーズルはそれではおさまらなかった。毒を盛った料理人はすでに逐電し、騎兵を放って捜索しても見つからない。やがてアム大河《ダリヤ》の支流で身元の判然としない死体が上がり、調べを受けていた侍女のうちふたりが拷問に耐えかねて自殺を遂げた。

ゼーズルは公然と右妃ロクシャンダを糾弾するようになった。

ロクシャンダは平然とゼーズルの告発を笑い飛ばす。

「カーリアフ王とともに行幸し、メルヴ王庭に不在であったわたくしが、どうして左妃に毒を盛ることができたというの。王の妃に対して、不敬にもほどがある！」

ロクシャンダはゼーズルの処分をカーリアフに要求した。

カーリアフは苦りきった。タハーミラィを左妃に上げることで、陸と水のゲタイの公平化を図ったはずが、対立は深まるばかりだ。

左妃の穹廬では、いまだ床上げできずにいるタハーミラィに無情な言葉を投げつける。

「ゼーズルの口をなんとかしろ。このままではマッサゲタイがふたつに分裂してしまう」

陸のゲタイ族の中でも有力氏族長の娘であり、カーリアフが王になる前から連れ添い、五人の子を与えた妃であり、次の王となるであろう最年長の男子を産んだロクシャンダを、証拠もなく断罪することなどできない。

頭ではわかっていることだが、我が子を失い、我が命まで危うくなったタハーミラィは、夫が自分の味方をしてくれないという現実に、胸を抉られるほどの痛みを覚える。怒りの言葉が胸につかえて、吐き出すこともできずに体を震わせる。

一家庭の妻同士の諍いではないのだ、夫は、陸と水のどちらの味方にもなれない——ということを、タハーミラィは唇を嚙みしめつつ自分に言い聞かせた。行幸の間中、ロクシャンダはカーリアフの傍らで、ゲタイ氏族らの前で一の妃として振る舞ってきた。左妃としてのタハーミラィの存在は、マッサゲタイ全体に知られたわけではなく、ロクシャンダがタハーミラィを非難すれば、それは第一の妃が格下の妃をたしなめただけのこと、と捉える者もいるだろう。

まして右妃を侮辱したとなると、ゼーズルを処罰しろというロクシャンダの要求をカーリアフは拒みきれなくなる。

「ゼーズルには、よく言い聞かせておきます」

タハーミラィは、絞り出すように夫に約束した。

翌朝、ゼーズルを穹廬に呼び出したタハーミラィは説得を試みる。

「いまは、陸のゲタイと水のゲタイが分裂する時ではありません」

弱々しい従妹の懇願に、ゼーズルはむしろいきり立った。

「なぜ、ロクシャンダをのさばらせておけるというのだ。あの女が王庭で言いふらしていることは、聞く者の耳を腐らせるに充分だ」

「右妃が、何を言いふらしているというのですか」

ゼーズルは一瞬顔色を変えて黙り込む。

「はっきり言ってください」

強い口調で問い詰めたために、タハーミラィは息切れがした。ゼーズルは気遣わしげに従妹を見やり、ためらいつつ小声で口にした。

「そなたの、眼のことだ」

ロクシャンダが左妃の邪視について中傷していることは、タハーミラィの耳にも入っていた。同族の沼沢ゲタイ出身でさえ、タハーミラィとは視線を合わせまいとする者がいることを思えば、他のゲタイ族がタハーミラィの碧眼を厭うことは想像に難くない。

「カーリアフ様は私の目の色など気にかけたりはなさいませんから。他の誰が何を言おうと、無視していればいいのです」

「カーリアフ様が本心からそなたを気にかけておいでなら、なぜロクシャンダの中傷を野放しにさせておく？」

痛いところを突かれて、タハーミラィは思わずかっとなり、声を荒らげた。

「私の夫にマッサゲタイの王を選んだのは、あなたではないの、ゼーズル」

そしてすぐに後悔する。自分たちは若すぎて、おのれの感情すら抑制することができない。

このままでは老獪なロクシャンダの思うつぼだ。

「ロクシャンダに挑発されていることがわからないの？　ゼーズルが処罰されて王庭から追い出されたら、私は片翼を失うのと同じ。この王庭で私を守る水のゲタイの力が、大きく削《そ》がれてしまうということなの。わかるでしょう？」

迷信深い人々からタハーミラィを孤立させ、沼沢ゲタイの勢力を王庭から遠ざける。陰謀とすら言えない、見え透いた手口ではないか。

「我慢するのです。耐えて、耐えて。いまは力を蓄えて、やがて耐える必要のなくなるその時が来るまで」

恨みと怒りの鉄槌《てっつい》を打ち下ろすのに、最適な時機を見極めるのだ。

タハーミラィは母や側近の止めるのも聞かず、床を上げた。弱った体に鞭を当てるように美しく装い、王庭の晩餐に臨む。みっしりと刺繡が施された厚いフェルトの帽子には、その縁取りに金銀の鎖環《さかん》飾りが垂れ下がる。痩せた頬と首には青銅の冑のように重たい妃の帽子を戴き、表に出たタハーミラィは背筋を伸ばしあごを上げた。

タハーミラィは、形式上は左妃としてロクシャンダとは対等な地位を与えられたが、長年一の妃として王と王国に仕えてきたロクシャンダに、正面から張り合えるものではない。

王の穹廬に入ろうとしたタハーミラィを待ち構えたように、ロクシャンダが他の妃を従えて現れた。タハーミラィは立ち止まり、上位の者に対する作法で恭しく会釈する。ロクシャンダはタハーミラィに一瞥も与えず、そのまま王の穹廬へと入った。ロクシャンダの背後にいた妃は、戸惑って立ち止まる。タハーミラィはずっと年上のその妃に感謝の目配せをして、無表情のままロクシャンダのあとに続いて穹廬へ入り、自分の席についた。

カーリアフはタハーミラィの姿を見て、安心したようにうなずいた。久しぶりに妃や家族がそろった晩餐に、妃たちの間に張り詰めた緊張を、気づかぬふうにやりすごす。もしかしたら本当に気づいていないのかも知れないと、タハーミラィは密かに考えた。

体調が本復していないという理由で、タハーミラィは晩餐半ばに退出を請い、ロクシャンダに敬意を払って王の穹廬を退出した。出がけに、背後でひそひそと交わされる言葉が耳に入る。

「結局は命が惜しいのね」

くすくすと息の漏れる笑いが、微風のように首筋を撫でてゆく。

タハーミラィは胃が絞られるような痛みを覚えて、上着の裾をぎゅっと握りしめた。

ふいに、夏の森の奥、丹精して育てた花壇を踏みにじられ、出自を卑しめられてなお、固く握りしめた拳を袖の中に隠し、穏やかな笑みを絶やさなかった人物の面影がよぎった。

日常的に繰り返される謂《いわ》れのない中傷に、正当な怒りをぶつけ、立ち向かうことのできない屈辱を、あの異国の王はどのように日々やり過ごしていたのだろうか。

たったひとりの息子を殺され、その肉を食べさせられるという罰を受けた異国の将軍アルバクは、その恨みと憎しみに暴走することなく、ただ雌伏してクルシュの成長を待ち、復讐の時を待った。

喉元まで込み上げていた怒りが、急速に冷めてゆく。

左妃という、辱《はずかし》められるはずのない地位ではあったが、自分を敵対視する相手の圧倒的な強さに見合うだけの実力を、タハーミラィは未《いま》だ持ち合わせない。タハーミラィが生まれたときにはすでに妃として臣民に敬われていたロクシャンダを、決して侮ってはならないのだ。

タハーミラィは、ゼーズルに任せきりであった見舞い品の整理と返礼に心を傾けた。

死産の報が届く前に送られたのだろう。遠方の沼沢、河、海岸沿い、島々に依《よ》って暮らす水のゲタイから贈られた、葦を密に編んだ大小の揺りかご、その揺りかごに敷く、仔海豹《あざらし》の柔らかな特上の毛皮に、水ゲタイの血を引く王族の誕生を待ちわびる人々の想いが込められていた。

夫の寵を競うはずの、ファリダら水ゲタイ出身の妃たちからの、水辺に生きる者たちの切実な祈りを込めた手作りの護符《ごふ》や産着には、初めて子を産み母となるタハーミラィへの心遣いが感じられる。

貴石をふんだんに使った、陸ゲタイからの装飾品や工芸品も素晴らしかった。草原のゲタイによる精巧な木馬など、気の早い贈り物には苦笑が漏れる。男女関係なく馬を乗りこなせるように、赤ん坊のころからこうした玩具で遊ぶのだろう。鹿革に狼《おおかみ》の剝製、集めるのに骨の折れる鵞鳥《がちょう》の羽毛を詰めた枕、羊毛の織物や敷物、フェルトの山を整理するのもひと苦労だ。

ロクシャンダの勘気を怖れてか、山岳ゲタイからの贈り物は素っ気ない。しかしよく見れば、稀少な薬草や鉱物、また恐ろしく高価な貴金属や、メルヴの商人が腰を抜かしかねないほど大きな藍星石《ラピスラズリ》の原石などに、異なる地方の山岳ゲタイ氏族の間における温度差が感じられて興味深かった。

タハーミラィはそれぞれの氏族に、丁寧な返礼と贈り物を使者にことづけて送り出した。さらに妃のひとりひとりを訪れて謝意を述べ、礼の品を贈る。同情と篤い心遣いを見せてくれる水ゲタイの妃はもちろん、戸惑いながらも誠意を垣間見せる《かいまみ》陸ゲタイの妃とも、友好的な関係を保てるよう、タハーミラィは心を砕いた。

だが、誰にでも、クルシュやアルバクのような忍耐力と、周到さが具わっているわけではない。

そして、ロクシャンダとその取り巻きは、さらに狡猾であった。

体が完全に回復するまでは、タハーミラィは極力外出を控え、ロクシャンダとの衝突を避けた。侍女や警備兵には、いかなる挑発にも乗らないようにと厳重に命じてあったが、内廷の外までは目が届かない。

往復にひと月かかる氏族の村へ使いに出されていたゼーズルが、王庭に帰還してすぐのことであった。

山岳ゲタイの兵士が、左妃の碧眼を揶揄していたのをゼーズルが聞きつけ、この青年を叩きのめし、対立する双方の兵士らが乱闘に及んだ。

この知らせを受けたタハーミラィは、年上の従兄を呼びつけて厳しく叱りつけた。

「ゼーズル！　なんて短慮な。左妃府の長を務める身が、見え透いた挑発に乗るなど。墓穴を掘っている自覚がないのですか」

「山岳ゲタイは、そなたの邪視がカーリアフ様を誑《たぶら》かし、次代の王であったハルハミード王子を殺したのだと広めている。王の妃を侮辱したのだぞ。罰を受けて当然ではないか」

先にロクシャンダを告発したのが自分であったことは忘れたのか、ゼーズルは憤然として言い返す。その罰として、ひと月も王庭から遠ざけられていた鬱憤が燻《くすぶ》っていたのだろう。

タハーミラィの尽力によって、王の妃ロクシャンダを侮辱した罪は法外に軽い罰で済んだのだが、本人にその自覚はない。ゼーズルは、自分の不在中にロクシャンダの一党がますますタハーミラィを孤立させるため、卑劣な噂を広めていたことに憤りを隠さなかった。そのことになんの手も打たない王カーリアフに対する苛立ちも見える。

カーリアフは、左妃の邪視を中傷した兵士を鞭打ちの刑に処し、ゼーズルには謹慎を命じた。

しかし、このことがきっかけとなって、水と陸のゲタイの対立は一気に表面化し、草原からメルヴの街角まで広がり出した。個人的な決闘から血の気の多い若者たちの乱闘にまで及ぶことがあり、たびたび王族ゲタイの重鎮が仲裁に駆けつけねばならなかった。

「ゼーズルを沼沢へ帰すしかない」

険しい面持ちでカーリアフに告げられ、タハーミラィはたまらず言い返した。

「あらゆる場でロクシャンダ様を尊重してきました。私への中傷をやめさせずにゼーズルを煽っているのは、ロクシャンダ様と山岳ゲタイらではないですか。ゲタイの和を保とうと自《じ》重《ちょう》している我々が、なぜ責めを負わねばならないのですか」

カーリアフは困り切った顔でタハーミラィを見た。

このときも、カーリアフは涙に濡れた若妃の碧眼を正面から見つめて、逸らすことをしない。まだ夫の内に自分に対する愛情や信頼があることに安堵しつつ、タハーミラィは重くため息をついた。

「もう手遅れです。ロクシャンダ様とその一族が取り除きたいのは私なのですから、ゼーズルひとりを処分したところで、私への中傷が収まることはありません。ロクシャンダ様が蒔いた噂を信じるゲタイが増え、私が左妃を降りて沼沢へ帰るまで、水のゲタイへの挑発は続くことでしょう」

「ロクシャンダには、わしから言ってあるのだが」

苦りきった顔で、黒々とした豊かなあごひげを無骨な指で引っ張るカーリアフに、タハーミラィはこんな諍いの最中であるにもかかわらず、脈絡のないおかしみが込み上げるのを感じた。

初対面のときは、親子ほど年の離れた威厳に満ちた男と見えたカーリアフ。ヒルバで息子を亡くし、敗北に打ちひしがれてなお生き残った騎兵らを率いて立ち上がり、戦場においては軍神のごとく無慈悲に鎚鉾を揮うマッサゲタイの王。エクバターナの宮廷で、祖国への生還をかけてメディア貴族と駆け引きを繰り広げたタハーミラィの伴侶。

それがふたりの女に挟まれて、己が血肉たる氏族に責められ、打つ手もなく途方に暮れている。

いくつもの戦場を生き延びたカーリアフが、ロクシャンダひとりを御しきれない恐妻家だとは、タハーミラィは思わない。ロクシャンダの背後に控える山岳ゲタイに背かれれば、マッサゲタイはたちまち崩壊する。しかし、水のゲタイに背かれても、王国にとっては同じくらいの危機であった。とはいえ、いま現在もっとも勢いがあるのが、山岳ゲタイであることは否定できなかった。

王として外の敵に対しては一歩も退くことのないカーリアフであり、氏族間の調停にも威厳を持って対処してきたが、家族の絡む内向きの諍いが弱点であったことは、新しい発見であった。

タハーミラィが真にロクシャンダと対等になりたければ、沼沢をはじめ水のゲタイ族が陸のゲタイと等しい力を蓄えなくてはならない。ゼーズルにはそのように言い聞かせ、まずは水のゲタイの結束を促す必要があるだろう。マッサゲタイの赤い沙漠を流れるアム大河《ダリヤ》とシル大河は、国土を走る動脈であり、北海と西海のもたらす湿地と海岸のもたらす海の恵みもまた、マッサゲタイの富の供給源であることを、全ゲタイに認識されなくてはならなかった。

タハーミラィは固い決意とともに顔を上げた。夫の顔をじっと見据える。

「カーリアフ様は、ゲタイをまとめるために、私たちを娶られたのです。ゲタイの和を保つために身を引かねばならないのが私であれば、私はいつでも沼沢へ戻ります」

カーリアフの濃い眉が、かすかな驚きに上がる。

「それはそれで示しがつかぬ。そなたが王庭を追われたら、この後、氏族の娘や息子を王族ゲタイに差し出す氏族はなくなる。山岳ゲタイだけではマッサゲタイは立ちゆかぬことを、ロクシャンダとその一党にわからせねば」

カーリアフは、このごろようやく頬に肉がついて、以前の柔らかな風貌を取り戻しつつあるタハーミラィの顔を、大きな掌で撫でた。

「古妻に尻を叩かれて、忠実な氏族の妃を追い出した王などという、情けないふたつ名で語られるような男には、わしはなりたくない」

苦笑いとともに、ぎこちない冗談でタハーミラィの心をほぐそうとする。


カーリアフは、ヒルバの戦いでタハーミラィが身を捨てて国王を救った功績を証言させて、左妃に邪心のないことを証明しようとした。

氏族らの長老や代表が居並ぶ王庭に引き出されてきた兵士は、獅子の群れに放り込まれた子鹿のように怯えてあたりを見回した。王騎兵としてカーリアフ個人に忠誠を捧げる兵士でありながらも、ロクシャンダの流した噂に毒されていたひとりでもあった。

「ファールスの王は、ヒルバで対峙した左妃のひと睨みで、王様との決闘を放棄し、退却してしまいました」

兵士が声を震わせながら証言した事実――メディアの征服者ファールス王を、馬小姓を装ったタハーミラィがその邪視で撤退させた――に加えて、エクバターナから帰還した誰かが、クルシュによるメディア征服をタハーミラィが予言していたことも漏らした。そのため、良くも悪くもタハーミラィの邪視は、マッサゲタイ族の人々に、いっそうの畏怖と尊敬を植えつける結果となってしまった。

左妃の穹廬で、カーリアフは情けなくこうべを垂れて娘ほど年下の若妃に謝罪する。

「下手《へた》な手を打って、そなたの立場をさらに難しいものにしてしまった。流言に惑わされやすい連中の迷信深さには、手のつけようがない」

迷信深さにおいては王族ゲタイも変わらない。戦に勝ち、生き残るためのまじないや儀式には真剣に臨む。タハーミラィは苦笑するしかない。

「山岳民には、特に碧眼を厭う風習があるそうです。碧眼の赤ん坊は不吉なため、生まれてすぐに山に捨ててしまうという話も聞きました。沼沢では厭われながらも、命まで脅かされることはございませんでしたが、海のゲタイと違い、山岳では金髪碧眼の異民族と接する機会が少ないためでしょうか。カーリアフ様は、いつも私の目を見てお話しくださいますのに」

「異民族と交渉すべき王族ゲタイが、目や肌の色で他者を判断していては、戦も交易もこちらの有利に運べん。目は口よりも多弁だ。瞳が示すひとの嘘や誠は、目の色とはかかわりがない」

そう断言するカーリアフに、タハーミラィは夫に対する信頼と誇りが胸に込み上げる。

「逆を言えば、ロクシャンダ様のご一族は、邪視でしかこの私を追い落とす口実を持たない、ということですね」

「よい策が思いつかず、我ながら情けない。このままではゲタイの団結がままならぬ。早く回復して、その邪視のひと睨みでみなをまとめてくれぬか。というわけにもいかないのだろうが」

珍しく冗談で紛らわそうとしたカーリアフの心根が嬉しいタハーミラィであったが、次の夫の言葉に、一気に胸が冷えた。

「ところで、クルシュ王がわしにとどめを刺さなかったのは、まことにそなたの邪視が効いたのか」

カーリアフまでが、ありえない迷信に囚われそうな気配を、タハーミラィは笑い飛ばそうとした。

「ありえませんわ。投げ槍の構え方も知らぬ馬小姓が、必死で主人を守ろうとしたのです。情《なさけ》をおかけになったのでしょう。獅子をも素手で斃す英雄が、蟻を踏み潰すのをためらったおとぎ話は、カーリアフ様もご存じでしょう？」

カーリアフは疲れたようにうなずいた。

「うむ。クルシュ王は、妙に繊細なところのある若造ではあった。ファールス人は、どれだけ酒を過ごしても乱れたところは見せないものらしいが、あるとき、いつのまにか王宮の酒宴から姿を消していたことがあった。イシュトゥメーグ王が興にのって、クルシュ王がファールス人であることを嘲るようなことが、往々にしてあったのでな。あのときもそのようなことがあったのかもしれぬ。わしも退出しようと外へ出て、噴水の近くに座り込んでいるクルシュ王を見つけた」

「飲みすぎて、ご気分を、悪くされていたのでしょうか」

自分の知らないクルシュの姿を耳にすることに、タハーミラィの心臓は高鳴った。

「いや、亀に話しかけておった。庭の池に飼われておった亀だと思うが」

「まあ、何と話しかけておられたのでしょう」

興味を抑えきれず、問いを重ねる。

「わからん。ファールス語で話しておったのでな。とにかく、気分はいかがと訊ねたところ、クルシュ王はきまり悪そうに笑って、亀の名を教えてくれた」

「亀の、名前ですか」

タハーミラィは、呆気《あっけ》に取られた。

「シャーヒーン（鷹）と呼んでいた。『たとえ亀でも、おまえは鷹だと呼び続けたら、いつか空でも飛ぶものでしょうか』と、ひどく酔った調子で笑いおった」

クルシュの口調を真似たカーリアフの話は、タハーミラィの胸に迫るものがあった。あのクルシュでさえ、隷属民の王として、地を這う亀のごとき一生を終えるかもしれない鬱屈に、悩まされていたのであろうかと。

いやそれさえも、カーリアフにファールス王の柔弱さを信じさせるための、巧妙な演技だったのかもしれない。

「それでは、私は持っているはずのない翼で空を飛ぶがごとく、具わっているとは思えない邪視を以て、カーリアフ様にお仕えするよう、心がけますわ。ファールス王ですら撃退する邪視ですもの。私のような小娘でも、きっとカーリアフ様の役に立てるはずです」

ロクシャンダのために定着してしまった『邪眼の妃』のふたつ名を、逆手《さかて》に取る策は採れないものだろうか。ようやく声に勢いが滲み、表情に明るさの射してきたタハーミラィを、カーリアフはほっとした面持ちで励ました。

「頼むぞ。とにかく、早く体を治してくれ。そなたが後ろに控えておらぬと、どうも落ち着かぬ。見落としていることがあるのではと、気になって仕方がない」

タハーミラィは、クルシュの話をカーリアフとしていても、以前ほど胸が痛まなくなっていた。ゼーズルへの初恋がいつしか癒されたように、クルシュに抱いた激しい想いと恨みも、やがて薄れていくのかもしれない。そうやって、生きていけばいいのだ。

「でも、どうして、イシュトゥメーグ王やメディア人は、そこまでファールス人を蔑むのでしょう。ご自分の孫でさえ卑しめるほどに」

それは、王后が森の庭園で、クルシュに陪食をさせたときから感じていた疑問だった。

「メディア人は、本心ではファールス人を恐れていたからだ。メディア帝国が傘下に収めていた氏族集団としては、最大、最強であったからな。ファールス人を懐柔するために、帝国内ではそれなりの特権も与えられていた。王女を降嫁させてまで手なずけたと思っていた相手が力をつけ過ぎれば、抑えつけたくなるのは人の心ではないかと思う」

カーリアフの答えは、タハーミラィに深い考察を与えた。力の均衡の不安定さと、それを恐れる人の心理は、知らずに足下に大きな落とし穴を作り出すのだと。

それまで見下していた相手が、対等にまでのし上がってくれば、排除したくなるものだ。弱い立場にあった者が上を目指し、より強くなれば、いつか天秤《てんびん》をひっくり返すこととなる。隷属を拒む者が頭を押さえつけられたくなければ、自身と家族の命を脅かされたくなければ、戦わなくてはならないのだ。

敗北は、死。

タハーミラィは体力の回復のために、乗馬だけでなく弓術の練習も始めた。子を産めぬ自分が、カーリアフの片腕としてどこへでも行動を共にするのなら、戦場に従っても足手まといにならぬよう、わが身を守る技が必要だったからだ。

三、マッサゲタイ内乱

タハーミラィは、ナーヒーダの元気な赤ん坊の見舞いに訪れた。赤ん坊の小さな手に小指をからませて、目を潤ませて可愛《かわい》いと繰り返すタハーミラィに、ナーヒーダは申し訳ないと謝罪する。

「謝ることなど、ナーヒーダは何ひとつしてないでしょう」

「タハーミラィ様が一番つらいときにお傍にいられず、お世話もできずに、自分だけ――」

しぃっ、と舌を鳴らしながら、タハーミラィは指を伸ばしてナーヒーダの口を押さえた。

「この上、ナーヒーダの赤ちゃんまでどうにかなったら、私、気が狂ってしまうわ。大切に育てましょう。マッサゲタイの子どもたちは、みんな、私とカーリアフ様の大事な子どもたちなのよ」

「タハーミラィ様、ゼーズル様の御処遇は、どうなってしまうのでしょう」

ゼーズルはタハーミラィの命によって、沼沢ゲタイの村へ遣わされていた。それを王庭からの追放と触れ回っているのはロクシャンダ一党に心を寄せるゲタイ民だ。

「安心して。百騎兵長や、左妃府長の職を解かれたわけではないわ。水のゲタイの結束を固めるために、沼沢の伯父様や水の氏族との話し合いに行ってもらっているの。水のゲタイ族は、河や海岸沿いにしか交流がないでしょう？　馬を乗りこなせるのが一部の貴族に限られた私たち水ゲタイの団結は沙漠に隔てられて、どうしても陸のゲタイに後れを取ってしまう」

だが、海原や沼沢、大河で自在に船を操る水のゲタイにも、陸に劣らぬ機動力がある。

「メルヴが上流にあるのが難点なのだけどね。こちらから下る分には陸のゲタイよりも速く移動できるのに、下流から上ってくるのは水牛よりも遅いのだから」

その水牛に船を牽《ひ》かせて川を遡るのだから、遅くなるのは当然だ。タハーミラィは嘆息を漏らす。

「それだけに、水と陸のどちらでも働ける兵士や労務民が多いのも、水のゲタイの利点です。豆や黍が豊富に育つのも、水際の強みですわ。タハーミラィ様」

ナーヒーダの励ましに、タハーミラィの心は少し軽くなった。

「シャヒーブの仕事を増やして、ごめんなさいね。ゼーズルの留守中、争いが起きないよううまく左妃府の兵士たちをまとめてくれていて、とても助かっているわ。それで赤ん坊の顔を見る暇もないようでは、本当に申し訳ないのだけど」

ナーヒーダは主人の謝意を明るく笑い飛ばした。

「どんどん使ってくださいな。ゼーズル様の猛進を止められなかったのですから、問題の責任の一端はシャヒーブにもあります。シャヒーブは、やがてはゼーズル様のもとで、水のゲタイを率いることになるのですから、いい練習です」

赤ん坊の小さな口に指を近づけると、唇を動かして吸い付いてくるのも愛しい。ファールス対メディア戦争で失われ、そして新たに生まれてきたマッサゲタイの命のためにも、ロクシャンダに負けるわけにはいかないと、タハーミラィは改めて決意した。

「他のお妃様方とは、うまくいっているのですか」

ナーヒーダに心配そうに訊ねられ、タハーミラィは曖昧に微笑み返した。

本来、妃の仕事は内廷における家政一般や、王族ゲタイの女たちの営む、染色や織物といった手工業の監督にあった。自らが機《はた》を操ったり、染料で指を染めることはなくとも、糸紡ぎに始まる一通りの作業の心得を持ち、自分の工房だけが出せる色や織りといった知識と技術の伝承を担う。

十四で妃の列に加えられたタハーミラィは、先達の妃らにその仕事を習い、ひとかどの技術や知識を身につけることが期待されていた。しかし、タハーミラィがメディア滞在中に学んだことは、新進の染色法でもなければ、メディア風の機織り技術や意匠でもなかった。

内廷を二分して妃たちが対立し合う構造を作り出すのは本意ではないが、自分が孤立してしまうのもゆるやかな自死をもたらすだけだ。左妃の穹廬の周りには、自然と水ゲタイから王族に迎えられた妃やその親族が集まる。タハーミラィは彼女たちを慣習に則《のっと》って厚遇した。特にゲタイの伝統的な模様にメディアの様式を取り入れた織物や絨緞は、その目新しい華やかさが氏族たちへの下賜品にとても喜ばれる。河ゲタイのファリダ妃が持ち帰った技術を学びたいと、名氏族の娘たちが王庭に送り込まれるほどであった。

「ファリダは気を回してかばってくれるけど、私が政治に口出しすることを許せないのはロクシャンダだけではないから、慎重に立ち回らないといけない。だけど、気がつけば大国の都合に振り回されないマッサゲタイにする方法ばかり考えてしまうの。ロクシャンダに責められても、メルヴの商工館や、長老集会に私を連れ出してくださるカーリアフ様も、私と同じお気持ちなのだと思う」

「カーリアフ様の信頼がそれだけ厚いのですから、自信をお持ちになって大丈夫です。長老たちの反応はどうなのですか」

「あの方たちの前では発言しないようにしているから、ただのお付きと思われていることでしょうね。ヒルバの生き残りで、重臣や将官に昇進した者たちは、出身にかかわらず敬意を表してくれるのが救いだわ」

ファールス対メディア戦争とメディア滅亡の前後で、現場にいた者と、本国に残っていた王庭の実力者たちの間に見えざる溝が広がりつつあるのは、少なくともタハーミラィの側に立つ者たちにとっては明らかであった。単純に新旧の勢力が対立しているという図式に当てはめていいものではないが、危機感の有無という点では、ロクシャンダについて旧態依然のマッサゲタイで権勢を保ちたい派閥にとっては、タハーミラィを擁護する一派が目障りなのであろう。


ひと月ぶりに王都に戻ったゼーズルは、頬が痩せて目つきが鋭くなっていた。

「沼沢の民は説得できた。他の水ゲタイも、先の行幸で、カーリアフ王が労務民の武装を推奨していたこともあって、王都の状況に関心を寄せる者は少なくない」

漁労や沼沢付近での農耕を生業とするかれらは、騎馬と弓を巧みとする陸のゲタイに比べると好戦的とは言い難く、武器を持たされても戸惑うばかりではと思われた。

「だからといって、荒波や大河の流れを相手に船を操って生きてきた俺たちが、山岳ゲタイに劣るわけではない。聞くところによると、ファールスの歩兵はほぼ農民で、平時はばかでかい杵《ミール》という農具を振り回して鍛錬しているという。漁労民ならば、櫂や錨《いかり》が鍛錬の道具になる。粘り強い歩兵を育てるとすれば、水のゲタイは最適だ。水練に長けた者は、陸を走るときも息を切らすことがない」

タハーミラィは、ゼーズルが落ち着きを増し、ゲタイの指導者としての視野を広げたことが嬉しかった。安心と信頼の笑みを従兄に向ける。

「頼もしいわ、ゼーズル。伯父様もきっと、あなたが水のゲタイを率いることを、期待しておいでてしょうね」

春の空のように淡く温かな従妹の眼差しに、ゼーズルは急に硬い表情になり、視線を横に逸らした。

その後のゼーズルの精勤ぶりは、カーリアフを感心させ、長老集会への参加も認められるようになった。

長老衆は主立った氏族の首長やその代理と、高位の神官、騎兵隊で特に尊敬される幹部からなり、かれらの合意をもとに国政が行われる。国王の任免も、この長老衆の合意がなくては、王の嫡子といえども無条件に父王の跡を継げるわけではなかった。氏族政治と呼ばれるこの政治形態は、北方の遊牧民族から南方の半農半遊牧のファールスに至るまで、国王の主権を制限するものだった。そして、この形態はファールス帝国第三代の王ダリューシュが、王権神授の宣言と中央集権の徹底に成功するまでは、中央アジアから中東における普遍的な国のあり方であった。

女性の長老も数は少ないが認められていた。とはいえ、氏族長の夫が後継者を定めず先立ったときの暫時代表として、あるいは氏族長の座を幼くして継いだ息子の後見としてであった。王の子も生しておらず、夫も健在なタハーミラィが集会において発言を控えていたのは、無用な反発を避けるための賢明な判断であった。

「ゼーズル、わかっていると思うけど、長老集会では発言を求められても、自分の意見は言わないこと。あの場は、相手の考えを引き出し、誰が味方で誰が敵か、誰と取り引きができて、誰と相容《あいい》れないか、それを見分ける場所なのだから」

幼いときは、ひたすらに自分の踵についてきた従妹に釘を刺されて、ゼーズルは口元を歪めた。

「信用されていないのだな」

「ゼーズルお兄様のふたつ名が猪《いのしし》武者《むしゃ》であることは、もはや取り消せないのですからね。

ロクシャンダの一党は必ず挑発を仕掛けてきます。お兄様には、何を言われても黙って耐えていただかなくては。私たちが、かれらをねじ伏せるだけの充分な力をつける、その日まで」

従妹の凄みを帯びた微笑に、ゼーズルはぎこちなくうなずき返す。

ただ黙ってカーリアフの背後に控えているだけでも、タハーミラィは学ぶことが山ほどあった。長老衆のひとりひとりの名と顔、その性格とマッサゲタイにおける実力、かれらの志向とその一族が欲するところ。自身の考えや意見を言う必要は、タハーミラィにはない。タハーミラィがマッサゲタイに望むことは、闇の奥でバルバートの音色と睦言《むつごと》とともに、カーリアフの耳に注ぎ込めばいいのだから。

だが間もなく、胎児を失った悲嘆を、水面下における水のゲタイの勢力を伸ばしてゆこうという、雌伏の努力に置き換えて忍んできたタハーミラィのこめかみを、一撃するような事件が起きた。

「左妃様！　大変です！　ゼーズル様が右妃様の弟と争い、剣を抜いての決闘沙汰になっています」

タハーミラィは驚き、急いで現場に駆けつけたが、すでに遅かった。

血にまみれた若者の、命の消えた体にロクシャンダがしがみつき、泣き叫んでいた。山岳ゲタイの兵士が、死体をくるむための黄と青の絨緞を抱えて、所在なく傍に立ち尽くしている。

ロクシャンダは顔を上げ、怒りの形相で、血濡れた剣を握りしめるゼーズルに非難の叫びを上げた。

「この者を捕らえよ！　アフリードを、王妃の弟を殺したこの男を殺せ！」

ロクシャンダの兵士やゼーズルが反応する前に、タハーミラィは急ぎ足でふたりの間に進み、ゼーズルを背後にかばって足を踏みしめた。

「ゼーズルは理由もなく剣を抜いたりはしません。まずは事の経緯を明らかにして、王の裁定を得てからでなければ、ゼーズルを断罪などできません」

ロクシャンダの憎しみに満ちた凝視に、タハーミラィは肝が冷えたが、いまは一歩も引けなかった。ゼーズルを守ることは、タハーミラィを支持する水のゲタイを守ることでもあったからだ。

一歩も引かぬという強い意志を込めて見つめ返せば、自ら広めた左妃の邪視を、正面から受け止めてしまったロクシャンダの瞳に狼狽が走る。先に目を逸らしたロクシャンダは、弟の胸に顔を埋めて哀れな声で泣き叫ぶ。

カーリアフ王がこの場に来るまでが、永遠の長さに感じられた。タハーミラィはカーリアフの揺るぎない体軀と、穹廬の外にあるときは容易に表情を読ませない威厳に、膝から力の抜けそうな安堵に包まれる。が、ここで夫に駆け寄ってはいけない。

あたりの光景を見回して、カーリアフが重たい息を吐いた。

「ゼーズル、剣を収めよ」

王の親衛隊長が歩み出て、ゼーズルに手を伸ばした。ゼーズルは従順に血濡れた剣を差し出す。

「この場から逃げ出した者はおらぬな。いれば連れて参れ。これよりひとりひとりの証言を吟味する。裁定の場を設けよ」

王庭の空いた土地に、見る間に屋根だけの六柱の天幕が建てられた。王庭の誰もが傍聴できるように、四方に壁はない。王の椅子の両側に、左右の妃の椅子が置かれ、この私闘にかかわり、目撃したすべての者たちが証言を求められた。

公平を期するために、山岳ゲタイと沼沢ゲタイの長老衆は証言の判定からは遠ざけられた。

食い違う証言を行った者は、ふたたび呼び出され、どちらかが嘘をついてないかとの追及を受けた。

事の成り行きは、タハーミラィが推測した通り、ロクシャンダの一党による挑発に、ついにゼーズルが怒りを爆発させたためであった。タハーミラィの忠告に従って、何を言われても耐えてきたゼーズルに剣を抜かせたのが、左妃との仲を揶揄されたためであったことが、意外といえば意外であった。

『おまえも淫売の邪視に惑わされ誑《たぶら》かされて、骨抜きにされたのだろう』

これが、ゼーズルを激昂させたアフリードの雑言《ぞうごん》であったと神官は判断し、王に告げた。

カーリアフは眉間に拳を当てて、判定の成り行きに耳を傾けていたが、ここで大きく息を吐いた。

ゼーズルのみでなく、左妃とその夫である国王をも侮辱したと取れるこの言葉だけで、ロクシャンダの弟を告発することができたのに、なぜ剣を抜いてしまったのか。

そう問われたゼーズルは、頬に散った返り血もそのままに、平然と答えた。

「私闘を以てでも即座に否定しなければ、左妃の名誉に瑕がつくと思いました」

むしろ痛いところを突かれたがために、逆上したと言い出す者がいるとは考えなかったのか。だがむしろ、若い妃を排除しようと、しつこく画策してきたロクシャンダ派に対して、ゼーズルの報復に快哉《かいさい》を叫んだゲタイは多かった。王の不在中は、諍いや私闘があっても、このように裁定の場が持たれることすらなく、山岳ゲタイが自らの剣を法とするような治政が続いていたからであった。

カーリアフはおもむろに立ち上がり、一同に裁定を下した。

「アフリードは王と左妃に対する非礼に、命を以て償ったことでその罪を不問とする。ゼーズルの、王族の親族を殺害した罪は、王と左妃の名誉を守った功績によって相殺《そうさい》される。以上である」

「王よ！　私の弟を殺した男を、この王庭にのさばらせておくのですかっ」

王の椅子を後に、裁定の場を立ち去ろうとするカーリアフに、ロクシャンダがすがりついた。

「アフリードは、自らの舌によって禍《わざわい》を招いたのだ。他者を貶《おとし》める者は、自身をも貶める。高貴な身分であろうと、愚かな過ちを犯せば裁かれる。ゲタイの民に示す、よき規範となるであろう」

ロクシャンダは拳を握りしめ、足を踏みならしてタハーミラィへと振り返り、続いてゼーズルを睨みつけた。そしてふたたびタハーミラィへと憎しみに満ちた目を向けた。

「この、悪魔に憑《つ》かれた女がっ。呪われるがいい！」

それまで気配すら感じさせなかった護衛の士官が、即座にタハーミラィの前に飛び出した。短剣《アケナケス》を鞘ごと持ち上げ、半分ほど抜いた刀身を煌めかせてロクシャンダの呪詛《じゅそ》を撥ね返す。常にタハーミラィの身辺に控えて、左妃の安全を守るシャヒーブの敏捷《びんしょう》な動きに、法廷は息を呑む。

神官のひとりが進み出て、ロクシャンダの肘に指をかけた。

「お言葉にご留意ください。妃といえども、王国を侮辱し、王族を呪詛することは許されません」

神官は無言の会釈をタハーミラィに向けると、ロクシャンダの退出を助ける。

ロクシャンダの呪詛を免れたタハーミラィは、改めて裁定の場を見回す。誰もがほっとした、明るい表情になって囁き交わしていた。タハーミラィは、思っていた以上に、自分に味方するゲタイの数が多かったことに、驚きと感動を覚える。

とはいえ、これまで陸と水のゲタイの間に張り詰めていた緊張と敵意が、この一件で限界に達し、ついに王国を押し流しかねない濁流を呼び込むことになった。


アフリードの葬儀を慌ただしく済ませたロクシャンダは、弟の復讐を誓い、カーリアフの次男シャーリヤー王子と、ふたりの王女を連れて王庭を出た。ロクシャンダ派のゲタイ族とメルヴの城内に立てこもり、ゼーズルの処分とタハーミラィの廃位をカーリアフに要求した。

メルヴには、ロクシャンダの一族のみならず、山岳ゲタイや、その親戚関係にあるゲタイ族が集まり、防衛を固める。山岳ゲタイのいなくなった王庭では、説得をあきらめて攻城の準備を叫ぶ声が圧倒的であった。

マッサゲタイは、内乱を避けられないところまできていた。

「とうとう、来るべき時が来た、という感はあるが、なるべく先であって欲しかったな」

カーリアフはロクシャンダの籠城に嘆息した。閨でタハーミラィとふたりだけになると、表では決して見せない本音を漏らす。

「若い連中の短気と決闘など珍しいことではないが、年とともに落ち着いてくるものだ。そなたが毒殺されかけたことを、ゼーズルが赦せないのはわかるが、もう少し冷静になれなかったものか」

いまさらな繰り言を聞かされるのも、タハーミラィに心を許しているからなのだろう。

「ゼーズルは、こらえていましたよ。アフリード様が、挑発のため、自ら舌禍《ぜっか》を招くほどの雑言を口にするほどまでに」

カーリアフは枕元の角杯を取り上げ、乳茶をひと口すすって、咳払いした。このごろは、水分を取るときに咳き込むことが増えた。

「アフリードを殺すまでのことはなかったろう。生かしておけば、尋問して一連の雑言や風評がロクシャンダ一党の挑発であったことも告発できたろうに、一撃で命を絶ってしまうとは、そなたを侮辱された怒りを抑えきれなかった証拠だ。ゼーズルの直情は、一生治るものではなさそうだが、あの年で未だに正妻を持たぬのも、激昂しやすい原因ではないのか」

嘆息するカーリアフに、タハーミラィは返答のしようがない。ゼーズルの地位と男ぶりであれば、王族ゲタイはもちろん、どの氏族からでも引く手あまたである。タハーミラィはゼーズルの私生活など知ろうともしなかったが、結婚に関しては伯父の考えや、氏族間における微妙な駆け引きがあるのだろうと、口出しも控えていた。

「無事に娘を取り戻したら、ゼーズルと娶わせよう。陸のゲタイの血を引く王女と、沼沢ゲタイ氏族長の長子で、わが王国の重臣だ、双方にとって不足はあるまい」

そうなれば伯父は大満足だろう。タハーミラィは硬い微笑を浮かべ「それはよいお考えです」と静かに応えた。王族の配偶者となることで、ゼーズルも王族ゲタイの一員となる。王庭における発言力はいっそう増すだろう。

「カーリアフ様は、ロクシャンダ様がお戻りになったら、これまで通り一の妃として遇されるのですか」

タハーミラィは、出過ぎた質問だとは思ったが、訊かずにはいられなかった。カーリアフは褐色の瞳をタハーミラィに当てて、無表情に問い返す。

「そなたは、どうしたい？」

言葉が喉につかえそうになって、タハーミラィは小さく咳をした。

「長い間、カーリアフ様との夫婦のご縁があって、お子も大勢お産みになったお方です。かけられる思いもひとかたならぬものがあるのではと思えば、私から申し上げることはございません」

すぐには応えなかったカーリアフは、角杯の乳茶を飲み干して言った。

「王庭を飛び出して王に刃向かう者は、もはや王族ゲタイとはいえぬ。山岳ゲタイのただの女に戻ることを選んだのは、ロクシャンダだ」

タハーミラィの背筋に、冷たいしびれが走った。カーリアフの内に、夫婦や男女の情というものは存在しないのだろうか。ロクシャンダは、夫の情に働きかけて失地を取り戻そうとして、致命的な過ちを犯してしまった。この二十年をかけて愛し仕えてきたのは、ひとりの男ではなく、王国そのものであったことを、ロクシャンダは見誤ってしまったのだ。

カーリアフは、和解を促す最後の使者をメルヴに送ったが、ゼーズルが処刑され、タハーミラィが妃の額冠を泥の沼に投げ捨てない限り、王庭には戻らない、王子も帰らないと主張して、ロクシャンダは使者を追い返した。

「私の弟が殺されたのです、左妃の従兄の命で償《つぐな》わせてください」

メルヴの胸壁から身を乗り出して叫ぶロクシャンダに、タハーミラィは、怒りで首から耳まで熱くなった。思わず叫び返す。

「では生まれる前に殺された私の息子の命は、誰の命で償ってくれるというのか」

「わたしのハルハミードと赤ん坊の命を、そなたの邪視で損なった報いだ」

ロクシャンダは勝ち誇った笑い声を上げた。タハーミラィの胸に、怒り以上の感情——憎《ぞう》悪《お》が湧き起こった。

「語るに落ちるとはこのことです」

怒りを込めながら、傍らのカーリアフに静かに告げる。

「うむ。まったく、ロクシャンダはどうした悪霊《ダエーワ》に取り憑かれたものか。かつては、あのような女ではなかったものを」

「家族を殺された憎しみは、人を変えてしまいます。私もいま、ロクシャンダ様を惑わす同じ悪霊の囁きに、耳を貸してしまいそうな自分を、恐ろしく感じております」

顔の筋肉が凍りついてしまったような、無表情なタハーミラィの青い瞳だけが、冷たい焰となって燃える。それを見たカーリアフは、恐ろしげに肩をすくめた。

「それで、惑乱の神《アカ・マナフ》を祓《はら》うために、そなたはどのように応じる？」

「憎しみを、これ以上広げないで済む方法を考えております」

タハーミラィは、メルヴの向こうに聳えるアルボルズ山脈を見上げた。

エクバターナを陥《お》としたファールス王クルシュは、ついに手の内に捕らえたイシュトゥメーグ王に傷ひとつつけることなく、辺境に領国を与え引退させた。

降伏したメディア貴族は許され、服属を誓った名門氏族はそのままの領土を安堵された。クルシュは、三世代にわたってファールス人がメディア人から受けていた差別を過去に置き去ることで、最低限の労力でメディア帝国の土台と構造を丸ごと引き継いだのである。四帝国のうち、最大の領土を誇ったメディア帝国の版図を治めるには、それぞれの領国を支配するメディア有力氏族の懐柔と、中央のメディア人官僚の行政能力が必須であった。

「まず、カーリアフ様のお子たちを無傷で取り戻さなくてはなりません。ロクシャンダ様には、左妃に毒を盛り、王の子を殺害し、内乱を誘発した罪を、生きて償わせます。ロクシャンダ様に加担したゲタイには、相応の罰は必要ですが、水と陸のゲタイの融和を図るために、寛大な処置が必要かと思います」

カーリアフは重々しくうなずいた。

「そなたがやみくもに復讐を求める女でないことを、太陽神《スーリヤ》に感謝する。そなたの望み通りにこの内乱が治まった暁には、太陽神と河の女神に、供犠を捧げよう」

「ありがとうございます」

タハーミラィは、夫に満面の笑みを向けて礼を言った。

しかし、王の不在中にメルヴとマッサゲタイを治めていたロクシャンダとその一族は、予想以上に陸のゲタイの地盤を固めていた。

その一方で、何かと風下に置かれがちであった水のゲタイの反発も激しい。城市の内外で散発的な戦闘が繰り返され、メルヴ攻防は一ヶ月を過ぎても膠着状態であった。

山岳ゲタイは金や銅の鉱山を有し、マッサゲタイにおける冶金《やきん》産業の担い手でもあった。国の金属資源を掌握する氏族の富が、この籠城と抵抗を支えていた。

堅牢な構造物を建築することをせず、思いのままに平原を移動し支配してきたマッサゲタイ族に、攻城戦の技術や知識はほとんどない。やみくもに城壁にとりつき登ろうとしては、城壁から投げ落とされる岩石に潰され、弓矢の標的となり、命を失う兵士が相次いだ。

タハーミラィは長引く攻城戦に焦りを覚えた。

「そろそろ城内の備蓄も絶えてきたころと思いますが、こちらもメルヴの交易ができないために、他の交易路に逃れた商人たちを失った損失は馬鹿になりません」

つけ込む隙を求めたタハーミラィは、自ら少数の護衛を率いて城壁に近づいた。城門のひとつが開いてロクシャンダ側の騎兵隊が襲いかかる。即座に馬首を返し、逃げるタハーミラィの頭を矢が掠《かす》った。首を傷めないよう、できるだけ薄く軽く造らせたタハーミラィの冑は、この一撃でひび割れてしまった。

ゼーズル率いる騎兵が駆けつけ、ロクシャンダの騎馬隊は矢の雨を浴びて退散した。味方の騎馬群に守られてひと息つくタハーミラィに、ゼーズルは叱責を浴びせる。

「どうしてそなたは、女の身でそうも軽々しく動き回るのだ。おとなしく後方で朗報を待っておれないのか」

「子を産めぬ妃など、もはや女と思っておりません。我が君とともに、艱難《かんなん》を潜り抜けてきた一将士として、いかにしてマッサゲタイの役に立てるか、それだけを考えております」

それを聞いたゼーズルは、ぐっと下唇を噛んだ。手を伸ばして割れた小さな冑を取り、タハーミラィの頭に触れる。

「怪我は、なかったようだな。頼むから無理をするな。そなたは、子を産めようと産めまいと女であることに変わりはない」

「お兄様――」

ゼーズルの優しい言葉が、タハーミラィの胸を詰まらせる。

「そのお言葉、五年前に聞きたかったですわ」

絶句するゼーズルに、タハーミラィは強いて笑い声を上げ、手綱を打って馬を走らせた。

死産の床より復帰して以来、ゼーズルは王庭にいる間は、公務と称してほぼ毎日タハーミラィの顔を見に訪れた。内乱となってからは、タハーミラィを常に視界に置き、何かあればすぐに駆けつける。タハーミラィは、絶えず自分を追うゼーズルの視線が苦しかった。

王庭に戻ったタハーミラィを、カーリアフが呆れ顔で迎えた。

「またゼーズルが憤激しておったぞ。ロクシャンダの兵と一戦を交えたそうだな」

「もっとも水量の多い水門を見極めてきました。西の水門であれば、水のゲタイなら問題なく水門の下を潜り抜けることができます。別の水門近くで攻撃をかけ、そちらにロクシャンダの兵の注意を引くことができれば、兵士を城内に潜入させることができるでしょう」

都市を持たず築くこともしないマッサゲタイ族には、メルヴの城市は、失い難い財産である。城壁や建物を破壊せずに攻城を続けている理由はそこにあった。

「では、今夜にでも決行する」

都市に命の水を供給する水門から、カーリアフの水軍が忍び込んだ。包囲軍の兵が潜入したことに気づいたロクシャンダの私兵との戦闘が始まり、城内は剣戟《けんげき》の音と怒号で満たされる。

ロクシャンダの兵から逃れて、城門にたどり着いた王族側の兵士が内側から門扉を開いた。

雪崩れ込んできた攻め手の数に、ロクシャンダは東の城門から次男のシャーリヤー王子を連れて、一族とともに山岳の本拠地へ落ち延びた。預けられていた神殿で眠っていた王女らは、父親のカーリアフの手に取り戻された。

メルヴの回復はタハーミラィに託し、カーリアフはロクシャンダと息子を追って山岳地へと兵を進めた。

反乱軍と化したロクシャンダ派の山岳ゲタイ征討は容易でなく、本腰を入れて討伐軍を再編制するために、カーリアフは一時王庭に帰還した。死角の多い山岳地帯で、どこから攻撃をかけてくるかわからぬ氏族の本拠地を攻める難しさを、カーリアフはタハーミラィに語った。

「パサルガードの山岳戦を体験した、メルヴの亡命貴族に知恵を借りましょう。次の山岳ゲタイ討伐には、私もお供してよろしいですか」

「そなたは、つくづく戦の好きな女だな」

カーリアフは苦笑する。無骨な掌でタハーミラィの頰を撫で、妃の顔をのぞき込んだ。

「ファールス王を退かせた、その邪視を存分に発揮してくれるか」

冗談ともつかぬ言い草に、タハーミラィは強いて微笑み返す。自分はいつまでカーリアフの心をつなぎ止めておけるのだろうという不安を呑み込み、夫の首を抱き寄せて囁いた。

「我が王のお望みとあれば、マッサゲタイ軍の陣頭に立って睨みを利かせてみせます」

灌木さえも育たぬ白く乾いた山岳地帯には、風に無限の襞《ひだ》を刻まれた岩壁が何ファルサング も続く。沼沢育ちのタハーミラィには、この乾ききった地に住む民が、どのようにして生き延びているのか、想像もつかなかった。標高の高いところで水場を制し、まばらな植生を理解して家畜を育てる山岳の民がおそろしく忍耐強く、そして好戦的な理由が少しわかる気がした。

このころには、タハーミラィは一日中武具に身を固めて動き回っても、疲れを知らぬようになっていた。新調した黄銅の冑と鎖帷子《くさりかたびら》、胸の膨らみに合わせて打ち出した胸甲は、磨き上げられた黄金の輝きを放った。これに青く染めた戦袍《せんぽう》の広い裾を馬上で風に翻すタハーミラィは、東方の山岳人らの信じる、知恵と戦の女神《パールヴァーティ》の具現のように将兵の目に映った。

どこから矢を射かけられるかわからない狭隘な山岳地帯では、王族ゲタイに与《くみ》する山岳の民に案内させ、斥候を放つ。地形を読み取ったメディアの元軍人は、かつてパサルガード攻略でどのような待ち伏せや攻撃を受けたかを克明に教えてくれる。

「崖の上が張り出した谷では、必ずといっていいほど岩を投げ落としてきます」

牛の群れに馬具を着けて谷に放てば、金属音を谷間に響かせる獣の群れをめがけて矢と石の雨が降り注ぐ。そうして知った伏兵のいた場所に兵を差し向けても、地の利のある山岳ゲタイは、すでに跡形もなく撤退したあとであった。

「パサルガードと違って、こちらの山岳地帯は森がないので、丸太を落としてこないのは気が楽です。あれは岩より恐ろしい。数人の兵士をまとめて谷底へ落としてしまいます」

まだ若いにもかかわらず、額にも頬にも縦に皺を刻んだメディアの軍人貴族は、興奮に顔を赤くして谷を見通した。

「出口が見えない谷には、必ず伏兵がいます。崖の上だけではなく、谷の底にも伏兵を置いて、挟み撃ちを仕掛けてくることもありました」

「谷底の伏兵には、犬を放てば、見つけやすいのではありませんか」

犬を飼ったことのないタハーミラィの進言を、誰も不思議に思うことなく採用し、猟犬の調教に馴れた草原のゲタイは、山や谷に潜む人間の気配を犬に探らせる。この策は功を奏し、多数の伏兵を追い散らし、あるいは捕らえることができた。だが、捕虜から地形の秘密を聞き出そうとしても、山の民特有の強情さゆえか、口を割る者はいない。

ゲタイ同士の戦闘を避けたいカーリアフの意を汲んで、必ず両側の山に斥候を放ち、伏兵の有無を確認してから、谷の奥に兵を進めるため、なかなか進攻は捗《はかど》らない。

「これではロクシャンダの一党に時間を与えるばかりだ」

カーリアフは苛立ちに山を睨みつける。

「やみくもにかれらの領域に入り込んでも、仕掛けられた罠にはまれば、用心にかけた時間が無駄になってしまいます」

罠を避け、伏兵を焙り出すのは時間のかかる戦術ではあったが、地の利で劣る以上、ロクシャンダの勢力を根気よく削り落としてゆくしか方法はない。

タハーミラィはゼーズルを呼んで、密かに与えていた任務の報告をカーリアフの前でさせた。

「他の山岳ゲタイらの説得は、うまくいっているの?」

ロクシャンダの一党とは系統や本拠地を異《こと》にする山岳ゲタイとの交渉を、ゼーズルに任せてあった。

「ロクシャンダの一族が、王庭で幅を利かせていたことを、快く思っていない山岳ゲタイに、この内乱から手を引かせることは難しくありませんでした。しかし、積極的に王族の味方をさせるには、ロクシャンダ一族の持っていた鉱山や鍛冶場を、まるごと与える必要があるようです」

カーリアフは傍らに置いていた鉄槌を、腹立たしげに地面に叩きつけた。

「欲の深い奴らだ。鉱山の富を独占させておいたがために、ロクシャンダ一党に要らぬ力を蓄えさせることになったというのに、同じ過ちを繰り返せというか」

王に睨みつけられたゼーズルは、畏《かしこ》まって膝を折った。

「なんの確約も与えてはおりません。我が王」

横からタハーミラィが声をかける。

「山岳の民の助けが得られて、ロクシャンダ様一党をこの手に捕らえることができれば、この山ひとつ安いものです」

タハーミラィは、考え込むカーリアフの耳元に口を寄せて、さらに囁いた。

「発掘と鍛冶を担うのは、山岳民の誇り。その伝統を変えることは、いっそう山岳民の離反を招きます。ただ、山岳地帯にここまで王族ゲタイが入り込んだことは、これまでなかったと聞きます。この機会に、山岳ゲタイが秘密にしてきた鉱脈や、錬金の技術をしっかり見届けておけば、やがて時が熟し、鉱山と冶金を王族ゲタイの直轄とする布石となることでしょう」

カーリアフは横目にちらりと妃を見て、ふむとうなずいた。

「ふつうならば、勝利に逸る若い者を、時をかけて機を待つように説くのが年寄りの役割であるが、ここでは逆のようだな。我が妃はどこでそのような深謀と忍耐を学んだのであろう」

「ロクシャンダ様は、焦って取り返しのつかない過ちを犯しました。同じ轍《てつ》を踏まないようにありたいものです」

タハーミラィは落ち着いて応えた。

手柄と収穫を求める、血気盛んな若いゲタイ兵士らを抑えておくのは難しい。ゼーズルのような高位にあっても、興奮したり激昂したりしやすく、すぐに剣や鎗の柄に手をかける。

しかし、タハーミラィはできることなら、山岳の民といえど、同じマッサゲタイ族の一兵も損ないたくはなかった。

「もとはロクシャンダ様の私に対する、見当違いな怨恨《えんこん》が内乱の発端です。ロクシャンダ様とその一族さえ捕らえればよいこと。ゲタイが分裂していると、三方の境界からマッサゲタイの領土を窺う異民族に、つけ込む隙を与えます」

慎重に兵を進めることで、士気が持続しないことを憂慮する騎兵長らを、カーリアフの左に立つタハーミラィは静かに説得した。

怨恨というより、嫉妬なのだろうと、時間が経ったいまではタハーミラィには理解できていた。

嫉妬と焦り。王の子を五人も産んで安泰と思われていた地位が、長男と末子を一年の間に亡くし、その隙間を埋めるように、夫カーリアフが内廷の慣例を越えて、自分の娘と同じ年ごろの若い妃を、表の政《まつりごと》に重用し出したのだ。タハーミラィに生まれてくる子どもが男子であったら、ロクシャンダがこれまで築き上げてきた、一の妃としての地位は足下から崩れていく。

密かに謀った堕胎には成功したものの、母子ともに葬るつもりであったタハーミラィの回復ぶりを見ているうちに、ふたたび妊娠することがあればと、不安になったのだろう。

草原の穹廬や水上の船、湿地帯の葦家で、何があろうと自力で産み落とさなければならない出産では、健康な母子でさえ命を落とすことは往々にしてある。まして、母体までが生死の境をさまようような流産や死産を体験した女は、ふたたび子を生すことは難しくなると言われていた。とはいえ、まれにふたりめ、三人めの健康な赤ん坊に恵まれる幸運な例がないわけではない。

ロクシャンダは、最後に残った息子が王になり損ねる、万に一つの可能性も許してはおけなかったのだ。そして、タハーミラィを追い詰めようとして、打つ手を誤った。

タハーミラィは自分の天幕へ引き取り、ゼーズルを呼び出した。

「斥候はまだ帰ってこないの？　メルヴの城攻めのように、ロクシャンダの本拠地へ忍び込める抜け道さえ探り出せれば――」

「水のゲタイは山登りは得意じゃない。山岳の民は、どんな急な斜面でも山羊のように器用に動き回り、険しい岩場にも張り付いて、矢を射かけてくる」

憮然《ぶぜん》として応じるゼーズルの言葉に、タハーミラィはっとして顔を上げた。青い瞳に閃きを湛えて顔を近づけるタハーミラィに、ゼーズルは面食らって一歩下がる。

「どうして気がつかなかったのかしら。奇襲をかけるのは、私たちではない！　ロクシャンダたちだわ。ゼーズル、カーリアフ様の警護を厳重にして！」

「待て。ロクシャンダ一党がカーリアフ様を襲うというのか。いくらロクシャンダの命令でも、ゲタイ兵士が従うはずがない」

「かれらはすでに、交渉を捨てて王に弓を引いた者たちだわ。赦されるとは思ってないはず。ロクシャンダの一党が生き延びるためには、カーリアフ様を引きずり下ろして、次男のシャーリヤー様を王につけるしかないの！　そのためには、現王を捕らえて王位の委譲を迫るか、いっそ……」

タハーミラィは言葉を濁した。さすがに王の殺害を企てているとは断言できない。

「王の首はとれずとも、本陣を壊滅させれば勝敗は決するのだから。パサルガードでもそうだった。そして、ファールスもロクシャンダも山岳の民。地形を知り尽くして罠に誘い込み、逃げ場をふさいで奇襲をかけるのは、山岳民の得意とするところだわ」

ゼーズルは顔色を変えた。天幕の周囲に、焦慮《しょうりょ》の視線を走らせる。王族ゲタイの陣営を囲む、あらゆる岩陰や灌木、谷の奥に、音もなく忍び寄ったロクシャンダの兵が、いまにも満月のように弓を引き絞り、襲撃の合図を待ち構えている姿が、薄れゆく西日の中に浮かび上がってきたかのように。

備蓄も豊かと思われない敵の本拠に深く切り込んで、いままさに反乱軍の息の根を止めんと意気盛んな王族ゲタイは、数の上では圧倒的に勝《まさ》っている。起死回生をかけて、どんな策を仕掛けてくるかわからない相手に対して驕り高ぶり身を滅ぼした、メディア対ファールス戦におけるイシュトゥメーグ王の轍《てつ》を踏むところではなかったか。

即座に踵を返したゼーズルは、長引く山攻めに気がゆるみ、夕食の支度に兵装をほどく兵士らを叱咤する。騎兵長や歩兵長を集め、歩哨《ほしょう》と哨戒を増やすように命じた。休息に入る兵士たちにも、臨戦態勢のまま食事を取り、奇襲に備えて武器を抱えたまま眠りにつくように指示を出す。

タハーミラィは従兄の性急さにため息をついた。

「まだ話の途中だったのに。ゼーズルがひとの話を最後まで聞かないのは、治らないのかしら」

ひとりつぶやくと、タハーミラィは帽子を直し、冷え込んできた外気に、外套の襟を正して王の天幕へと急いだ。

翌朝、カーリアフの率いる本隊は、さらに山岳の奥へと軍を進めた。タハーミラィは開けた場所でシャヒーブを長とする百人の左妃護衛部隊を止め、カーリアフ軍を見送った。陣を張らせ、太陽を讃える祭壇を建てさせる。神官たちとともに、太陽神《スーリヤ》と勝利の軍神に供犠を捧げつつ、太陽が中天に昇るのを見守った。風はなく、聖火壇の煙はほぼまっすぐに晴天へと昇ってゆく。

ひとの心もこれくらい晴れ渡り、まっすぐであればいいのにと、タハーミラィは思わずにはいられない。だが、自分自身の心がもっとも晴れぬまま、垂れ込める雲と吹き止まぬ風の中で、為す術もなく立ち尽くしているような気がする。神託を降ろすために神に捧げられた山羊の腹が割かれた。吐き気をもよおす血と内臓の臭気があたりにたちこめる。神聖な 梣《とねりこ》の枝で、生贄の内臓を検分していた神官が、呪文とともに神に感謝を捧げる。

神官は山羊の血を混えた杯をタハーミラィに捧げて告げた。

「吉兆でございます」

獣の臓腑《ぞうふ》の形や模様の何を見て、神官らが神託を読むのか、タハーミラィにはまったく理解が及ばない。だが、この作戦を神が吉と嘉《よみ》したのなら、なんの異論も挟むつもりはなかった。

不意に生臭い空気が動き、鋭く風を切る音がした。タハーミラィが受け取ろうとした山羊の血の杯が、キンと金属音を立てて撥ね飛ばされた。それより一瞬早く、すぐ傍に控えていたシャヒーブが動き、タハーミラィの肩を引いて矢を避けた。飛び散る山羊の血を避けて、左妃の肩を抱え祭壇の陰に押し込み、配下の兵士に号令して大盾を並べさせる。

マッサゲタイ軍では、それまで見られたことのない大盾の防壁に、耳を聾し腹に響く音を立てて矢が降り注いだ。はじめの一波が絶えるとすぐ、タハーミラィの護衛弓兵が応戦の矢を飛ばし、同時に前方と後方へ向けて、戦闘の開始を告げる嚆矢《こうし》を次々に放った。ヒュルルとのどかながら耳に刺さる嚆矢の響きが何度も谷間に反響し、わずかな間ではあったが、次の矢を放とうとした山岳の民をまごつかせた。

相手が第二波を射かけてくる前にと、シャヒーブは可能な限りの速さで弓兵に矢を射させた。タハーミラィは、護身用の短剣《アケナケス》の柄頭にはめ込まれた柘榴石《ガーネット》を、無意識に親指で撫で続ける。

早くも矢が尽きたのか、予想よりも早く岩や倒木を跳び越えて、革鎧を身につけた山岳ゲタイの戦士が戦斧を振り上げて襲いかかってきた。

大盾の隙間からのぞき見れば、山岳ゲタイ族の武器や防具は不揃《ふぞろ》いで、突撃も足並みをそろえることなく、ひとりひとりが勇猛さを誇示するかのように突出してくる。ファールス軍とメディア軍の洗練された集団戦法を目にしたことのあるタハーミラィには、軍隊というよりは、狂奔する牛や羚羊の群れを見ているようであった。とはいえ、どちらにしても正面から衝突しては命取りだ。

「タハーミラィ様、もっと奥へ！」

シャヒーブが警告の叫びを上げて、タハーミラィの周囲を厚く守らせる。その瞬間にも、大盾を越えて飛来した矢が、タハーミラィの黄金色の冑に迫る。タハーミラィは頭を下げ、同時に持ち上げた小さな丸盾を横に払って矢を弾き飛ばす。丸盾に矢が当たった瞬間に衝撃が走り、腕から肩まで痺《しび》れたが、タハーミラィは歯を食いしばってこらえた。まともに受けた矢が盾に刺さっては、体重の軽いタハーミラィは勢いでうしろに飛ばされたり、倒れたりしかねない。そのため、特別に作らせた盾で、石を投げさせてたたき落としたり、受け流したりする練習を積み重ねた成果が出たようだ。しかし、最初の矢の衝撃で、二度と盾を持ち上げられないほど腕が痺れてしまった。もしも間髪容《かんはつい》れず次の矢を受けていれば、万事休すだったろう。

そばにいた兵士が、慌ててタハーミラィを庇おうとしたが、完全に出遅れている。タハーミラィは頭ひとつ高いところにある、忠実な若い兵士の顔を見上げて微笑んだ。

「私は大丈夫。持ち場を守って」

そして声を張り上げて、兵士たちを励ました。

「敵の数は思ったよりも少ない。持ちこたえられる。ゼーズルが追いつくか、カーリアフ様が引き返してくるまで、ここで引きつけておくのが私たちの役目。王族ゲタイが王族たる、盾の鉄壁を見せておやりなさい」

小柄で華奢《きやしや》ともいえる体軀のどこから、そんな声が出るのかというくらい、タハーミラィの声はよく通る。戦場ではむしろ異質な、落ち着いた澄んだ女性の声は、怒声や悲鳴、剣戟やぶつかり合う盾の立てる騒音の隙間を縫うようにして、誰の耳にも届いた。

盾の壁を崩そうと暴れる山岳ゲタイの戦士たちの耳にも。

タハーミラィの言葉の意味を聞き取った者は、王族ゲタイ軍に挟み撃ちにされることを怖れた。背後を突かれるのではと、注意が逸れた隙に大盾の隙間から突き出された槍を顔や胸に受けて、仰向けに地に倒れ、あるいはうしろの仲間ともども貫かれる。

女の声のみを聞き分けた者は「ここに邪眼の左妃がいるぞ！」と叫び、あとに続く戦士らをさらに煽った。武器を振り上げ、無秩序で強引な前進によって盾の壁を崩そうとする。

突如、かれらの背後から数十頭という馬の嘶きと鬨の声が上がり、前方の左妃を追い詰めることに夢中になっていた山岳の戦士はたちまち蹴散らされた。馬上から振り下ろされる戦斧や鎚鉾に頭や肩を割られ、前方から突き出される長槍に胸を貫かれ、祭壇の場はたちまち殺戮の場となった。

右手に血濡れた戦斧を携えたゼーズルが、左手に引いてきた空馬にタハーミラィは飛び乗った。

タハーミラィの周囲では、ゼーズル率いる沼沢ゲタイの兵士らが馬上から弓を引きつつ、山岳ゲタイの残党を射殺してゆく。

「カーリアフ様を追います。嚆矢の合図に引き返してこられないのは、山岳ゲタイの待ち伏せに遭遇し、手こずっておられるからでしょう。ロクシャンダがこちらに振り分けた奇襲部隊は思いのほか少なく、練達《れんだつ》の兵士も見なかったことを思えば、精鋭をカーリアフ様の本隊に向けたようね。小規模とはいえ、私ひとりを討つために貴重な兵を割いて、無駄な犠牲を払ったことを教えてあげましょう」

タハーミラィが房飾りの付いた短鎗を天に突き上げて「マッサゲタイの戦士たち」と叫ぶ。それに応えて、沼沢だけでなく各地から募られたマッサゲタイ精鋭兵の挙げる鬨の声が谷間に反響した。騎馬の者も徒《かち》の者も、前進を始める。

この日の朝、未明から軍を前進させたカーリアフとタハーミラィは、あたりが薄暗いうちに少しずつ隊を分けて、谷の襞や崖の死角となるところに兵を伏せておいた。ゼーズルが最後尾に隠れ、背後を警戒しつつ、左妃の護衛隊に奇襲をかけようと図る山岳ゲタイを見つけ出し、その動きを見張り続けた。

カーリアフとタハーミラィが前後に軍団を分けたのは、わざと隙を作ってこちらの選んだ場所へと、ロクシャンダ一党の奇襲を誘い込むためであった。

カーリアフ王を攻撃するか、ロクシャンダが私怨に囚われてタハーミラィに主力を向けるかは、賭けであった。どちらが囮となっても、一氏族に過ぎないロクシャンダ一党と、マッサゲタイの正規軍を率いる王族ゲタイでは、正規軍の方が数に於《お》いて圧倒的に有利であった。ただ、大軍は複雑な地形に有利に働かないことは、メディア帝国を滅亡に導いた一地方の山岳戦によって学んだばかりだ。

敵の不利を突いた奇襲を得意とするのが山岳民の常套手段であれば、それを逆手に取ることで勝機が生まれるのではないか。守る方も、いつまで続くと知れない戦に飽いているはずだ。食糧や武器の備蓄にも、限りがある。一刻も早く勝敗を決したいのはロクシャンダ一党も同じはずだ。

タハーミラィたちがカーリアフ軍に追いついたときは、山岳民たちは制圧されつつあった。新たな援軍が攻撃に加わったのを見た山岳ゲタイは、奇襲の失敗を悟って撤退を始める。

意気盛んな将兵らの突出を、カーリアフは止めた。

「掃討戦の必要はない。だが、追い詰められるだけは追い詰める。敗残の兵を抱え込むほど、士気は下がり、籠城は難しくなるものだ」

ロクシャンダ一党の主力軍が壊滅に近い打撃を受け、戦況がカーリアフ側に有利になると、ロクシャンダとは系統を異にする山岳ゲタイたちは、次々に王族へと旗幟《きし》を転じた。

率先して、山の奥へ谷の奥へと、カーリアフ軍を導いていく。

巨岩のそそり立つ崖に沿って穿《うが》たれたロクシャンダ一党の城を陥とすのは、容易ではなかった。門や扉、窓のあるところへ、休む間もなく火矢が射込まれ、洞窟という洞窟に煙を送り込んで隠れていた山岳民を燻《いぶ》り出し、水路を探し出しては土砂を流し込み、水の供給を絶つ。

住処《すみか》を追われ、水も食糧も尽きて、山岳の民はひとりふたり、あるいは家族で、王の慈悲を請うて降参してきた。恭順を示すために、武器を捨て、持てる財産をすべて地面に投げ出して。

十日目にして、ついにひと握りの親族と、石灰岩に刻み込まれた穴居棚の城砦まで追い詰められたロクシャンダは、降伏を余儀なくされた。

カーリアフの次男シャーリヤーは、母親のロクシャンダに手を引かれて連れてこられた。まだたった十二、三の少年は、両親が同胞の血を流して戦うのを、目の当たりに見続けなくてはならなかった。

タハーミラィは武装を解かぬまま、ロクシャンダと少年の前に進み出た。身を硬くする母子の不安に頓着せず、少年の前に膝をつく。

「シャーリヤー王子。お父上のカーリアフ様と群臣一同がお待ちしております。どうぞ、王庭にお戻りください」

王庭における公式の作法と口上で、唇と目元に笑みさえ浮かべる美しい左妃に、シャーリヤーは呆然とし、はっと我に返って父親のカーリアフへと視線を移した。

カーリアフは厳しくも寛容な笑みを浮かべ、大きな手を息子へと差し出した。

「息子よ。そなたに罪はない」

少年は、ふり返って疲労と屈辱に歪んだ母親の顔を窺い、父のもうひとりの妃へと目を戻した。少年特有の、かすれた高い声でシャーリヤーは訊ねる。

「母上は、どうなるのですか」

少年の父親は、わずかにかぶりを振って答える。

「悪いようにはしない。ロクシャンダは右妃のままだ」

シャーリヤーの顔にあからさまな安堵が浮かんだ。後をふり返らずに足を踏み出す。肩に添えられたタハーミラィの手に押されるように父の前まで進み、カーリアフの手を取った。

ロクシャンダの叫びが、岩棚に刻まれた城壁に反響した。

タハーミラィの、完全な勝利であった。

戦勝に沸く草原の宴から早々に天幕に引き上げると、カーリアフはタハーミラィを求めてきた。激しい交わりのあと、カーリアフはロクシャンダの処分をタハーミラィに訊ねた。

「カーリアフ様に長くお仕えになった妃ではありませんか。復讐を望むかもしれない女の意見を求めるなど、ロクシャンダ様への情はございませんの？」

汗を拭きながら、カーリアフは心情を吐露した。

「ここまで手こずらされると、正直、愛想も尽きる。子を殺され、命も奪われかけたそなたに、処罰を断ずる資格があるのではないか」

タハーミラィは、クルシュがどのような葛藤を乗り越えて、子ども時代を奪い、絶えず出自を辱め、二度も自分を殺そうとした祖父を赦したのかと考えた。

国境戦で戦死したカンブジヤ上王を、イシュトゥメーグ王が手厚く葬ったことへの感謝は、あったのかもしれない。祖父を処罰すれば、母が悲しむと考えたのかもしれない。

タハーミラィは、ロクシャンダに感謝したり、配慮したりする必要があるだろうか。

「ロクシャンダ様が厳しく罰されたら、シャーリヤー様や王女たちは、私を恨むことでしょうね。他の山岳ゲタイも、不安に思うかもしれません。マッサゲタイをまとめるために戦ったのですから、また分裂するような愚は犯したくありませんわ」

カーリアフは無骨な掌でタハーミラィの背中や髪をまさぐりながら、感嘆の声を上げた。

「まったく、そなたの私情に囚われぬ冷静さと見識は、年に似合わぬ」

タハーミラィは、カーリアフの肩に顔を埋めて、金属と汗に満たされた夫の体臭を吸い込んだ。かすかな、血の臭いとともに。

カーリアフが眠りに落ちると、タハーミラィは身支度用の小天幕に滑り込んだ。沐浴《もくよく》の準備がしてあり、そこで体を清める。水の少ないところでも沐浴ができるのは、妃の特権だ。

タハーミラィは髪を梳《くしけず》り、白い亜麻の長肌着をはおり、肌の水気を吸わせた。

天幕の扉が開き、誰かが入ってきた。侍女が目を覚まして奉仕に来たのかと思ったが、革の軋む音と、金属のかすかに打ち合う響きに、侵入者は男だと直感する。

「誰っ」

鋭い誰何《すいか》に、低い応えが返る。

「タハーミラィ」

声を聴き分けたタハーミラィは、驚きながらも低い声で応じた。

「ゼーズル。こんな夜更けに、王妃の天幕にひとりで入ってくるなんて、自分が何をしているか、わかっているの」

「タハーミラィ。俺と来い」

「何を、言っているの」

「さっき、ロクシャンダの処分について訊ねに、王の天幕に行ったのだが。おまえの声が聞こえたので、声をかけられなかった」

タハーミラィはかっと耳まで熱くなった。カーリアフとの営みを、すべて聞かれたのだろうか。

「俺にはわからない。長年連れ添ったロクシャンダが惨めにつながれている同じ草原で、カーリアフ様はおまえを抱くのか。カーリアフ様は、おまえがロクシャンダを八つ裂きにしたいと言っても、止めるつもりはない。おまえがいつか、カーリアフ様の寵を失ったら、やはりロクシャンダのように、復讐を望むジャッカルの群れにおまえを投げ出すのではないか」

どこか子どものような切実さを込めて、訴えてくる。

「だから、どうしろというの？　私をそのような王の妃にしたのは、ゼーズルではないの」

同じような言葉を、以前にもゼーズルに叩きつけたことがあった。タハーミラィの喉に、苦いものが込み上げてくる。

ゼーズルは自分の胸に握りこぶしを当て、震える声で告解を始めた。

「俺が、間違っていた。おまえに、不幸な道を強いた。王妃になるのが、氏族とタハーミライに最良の道だと思っていたが、間違っていたんだ。おまえが、死産で死にかけたとき、俺はもう、たくさんだと思った。おまえが、クルシュに槍を向けたときだって、どれだけ、恐ろしい思いをしたか。囮二分の策で、ずっと後方からおまえの部隊が攻められているのを見て、一瞬でも早く駆けつけたくて、体が引き裂かれそうだった。もう二度と、おまえを危険に晒したくない。鎧など身に着けるな。どこか、戦も陰謀もないところへ行って、魚を獲って、葦の家で静かに暮らそう」

「何をいまさら。遅すぎます、すべて遅すぎます。お兄様は、どうかされてしまったのです。私は一生お兄様の妹ではいられませんわ」

胸がせまり、ゼーズルを慕っていたときの口調に戻ってタハーミラィは涙声で訴えた。ゼーズルは、タハーミラィの袖を摑んで引き寄せ、包み込むように抱きしめる。

「妹でも、従妹でもない。おまえは、女だ。俺が守りたい、たったひとりの女だ。叔母上がおまえを沼沢の村に連れ帰ったときから、ずっとそう思ってきた」

かつてあれほど渇望していた言葉なのに、なぜかタハーミラィの胸には響かなかった。感じるのはただ、胸の焼けるような苦しさと吐き気だけだ。

「それなら、どうして私をカーリアフ様に差し出したのですか」

ゼーズルは苦しげに顔を歪め、言葉をつかえさせながら告白した。

「父上の命に、氏族の意志に逆らえなかった。おまえを連れて、逃げる自信がなかった。尊敬するカーリアフ様にならおまえを任せてもいいと、思えたんだ」

「言い訳なんか、聞きたくありませんっ」

タハーミラィは、自ら問い詰めておいて耳をふさいだ。

「いまの俺なら、マッサゲタイの外でも生きていける知恵も力もある。おまえを守れる。戦のことばかり考えるのはやめろ。軍備のことばかり話すのは、もうやめるんだ。クルシュのことなど、忘れてしまえ」

なぜここでクルシュの名が出るのか、一瞬身を固くしたタハーミラィを、ゼーズルは抱きすくめた。亜麻の肌着越しにタハーミラィの背中と腰をまさぐり、髪に手を差し込んで、唇を重ねてくる。男の力に敵うはずもなく、タハーミラィは抵抗もできずに接吻を受け入れるしかない。

それは、エクバターナの下町で、初めて異性と交わした恋人同士の、体の芯から蕩けるような、熱の交わりを思い出させる。

なのに、身勝手な情熱を無理やり捻り込んでくるような従兄の口づけは、ひどく苦い。

異国の王の妃と知り、二度と会わぬと言いながら唇を重ねてきた、不実な男の口づけは、蜜のように甘かったというのに。

「俺と来い。どこへでも、おまえの行きたいところへ連れて行ってやる。『パラダィサ』とやらでも」

なぜ、ゼーズルがその異国語を知っているのか。タハーミラィはゼーズルの胸を全力で押し返した。抵抗を予期していなかったゼーズルは一歩よろめく。

「お兄様は勘違いしておられる。夢の王国《パラディサ》は、この地上のどこにもありません。この世界のどこを探しても、行きつける場所ではないのです」

言葉にしてしまったために、癒されぬ心の傷が開き、血の代わりに涙があふれた。

「お兄様が、私を連れて行きたい場所も、同じです。私がお兄様と生きられる場所など、この世界には存在しません」

「タハーミライっ」

ゼーズルは説得に応じない従妹に激昂し、乱暴に担ぎ上げようとした。逃れようともがくタハーミライは、ゼーズルの腕から転がり落ち、絨緞の上を這って逃げようとする。

背後で女の悲鳴が上がった。

「誰かっ。お妃様が」

隣の天幕で眠っていたタハーミライの侍女が、話し声と物音に目を覚まし、ようすを見に来たのだ。

「お兄様、逃げてっ」

タハーミライは、それだけ言うのがやっとだった。ゼーズルは外へ飛び出し、逃走した。

カーリアフは、事の顚末《てんまつ》を知って激怒した。すぐにゼーズルを捕らえさせようとしたが、タハーミライの懇願で思いとどまった。

王の妃を盗んだり、あるいは犯した者は、それが未遂であろうと地の果てまで狩られ、首から下の皮を剝がれ八つ裂きにされて、その屍を野に晒されるべきであった。しかし、右妃が反逆罪で弾劾《だんがい》されるときに、左妃が近親者と密通したなどとなったら、カーリアフの権威が失墜する。ゼーズルに対する内心の憤りがどうであろうと、カーリアフはこの件を隠し通し、ゼーズルの罪は不問にするしかなかった。

代わりに、カーリアフはこれを取り逃がしたロクシャンダの支持者による凶行未遂として、この一党に罪を着せて処刑した。

だからといって、ゼーズルに対するカーリアフの怒りが収まったわけではない。ゼーズルは、極秘裏にではあるが、マッサゲタイの王庭から永久に追放となったのである。

ロクシャンダは、タハーミラィの縁故である沼沢ゲタイの、河の女神の家に幽閉された。沼沢の湿気に耐えられず、そこで残り少ない生涯を終えることになる。

王女らは、それぞれ水のゲタイの有力氏族に縁付けられた。山岳ゲタイの血を濃く引く彼女たちは、水と陸の盟約を担わされたのだ。

マッサゲタイ族は、かなりの出血を強いられたものの、再び王族ゲタイを中心に、ひとつにまとまろうとしていた。

＊　　＊　　＊

エクバターナ陥落から三年、紀元前五四七年。ファールスは西方小アジアの帝国リュディアと戦端を開いた。クルシュの育てる葡萄樹は、アナトリア半島を覆って、地中海沿岸まで、その枝蔓を繁らせ覆いつくそうとしていた。

黒覆面の、決して数の減ることのないファールス王直属の精鋭一万人隊《アヌーシャ》と、バクトリアから黒海南岸の諸部族よりなる何十万という軍を率いて、小国ファールスを帝国まで押し上げたクルシュ大王が、アルボルズの山を越え、中央アジアを征服しに来る気配は、いまのところはない。

「リュディアは同盟国の友軍を含めれば、ファールスの四倍の兵力を有する。もっとも、相手方の数の有利がクルシュの不利にはならぬのは、メディア帝国を滅ぼしたことで学んだばかりだが。クルシュがリュディアに腕を伸ばせば、バビロニア帝国とエジプト王国も、リュディアの国王に味方するであろうな。いつかはファールスと戦うにせよ、協定を結ぶにせよ、我らとしては侮られぬように、いまのうちに少しでも力を蓄えて、兵を育てることだ」

そう語ったカーリアフは、タハーミラィを王妃に立てた。そして内乱によって乱れた国内の平定のために、王族を率いてマッサゲタイ全土の行幸に赴いた。

その行幸の間、二度と子を産めないであろうと言われていたタハーミラィは、再び身籠ったのである。

四、リュディア攻防

西海の沿岸を南下し、森の深いヒュルカニア領を抜け、ようやくゼーズルが旧メディア領に達したと思われたとき、マッサゲタイから乗り続けてきた馬が潰れた。泡を吹き、白目を剝いて痙攣《けいれん》する愛馬を見下ろして、ゼーズルは一頭の馬さえもまともな世話のできていなかった自分を激しく嫌悪した。

公務に忙しく、世話を馬小姓や奴隷に任せきりであった愛馬は、ゼーズルとの過酷な冬の逃亡生活のなか、充分な飼い葉が足りず、体は弱り毛並みは艶を失っていった。蹄の状態も悪くなる一方で、道のぬかるむ春先の、アルボルズ山地の登攀に耐えきれなかった。ゼーズルが愛馬の手入れを怠っていたわけではない。ただ、病気や栄養状態を見分ける知識や、細やかさを必要とされる手入れの技術が草原ゲタイほどではなく、馬への接し方が適切でなかっただけだ。

生まれついての草原ゲタイであれば、自然と馬を我が身の半身のようにいたわり、もう少し長く使いこなせたであろうか。

現在の自分ならば、世界のどこで暮らしてもタハーミラィと生きていけるなどと口走った自分を、情けなく思い出すばかりだ。

途方に暮れて、息も絶え絶えな愛馬の首を撫でていたゼーズルに、近隣の農夫らしき初老の男が声をかけてきた。

「その馬、いらないんかね」

訛りのきついメディア語に、ゼーズルも久しぶりのつたないメディア語で応える。

「死にかけた馬だ。欲しいのか」

「肉は食えるし、皮は役に立つ。その馬具もいい物使ってなさる。見れば旅の途中らしいが、村の鋳物屋《いもの》に持って行けば路銀の足しになる」

農夫は驢馬《ろば》に荷馬車を牽かせていた。どうやって一頭の馬を荷馬車に積むのかと不思議に思っていたゼーズルに構わず、農夫は鉈《なた》を出して近寄ってきた。なんの抑揚もなく訊ねる。

「腸《はらわた》や骨は持っていけん。殺していいか」

ゼーズルの脳裏に、この馬と駆け抜けた戦場や草原、荒野と森が蘇り、その年月が西海の波のように胸に押し寄せてきた。冬の野宿では、身を寄せ合っていなければ凍死していたかもしれない夜もあった。ゼーズルは右手で顔を覆って、深いため息をつく。

「休ませたら、また歩けるのではないかと思ったのだが。乗馬としては無理でも、旅の荷物くらいは運べるだろう」

馬の肩や腹、腿を叩いて、農夫は感じ入った声で応える。

「確かにめったにお目にかかれん良馬だな。だが相当に弱っとるし、けっこうな年ではないか」

馬の歯並びを見た農夫は、首を横に振りながら断言した。カーリアフから拝領したときにはすでに成馬だったために、ゼーズルはこの馬の年齢をよく知らなかった。しかし先の内乱でも目覚ましい働きを見せた戦馬だ。歯が老齢の馬並みにすり減っているのは、過酷な戦場働きでハミを嚙みしめることが多かったためだろうと思ったが、自信はない。

「これ以上弱って病気になれば、死臭を嗅ぎつけた蠅《はえ》に卵を産みつけられ蛆《うじ》が湧き、生きながら禿鷲《はげわし》に肉を突《つつ》かれ、ジャッカルに食い散らかされるだけだ。あんたに売る気がないんなら、わしは行かねばならん」

「その村で、馬は手に入るのか」

農夫はゼーズルの頭から足下まで、じっくりと検分した。ゼーズルの腰に佩かれた短剣《アケナケス》の、貴石をはめ込んだ黄銅の鞘に目を留める。地面に降ろした馬具や、弓矢と戦斧といった武器を眺め回してから、農夫はのんびりと答えた。

「次の村には、犂《すき》や荷を牽くような馬しかおらんで。そいつらは走ることも戦うことも知らん、驢馬のように頑固な馬ばかりだ。安くはないが、その荷物を背負って徒歩で旅を続けたくなければ、荷馬か驢馬で手を打つしかないがね。交渉の時に、足下を見られんようにな、どっかの若さんよ」

着衣も馬具も、言葉の訛りも、異国の貴人然としたゼーズルに、親切な助言をくれる。

ここに置き去りにして、孤独で緩慢な死に任せるよりは、速やかに苦しみを終わらせることが、これまで奉仕してくれた愛馬に報いるのではないか。

ゼーズルは最後に馬の鬣《たてがみ》を梳《す》き、首を撫でた。マッサゲタイの言葉で礼を言い、別れを告げる。馬を農夫に譲り、村までの案内を頼んだ。

まだ春も浅いというのに、海沿いの豊かな森と緑にあふれたアルボルズ北麓は湿度が高く、ゼーズルは汗ばんでくる。

「ここはまだヒュルカニアか。それとも、もうメディアに着いたのか」

どこまで来たのかを知るため、ゼーズルは馬の解体作業にいそしむ農夫に訊ねた。農夫は汗にまみれた顔を上げ、皺深い顔に埋もれた目を細めて、ゼーズルを見る。

「メディア領へは、もうひとつ峠を越えねばならん。とはいえ、このあたりはヒュルカニア人の氏族が治めているが、メディアの属領みたいなもんだな」

「氏族長の名はなんという？」

ゼーズルはヒュルカニア貴族パルケシュの顔を思い出しつつ訊ねたが、農夫が答えたのはゼーズルの知らない名前であった。マッサゲタイを追放された身で、いつまでも放浪できるものではない。異国で仕官の口を探すとしたら、パルケシュの縁故くらいしか当てはなかった。

西海の沿岸では、貴族の身分を捨てようと漁村を渡り歩いたが、長く沼沢を離れ、国の内外で戦に明け暮れていたゼーズルは、網を打つ漁労民たちの足を引っ張るばかりであった。

故郷を離れてから、あれほど懐かしんだ水辺の生活と労働も、伴侶なくしてはまったく無味乾燥な日々でしかない。また、配偶者にこだわらぬ、奔放な労務民に交わって享楽に溺れる日々も、夜半に目覚めてみれば、虚しさばかりが募る。

そして、氏族長の長子に生まれつき、王騎兵に選ばれ、他者に命令することに慣れていたゼーズルの無意識な尊大さは、素朴な漁労民たちに溶け込むには邪魔にしかならなかった。

生まれ落ちた村や階級からはみ出してしまった人間の落ち行く先は、無法者と交わり掠奪に生きるか、自らを奴隷として売り渡すか、あるいはその両方である傭兵として雇われるかであった。それを察したのか、農夫は低い声で助言した。

「氏族長はずっと城にはおられん。ファールスの王様について、リュディアへ戦争しに行っている。あんたの生業が戦士なら、平和なエクバターナに行くよりも、ここから西へ進んで兵隊になった方がいい飯にありつける」

このような辺境の、一介の農夫の言うことにしては、ずいぶんと帝都や国境の情報に明るい。ゼーズルは用心して農夫の横顔を盗み見た。

「だが、馬がなければ戦いようがない。俺の国では戦争が終わって、村に帰ったのはいいが、誰も俺のことなんぞ覚えていなかった。ひとを殺すことを覚えた代わりに、網を打ったり繕ったりすることは忘れてしまったが、また戦働きに戻る気にはならん」

同情を買うつもりはなかったが、危険な流れ者ではないと安心させるために、多少の嘘を交えた身の上を語る。

「旅を続けていれば、馬はどこかで買える。それまで路銀が尽きなければなぁ」

ずいぶんと他人の懐を心配してくれる農夫だ。先ほどの、馬にとどめを刺し、解体した手際もおそろしく手慣れていた。肉や皮の上等な部分だけを選び取り、あとは鳥獣の餌とばかりに街道の脇に置き去りにした思い切りもよかった。

ゼーズルは森の民の生活を知らない。そのために、この猟師にも見えない男の手慣れた鉈使いが、農夫として普通なのか判断しかねる。皺の深い顔は若くはないが、動作には年寄りにありがちな緩慢さはなく、一頭の馬をほとんどひとりで解体しながら、疲れも見せていない。

そういえば、この農夫に出会うまで、ゼーズルは五日の間も村など見かけなかったし、ひとりの人間とも会わなかった。この男はゼーズルの来た道から来たのだ。それも徒歩と変わらぬ速さの荷驢馬を牽いて。

ゼーズルのいぶかしげな視線に、農夫はにんまりと笑った。

「警戒せんでも、あんたを襲ったりはせんよ。それより、いい弓を持ってるじゃないか。腕が確かならいい仕事を紹介しようか」

急に胡散臭《うさんくさ》い空気を漂わせる。森を根城にする盗賊に勧誘されているらしい。いつごろから目を付けられ、狙われていたのだろう。運がいいのか悪いのかわからないが、襲われて身ぐるみ剝がれる代わりに、仲間になることを持ちかけられているようだ。戦乱が続くと、農地を荒らされたり村を焼かれたりした労務民は、行き場をなくして未開の森や荒野へ逃れ、流民《るみん》か盗賊になるしかない。

おそらく、ゼーズルはいま、この男の仲間に囲まれている。ここで失って惜しい命でもないが、見知らぬ賊になぶり殺されるのも本意ではない。

「そうだな。行く当ても、急ぐ必要もない旅だ。いや、目的地がないわけではないのだが」

「どこを目指していたんかね」

のんびりした口調に戻って、農夫を装った男が訊ねる。遠い海から吹き上げてくる風と、森の梢がさやさやと対話する音に耳を傾けていたゼーズルの意識の底から、ふいにひとつの言葉が浮かび上がる。その言葉を口の中で転がしたゼーズルは、タハーミラィの天幕から逃げ出して以来、初めて穏やかな気持ちになった。

「パラダィサ、という名の土地を知っているか。あるいはその意味するところを」

男は目を細め、耳慣れぬ言葉を口の中でつぶやき返してから考え込み、かぶりを振った。

「聞いたことがないな。異国語か」

「ああ」

「南国の匂いがする言葉だな。探していれば、そのうち見つかるんじゃないか」

辺境の朴訥《ぼくとつ》な農夫か猟師にしては、妙に詩的なことをのんびりと口にする。

「本当にあるのなら、見つかるまで探し続けるのもいいな」

「そのパラダィサとやらを見つけて、どうするんだい」

男は皺の奥の瞳に、好奇心をのぞかせて訊ねる。

「連れていきたい女がいる。いや、いた」

幼い少女であったタハーミラィを、葦の茂みに誘い出していたあのころから、ずいぶんと遠くまで来てしまった。自分の想いを抑えきれず、ついにはこうなる運命であったのなら、初めから親や一族の意志に逆らい、さらって逃げていればよかったのだろうか。手を伸ばせば触れられる距離に居続けながら、ただ黙って見守り続けることができるなどと、どうして信じてしまったのか。

どこで道を誤ったのか、もはや考えるのも無駄であった。自分にはタハーミラィを幸せにする器量などない。それだけが確かな真実であった。

男がゼーズルを連れていったのは、推測通り山賊とおぼしき荒くれ男たちのねぐらであった。

崖に穿たれた洞窟に住み着いているようだが、山岳ゲタイの壮麗な山城とは比べものにならないほど、粗末な作りであった。自然にできた岩屋を雨避けとしているだけで、住居と為す努力をしているようすはない。捌かれる獣肉や魚の生々しい臭い、何を焼いているのか、あるいは何を煮炊きしているのかわからない料理の臭い、そして側溝も掘らず、場所を定めることもせずに、木の根元や岩陰に放置された排泄物の悪臭などで、ゼーズルの鼻は曲がりそうになった。

ひとつ所に留まることのない流民たちの、一時的な野営の場に過ぎないのだろう。

五十人はいるだろうか。少年もいれば老人もいるが、大半は壮年の男たちだ。火のそばで無秩序に肉や大麦の粥を貪るように食べている横で、何人かは嫌がる女たちを抱いていた。唾を飛ばしながら怒鳴るように会話している者もいれば、言い争いの果てに殴り合っている者もいる。

着衣は襤褸《ぼろ》と変わりなく、武器といえば粗末な手作りの槍、木の皮を編んで獣皮を張った丸盾。甲冑を持ち合わせた男はひとりもいない。

ゼーズルに気づいた者は誰もかれもが口を開けて、その軽装ではあるが、上質な革に黄銅の魚鱗札を施した、職人の手になる異国風の甲冑を凝視した。使い込まれた戦斧を背に負い、矢筒には矢羽根の整った矢を入れ、使い込まれた騎兵の複合弓を携えたゼーズルに、誰もが無言で道を空ける。そして十歩は下がって、精巧な青銅の留め金で締められた革帯、鋲を打ち込んだ乗馬靴、そして貴石を鏤めた短剣《アケナケス》をじろじろと遠慮なく見つめた。

気ばかり荒く、まともな装備のない、そしておそらくなんの訓練も受けてないであろう山賊たちと見做《みな》したゼーズルは、密かに失望のため息をついた。もう少しまとまりのある傭兵部隊に紛れ込むことを期待していたのだが、時間の無駄でしかないようだ。

いかに脱出しようかと考え始めたゼーズルに、馬肉と皮をどこかに預けてきた男が戻ってきて先を急がせる。

岩屋に穿たれた階段を上り、崖の上部へ出る。空気は澄み、時折り昇ってくる炊煙の他は、不快な臭いを吸い込まずに済む。

「戦い方を知る人間を、連れてきました」

男の口調が、朴訥な農夫から唐突に田舎なまりの消えたメディア語の、丁寧な話し方に変わる。そこにいたのは、絨緞も敷かずに地べたに座り込んだ、十数人の男たちだ。

こちらはメディアの将兵崩れの連中と見えて、くたびれてはいるが、手入れのされた装備が地べたに並べられていた。頭にはフェルト帽を軽く被っただけで、メディア風の長衣でくつろいだようすだが、立ち居振る舞いは軍人らしく隙がない。

「スキタイか、サカの戦士だな」

ゼーズルの出で立ちを一瞥しただけで、頭目らしき中心の男が断定する。三十代後半の、かつては中堅士官であったと思わせる風貌と、きびきびとした口調に、異民族を軽侮する響きはない。

「マッサゲタイ人だ。あんたたちは、メディアの軍人か」

「元、軍人だ。俺の名はハマダン」

ハマダンは破顔してゼーズルの短剣を指さした。

「言われてみれば、その嫌みなほど金ぴかの黄銅をたっぷり使った甲冑と短剣は、確かにマッサゲタイの戦士だな」

青銅よりもしなやかで軽く、そして強靭な黄銅を産するのは、マッサゲタイの山岳ゲタイだけだ。マッサゲタイ族は、この輝きも黄金に比肩《ひけん》する高貴な合金《オリハルコン》の製法を門外不出として、交易にも出したことがない。国内の需要を満たすだけで精一杯だった、ということもあるのだが。

「ゼーズル」

ハマダンは、初めて耳にする異国の名を、口の中で繰り返し、杯を突き出した。

「ゼーズル。よく来てくれた」

隣のメディア元兵士が革の袋を抱え上げ、ハマダンの差し出した杯に赤い液体を注いだ。

「俺は葡萄酒は飲まん」

そっけなく断ったものの、空けられた場所には腰を下ろす。勧められた羊の肩肉を受け取り、塩を振ってかぶりつく。

ハマダンはエクバターナが陥落してからも、ファールスに抵抗を続けた氏族に連なる軍人であった。氏族の長や、直接仕える主人が徹底抗戦を叫べば、逆らうことなど夢にも見ない。そうして滅ぼされ、領地を逐《お》われた中流以下の貴族や軍人の落ち着く先は、抱え込んでいた部民や奴隷を引き連れて、流民となって通りすがりの村を襲い、その日の糧を求めて口に糊《のり》する生活だ。

「いつまでもこんな暮らしをしていられないのは、わかっているんだがな」

「ファールスに仕えるのは、メディア貴族の矜持が許さないのか」

歯に衣着せぬゼーズルの放言に、ハマダンの配下が殺気立つ。

「祖国が滅び、主家が絶えた以上、生き延びるのに矜持など邪魔なだけではあるが、いまさらクルシュ大王に降《くだ》っても、歓迎されることはあるまい」

「ファールスはリュディアと戦争になるんだろ？　それならいくら兵士がいても多すぎるってことはなさそうだ。リュディアは四帝国でも最強の騎馬兵団を抱えている。第一、ファールスの軍は半分以上が異国民や被征服民から募兵した寄せ集め軍隊というじゃないか。とりあえず食いっぱぐれることはなさそうだし、ファールス軍の糧食は、メディア人が納めた税で賄っている。あなた方が遠慮する理由なんぞ、これっぽちもないと思うが」

異国人にしては意外なまでの情報の明るさに、ハマダンは膝を叩き、ゼーズルを連れてきた皺深い男に、満面の笑みを向けた。

「マギよ、そなたの占った通りだな」

ゼーズルは困惑し、ハマダンと神官《マギ》と呼ばれた男を、交互に見比べる。

神官は咳払いをしてから、威厳をまとってゼーズルに話しかける。

「昨日、そこに張り出した岩棚に立っていたハマダン殿と私は、東から飛んできた鷹が空中で鳩を捕まえて西へ飛んでいくのを見ました。これは全知全善の神《アフラ・マツダ》の、あるいは光り輝くミトラ神の兆《きざ》しかと察した私は、東へ向かって使者の訪れを待っていたのです」

ゼーズルは、男が馬を殺して捌いた手際のよさを思い返した。その人生を、神に犠牲獣を捧げる神官として生きてきたのなら、一頭の成馬を短時間で解体することなど、どうということもないわけだ。肉をもらうと言いながらも、必要のない腑分《ふわ》けに時間をかけ、なぜか手を休めがちだったのも、臓腑に浮かび上がる吉凶を読み取ろうとしていたのだと納得できる。

メディア人であろうと、マッサゲタイ人であろうと、あるいはファールスやリュディア、その西に広がる地中海沿岸の諸国でも、日々の変化に現れる兆しに一喜一憂し、神官や巫女に下される神託を信じない者はいない。ただ、その神託や兆しを正しく読み取り、解釈できる者は、滅多にいないのだが。

最後までファールスに抵抗して敗北し、戦死した主人と、奴隷に落とされたその一族への義理、そして自分たちだけが逃げ延び、生き残ってしまった罪悪感から、ハマダンは新しい時代に乗ることをためらっていた。

「いつかはメディア人の手にエクバターナを取り返すためにも、ひとりでも多くのメディア人が生き延びねばならない。たとえいまはファールスの軍門に降り、その尖兵《せんぺい》となろうとも」

奥歯の痛みを嚙みしめるように、ハマダンは配下の兵士らに告げた。

異民族の信じる神に、予測もしなかった使いを押しつけられたゼーズルだが、行き先を定めぬ旅の途中だ。その後もハマダンに引き留められるまま、かれらとともに西へと移動することにした。

ハマダンについてくる流民のうち、兵士と呼べるのは五十人もおらず、大半はハマダンとその家族に従う部民や奴隷ばかりであった。騎乗に耐える馬は、十二頭しかいない。

その中の貴重な一頭を、ハマダンはゼーズルに譲ると申し出た。

「悪くない馬だが、俺は払える対価を持ってない」

「吉兆を運んでくれた礼だ。それに、君は若いが、百人以上を指揮したことがあるだろう。マッサゲタイでは名の通った将だったと見るが、違うか」

ハマダンの問いには屈託がない。

「名は通っちゃいないが、去年までは騎兵隊の指揮をしていた。しかし、あなたの隊には騎兵はいない。俺では役に立てないだろう」

「確かに、俺は歩兵隊を率いていたからな。馬には乗れるが、指揮するときだけだ。戦うときは馬を下りる」

騎乗して戦うとなると、弓矢や投げ槍を扱う軽騎兵にしろ、あるいは盾と長柄の武器で戦う重装騎兵にしろ、両手を手綱から離して自在に馬と武器を操らねばならない。

十五で成人するとすぐ、カーリアフ王の王庭に出仕したゼーズルは、生まれたときから馬上で過ごしてきた草原ゲタイ兵士の馬術に追いつくため、それこそ血の滲む努力を重ね、鍛錬を積まなくてはならなかった。しかし未だに諸刃《もろは》の戦斧を扱うには、両手で柄を持たねばならない。破壊力のある重たい戦斧や鎚鉾を片手で扱えるのは、何度も戦場を生き延びた、生まれついての王族ゲタイの熟練戦士ぐらいなものだ。

一方、ハマダンはさほど高貴な家の出身ではなく、三十を過ぎてようやく歩兵の一部隊を与えられた。成人して軍隊に入ってから、司令塔や伝令の役目を果たすために馬術の訓練を受けたのであれば、人馬一体の妙技は習得し得ない。混戦となれば馬を捨てて戦う。

「俺の部下に、乗馬を教えてくれると助かる。頭領の役目を譲れないのは申し訳ないが」

そんな役割など、ゼーズルははじめから期待していない。

「乗馬を覚えたくらいでは、騎兵にはなれない。混戦の中を敵に倒されないように駆け抜ける技を仕込めと言われれば、できないこともないが。あなたの中隊規模の歩兵部隊では、指揮官に一頭、小隊指揮に三頭、その替馬として四頭、残りは伝令に使えればいいと思ってくれ」

「それでいい」

ハマダンは歯を見せて、ほっとしたように笑った。

仕える主人も所領も失い、一族郎党を抱えて祖国を逐われたハマダンには、みなを養うためにも一日も早く仕官の先を見つける必要があった。しかし、メディア中流の貴族に生を受け、組織として完成されていた軍隊の士官から始めた育ちのよさのためか、自らの傭兵部隊を組織するための知恵に欠けていた。すでに訓練を終えた兵士らを預かり、上からの命令通りに部隊を動かすことしか学ばなかったせいだろう。

軍人としては、ハマダンの半分の年月も経ていないゼーズルだが、国を挙げて傭兵稼業を営んでいたマッサゲタイの上級士官であった経験から、十は年上のハマダンよりも、豊富な知恵と見識を培《つちか》っていたらしい。

「ハマダン、あなたはパサルガード攻防戦には参戦したのか」

ゼーズルの問いに、ハマダンは恥じ入って首を横に振った。

「いや、俺の氏族は、バビロニア国境の城塞に詰めていたのでな」

四帝国随一の領土を誇ったメディア帝国の兵士すべてが、対ファールス戦に投入されたわけではない。ハマダンは、ゼーズルがヒルバを生き延び、ファールス国境戦を戦い、エクバターナ陥落を見届けたのち帰国し、休む間もなくマッサゲタイの内乱を戦っていたとき、家族らも同居する国境の城を守って、バビロニアの地平を見つめていた。

ゼーズルが四帝国に密偵を放つことをカーリアフに進言し、諜報網の構築に手を着け、タハーミラィに忠誠を誓う左妃府のゲタイ兵を育成し、水のゲタイの結束を固めるために国土を駆けずり回っていたとき、ハマダンは家族に等しい兵士らと城壁に立ち、平穏な国境をひたすらに眺めていたのだ。

ハマダンがメディア軍人としての人生において、命を盾に戦ったのは、すでに祖国が滅亡したあと、主筋の氏族が起こした反乱の一戦のみ。そして敗北。

ゼーズルは重い口を開いた。

「戦える男は、奴隷の少年にいたるまで兵士として扱うべきだ。体のできていない、だが身軽な少年には投石帯《スリング》を与えて投石部隊に、若く足の速いのは投げ槍部隊に。年老いて機敏に動けない者でも、後方から弓を射ることはできる。兵站は目端の利く女がいれば、任せて大丈夫だ」

目の前が急に明るくなったとでもいうように、ハマダンの表情に張りが出る。ゼーズルは厳しい口調でたたみかけた。

「クルシュ王はすでにリュディアへと軍を進めているのだろう？　戦場から逃げ帰ったイシュトゥメーグ王がエクバターナに駆け込んだときには、すでに帝都に迫っていたファールス軍だ。リュディアが攻めてきたとなったら、次の日にはクルシュ王が戦場となっている国境に姿を現していても驚くことはない。どこの軍に雇われるにしろ、急がんと間に合わんぞ」

練兵は道々行うことにして、ゼーズルはハマダンを急《せ》かした。

戦争には倦んでいたはずだが、自分の知識や技術が役に立つことに、心が昂《たか》ぶる。どこへさすらうにしろ、目的があるだけで明日へと踏み出す足が軽くなる。

ゼーズルは譲られた馬だけでなく、ハマダン隊の馬を一頭一頭手入れし、その性格や長所を見定めた。戦馬に向いている馬を自分の乗馬とし、残りは馬に関して覚えている限りの知識を動員して、健康状態や適性に応じて調教し直し、ハマダンの部下から騎手を選んで割り当てた。

それと並行して、ハマダン配下の兵士から統率力のある者を選び、部民と奴隷からなる投石部隊、投げ槍部隊、斥候部隊の隊長とし、馬術に優れた兵士を三人、伝令としてゼーズルの部下とした。残りをハマダンの親衛隊とする。吹けば飛ぶような小規模な組織ではあったが、ひと月も練兵すれば動きは整ってきた。

ひと季節が過ぎ、ゼーズルとハマダンの部隊は、ヒュルカニア海の西海岸を過ぎ、海を背にさらに西へ進んだ。

「西海が東海になった。メディア人やファールス人はヒュルカニア海と呼ぶし、北岸の異民族は、この海をなんと呼んでいるのだろう」

「北岸は知らんが、西海岸のヘラス人は、東海でもヒュルカニア海でもなく、カスピ海と呼んでいる。西側には、ヘラス人がカスピオイ人と呼ぶ連中が住んでいるからだろう」

メディアの知識階級にあっただけあって、ハマダンは西側の地理についても滑らかに答える。ゼーズルは自分が西海の対岸へ来ることになるとは、想像したこともなかったので、とくに感慨深い。

ハルミニュア（アルメニア）州に近づくにつれて、リュディア帝国との会戦に参加するために、ファールス軍を追って国境を目指す氏族の私軍や傭兵の数は日増しに増えていく。その中でもハマダンの部隊は小規模に過ぎて、追い抜かされがちではあった。同道した騎馬軍団に、鼻で笑われて街道の隅に追い散らされたこともある。

それでも、山賊の一歩手前、というかすでに山賊と化していたかれらを知るゼーズルの目には、このひと季節をかけた旅を終えるころには、四隊からなる傭兵部隊として、秩序ある行軍ができるものと見えていた。

このあたりまで来ると、リュディアとファールスの戦況が詳しく知れ渡っており、ハマダンたちは勝敗が決する前に戦場に着く見込みが低いことを知って、失望する。

メディア征服後のクルシュ王が、各地で勃発する反乱の鎮圧に奔走する隙を突いて、リュディア帝国の王クロイソスが、国境の川を越えカッパドキア地方を侵略、州都であるプテリアを陥落させ、都市を劫掠《ごうりやく》し、住人を奴隷として鹵獲《ろかく》したのが半年前。侵略の知らせを受けたクルシュ王は即座に二万の軍をアナトリア半島に進め、廃墟と化したプテリアの近くで両軍はぶつかり合い、激しい戦闘を続けていた。

ここでも、リュディア帝国軍十万に対して、クルシュ王は寡兵二万を用いて互角に戦ったという。

その噂を追ったゼーズルらが、カッパドキア州に足を踏み入れたときには、残念なことにプテリア戦はすでに終わっていた。

「どっちが勝ったんだ」

落胆しつつも現状の把握を求めるゼーズルに、いくつもの言語を操るハマダンの神官《マギ》が、確かそうな情報を集めてくる。

「引き分けに終わったらしい。どちらも甚大な犠牲が出て決着がつかず、まもなく冬になることを憂えたリュディア王は旧国境のハリュス川を越えて、首都のサルディスへ退いたそうだ」

「決戦は春へ持ち越しか」

仕官の機会がなくなったわけではないと知り、ハマダンの顔に喜色が戻る。

「ここで冬を越す気か。糧食が持たんし、どこかの村を占拠して春を待つにしても、リュディアの掠奪と戦争のあとでは、このあたりには何も食う物は残ってはいないだろう」

ゼーズルの現実的な指摘に、神官が皺深い顔で同意した。

「下手に村や町を襲ったら、ファールスかリュディアに賊軍として討伐されてしまうでしょう」

「参ったな」

ハマダンは頭を抱え、ゼーズルは乗馬鞭で頭を掻きながら嘆息した。

「ここまで来られたのも奇跡だが。ところでハマダン、どっちにつくか決めてあるのか」

「最初はリュディアについてファールスと戦うべきだろうと思ったのだが、火事場泥棒のようにプテリアを劫掠し、メディアの民を奪って奴隷にしたのは許せん。やはりファールスに味方すべきではないだろうか」

ハマダンは、征服された民族の迷いと苦悩を、正直に口にした。ゼーズルは思案の材料を並べてみせる。

「だが、リュディア王クロイソスは、来年の戦争に備えてバビロニアやエジプト、あとはどこにあるか知らんが、スパルタとかいう、やたら戦争好きな国に援軍を頼んだらしいじゃないか。メディアとファールス、バクトリアくらいでしか兵を集められないクルシュ王には、不利な戦いではないか」

「スパルタはドーリス人の国で、リュディアではラケダイモンの名で知られているヘラスの都市のひとつだ。ヘラスの民は国というものを作らず、あちらこちらに独立した自治都市を築いて移住しては、新しい地名をつけて自らの名を変えるから、ややこしい連中だ。同じヘラス人でも都市が違えば対立し、戦っているという。俺は、エーゲ海の向こうにいるヘラス人がドーリス人で、こっち側にいるヘラス人がイオニア人だと聞いているが、他にも細かく分派していて、詳しいところは知らん。とにかく、ドーリス人のスパルタ戦士は勇猛だが、数は多くない。しかも歩兵ばかりだ。海を渡ってくるから、神の恩寵《おんちょう》次第では、嵐で船が沈んでくれるかもしれん」

　ゼーズルは人生の大半を、西海のほとりしか知らずにきた。その西にさらに黒海があり、そのまた西にはエーゲ海があり、地中海へと続く。どこまでも終わりのない大地と海岸には、無数の国々があることをゼーズルは思い知った。

「世界は、広すぎるな」

その広大無辺な世界を、征服することを運命づけられた人物がいる。ゼーズルはタハーミライがイシュトゥメーグ王の宴で予見したという、クルシュ王の未来を思い出した。ヒルバの戦いでは苦汁を嘗《な》めさせられ、愛しい女の心を奪い、そして裏切った憎い人物ではあったが、人間の器が違いすぎる。

「戦は、劣勢な方に加担した方が感謝されるし、勝てば恩賞も桁が違う。これっぽちの弱小部隊では、リュディアでは相手にされまい。ハマダン、ファールスにつけ」

弱小部隊と言われても、ハマダンはゼーズルの助言を嚙みしめてうなずいた。

「こちらはまだファールス領だから、メディア人も多く、仕官の先も探しやすい。ゼーズルの言う通り、自力で冬を過ごすのは無理でもあるしな。そうするか」

ハマダンが決断を固めかけたところへ、姿を消していた神官《マギ》が慌てて戻ってきた。

「すぐに発て！　クルシュ王はすでにサルディスへ侵攻して、王都から迎え撃ったクロイソスと、ティンブラという平原で開戦したそうだ」

ゼーズルは想像を超えるクルシュの機動力に舌を巻いた。プテリアで少なからぬ犠牲を出したはずが、相変わらず電撃の速さで進軍し、王都に戻り武装を解いたクロイソス王の寝込みを襲うとは。

「あいつらしい」

笑いが込み上げる。冬のエクバターナに引き返して兵を養っている間に、クロイソスが当てにしている二帝国とスパルタからの援軍が来れば、クルシュ率いるファールスに勝ち目はない。いま叩かねば、リュディア帝国を滅ぼす好機は二度と来ないかも知れない。クルシュの決断は早く、その行動はさらに迅速であった。そして国王の判断に一切の疑問を挟まず従い、戦い続けるファールス兵士とその連合軍。

敵《かな》わない。一生かかっても、クルシュの足跡さえ踏めないであろう自分が口惜《くちお》しい。

乏しい食糧を心配する必要はなかった。クルシュの召集に応じてアナトリア半島に参集しつつある諸侯は、少しでも多くの兵を必要としていた。ハマダンは、メディア人部隊を抱える将軍に伝手を求め、リュディア侵攻軍の一翼に加わることができた。

「とりあえず一安心だ」

これから殺し合いに赴くとは思えない暢気《のんき》さで、ハマダンは安堵の息をついた。配下の兵士と、ともに行動する家族を飢えさせないことが、ハマダンが対処すべき最優先事項であった。

ハマダンは勇猛な戦士ではなく、知謀の将でもない。ただひたすらに自分に託された兵士の面倒を見、兵士と自分の家族の世話に心を配る家長であった。人望はあるが、戦時や流亡《りゅうぼう》の将としては、性格が優しすぎる。

だが、ハマダンの非凡なところは、自身が路頭に迷いながらも、家族と郎党に対する愛情と、奴隷すら見捨てることのない責任感だけではない。我と我が一族に、戦乱の世を生き残る才能も人材も見いだせなかったとき、メディア貴族の矜持にこだわらず、異国人であるゼーズルの能力を評価し、即座に味方に引き込んだことだろう。

久しぶりに、知的にも階級的にも対等なメディア人の将兵と交わり、兵士と家族だけでなく、奴隷の少年にまで行き渡るほどの葡萄酒と羊の肉を得て満足したハマダンは、酔っ払って上機嫌となり、たわいなく眠り込んだ。

さて、ハマダン一党が同胞と合流し、仕官が成ったいま、ゼーズルは引き際と考えた。

荷物をまとめて馬に馬座をかけ、革帯を締めるゼーズルに、皺深い顔の神官が声をかけた。

「まだ、立ち去るときではありませんよ」

年齢不詳の神官は、皺に埋もれた目に強い光を込めてゼーズルを引き留める。

「異民族の俺が幅を利かせていたら、ハマダンの新しい同僚が煙たがるだろう。戦うにしても、俺は騎兵だから、ひとりでは戦力にならん」

集団で威力を発揮する騎兵隊も、一騎のみで歩兵に囲まれれば、馬も騎手もたやすくなぶり殺しにされてしまう。

「前線でともに戦ってもらう必要はありません。我々も、長くあなたを引き留めるつもりはありませんが、これまでの働きに応じた充分な謝礼を差し上げるのに、まずは戦功を上げて報償に与《あずか》らねばなりませんので。存分に働いていただければ、それだけパラダィサを見つけ出すための路銀を手にすることができます」

「まあ、本人に訊けば、探す必要もないんだが」

ゼーズルは、その言葉をタハーミラィに教えたファールス王の顔を思い浮かべる。

「サルディスに行けば、あいつに会えるかもな」

神官は首をかしげて訊ね返す。

「誰か、サルディスに知り合いでもいるのですか」

「あっちは、俺のことなんざ覚えちゃいないだろう」

いまや帝国の王となったクルシュと、一対一で言葉を交わす機会などあり得ない。それでも、辺境の弱小国から大陸一の帝国を手に入れた男の顔を、ゼーズルは遠くからでも、もう一度見てみたくなった。


ファールス軍に合流するため、ティンブラを目指す軍兵は、そのほとんどがメディア人兵士であることに、ゼーズルは驚く。

「これだけのメディア兵がティンブラのファールス軍を攻撃すれば、リュディア軍と挟み撃ちにして簡単に滅ぼせてしまえそうなもんだが」

ハマダンは改めて周囲を見回しながら、なるほどそういえばそうだな、と言ってうなずいた。

「だが、いまのメディア人には王がいない。頭のない百足《むかで》に足が何本あっても、どこへ進むこともならん。仲間同士でケツを奪い合って、自滅するのが落ちだ」

ハマダンの喩《たと》えに、ゼーズルは妙に納得した。数で劣るファールスが、一度は王都を陥とされたのちもメディアに勝利したのは、どこまで追い詰められても、国王のクルシュと王家の旗の下に、ファールス九氏族が団結を保ったからでもある。

ハマダンは嘆息を漏らす。

「イシュトゥメーグ王が直系の男子を残さなかったのが、俺たちメディア人の不幸だな」

その点、クルシュ王は外孫ではあるがイシュトゥメーグ王の血を引き、母親はメディア人である。右腕の将軍アルバクは生粋のメディア名門貴族で、ファールス軍の半分は実質メディア人の将兵で占められていた。このふたつの民族は同じ神を崇拝し、文化は相似しており、言語も同系統で、通訳がいなくても、おおまかな意思の疎通は可能であった。

メディア人はファールスを、自分たちから分化した民族と捉えており、それゆえに格下に見ていたわけであるが、ファールス人から見ればメディアの風下に立つ理由はひとつもない。クルシュは積極的にメディアの衣装や風俗を採用し、官僚にメディア人を登用して、ファールスとメディアの融合策を図っている。人口で勝るメディアを懐柔できなければ、ファールスが優位に立ち続けることができないと、よくわかっているのだ。

ファールスの援軍がティンブラに到着したときは、すでに戦場はリュディア帝都サルディスへ移っており、クルシュ王は堅牢な城壁に守られたリュディアの帝都を攻めあぐねていた。ハマダンの隊は、ここへ来るまでの練兵の成果を発揮する機会もなく、攻城塔や投石器の組み立てに駆り出される。

「まあ、胸壁からばら撒かれる煮え油や矢に無防備な身を晒しながら、城壁を登らされるよりはよっぽどいい」

城壁の上に一番乗りした者には、破格の恩賞が与えられると喧伝《けんでん》されていたにもかかわらず、ハマダンはそうみなに言い含めて、工兵作業に励む。

小高い丘の上に建てられたリュディア帝国の首都サルディスは、堅牢な城壁に囲まれ、一方を険阻《けんそ》な断崖絶壁に守られた難攻不落の城塞都市でもあったので、ハマダンの判断は間違ってはいない。はしごをかけて登り、あるいは攻城塔から城壁に飛び移ろうとするファールス軍の兵士は、頭上から武器や岩石、熱湯や煮えたぎった油や瀝青《れきせい》などの、ありとあらゆる物を落とされ、胸壁に達することなく地面に落ちていく。手柄を立てるよりも、死ぬ確率の方が遥かに高いのだ。家族を残して死ねないハマダンらが、前に出る理由はどこにもなかった。

後方で作業を続ける工兵たちは、手ばかりではなく、口を動かすのも忙しい。クルシュが五倍の数を擁するリュディア軍をいかに旧国境のハリュス川へ押し戻し、追い返したか、また、ティンブラで待ち構えていた四帝国最強の重装騎兵をどのようにして撃退したか、という話でもちきりだった。

「武器や兵糧を運ばせていた荷駱駝を集めて、リュディアの重装騎兵の戦陣へ突っ込ませたんだと」

「そんな戦術は聞いたことがない」

「馬は駱駝が嫌いなのを利用したんだ。だがリュディア騎兵は、自分の馬が戦わずに逃げ出そうとするのを見てすぐに鞍《くら》から飛び下りて、徒《かち》でファールス兵を迎え撃ったというぞ。重装騎兵が重装歩兵になったわけだが、駱駝に続いて突入したのは鎧もつけないファールスの軽装歩兵だから、それこそ得意の長大な鑓刀を右に左に揮いまくって、ファールス兵の首を刎ね飛ばすさまは、畑で麦の穂を刈るがごとしだ」

唾を飛ばしてしゃべるメディア兵士は、ファールスの軍営にいるという自覚が乏しいのか、誇らしげにリュディア騎兵の勇猛さを語った。

「だが、一度崩された陣営では守りきれない。クロイソスは早々に城内に逃げ込み、門扉を降ろして籠城に持ち込んだ。あとは春までスパルタやバビロニアから援軍が来るのを待ちながら、城壁の高みから葡萄酒をやりつつ、寒さに震えるファールス軍を見物するだけだ」

そうこうしているうちに数日が過ぎた。ゼーズルは、クルシュの姿を見かけることも叶わないまま、マッサゲタイでは目にすることもない攻城兵器の仕組みを知り、またどれだけ攻められてもびくともしない城壁の堅固さに、定住する者たちの防衛にかける熱意と知恵を学んだ。

　ゼーズルがいつものように、ハマダンの部隊を手伝い、三層までできあがった攻城塔へ建材を運び上げていたとき、断崖の方で歓声が湧き起こった。塔の上からは、断崖に取りついて、城壁を目指して登ってゆく無数のファールス兵が見える。都市を囲む平原を覆っていたファールス軍は、たちまち蜜に群がる蟻のように、断崖方面の城壁や、サルディスの三つの城門へ殺到した。

　何が起こったのかは、口から口へと伝わってすぐに後方の工兵らの耳にも入る。

「誰かが、あの登攀不可能と言われていた断崖絶壁を登って、城壁に達し、一番乗りを果たした」

「誰だ」

「ファールス人でマルドイ族の若いもんがやり遂げた」

「あの箇所は絶壁すぎて、誰も登れないと思われていたから警備も薄い。むしろ見張りが少なくて見つからずに登れるとわかれば、我も我もと誰もが断崖を登り始めて、一気に城に雪崩れ込んだんだ」

「おい、見ろ！　城の内側に入り込んだ奴らが城門を開けたぞ」

「急げ、サルディスの富を掠奪し損ねる」

「四大帝国一の富貴を誇るリュディアの財宝だ。故郷へお宝をたっぷり持ち帰れる！」

工兵たちは道具も材料も放り出して武器を取り、サルディスの城門へと走り出す。

リュディア帝国第五代の王クロイソスは、旧メディア領を侵略し、州都プテリアを攻撃して住民を捕らえ、城市を破壊した報いを、先祖が築き百五十年近く支配してきたサルディスの陥落によって受けなくてはならなかった。

誰もいなくなった作りかけの攻城塔のてっぺんに腰掛け、ゼーズルは楊《やなぎ》の小枝を噛みながら、盤石不変と思われていた四大帝国のうち、ふたつの国が滅亡するさまを、この目で見届けることになった自分の巡り合わせを思わずにはいられない。

城壁の向こう、宮殿や市街では火の手が上がっていた。

エクバターナを攻めたときは、メディア人に慈悲を示したクルシュであったが、ここでは刃向かうリュディア人は、すべて殺してよいと命を下していた。クルシュは母方の祖母からリュディア人の血も引いているはずであるが、プテリアを破壊された怒りは、祖母の兄であろうと容赦のない報復に駆り立てるものらしい。

城壁の中で行われている虐殺と掠奪は、ここからは見えない。家族を愛し、配下の兵士や奴隷をも見捨てない温厚なハマダンさえも、人間から血に飢えた野獣に変えてしまうであろう阿鼻叫喚と怒号は、風がかすかに運んでくるだけだ。

ギシッと背後で床板を踏む音がした。短剣《アケナケス》の柄に手をかけたゼーズルがふり向いた先には、神官《マギ》が口の周りの皺にさらに笑みを刻んで立っていた。手には果物を入れた籠を持ち、隣に腰かけてよいかと訊ねる。

「俺の攻城塔ではない。好きなところに座ったらどうだ」

渡された柑橘の皮を剝いたゼーズルは、口内にあふれる果汁に頰をすぼめながら、甘さより酸味の強い果実を味わう。

「ゼーズル殿は、掠奪に加わらないのですか。世界中の富が溜め込まれたサルディスの宝庫が、我々の前に開かれているというのに」

ゼーズルは柑橘の種をプッと吹いて、地面に落ちていくのを眺めた。

「帝国といっても、滅ぶときはあっけないもんだな」

話し相手のできたゼーズルは、問われたことには答えず、思ったことをそのまま口にした。

ゼーズルの横に腰を下ろした神官は、おごそかにうなずいた。

「リュディア王国メルムナス家の滅亡は、その建国当時から予言されていたことだそうです。リュディアの初代の王は、かつてこの地を治めていたヘラクレス家の当主を暗殺し、その妻を娶って王位を簒奪《さんだつ》しました。主人を殺し、人妻を盗んだ報いは、五代先の王が受けることになるであろうと太陽の巫女が告げていたとか。メルムナス家最後の王クロイソスが、五代の王の中ではもっとも英明で、リュディアの国土を過去最大に広げ、エーゲ海のヘラス諸国まで支配下に置き、朝貢を強いて国力を高め、四帝国の中で最も富貴になったというのは、皮肉なことですが」

「クルシュ王が、その完熟したリュディアの果実を、もぎ取ったということになるのか。それにしても、ひとつの頭に三つの王冠《キタリス》。これで終わりってことはなさそうだが」

ゼーズルが籠に手を伸ばして、次の果実を拾い上げる。紫色の斑点に覆われた、赤黄色に完熟した杏《あんず》であった。柔らかな果肉の、口の中でとろける甘さに舌が痺れる。クルシュはリュディアという限界まで熟した果実を、いま存分に味わっていることだろう。

「見届けてみたくはありませんか」

「ファールスがどこまで大きくなるか、を?」

ゼーズルは、目を細めてサルディス城を見つめた。その王宮に堂々と乗り込み、クロイソスに王冠を要求するクルシュの背中を思い浮かべる。

エクバターナで目にした、傲慢な神々に愛されたあの独裁者。

ヒュルカニアからアナトリアまで追いかけても、禿鷲の舞う屍ばかりの戦場で、クルシュの足跡を踏むばかりだった。追いかけるだけでは、どこまで行っても背中しか見えない。

「こんどはあいつが采配する、ひとつの戦場も見逃したくないな」

ゼーズルは西天に傾いた太陽を見上げて、左の空へと視線を向けた。

「次の獲物は、バビロンか」

神官《マギ》は同じく南の空を仰いだ。

「イシュトゥメーグ王がファールスに攻め込む前に、エクバターナに招かれた吟遊詩人が、四帝国を征服する軍神が地上に現れると、預言したそうです。それがクルシュ王であったことはもはや疑いもありません。四帝国のうちもっとも古く、天上の神々すべてに愛されたバビロニア帝国。神々の首都バビロンを征服してこそ、クルシュは世界の王として嘉《よみ》されることでしょうね」

ゼーズルは立ち上がって、脚衣の埃と砂を払った。

「先回りして、あいつの戦いぶりを見届けることにしよう」

五、諸王の王

ハマダンのもとを去ったゼーズルが、バビロニア帝都の、青く染め上げられたイシュタルの門を初めて見上げたのは、リュディアの滅亡からおよそ四年が経ったのちのことだ。

バビロンまでの道のりをゼーズルが知らなかったせいもあったが、リュディア滅亡に伴い、各地で紛争が散発し、迂回を余儀なくされたことはもちろん、戦争や紛争のために流民が多く発生する時世はどこも治安が悪く、安全な宿を求めることも難しかった。

サルディスから南へ行けばバビロニアと、漠然と思っていたゼーズルだが、リュディアの南端は海だった。海岸に沿って東へ進み、シリアにいたってようやく、ヒュルカニアから来たのとほぼ同じ距離を、メディア方面に戻らなくてはならないと知って唖然とする。

ハマダンのように、落ちぶれてもひとの好《よ》さを失わぬ、懐の広いメディア人は、むしろ稀少な存在であったことを、ゼーズルは旅の間に痛感した。平穏な農村の朴訥な農夫と見えても、落ちぶれた貴族や失業した兵士とみれば集団で襲いかかり、わずかな財をかすめ取るのはむしろ普通で、流民や逃亡奴隷にいたっては、自分が生きるためには通りすがりの人間を襲うことを躊躇《ちゅうちょ》せず、奪った食べ物を貪り、旅人のなけなしの荷物や衣類を盗むこと、飢えた禽獣《きんじゅう》となんら変わりはない。

何度か身ぐるみ剝がれそうになったゼーズルは、夜も警戒して弓矢を枕に戦斧を抱えて馬とともに草むらに休み、宿は大きな町の栄えた隊商宿にのみ泊まり、荒野を渡るときは集団で移動する隊商や傭兵隊に加わった。

荒《すさ》んだ顔で賭け骰子《さい》に誘い込もうとする兵士崩れや、怪しげな取り引きを持ちかけてくる商人には警戒をゆるめないゼーズルであったが、道の案内や、宿の客引きに寄ってくる子どもを疑うことは考えず、食事代や宿代をぼったくられた。

メディア語の通じる旧リュディア領やファールス属領でそうなのだから、旧メディアの隣国とはいえ、言語どころか人種の違うバビロニア領内に入ってからは、散々な目に遭わない日がなかった。

バビロニアの民の大半を占める、アッシリア人やカルデア人の肌色は濃く、褐色に近い。目鼻立ちは鋭く、長く伸ばした真っ黒な髪は縮れ、紐でひとつに括《くく》っているのが普通らしい。

色の濃い瞳はゼーズルの感覚には強烈な印象を与える。衣服は派手な色合いの大判な毛織物をゆったりと体に巻き付け、脚衣は穿《は》かず、首や肩、脛《すね》と小麦色の腕はむき出しにしている。人目に肌をさらすことに、男女とも抵抗を覚えない人々らしい。笑うと白い歯が際立ち、早口のカルデア語はまったく聞き取れない。

異民族と見れば奴隷狩りに励むフェニキア人から逃げ延び、ニネヴェに至る前に馬を盗まれ、ティグリス川に沿って南下しているうちに矢が尽き、折れた弓を捨てる。路銀が尽きてからは、ティグリス川の浅瀬や支流で魚を採って食いつなぎながら、玉葱の皮を剝がすように旅の装備を売り払って旅費を賄い、ついにはゲタイ貴族の証である短剣《アケナケス》にはめ込まれた貴石を、ひとつずつ引き剝がしては売り飛ばし、どうにか旅を続けてきた。

季節の移り変わりがいまひとつ摑めないまま、いつの間にか使いこなせるようになっていたいくつかのバビロニア公用語に、放浪の年月を思い返す。ある日、ティグリス川の畔《ほとり》で行き会った漁師に、ここはどこで、バビロンまであと何ファルサングかと訊ねれば、「これから獲れた魚を都へ運ぶところだ。俺の船なら半日もかからぬから、乗せてやろう」と親切に誘われた。

鞘もなく、くたびれた革にくるんだ短剣《アケナケス》の他は、襤褸に近い毛織りの外套しかまとわぬゼーズルから奪う物などない。バビロンまであと少しと聞いて、武器も持たない漁師相手に気がゆるんでしまったのは、長すぎる旅に倦んでいたせいもあるだろう。

「サルディスから来たんなら、なんでユーフラテス川を船で下ってこなかったんかね。そんな無一文になる前に、ひと月もありゃバビロンに着けたろうに」

異国人の旅の来し方《かた》を聞いた漁師は、前歯の欠けた口《こ》で、ガフガフと笑った。

「バビロンがどこにあるのかもよくわからなかった上に、ユーフラテスを渡ったときには、アッシリア語もカルデア語も話せなかった。渡った川がどこへ流れていくのかはもちろん、その川の名前すら、通りすがりの人間に訊けなかったんだ」

と、ゼーズルは苦笑いを返すしかない。

水のゲタイならば、船に揺られているうちに気分もよくなる。魚の生臭さすら懐かしい。襲ってきた睡魔に身を任せ、目が覚めたときは文字通り身ぐるみ剝がれて、カルデア人の奴隷商に売り飛ばされていた。漁師にとって、その日たまたま通りかかったゼーズルは、その日たまたま網にかかった魚と同じように、船底に転がる商品でしかなかった。

戦士であり、マッサゲタイ貴族であることの証の短剣も見当たらない。

ゼーズルは手足を鎖でつながれ、腰布ひとつを許されて、世界最古の都バビロンの、女神イシュタルに捧げられた青の門を素通りした。肌を晒すことに羞恥を覚える、イーラーン高原やアナトリア半島以北の民にとって、体から衣服を剝ぎ取られることは、落ちぶれてなお保ち続けていた自尊心や人間性まで、削り落とす効果があるのだろう。漁師に対する怒りや、商人に対する憤懣《ふんまん》、運命に対する恨みを感じる気力すら、ゼーズルの内にはひとかけらも残っていなかった。

川岸に連れていかれたゼーズルは、ティグリスとユーフラテスに挟まれたバビロンの城壁造りの、終わることのない土砂運びの仕事につかされた。

奴隷たちは、牛か駱駝のように無表情に働き続ける。一日に二度の大麦と雑穀の粥と、麦《ばく》酒《しゅ》だけを楽しみに、苛酷な労働に耐え、倒れて動けなくなるまで。

首から下は直射日光に当たったことのないゼーズルの白い肌も、たちまち灼《しゃく》熱《ねつ》の太陽に焼かれて、周りのエジプト人やアッシリア人と区別がつかなくなる。それでも、バビロニアの強い日射しに晒された髪が、日増しに赤茶けて淡くなっていくのが周囲から目立つせいか、少しでも体を休めていると、たびたびカルデア人の監督に怒鳴られ、鞭打たれる。顔にも背中にも、幾条《すじ》もの鞭の痕が刻み込まれた。

はじめのころ、唸りを上げて振り下ろされる鞭を、反射的に摑み取って相手を殴ったことがある。その報復に、よってたかって蹴られ殴られ、特に頭の側面を打たれて気を失ってから、左の目がひどく霞むようになった。

「カルデア人は、メディア人が嫌いなのか」

傷の手当てをしてくれた、同期に現場に連れてこられた奴隷仲間に訊ねる。監督に鞭打たれたとき、メディア人への罵倒を何度も聞き取ったからだ。エジプト人の血を引くというカルデア人奴隷のテッサは、ゼーズルの側頭部を冷やしながらかぶりを振って答えた。

「メディアとバビロニアは、親父や祖父《じい》さんの時代から、戦争してるからなぁ。好きにはなれんだろう。あんたもメディア人みたいな顔と髪で不運だな。ほら、あの壁が見えるか」

テッサはユーフラテス川に沿って続く堤防を指さした。

「メディアの壁っていうんだ。メディア人が攻めてこないように、先々代だか、先々々代のときに造ったんだ。女王の時代だったっていう」

ゼーズルは首をかしげ、その痛みで顔をしかめる。エクバターナ王宮に滞在していたバビロニア使節は、丁重に扱われていた。また、ファールス反乱時には、イシュトゥメーグ王がバビロニアに援軍を要請していたことも思い出す。

「外交では仲良くやっているように見えたが、いろいろあったんだな」

「昨日の敵は今日の友、ってやつだなぁ。そのメディアも潰れちまったが」

「今日の友が明日の敵になっていても、驚かんな。メディア帝国の走狗《そうく》だったヒュルカニア族が、いまじゃファールス王の忠犬だ」

すでに面影もはっきりしないが、ヒュルカニア貴族パルケシュのことを思い出す。ファールスについたヒュルカニア族は、日の出の勢いのクルシュのもとで、帝国における存在感を増している。パルケシュもいまは押しも押されもせぬ大貴族になっていることだろう。エクバターナ王宮で出会ったときは、同じような地位から始めたというのに、要領の悪い自分とは大違いだ。

「おまえさん、根性だけじゃなく学も意外とありそうだな」

上司との間の女性問題で投獄され、奴隷にされたというテッサは、もとは灌漑《かんがい》技師だったという。ゼーズルのことが気に入ったらしい。ゼーズルにとっては無意味に思える土木の数々の工程を、丁寧に説明してくれる。土台にはめ込まれる碑文の読み方も教えてくれた。煉瓦のひとつひとつに刻まれていたのが、現バビロニア王ナブー・ナイドの名前であったことに、ゼーズルは苦笑を禁じ得ない。

「そうしておけば、誰が建てた城か、ずっと先までわかるじゃないか。自分の偉業を後世に伝えるためだ」

「誰の偉業だって？　意味がわからん。城壁を築いているのは奴隷たちじゃないか」

「そりゃそうだ。ゼーズルは奴隷にしておくには惜しいな」

テッサは、ゼーズルの応答を気の利いた冗談であるかのように笑いで返す。価値観が根本から異なり、すれ違う互いの常識を、諧謔《ユーモア》に紛らわせることのできる余裕を具えていた。

「あんたも、奴隷にしておくには惜しいな。あの鞭を振り回すしか能のない監督よりよっぽど、城造りをわかっているのに」

川に挟まれた都を守る壕《ほり》から掘り出された土で、一抱えもある煉瓦を焼き、その煉瓦を城壁や河川の堤防に運んでは、どこかから運び込まれてくるどろどろとした土瀝青《アスファルト》で固定し積み重ねて、城壁を作り上げていく。

煉瓦をひとつ積み上げるたびに、ひとりの奴隷の命が押し潰されていく。そんな想像をしながら、ゼーズルはその頂上も見えない城壁を見上げては息をつき、また煉瓦運びや土砂運びに戻る。

世界でもっとも古く美しいと言われる都バビロンではあったが、ゼーズルはその中に一歩も入ったことがない。かつて草原の戦士であったゼーズルはいま、ただひたすら城の外で土を運び続け、命尽きては使い捨てられる、数多《あまた》の奴隷のひとりに過ぎなかった。

繰り返す単調な日々の救いは、泥のような眠りに落ちる一瞬、まぶたに浮かぶ幼なじみの女の顔だ。

その女の面影は、日によって変わる。出会ったばかりのあどけない少女であったり、悲しげにまぶたを伏せた娘の横顔であったり、あるいは王妃の誇りに満ちたおとなのタハーミラィの眼差しであったりした。

マッサゲタイの言葉を聞かなくなってから、どれだけの年月が経ったのか、ゼーズルにはもはや数える術がない。肉を与えられないために、酷使されるだけの筋肉が減っていくのがわかる。もう諸刃の戦斧を振り上げて、一撃で敵の頭蓋を叩き割ることなどできないだろう。馬の背を下肢で締め付けるだけで上体を支え、弓を引き、戦場を駆け抜けることも、もはや無理だろう。

「なぜ来ない」

それは、幻のように脳裏にたゆたう女の面影につぶやいた問いではない。

「早く来い。バビロンの女神を、その血まみれの腕でねじ伏せるために。おまえが世界の王になるその日を、タハーミラィの代わりに、俺が見届けてやる」

風がゼーズルの耳に運んでくる、途切れ途切れのクルシュの動向をつなぎ合わせるとこうであった。

リュディアがファールスの属州となり、クルシュの右腕であったアルバク将軍がアナトリア半島の西端から、エーゲ海沿岸のヘラス人都市《ポリス》を平定する間、クルシュはファールスの故地パサルガードへ戻り、王都の建設に着手していた。メディアの廃王に破壊されたパサルガードを、世界帝国ファールスの首都として再生させるため、クルシュはリュディアから徴収した富と財産、そして建築技術者を投入した。

その間もメディア、リュディアの各地で起きる旧勢力の反乱を、クルシュは広大な国土に軍隊を派遣し、また自身が選りすぐりのファールス精鋭一万人隊を率いて虱潰《しらみつぶ》しに潰していった。

昨年はユーフラテス川下流スシアナ地方に細々と余命を保っていたエラム王国を平定し、着々とファールスの領域を広げ、最古の帝国バビロニアの包囲を狭めていった。

そうしてようやく、ゼーズル自身がなんのために奴隷の身に落ちてまで、バビロンで待ち続けているのかという理由を忘れかけたころ、人々は恐怖を込めてファールス軍のバビロニア侵攻について囁き始めた。

サルディスが陥落したリュディア帝国滅亡から、六年の歳月が過ぎていた。

しかし、その夏のファールス軍は、ティグリス川の支流、ディヤラ川まで前進したが、ひと夏そこに陣を張っただけで、エクバターナへ引き返していった。

さすがのファールス帝王クルシュも、ディヤラ川の幅や深さを克服できず、軍隊を渡河させることができなかったらしいと、さらなる大河ティグリスそのものを都市の防壕《ぼうごう》とするバビロンの人々は、ほっと胸を撫で下ろした。しかし、ファールス軍が去った後にはディヤラ川が消滅し、三百をゆうに超える大小の運河がティグリス川に注ぎ込んでいたという。

クルシュ王がなぜ、そのような無意味な土木工事にひと夏を費やしたのか、いろいろな憶測が流れた。お気に入りの白馬が川で溺れたために、川に復讐したのだという噂に興じ、ファールス王の癇癪《かんしゃく》を笑い者にすることで、バビロン市民は溜飲を下げた。

それでも、クルシュがバビロンを狙っているという動かしようのない事実は変わらない。バビロンの住民はファールス軍が必ず攻めてくることを確信して、籠城の準備を整えた。

それも、城の外で来る日も来る日も、川の流れそのもののように終わることのない労働に明け暮れる奴隷たちにはどうでもよい事であった。ただひとり、ゼーズルを除いては。

茫漠とした草原と沙漠、あるいは漁場を、季節のもたらす豊穣を追って移動するマッサゲタイでは、川の流れを変えるなどということは、まったく想像の埒外《らちがい》であった。陸のゲタイよりは移動範囲の狭い水のゲタイでさえ、葦で編んだ家に住み、恒久的な町をつくることはしない。王族ゲタイの穹廬《きゅうろ》は驚くほど壮麗であるが、すべて持ち運び可能な建材とフェルトの壁だ。

しかし、エクバターナもそうであったが、バビロンはどこもかしこも石と煉瓦でできていた。城壁の厚さも高さも、人間の力でこれだけのことが成し遂げられるのかと、何度見上げても感嘆の息が漏れる。

千年王国バビロニア歴代の王にとって最大の敵は、周囲の大国以上に、氾濫《はんらん》を繰り返すふたつの大河であった。毎年大量に上流から運ばれて堆積する土砂を取り除き、絶えず運河を掘削し、新しい水路を開削して水量を分散させ、あるいは川筋を広げ湾曲させて流れをゆるやかにする。卓越した水利事業によって水位を下げ、橋を造り、また元の水床に戻して、市民に必要な水上の便をはかるなど、常に水との戦いであった。

空前の土木工事を幾世紀も支えてきたのは、ゼーズルのように何千、何万という異国から連れてこられた奴隷たちであったが、このバビロニアの繁栄を支え続けてきた水利技術を、クルシュはどうやらひと夏でものにしたらしい。

とはいえ、次の夏にふたたびバビロンに攻め込んできたファールス軍は、サルディスよりもなお堅牢な城壁と、水量の豊かなふたつの大河、そして無数の運河に守られた巨大なバビロンの都を前に、為す術もないありさまであった。

何十万という軍隊に囲まれて、都周辺の工事は中止となっていた。バビロンの市民や奴隷が拉致されて、内部の情報がファールスに漏れることを怖れたのだろう。

仕事もなく暇を持て余す奴隷たちをよそに、ゼーズルは毎日、壕の端に出て対岸のファールス軍の動きを見守った。無数の旗と天幕、溶かした瀝青のような軍馬のうねりが遠望できるだけで、クルシュの本陣は見えない。しかし、サルディス攻城の時に見たような、攻城塔や投石器、破城槌のような大型攻城兵器を押し出してくる気配はなかった。壕や川の幅が広すぎて、投石器の飛距離では城の内側に石や火球を投げ込むまでにはいかないのだろう。

初めて、ゼーズルはたっぷりある時間を使って、バビロンの城壁をぐるりと歩いた。歩き出してすぐ、大都会バビロンを一周するのに、何日もかかることを知った。巡回中のバビロン兵に見つかり、脱走奴隷として追われ、壕に飛び込む。外見からメディア人かファールス人の間諜《かんちょう》と思われて殺されかねない。潜水してやり過ごすが、重労働と栄養不足で何年も酷使され、衰えた身体では、壕や流れの速い川を泳いで渡りきる自信はなかった。

ゼーズルは城壁周辺を巡回する兵隊らの交代時間や、哨戒の間隔を把握していた。ひと気のない時間帯や夜に、少しずつ壕端を城壁に沿って進み、兵士の詰め所や誰かの住居から食べ物を失敬したり、城壁に自生する木の実や果物を採ることを覚えた。力尽きると、城壁に張りついた枯れ草を集めて敷き詰め、壁を背に横たわって眠る。そしてユーフラテス川の上流を見晴るかす北東の壕にさしかかって、ファールス軍の妙な動きに気がついた。霞む左の目も細めて、注意深く観察する。

昼は静かなファールスの陣営だが、夜は動きがあった。灯火をつけずに星明かりの下で行われているのは、ゼーズルが日頃行っている掘削工事と同じ作業と思われた。

ゼーズルはそこに留まって、昼間は眠り、夜はファールス軍の動きを観察しつづけた。

そしてある夜、不気味なまでに静かな黒い装備のファールス軍が、闇を流れる瀝青のように、急ごしらえの運河に水を分けられて、浅瀬と化したユーフラテス川を歩いて渡り、夜に紛れてバビロン市内に潜入を始めた。

何が起きているか、ゼーズルにはすぐにわかった。ほかならぬゼーズルとタハーミラィが、その手を使ってメルヴに潜入し、城内に立てこもるロクシャンダの一党に奇襲をかけたのだから。

だが、ゼーズルはバビロン兵士へと警告に走ることもせず、そこに留まったまま、ファールス軍がバビロンの城壁に吸い込まれていくのを見つめた。

川の水を引き込む水門が閉ざされていなかったことは、大河の守りを疑わなかったバビロニア軍の油断としかいえない。しかし、この攻囲《こうい》戦に先立ち、ティグリス川上流の小都市オピスにおける緒戦で、バビロニア王ナブー・ナイドは敗走していた。同じくこの戦闘で、バビロン司政の長であり、オピス戦の総指揮を任されていた王子ベルシャザルは、生死も確認されぬまま行方不明となっていた。

堅牢な城壁と、大軍を渡すことも不可能なふたつの大河、そして幾重にも都を巡る運河に守られたバビロン市民は、ひたすら籠城に耐え、王の帰還を待ち続けた。しかし、頭を持たぬ百足のごとく、防衛は穴だらけで兵卒の警戒心も士気も盛んとはいいがたく、折悪しく──あるいは、それすらクルシュにとっては戦略のうちであったのかもしれないが──その夜のバビロンでは、主要神に捧げる祭りで人々は浮かれ騒いでいた。

水門から侵入したファールス兵が、城門を内側から開いた。イシュタルの青き門から、厳かに入城したクルシュとその軍隊が粛々として王宮へ進むのを、市民たちは祭に花を添えるための国軍と思い込み、侵略軍であるとは思いもしなかったという。

まさに、後世に特筆されるべき無血入城であった。

市民が王不在の王宮が占領されたことを知ったのは、翌朝、ファールス軍によるバビロン王宮と政庁の制圧が、大過なく終わったあとであった。

国と帝都の支配者が変わったことさえ、昼になっても知らない市民が大多数だった。

それほど、バビロンとは巨大な都会であった。城壁には百を超える門があり、二十万の人口を抱える市街は果てしなく、都市の一部で戦闘や火災があっても、大半の市民は何も知らずに日常の生活を続けることができたのだ。

この日、初めてイシュタルの門を潜り、城内を目にしたゼーズルは、その豪壮華麗な建造物の群れに度肝を抜かれた。エクバターナですら地方の都市に思わせる巨大な神殿の数々、市内を縦横に流れる運河は、御座船や海洋をも征《ゆ》ける巨船がすれ違えるほどの深さと幅があり、いたるところに椰子《やし》や楊の並木が涼しい影を落としている。

城壁や運河と同じように、寸分の狂いもなく縦横に市内を走る街路には、並木ですら形を整えられ、草花は囲われた花壇の中で美しさを競っている。端的に言って、すべてが人工物で形作られ、あるいはひとの手で形を整えられていた。

この日を、幾年幾月待ち続けたか、ゼーズルはすでにわからなくなっていた。自分の年さえも、数えることをやめていた。マッサゲタイを追放されたのが、十年前なのか、二十年前のことだったのかも、定かではない。サルディスの劫掠と破壊とはまったく無縁の、バビロンの無血陥落を前に、昨日と同じ穏やかな日に生きる市民の表情に、ゼーズルはこの町のどこかにクルシュがいることが、いまだに信じられない。

広場のあちこちに彫刻された獅子や、牡牛の口からあふれ出す水に目を留めたゼーズルは、急に思いついて体を洗った。まとっていた腰布で垢《あか》をこすり落とし、髪も水が透明になるまで濯《すす》ぎ、伸びきったひげは指で梳いて、爪の中に入り込んだ頑固な泥も洗い落とす。最後に腰布を洗おうとしたが、すっかり傷んでいたところを何度も強く擦《こす》りつけたために、ぼろぼろと解《ほど》けてしまった。

いくら温暖なバビロンとはいえ、奴隷でさえ素裸で歩くことはない。途方に暮れたゼーズルの前を、ファールスの侵略を怖れて、驢馬に家財を積んで避難する家族が通り過ぎた。

「おい、布を一枚くれたら、荷を押すのを手伝うが」

いきなり素裸の異民族に声をかけられたカルデア人の家族は、怯えて立ち止まる。明らかに男手の足りない一行だが、家長らしき男が呪詛の言葉を吐き、一枚の麻布を投げて寄越した。そのままあたふたと荷を押して進む。

「本当に押してやるのに」

喝上《かつあ》げと思われたのは不本意だったが、敵対するファールス人と似通った風貌の、裸の北方異民族に話しかけられれば、バビロンの市民が怯えるのは当然だろう。ゼーズルはヘラス人がよくやるような、裁断されていない布を体に巻くやり方で体を覆った。ピンも留め金も持っていないため、布の端を結んでひっかけるような、いささか不恰好な形になってしまった。そして、端切れと化した襤褸を裂いて腰紐とし、あまった紐はバビロン市民のように髪をうしろで束ねる。泉をのぞき込んで前髪を撫でつけると、どこかの良家の家内奴隷くらいには見栄えがよくなった。

ゼーズルが逃げたことに気づいた奴隷頭が捜しに来ても、おそらく見分けることはできまい。背中の鞭の痕を見られたら万事休すだが。

ゼーズルは生まれ変わった気持ちになって、足取りも軽くバビロンの通りを堂々と歩く。供犠を捧げる神殿から漂う、肉を焼くよい香りに導かれてそちらへ行けば、貧しい市民に施される肉やパンの相伴《しょうばん》に与ることができた。何年ぶりかで満腹を覚えたゼーズルは、何の神が祀《まつ》られた神殿なのかは知らないが、神殿の主に心から礼を唱えた。

　都市の中心、王宮や神殿の並ぶあたりまで行けば、さすがに緊張感が高まっていた。ファールス軍の兵士は掠奪を禁じられ、都市のあちこちで抵抗を続けるバビロニア兵の鎮圧に送り出されていた。拘束されたバビロニア兵は都の外へ連れ出される。沙漠のどこかで処刑されるのか、あるいは奴隷に落とされるのか、誰もその運命を教えられることはなかった。

　平民の住むあたりの神殿では、信者たちに供犠や寄進物の余りが振る舞われ、富裕層の街区では、毎夜の宴会の残飯が貧民たちに施されるおかげで、都会の貧困層は食べ物に困ることはない。

　魚の擂り身粥を参拝者に配る川の神の神殿を見つけて、その通りに腰を据えたゼーズルは、毎日そこから市の中心や王宮へ通った。

　市の中心を貫く大通りで根気よく待ち続けたゼーズルはついに、戴冠のためにイシュタルの門から王宮へと進む、クルシュの凱旋行進を見ることができた。

　赤地に金色の鷹が浮き出した王家の旗が無数に翻る。煌《きら》びやかな甲冑で飾り立てた騎兵の隊列に、露払いの栄誉を担う堂々たるアルバク将軍の姿もあった。その頭は真っ白になっていたが、むしろ威厳に満ちていた。一糸乱れず行進する黒衣のファールス精鋭一万人隊《アヌーシャ》、全身を甲冑で覆われた重装騎兵、六頭の白馬に牽かせた戦車に、メディア風の優美な長衣と金銅の甲冑を着け、傲然と立つファールスの帝王。

エクバターナ王宮で何度か見かけた若き藩王の面影はすでになく、無数の戦場を生き延びた面差しには、十年以上の年月と、三つの帝国をその足下に踏みしめて立つ、覇王の威厳が満ち満ちていた。

クルシュの両側に立つのは、おそらく腹心のファールス将官と、人品卑しからぬ老人だ。その老人が、八年前に征服されたリュディアの王クロイソスであることは、周囲の囁きから聞き取った。

クロイソスはクルシュの命によって処刑されたと言われていたが、孫を卑しみながらも溺《でき》愛《あい》した祖母アリュエニスに免じて赦されたのだろう。助命されて以来、クルシュの政治顧問として仕えているという。

永遠に続くかと思われた凱旋の行列には、やはり戦い続けた歳月の刻み込まれた、ヒュルカニア首長アルタシールの涼しげな顔もあった。無意識にパルケシュの姿も捜したが、ヒュルカニア将兵の冑に隠れた顔の中から、記憶にある若い貴族を見つけ出すことはできなかった。

無数にいるメディア人将兵の中からハマダンを捜し出すことは、最初からあきらめた。

戴冠式に続いて、クルシュは全アジアの王として、すべての国民の宗教の自由と、文化の保護を宣言した。奴隷は解放され、抑留されていたユダヤ人や、強制移住をさせられていた異民族の奴隷は、父祖の地へ帰ることを許された。

ゼーズルはもはや、奴隷頭に見つかって逃亡の罪を責められて殴り殺されたり、もとの仕事場へ送り返されたりする心配はなくなった。

だがバビロンは、常に氾濫する大河に挟まれ、大小の運河が世界の富を集散し、無数の灌漑施設による世界最大の穀倉地帯を抱える巨大都市だ。絶えずどこかで、大規模な土木工事が展開されている。長大な城壁の修理維持に、必要な人員の確保は急務であった。

「ゼーズル！」

かつての奴隷仲間に声をかけられて、ゼーズルは反射的に逃げ出しかけた。その必要がないことを思い出して踏みとどまる。

「テッサ。解放されたのに、故郷に帰らないのか」

ゼーズルに問われて、テッサは、並びの悪い歯を見せて笑った。

「帰りたくても先立つものがない」

「いま、どうしている？」

ゼーズルの問いに、テッサは目を丸くした。

「前と同じ城壁造りの現場だ。監督に抜擢《ばってき》された。ゼーズルこそ、何しているんだ。仕事でも見つけたか」

聞けば、解放された奴隷たちは、ほぼ全員がそのまま工事現場に留まって働き続けているという。

「日雇いの日当が銀貨二枚と、仕事の後は葡萄酒が二杯、麦酒の方がよければ四杯まで支給されるんだ。故郷に帰るやつなんかいないよ」

鞭と雑穀粥の代わりに、賃金が支払われ、倍の量の酒が支給されているらしい。言われてみれば、テッサは奴隷時代よりも血色と肉付きがよく、身ぎれいにしている。

「現場頭《がしら》になれば、銀貨三枚、監督になれば銀貨五枚だ。みんな金を稼いでから帰郷するか、出世して女房をもらうために、必死で働いている。ゼーズルも戻ってこいよ」

バビロンでは、花嫁を娶るのに莫大な結納金を払う習慣があり、貧しい男たちは結婚など夢にも見ない。奴隷階級に落とされた者はなおさらだ。自由民の資格を取り戻し、定期的な収入を得たテッサは、故郷に帰るよりも、女と所帯を持つ夢を実現するつもりらしい。

「銀は必要だが、土砂を運ぶのはもう飽き飽きだな」

「ゼーズルは賢いところがあるから、すぐに監督になれるのになぁ。他にやりたいことがあるのなら、王宮に行ってみろよ。王様がパサルガードの宮殿を造るのに、技術者を集めている。バビロンの空中庭園よりも、もっとすごい王宮庭園を造るのに、建築土木や利水に詳しい人間を欲しがっているそうだ」

テッサにとって、すでにバビロニアの王はクルシュであり、最後の王ナブー・ナイドの消息すら興味がないらしい。

　宗教改革で古い神を否定したり、自分の信じる神を信仰するように市民に強いたことから、もともと人気のないナブー・ナイド王であった。処刑されたのか、追放されたのか、それともイシュトゥメーグ王のように、僻地《へきち》に領地を与えられて幽閉されたのではと、いろいろな噂があってはっきりとはしない。同じ仕事ならば、鞭より賃金をくれる王の方がいいには違いないが、それにしてもバビロン市民の薄情さは理解に苦しむ。

「そうか、いいことを教えてくれた。王宮に行ってみる」

　クルシュが出自と民族を問わず、帝国の民に雇用の門戸を開いているのなら、ファールス人の官吏と口をきく機会もありそうだ。さっそく王宮に出向いて、パサルガードの工夫募集について問い合わせた。

　バビロンの土木奴隷を四年間生き抜いたことに加えて、メディア語とカルデア語に堪能なこともあり、ゼーズルはすぐに採用された。パサルガードまでの旅費と支度金の銀貨五枚を渡しながら、「何か質問は」と訊ねるファールス人の役人に、ゼーズルは「パラダ、ィサ、ってファールス語か」と訊ね返す。

　眉を上げる役人に、「パラディサか。そうだが、それがどうした」とさらに問い返されたゼーズルは、「どういう意味で、どこにあるのか知りたい」と答えた。ファールス人の役人は、唇の両端をきゅっと上げて、発音の間違いを強調しながらゼーズルの肩を軽く叩いた。

「おまえさんは、これからその『パラディ、ィサ』を建設しに、パサルガードへ行くんだよ。それもファールス史上、いや世界で最大最上の、もっとも美しい『パラディサ』を造りにな」

紀元前五三九年。ファールス帝国クルシュ大王は、九年にわたるバビロニア帝国との戦争に勝利した。人口二十万人を超える、世界で最も巨大かつ壮麗な城壁都市バビロンの王宮において、クルシュはアンシャンとエラムの王、メディアとリュディアの王、バビロニアとアッシリアの王、アッカドとシュメールの王、アーリア人と非アーリア人の王たる全アジアの主、ファールス帝国の王を宣言する。

そして、全知全善の神アフラ・マツダと、諸民族の崇《あが》める古き神々の名において、帝国のあらゆる王侯と、二十八の民族を治めることを天から委任された『諸王の王《シャー・ハンシャー》』の称号を己に冠した。

六、女王タハーミラィ

「ファールス人というのは、称号偏愛者の集団なのかしら」

タハーミラィは、二年前のバビロン陥落と、クルシュのバビロニア王戴冠式を吟じる詩人の詠唱を聴いたあとで、笑いながら傍らの夫に話しかけた。

「箔《はく》もつくし、はったりにもなる。地上に知られた国という国、民という民を支配していると聞けば、逆らう気になる人間の方が少なかろう。残るは、エジプトのみであるな」

あれほど揺るぎなく、世界を形作っていた四大帝国時代が、いつしか吟遊詩人の語る神話世界のように遠い過去になっていた。

マッサゲタイより北には、茫漠とした荒野が広がるばかりだ。そこで狩猟や遊牧を営む異民族は、マッサゲタイと似たような風俗と氏族社会を構成しているが、同じ言語や文化を共有する氏族団を、血統によって統括する政体や王国というものはない。個々の小氏族や分派したはぐれ部族が、脈絡も連携もなくマッサゲタイの領域を侵しては立ち去る。交易や協定を取り結ぶのもひと苦労であった。

少し前までは、イッセドネ人の首長が王を自称し流通があったが、最近は、肌や髪の色が異なるだけでなく、顔の作りが扁平《へんぺい》で目が細く、眦のつり上がった、まったく言葉の通じない種族が境界を圧迫していた。かれらもまた弓術と乗馬に長け、神出鬼没に掠奪を働き、あるいは交易を求めてくる。

東の方は相変わらず好戦的で流動的なサカ人が、千年一日変わることなく、温暖で農耕の盛んなヒンドゥの国々や、中央アジアから地中海へ伸びる藍星石《ラピスラズリ》の交易路に沿った、商工業で栄えるソグド人の都市を脅かしていた。しかし、ヒンドゥの向こう、東のサカ人の版図の彼方には、どのような国々があり、どれだけの数の人々が暮らしているのか、まったくと言っていいほど知られていない。

ゆえに、ファールス人やメソポタミア人にとっても、そして、タハーミラィにとっても、マッサゲタイ人の国が世界の果てと言っても、差支えなかった。

クルシュがエジプトとエーゲ海を征服し、地中海の諸都市を手にしたのちは、マッサゲタイの征服を以て、世界の王となる予言は成就される。

それは、いつのことだろうか。

王の穹廬では、旅の吟遊詩人の歌を聴くために、近親だけでなく、側近も家族を連れて集まり、晩餐が開かれていた。外の吹雪《ふぶき》をよそに暖かな炉を囲んで、詩人の歌う異国の英雄譚《たん》や悲喜劇に、みな熱心に耳を傾け、笑い、驚き、涙する。

しかし、詩人の語りは、昔話でもおとぎ話でもない。アルボルズ山脈の向こう、イーラーン高原とメソポタミア、さらにその彼方のシリア沙漠と地中海沿岸では、いまこの瞬間も戦争と興亡が繰り広げられている。それを実感できる者が、この王庭にいったい何人いることだろう。

タハーミラィは、もう膝に乗せるには大きすぎる十歳の息子が、詩人の歌に出てきた難しい単語の意味を父親に訊ねているのを、微笑ましく眺めた。

晩餐の輪の中、少し離れたところで口数少なく人の話を聞きながら、温めた乳酒を口に運ぶのは、カーリアフの最年長の王子シャーリヤーだ。体格は悪くなく、ひげも生えそろい、弓も戦斧も人並みに扱えるのだが、夫婦げんかを内乱にまで発展させた両親に似ず、覇気のない青年であった。

シャーリヤーの物憂さは、母を奪われたことを恨み、いつか意趣を返すために我を抑えている、というものでもない。不屈の意志を秘め、忍従に耐える人間の瞳でもない。地位と身分に必要な能力と自信が欠如していることからくる、気の弱さと思われた。

はた目にも、政務の実務力や騎馬隊の指導力は、ゼーズルやクルシュが同じくらいの年齢だったときのそれと、まったく比べものにならないのだ。

「使えないな」

王位を譲るべき最年長の息子へ視線を向け、カーリアフは落胆のつぶやきを漏らした。

「シャーリヤー様のことですか」

「王は、強くなくてはならん。周りの意見を聞く耳は必要ではあるが、自身の意志や目的は動かされてはならん。だが、あいつは人の言いなりだ。部下の意見が対立しても、抑えることができない。十六で死んだ兄のハルハミードの方がまだ、自分で考える頭を持っていたのだが。ロクシャンダはあいつにどういう呪いをかけたのだろう」

カーリアフは、頭髪に白いものが増えていた。

「シャーリヤー様はまだ、お若いのですから」

慰めの言葉は、もちろん、本心ではない。息子のシャープァ・カーヴィスを王位につけたいという思いは当然として、シャーリヤー王子の器量はとてもではないが、カーリアフと心血を注いで築き上げてきた王国を、任せられるようなものではないのだ。

「そなたが、わしの息子であれば、よかったのだがな――」

いま現在、年齢的にも、器量でも才幹でも、そして、人望においても、タハーミラィのほかに後継者にふさわしい者はいない。

「そしたら、閨のお勤めができませんわ」

タハーミラィはいたずらっぽく笑い、たしかにそれは困るとカーリアフも前言を撤回した。

カーリアフは考え込みつつ、左の腿を無意識に撫でさすった。そこに、先の遠征で負った、癒されない矢傷があるのだ。乗馬や歩き回ることに不自由はないが、いちど座ると、立ち上がるのに人の手を借りねばならなくなった。跡継ぎに悩むようになったのは、そのせいだろう。

「イシュトゥメーグ王は、なぜ、クルシュを後継者にしなかったのだろうな。爪や牙を隠していてさえ、有能で才気にあふれた、自分の血を受けたただひとりの男子であったのに」

ひとりごとのように、そして、羨ましそうにカーリアフはつぶやいた。

被支配民族であったファールス人に対する、メディア人の優越感と根の深い差別意識は、没落してメルヴに流れてきたメディア貴族にはいまでも根強く残っている。半分はメディア人でありながら、ファールス人に帰属するクルシュは、隷属を強いられたファールス人が、支配者のメディア人になにひとつ劣ることのない民族であると証明するために、自力でメディア帝国を勝ち取るしかなかったのだ。

「でも、カーリアフ様もまだまだ、お若いです。シャープァ・カーヴィスをよろしく導いてください。クルシュ王の半分の才覚があれば、たいていの国は治められます」

タハーミラィの励ましに、カーリアフは目尻を下げた。いつのまにか夫の顔に増えた皺と、垂れてきたまぶたや頬に忍び寄る老いを見た気がして、タハーミラィは、つと胸を突かれた。

「シャープァ・カーヴィスの成人も遠いことではない。そろそろ、短剣《アケナケス》を鋳造させよう。黄金の柄頭にはめる宝石は藍星石《ラピスラズリ》がよいか。それとも、柘榴石《ガーネット》がよいだろうか」

智慧の青金か、力と権威の深紅か。わが子の資質や才能を伸ばす護符の選択は、親としては悩ましい所である。

しかし、カーリアフは息子の成人を見届けることはなかった。シャープァ・カーヴィスが十三歳のとき、交易路を収奪する盗賊征伐で負った傷が腐り、何日も高熱に苦しんだのちに、五十歳で逝去した。

負傷してすぐ、余命に不安を覚えたカーリアフは、共同統治者にタハーミラィを指名し、長老会はタハーミラィの統治権を認めた。そのお陰で、タハーミラィは埋葬されるカーリアフとともに殉死する義務を免れた。

往時の遊牧民のように、妃の全員と王家のすべての奴僕《ぬぼく》が殉死する慣習は廃《すた》れていたが、死後の世界でも現世と同じように暮らしていくのだと信じる北方の民は、一代の王の死出の旅に、少なからぬ数の殉死者を必要とした。

ファリダは、筆頭の妃としてカーリアフの供をすることを申し出た。妹のようにかわいがってくれたファリダを、タハーミラィは真心から引き留める。

「まだ成人前の子どもがいる妃は、殉死する義務はないのよ、ファリダ」

ロクシャンダよりもカーリアフの子を多く産んだのはファリダであったが、六人のうち五人は女児で、末の王子はまだ十歳にもならない。

ロクシャンダが失脚したあとも、ファリダとタハーミラィは、カーリアフの寵を争って対立することをしなかった。タハーミラィがつねに年少の立場としてファリダを敬い、第二の妃に引き立て、遇してきたからであろう。大勢の妃と王族の女たちが暮らす王庭を、タハーミラィひとりで運営することなど不可能であり、ファリダはタハーミラィと競わぬことでその片腕となり、子だくさんの穹廬とカーリアフとの閨を、和やかなものとした。

ファリダは悲しげではあるが、凜とした笑みをタハーミラィに向けた。

「私の子どもたちを頼みます、タハーミラィ。娘たちはあなたに馴染んでいるから、大丈夫よ。よい氏族に縁づけてやってね。そして、息子を立派な王族ゲタイの戦士に育て上げて。私は一足先に橋の向こうの世界に行って、カーリアフ様のお世継ぎを産んで、あなたを待っているわ。次の世では私が正妃よ」

ファリダは自信たっぷりに言ってタハーミラィの両頰に接吻すると、速やかな死を招く毒の調合された酒壺《さかつぼ》を胸に抱いて、別れの言葉を告げる。

「ええ、橋の向こうでは私がファリダにお仕えするわ。あちらでは戦争や政で頭を悩ますのはファリダに任せて、私はたくさん子どもを産みます。それから、今生では時間がなくて上達しなかった刺繡を、ちゃんと覚えたい」

タハーミラィは屈託なく笑いを返して、ファリダの頰に口づけした。

子どもをひとりしか授からなかった上に、公務に忙しかったタハーミラィは、息子と過ごした時間の少なさが今生の心残りであった。

「次の世でまた、会いましょう」

個々の営みは死を以て一区切りする。死に臨む痛みは恐ろしく、今生では再会できない悲しみは伴うが、魂の営みは永遠であると信じるマッサゲタイ人にとって、墓室へと続く死の門は、いつかは誰もが潜るものであった。

王族の筆頭として夫と殉死者を送り、葬儀を行う。国王に代わって政務を執るタハーミラィに、伴侶の死を嘆き悲しむ時間も余裕もなかった。王国の危機は、国王崩御の報が周辺諸民族に知れ渡ったときに襲いかかる。カーリアフが去ったのちも、侵略や反乱を許さぬ王族ゲタイの強さを、国の外にも内側にも断固として見せつけなくてはならなかった。

ただ、穹廬でひとりになると、毎日のように傍らをふり返り、夫に話しかけようとしては、もはやそこに誰もいないことに気づかされる。夫の使っていた角杯や、脚を悪くしてから多用するようになった椅子に、夫がまだそこにいるような気がしてならない。

死者を恐れ、遺物はすべて王墓に葬るマッサゲタイの慣習に反して、タハーミラィは夫の私物の一部は、そのままの状態で自室に残した。

いつでも、カーリアフの思い出に話しかけ、触れていられるように。

国王の喪が明け、全氏族に推戴《すいたい》され、タハーミラィはマッサゲタイの女王となった。


歳月はたちまち過ぎていく。


「母上」

ラーレの赤い花が咲き乱れる野原の彼方、早春のアルボルズを見上げて佇むタハーミラィに声をかけたのは、十八歳になるシャープァ・カーヴィスだ。

タハーミラィが女王としてマッサゲタイを支配して五年が過ぎていた。

親のひいき目でなく、よい王族ゲタイに育った。馬術も弓術も、往時のゼーズルより上手《うま》い。若い兵士からも人望がある。ただ、カーリアフの重厚さが足りない気がするのは、若さゆえか。タハーミラィは十代のころのカーリアフを知らない。年を重ねるごとに、思慮も深くなれかしと、母としては祈るだけである。

シャープァ・カーヴィスは、クルシュやタハーミラィのような、屈折した子ども時代を持たぬ。忍従の青春時代にも無縁であった。両親に慈しまれ、一族に守られて育ったのだ。十代のゼーズルを思わせる快活さに満ち、少しばかり軽率なのは、仕方のないことかもしれなかった。

カーリアフの喪が明けたとき、マッサゲタイの氏族集会がタハーミラィを女王に推したという時点で、シャーリヤー王子はマッサゲタイ王位を望めなくなった。母親とその一族が犯した反逆罪のために、充分な後ろ盾を得られなかったという以上に、本人の人望のなさが原因であった。

マッサゲタイ人は、心の弱い王を必要としないのだ。

何事もなければ、次の王はシャープァ・カーヴィスだろう。だが、指揮をさせても、統率力はあるのに、大局を見ずに目前の敵の群れに突っ込んでいくような、思慮の足りなさが気になる。

まだ副王に指名するには不安があった。

――クルシュは十六歳で王位につき、私は十八歳で王妃になったというのに。

親としての甘さだろうか。

カンブジヤ一世は蒲柳《ほりゅう》の質であったために、早々にクルシュにアンシャンの王位を継がせたとされるが、王がたびたび遠征や行幸で王都を空け、戦を指揮して命を危険に晒すことの多い遊牧国家では、内政と外征を分担するために、親子または兄弟の二王を立てて共同統治を行うことは珍しくない。

タハーミラィに何かあったら、誰がマッサゲタイを指導していくのか、そろそろ明確にしておかねばならなかった。

「母上は、ラーレの花が咲き始めると、いつもそうしてアルボルズ山脈を眺めていますね」

母親の背をとうに追い越した青年も、冠雪のアルボルズ山脈を見上げる。

「そうか」

「まるで、何かを待っているみたいです」

そうかもしれぬ、とタハーミラィは思った。

エクバターナから帰還したタハーミラィは、荷の中に麻布にくるまれたラーレの球根を見つけた。クルシュの敗北と死を疑わなかったタハーミラィは、弔いの意を込めて球根をアルボルズ山麓の国境に近い野原に植えた。以来、一度も顧みることをしなかったというのに、数個の球根がいつの間にか、春の野原を一面の深紅に彩るまでになっていた。

クルシュがメディアの玉座についてから、二十年が経っていた。

二十年は、長い。その間クルシュは、かれの前に立ちはだかるものをすべて蹴散らし、薙ぎひしいできた。逆らうものは徹底的に叩き潰し、掠奪し、二度と立ち上がれないようにした。

タハーミラィが、クルシュと会って言葉を交わしたのは、四度だけである。それも、年端のいかない少女から、必要な情報を聞き出すために、貴公子を演じていたクルシュしか知らないのだ。

　カーリアフとの決闘で見せた、傲岸で血を好む戦士の顔が、かれの真実だったのだろう。国境戦で見せた獅子のごとき闘いぶりも、血に飽かぬ暴力の魔性《アエーシュマ》に取り憑かれたかのようだった。

　カーリアフを地面に打ち倒したときのこと。クルシュがためらうことなく、その首を斬りおとそうと、短剣《アケナケス》を片手にカーリアフの頭に手を伸ばしたときの恐怖は、いまでも昨日のことのように覚えている。クルシュは、手に入れよう、あるいは滅ぼそうと決めたものは、何を犠牲にしても実現させる人間なのだ。

　ラーレの花畑が、クルシュの侵略を止める盾になるなどと考えたことはない。自然の野に咲くラーレは、春のほんの数日間しか、咲き誇らないのだから。

　もしも、クルシュが攻めてきたら――

　いままで通りだ。カーリアフと築いたこの国土を、異民族の侵攻に対して守り抜く。それだけのことだ。それが、タハーミラィに何も訊かず、最後まで王妃として遇してきたカーリアフと、ヒルバで散った二百五十のマッサゲタイ戦士のためにできる、ただひとつのことだった。

「さあ、メルヴは種蒔く者たちと、商人に任せて、私たちは北へ移動しましょう」

女王の命に、シャープァ・カーヴィスは元気よく返事をすると、行幸の準備のために公廷へと走って行った。

盛夏、太陽の月。

王族の一行がアム大河《ダリヤ》の畔《ほとり》で河ゲタイの饗応を受けていると、メルヴから急使が訪れた。ファールス帝国からの親書を携えた使節が、マッサゲタイ女王に謁見を求めているという。続いて、ファールス人の神を象徴する『円盤と猛禽の翼《ファラヴァハール》』の幟《のぼり》を掲げた馬車と騎馬の一団が、マッサゲタイ女王の王庭を探して訪ねてきた。

とうとう、来るべきときが来たと、タハーミラィの口元に苦い笑いが込み上げる。

メディア帝国への隷属を拒み、自由と独立を求めて死力を尽くして戦った男が、絶対的な力を得たのちは、他の国に朝貢と服属を要求する。

タハーミラィは、公廷に外国の使節を迎える設備を整えるように命じた。

急なことで、外国使節を迎える正装もない。まもなく必要になる、息子の花嫁を迎える日のために用意していた晴れ着を身に着けた。ファールスやメディアでは、高貴の女性は公に素顔を晒すことをしない。使節に、辺境の野蛮な女王と侮られないよう、刺繍とともに縫い付けられた純金の細かい円鎖が、びらびらと縁から下がって顔の上半分を隠す、平たい円筒帽を被って公廷に出た。

二十三年ぶりに、花嫁にでもなった気分だ。

草原に絨緞を敷き、六柱の天幕に女王の玉座を置いた。その両側に王族と群臣が威儀を正して居並び、使節を迎える。

ファールス使節の鉢の開いた背高の帽子と、腕を上げると蝶の羽のようにふわりと開く優美な袖、襞をとった丈長の裾が風にはためく装束の男性は、マッサゲタイの平原ではかなりの違和感があった。

薄紅の生地に、蓮《はす》の花の文様が織り出してあるのも、どこか女性的だ。騎馬兵の装束も、胴鎧はつけているが、青い表着の模様は朝顔ではないかと思われる。位の低そうな文官がまとう、浅緑の長衣の織り柄は、蔓草もようであった。

クルシュの園芸趣味が、文官武官の制服にまで及んでいるのだろうか。タハーミラィは引きしめていた顔が、急にほころびそうになって咄嗟《とっさ》に口を押さえた。

「母上、どうされました」

右側に控えるシャープァ・カーヴィスが、不思議そうに見下ろした。

「いや。珍しい装束であろう。よくあれで馬を乗りこなせるものだと、思わぬか」

マッサゲタイの衣装は、袖も脚衣も体に合わせた筒形だ。女性の正装をのぞけば、表着は長いものでも膝丈である。ファールス人の衣装を初めて見たマッサゲタイの者たちは、タハーミラィの言葉にうなずき交わした。

タハーミラィはもちろん、ファールス人がひらひらした長い表着で、マッサゲタイ人顔負けの馬術を披露することを知っている。ファールスはおそらく、マッサゲタイよりも暑い季節が長いのだろう。風の通る服でないと、長時間の乗馬などできないのかもしれない。

この使節よりも、長く広やかな表着の袖と裾を風に翻して、クルシュは走ってくる馬に飛び乗り、疾風《はやて》のごとく駆けていったのだ。

使節は恭しい態度でファールス語の挨拶と口上を述べ、同じ内容をメディア語で繰り返す。続いて贈り物を差し出し、親書の石板を差し出して要件を切り出した。

「いま、なんと言ったのか」

身を乗り出してみても、石灰板に杭と楔のような記号が縦横に刻まれた、ファールス語の文書など、もちろん読めはしない。長々と祈禱のように唱えられる、諸王の王《シャー・ハンシャー》の出自と初代まで遡る家系、征服した国と民族の名と、滅ぼした王室から引き継いだ、数えきれないほどの称号を聞き流しているうちに、タハーミラィは通訳がなにやら誤訳したのかと思い、改めて訊き返した。

「ですから、ファールス帝国の王、諸王の王クルシュは、マッサゲタイ王国の女王タハーミラィに求婚しておられるのです」

通訳の顔を見つめ、使節の顔に視線を移し、右側の息子の顔を見上げて、再び使節に視線を戻す。

「ファールス王には、王妃がおいでではなかったか。御子らも大勢おられると聞くが」

「ファールス王妃カーセナダーニーは、八年前にバビロンにて崩御されました」

タハーミラィは、もちろん知っていた。

同族のハカーマニシュから迎え、独立戦争以前から、帝国の建設をともに歩んできた王妃と帝王の仲睦まじさもまた、吟遊詩人が夫婦愛を称える題材として、帝国の内外に広めていた。

長年の苦労を分かち合った最愛の王妃が崩御したとき、諸王の王の嘆きは深く、七日にわたる喪を帝国全土に布告したという。

タハーミラィの脳裏に、森の庭園の玉座が浮かび上がった。空席の、王妃の玉座。

「しかし、世界帝国の王が、八年も独り身ということはあるまい。エクバターナ陥落の折に娶られたメディアの王女はご健在ではないか。さぞかし後宮には、世界の四隅から献上された各国の王女から、あらゆる民族の美姫までそろっていることであろう」

エクバターナ後宮で目にした、イシュトゥメーグ王の妃妾らを思い出す。オリーブ油や薔薇の精油に磨かれた滑らかな肌、艶の出るまで梳られた金や黒檀《こくたん》の髪、ヘンナで曙《あけぼの》色に染めた手指、黒炭や孔雀石《マラカイト》の粉で縁取りをした目、そして豊かな肉体に華やかな薄布をまとった、洗練されたたおやかな美しい女たち。

膝の上に置いた自分の手を見る。弓を引き盾を持ち、短剣を揮い続けた二十年。馬の手綱を握らない日は一日もなかった。厚く硬い掌と、男のように節のついた手指。その手を上げて、かさついた頬に触れる。夫を見送ったのち、乾燥した辺境の平原で、政務と戦に明け暮れる日々には、若さも美しさも必要なかった。

タハーミラィは突然込み上げてきたおかしさに、噴き出しそうになった。

「何も北辺の、年増で子持ち女の手など求めずとも」

「母上は、充分にお美しいですよ」

シャープァ・カーヴィスが軽口を叩いた。

外国の使節の前で、作法としてどうかと思ったが、ファールス使節にはわかるまいと思い、たしなめることもしなかった。

タハーミラィは威儀を正して使節に向き直る。

「ファールス王が欲しいのは、マッサゲタイの女王でなく、マッサゲタイの国土であろう？ファールスの王は、世界の四隅まで支配せねば気の済まぬ御気性らしい。御使者よ、クルシュ大王にこうお伝えするがいい」

タハーミラィは一度言葉を切って、息を整えた。

「『マッサゲタイの運命はマッサゲタイ人が決める。取るに足らぬ我ら貧しき平原の民に、これ以上お構いなきよう、寛大なるメディアとファールスの大王にお願い申し上げる。どうぞ、マッサゲタイ人には自由を賜り、ご自分の領土だけを心にかけておられるがよい』とな」

タハーミラィは玉座から立ち上がる。アルボルズ山脈へと続く、南の地平線の彼方を指さした。

「お帰りは、あちらじゃ、使節どの」

「あ、お待ちください」

使節の代表は慌てて、タハーミラィの足元にすがってきた。女王の額に下がる金環鎖の下から、タハーミラィの顔をのぞき込もうとする。しかしシャープァ・カーヴィスが使節を遮る形でふたりの間に入り込んだ。

「謁見は、終了です」

息子が精いっぱい威厳をかき集めて使節を追い返すのを背中で聞きながら、タハーミラィは公廷の絨緞から下りた。

公廷の、こちらは会議用の天幕に戻り、タハーミラィは帽子を床に投げつけた。金の鎖が甲高い金属音を立てて転がった。なぜこんなにも腹が立つのか、やるせない怒りが込み上げるのか、わからない。

シャープァ・カーヴィスと側近が天幕に駆け込んでくる。タハーミラィは、いま自分はどんな表情でかれらを見ているのだろうと不安になる。メディア風に、面紗で顔を隠してしまえたらいいのにと真剣に思った。

「みなには、申し訳ないことをした」

「何がですか」

シャープァ・カーヴィスがとぼけた返事をする。シャヒーブ以下、古くからの近臣や側近の顔に浮かぶのは、怒りか、苛立ち、そして不安だ。

「みなに諮《はか》る前に、要求を撥ねつけてしまった」

「母上の結婚ですよ。なぜみなで諮る必要があるのですか。だいたい、あの使節、母上の名を間違えていました。相手の名前もわかってない男の求婚など、受けなくていいです」

使節の読み上げた親書の内容など、ろくに聞いてもいなかったタハーミラィは、シャープァ・カーヴィスがきちんと注意を払っていたことに驚いた。息子の剣幕に、かえって気分のほぐれたタハーミラィは、頬の筋肉をゆるめて腰を下ろした。

「王族の結婚は、そんな単純なものではない。名前を間違えるくらいまだ可愛い。そなたの父上は、私の顔はもちろん、初夜の床まで名前も年齢もご存じではなかった」

ええ、と驚きの声を上げる息子を置いて、タハーミラィは集まった一同に注意を向けた。

「すまない。クルシュの求婚を断った以上、これから戦争になるであろう。クルシュは、この世界のすべてを自分のものにするまで、鉾を置くことはない」

タハーミラィがカーリアフに嫁ぐ前から、長年仕えてきた重臣のひとりが、一歩前に出た。

「われらの女王が、クルシュ王の妾《めかけ》にされ、マッサゲタイの国がファールスの属州になり下がるなど、我慢できません。女王と国土を守って戦うのは、すべてのゲタイの誇りであります」

次に、群臣の前ではあまり意見を言わないシャヒーブが、珍しく興奮した声を上げた。

「これまで女王が身を張って民と国土を守ってくださったのです。女王を帝国に差し出して、隷属に甘んじるような、恩義を知らぬ民だと、われらを思わないでください」

「みなが、それでよいのなら」

タハーミラィは、頭《こうべ》を垂れた。

「少し、ひとりにしてくれぬか」

みなが出ていった天幕で、タハーミラィは丸めた絨緞の上に寄りかかった。

クルシュは、自分のことなど覚えてはいないだろう。でなければ、本人かどうかも確かめずに求婚などするはずがない。マッサゲタイは、辺境だが豊かな国だ。西海と北海、そしてアム大河の恵みで飢えることはなく、金と銅の埋蔵量は底を知らない。マッサゲタイだけで採れる幻の金属、黄銅の生産量は増え、強靭で俊足のニサイア馬は平原のどこにでもいる。地を耕し種を蒔き、水の流れを変えなくても、大地がくれるもので多くの人口を養えるのだ。

タハーミラィが、それをクルシュに教えてしまった。

戦いを好むクルシュの本性と、資源の豊かな領土の拡張という真の目的を知りながら、ちらっとでも森の庭園を思い出してしまった自分が憎かった。

この国は、クルシュに渡さない。カーリアフとともに築き上げ、息子に継がせるべきタハーミラィの王国を、異民族の王に明け渡すつもりなど、露ほどもありはしないのだ。

タハーミラィが気持ちを整理して表に出たとき、王族たちは国中のゲタイ氏族へと、貴族から労務民までの一級召集伝令を送り、武器を出し、防具を整え、戦争の準備を始めていた。タハーミラィの姿を見つけた王族ゲタイが、次々と女王の穹廬へと集まってくる。ひとりひとりが女王の名を呼び、忠誠を誓った。タハーミラィが王妃となり、女王となった年月を、ともに王国を守り育ててきた重臣たちだ。この国難をともに乗り切ることのできる、頼りがいのある将軍たちであり、兵士らであった。

シャーリヤー王子の姿を見かけなかったが、もともとあまり前に出ることのない青年だ。王庭において、目立つことを避ける傾向もあった。タハーミラィはのちほどシャーリヤーを呼び出すことを考えつつ、集まった者たちに戦の準備を宣言した。

そして全軍が、マッサゲタイの版図の懐深いアム大河沿いに集結したころには、既にファールス軍がメルヴを越えて進軍を始めたという報《しら》せを、早馬がもたらした。

「何と手の早いことだ。求愛の手を払いのけられたら、有無を言わさずに女を押し倒して、無理やり犯すような男なのだな、ファールス王というやつは。求婚を断って正解でしたよ、母上」

シャープァ・カーヴィスの軽口は、事態の深刻さを妙に愉快なものに変えてしまう。タハーミラィはつい笑ってしまったが、すぐに頰を引き締めた。

「そのやり口で、三つの帝国と数々の王国を征服してきたのです。油断はなりません」

日を追ってようすを見ているうちに、アム大河の支流のひとつまで来たファールス軍は、渡河のために船橋を架け始めた。

対岸の平原を黒く埋め尽くす軍勢の上に、無数のファールスの軍旗、赤地に金の『王家の鷹《シャーバーズ》』が風に羽ばたくのを目にして、タハーミラィは胃の底が熱く絞られる興奮を覚えた。

タハーミラィと幕僚は、ファールス軍の作業を対岸から観察しながら、対策を論じ合った。

「他国への侵略行為に、たゆみない情熱と労力、そして費用をこれだけ傾けられるというのは、むしろ賞賛の念を覚えてしまう」

タハーミラィの感嘆に、側近のひとりが提案した。

「矢を射かけて作業を妨害しましょうか」

「矢の無駄だ。だが、長居もされたくない。さっさと決戦してお帰りいただこう」

タハーミラィは使者を選ばせた。

「クルシュ王に知らせてやれ。橋を渡す労力などいらぬ。ここから二日の行程を上流にゆけば、馬で渡河できる場所があると。われらは三日の行程を下がってファールス軍が渡河をするのを待っておるから、その先の平原で決戦といきましょう、となもし我らの領域に踏み込んで戦うのが嫌なら、その逆に、我らの方から河を渡ってもよい。ファールス軍は三日分離れて、われらが渡りきるのを待っているように、と」

マッサゲタイ女王の提案を、ファールス王に伝えた使者は三日後に戻ってきた。クルシュはタハーミラィの提案を受け入れ、マッサゲタイ側の岸で五日後に布陣することを使者を通して告げた。

タハーミラィは約束通り後退して、ファールス軍が渡河するのを待った。

夏の王庭に戻ったタハーミラィは、戦勝祈願の供犠を選ぶため、神官を連れて王家の馬場を訪れた。

美しさでは聖域で育まれる天空馬には及ばないが、王族によって育成された俊足の日用馬や体軀に優れた戦闘馬は、数も質も充実していた。色と体格のそろった戦車用の白馬は、頸木を離れていても二頭ずつ仲良く草を食んでいる。

マッサゲタイでも選りぬきのニサイア馬が集まっているが、タハーミラィの姿を真っ先に見極めて駆けてくるのは、とうに現役を引退したペローマだ。年を重ねた葦毛の毛並みは混ざりけのない銀の艶を放ち、鷹揚な動作も相まって神々しささえ感じさせる。

神官がもっとも俊足の馬を選んで立ち去ると、タハーミラィはしばらくそこに留まった。

ペローマの鬣《たてがみ》を指で梳き、長い頭を抱くようにして、囁きかける。

「とうとう、クルシュが攻めてきた。この、マッサゲタイの地に」

ペローマは思慮深い目であるじを見た。瀝青の泉を思わせる漆黒の瞳は、深い智慧と共感を宿しているように思われたが、言葉ではなにひとつ語らない。

それでも、ペローマはいつもの穏やかな頬ずりで、出陣前のタハーミラィを落ち着かせてくれた。

戦勝祈願の準備ができたと太陽の神官が迎えに来て、祭壇へと向かう。

供犠が捧げられている間、タハーミラィは改めて王族と廷臣たちの顔をひとりひとり眺めた。このうち、何人が生きて戻るであろう。自分ひとりの矜持のために、命を差し出そうとしているかれらもまた、誰かの夫であり、父であり、息子なのだ。

タハーミラィはかすかに首を横に振った。

かれらが守ろうとしているのは女王の矜持だけではない。女王の体現する、マッサゲタイの自由と独立そのものであった。誰にも支配されず、誰の奴隷にもならず生きていくための、自分たちの王土を守り抜き、子孫に伝えてゆくために。

ふと、周囲の光景に違和感を覚えたタハーミラィは、傍らのシャヒーブに囁きかけた。

「シャーリヤー王子はどうした」

訊ねられて参列者の顔を見渡したシャヒーブも首をひねる。

「参列を外れるという届けも、聞いておりませんが」

急に腹具合でも悪くなったのだろうか。シャーリヤーは神経質なところがあり、長引く神事などを早退することがたまにあった。戦を前に緊張しているのかもしれない。

「あとで、見舞いを寄越してやるように」

シャヒーブは女王の命令に、小さく承知の敬礼を返した。


その夜、タハーミラィのもとに、予期せぬ客が訪れた。

「ゼーズル！」

ゼーズルは、ひどく旅疲れた服装であった。どこの国の、どの民かもわからないような色柄の表着に、ひどく擦り減った革の胴着、革の乗馬靴には穴も開いている。

ファールスとの決戦を知って、駆けつけてくれたのだろうか。

タハーミラィは驚きのあまり、喜んでいいのか困惑してよいのかわからなかったものの、とりあえず自分の天幕にゼーズルを呼び入れた。斥候や間諜と話すときに女王が人払いをすることは珍しくなく、完璧な王族ゲタイのマッサゲタイ語で取り次ぎを頼んだ男が女王と話し込むのを、誰も疑問に思わなかった。

「やはり、クルシュと戦うのか」

およそ二十年ぶりの再会の挨拶もなく、単刀直入にゼーズルは訊ねた。左目は濁り、頬にも額にも蚯蚓《みみず》腫《ば》れの痕が走る。そして、沙漠で何年も暮らしたかのように、肌はひび割れ固くなっていた。タハーミラィは、我ながらよく一目で見分けられたものだと思う。

「選択の余地はない。クルシュは、欲しいものを手に入れるまで、絶対にあきらめない」

「どうして、クルシュの求婚を、受け入れなかった？」

とても、暗い声と瞳で訊いてくる。

「私にクルシュの妾になれとでも？　マッサゲタイをファールスの属州にしてしまえと？」

女王らしいもったいぶった話し方を忘れて、本音まで吐き出してしまいそうだ。ゼーズルは目を針のように細めた。

「おまえは、クルシュに惚《ほ》れていたんじゃないのか」

「いつの話をしているの？　女がいつまでも、恋に恋をする少女でいられるとでも思っているの？」

むしろ、王の妃に横恋慕して、それまで築いてきた地位も名誉も、氏族への責務もすべて投げ捨ててしまったゼーズルの方が、真から夢想家なのではないだろうか。夫を支え、子を産み育て、国を治めてきたタハーミラィに、異国の征服者にいつまでも想いを寄せている余裕などあるはずがない。

ゼーズルは顔を背け、息を吐いた。

「そうか。俺はおまえに償いたくて、死産の床でおまえがうなされながら、つぶやき続けていた場所を、パラディサを探していたんだ」

タハーミラィは我が耳を疑って、訊き返した。

「この、二十年？」

二十年の間に、ゼーズルからは草原の貴族らしさは削り落とされ、町に住む労務階級の男たちのような空気を漂わせていた。

「パラディサと呼ばれている場所は見つけた」

タハーミラィは言葉に詰まった。あの異国語そのものには『石垣で囲まれた庭』という意味しかない。ちょっとした規模の都市や、裕福な邸ならばどこにでもある。あの言葉が、誰も見たことのない夢の王国を意味するのは、タハーミラィと森の庭園のあるじの間だけなのだ。

「そう。でも、それは私が行きたい場所ではない。私は私の王国を、マッサゲタイに創ったもの。クルシュが教えてくれたことで、私を支えてきたことは――自分の楽園《パラデイサ》は、自分で創るしかない、ということなの」

『みなが争わずに――そのような国がなければ、自分の手で創るがいいと、姫君は思われぬか』

タハーミラィは、初めて会った日のクルシュの言葉を思い出し、思わず目を閉じた。

その夢ひとつを実現するために、自分は今日まで生きてきたのだ。

意見や立場の違いによる小さな諍いは絶えないが、タハーミラィの王国は調和を保っている。いまマッサゲタイの民で、タハーミラィの碧眼を怖がり忌む者はいない。なにより、これまで忌まれ隠されていた碧眼のマッサゲタイ人が、うつむき人目を憚《はばか》ることなく、あごを上げて公の場に出てくるようになっていた。

タハーミラィはひとりではなかった。

「そうか」

ゼーズルは肩を落とし、深く息を吸って吐いた。そして、立ち上がる。

「なら、もういいのだな」

「どういうこと？　行ってしまうの？　マッサゲタイのために戦ってくれないの？」

「戦えない。俺は、おまえが誰を愛しているのか、それを確かめに来たんだ」

「誰を、って」

タハーミラィは絶句した。

「クルシュに想いが残ってないのなら、おれには何も言うことはない。マッサゲタイの命運に命を賭けるというのなら、おまえが心から愛したのは、カーリアフ様だったのだろう」

ゼーズルは言葉を切り、もう一度深呼吸した。

「タハーミラィ、おまえは、カーリアフ様の妃になって、幸せだったんだな。俺がおまえに選んだ男で、正しかったんだな」

タハーミライは、思わず両手で口を押さえてうつむいた。急に、涙があふれそうになったのだ。それを首肯《しゅこう》と受け取ったゼーズルは、深く息を吐いた。

「それを聞いて安心した。俺は、やっと自由になれる。死産の床で、おまえが俺にかけた呪いから——邪視というのは、本当にあるのかもしれない。俺も、あいつも——」

ゼーズルはタハーミライに背を向けた。

「どこへ行くの、ゼーズル」

「俺も、俺のパラディサを見つけたんだ。だけどまだ完成してない。とりあえず最後まで完成はさせたいんだ。タハーミライを連れていきたかったんだが——それは、もういいか」

音もなく天幕から滑り出たゼーズルは、来たときと同じように闇へと消えた。

タハーミライは、両手で顔を覆って、床に座り込んだ。

「想いが残ってないはずがない。でも、私が愛したクルシュは、帝国の王ではない。誰にも触れさせたくない痛みに耐えて微笑み、誰も見たことのない王国の夢を語っていた、孤独な——幻の王——」

そのクルシュは、タハーミライの記憶の中にしか存在しないのだ。いまは滅亡した、メディア帝国の王宮にしか。

四日後、ファールス軍が渡河を終え、川より一日の距離に布陣したことを、斥候が知らせてきた。手勢を引き連れて見に行くと、ファールス軍の数は予想よりも少なかった。

「ファールス軍の精鋭、国王の親衛隊らしき一万人隊もいない。雷神クルシュのことだ。背後を突く遊軍でも率いて、既にこちらの草原に入り込んでいるのかもしれぬ」

イシュトゥメーグ王が、ファールス国境戦で砦を落とした戦術だ。クルシュには手痛い敗北であったが、祖父の知恵を引き継ぐにやぶさかではないのだろう。

とはいえ、マッサゲタイ大平原は、河の両岸と東部の山岳付近をのぞけば、どの方角を向いても、どこまでも平らな大地が地平線の彼方まで続く、茫漠とした荒野だ。タハーミラィを出し抜いて背後を突こうとしたら、地平の彼方まで行って迂回しなければならない上に、視界を遮る谷も丘もないため、どこから忍び寄っても必ず見つかってしまう。山岳民が得意とする戦術は、マッサゲタイ平原ではなにひとつ使えない。ただ正面からぶつかり合い、相手を薙ぎたおす他に、勝利する道はない。

それでも慎重を期して、タハーミラィは全軍を三つに分けた。川岸のファールス軍は、シャープァ・カーヴィスの軍に見張らせ、クルシュが潜んでいるかもしれない川上へはタハーミラィが、川下へはシャヒーブが率いて進発した。一日半の距離をめどに、あるいはクルシュの軍を発見したら、全速で引き返し、合流することとして。

そして、タハーミラィが無益に終わった索敵より戻ったとき、血気に逸って河岸のファールス軍を攻撃したシャープァ・カーヴィスの軍が殲滅されたことを知った。

「クルシュの所在を確かめるまで、軽はずみに兵を出すなと、シャープァ・カーヴィスには口を酸っぱくして戒《いまし》めておいたのに！」

後悔したところで、後の祭である。

命からがら逃げてきた兵士から、次のことが語られた。

兵数では勝っているとシャープァ・カーヴィスが判断した通り、ファールス軍は容易にうち散らされた。抵抗する者は殺し、逃げた者は深追いしなかった。

ファールス兵は、一歩兵に至るまで金銀や貴石をあしらった短剣《アケナケス》や、腕輪や耳飾りといった装飾品を身に着けており、マッサゲタイの兵は戦利品の豊かさに狂喜した。またその日の糧食であったのか、多くの家畜が屠られ、大量の肉とナーンが火にかけられていた。牛肉や羊肉の焼ける匂いに唾が湧き、空腹を我慢できなかったマッサゲタイ兵は、奪い合うように肉を食べ始めた。さらに、誰かが見つけ出してきた林檎酒や葡萄酒を回し呑みしはじめ、戦勝の宴が始まったのだという。飽食と泥酔でみなが前後不覚になってしまうまで。

そこへ、河まで後退して潜んでいたファールス軍が忍び寄り、攻撃した。

「ヒルバと同じ手に二度もかかるとは！」

タハーミラィは絶望的な思いで叫んだ。

シャープァ・カーヴィスの軽率を抑えるために、エクバターナ時代からの将軍をつけていたはずだが、一度はまったことのある罠であると、どうして見抜けなかったのか、と。

しかし、酒毒で戦えなかったマッサゲタイ兵士の多くは捕縛され、シャープァ・カーヴィスも生きているという。気を取り直したタハーミラィは、捕虜の解放を求めて、すぐに使者を送った。

「正々堂々と戦うこともせずに、心の隙に付け込み、酒の毒で戦士を誑《たぶら》かして寝込みの首をかくとは。さすがにメディア側の曽祖父ハヴァフシュトラより伝わる、卑怯な罠を得意とする世界の王クルシュよ。だが、そなたの卑劣な策略は、残りのマッサゲタイ戦士には効かぬ。これが最後の警告だ。女を相手に正面から力では勝てないと思うのなら、悪いことは言わぬ、私の息子を返して、ファールスへお帰りになるがいい。血に飢えた諸王の王よ、さもなければ、マッサゲタイをしろしめす、至高なる太陽神《スーリヤ》にかけて、葡萄酒の代わりにファールス人の血でそなたの飢えを飽かせてやろう」

タハーミラィの血を吐くような口上と、容赦のない誓約に対して、使者が持ち帰ったのはクルシュの返答ではなく、シャープァ・カーヴィスの物言わぬ変わり果てた体であった。

タハーミラィの使者が到着するより前に、捕縛を解かれたシャープァ・カーヴィスは、己の失態を恥じて自害を遂げていたのだという。

絨毯の上に横たえられた息子の亡骸の横にひざまずき、タハーミラィはその硬く蒼ざめた頬に触れた。

二度と子を産めないと言われたあとに、授かった、たったひとりの息子。

硬直した息子の腕を取り、その手に自分の掌を重ねる。生まれたときは母の小指さえ握り込めなかった小さな手が、いつか母の拳を包み込むほど広く厚くなっていた。

胎内で蹴られた感触さえ、昨日のことのように思い出せるのに。七つの歳には母よりも速く草原を走っていた息子が、マッサゲタイの大地を駆けることは、もう二度とない。

成人の日の、煌びやかな鎧冑に身を包み、父の名誉に添って生きると誓った息子の、カーリアフによく似た褐色の瞳。

重厚な父親にも、謹直な母親にも似ず、明朗で笑顔の多かった青年の瞳は、もはや何も映し出さない。

カーリアフとともに築いた王国を、受け継ぐはずの王子であった。

誰を愛してきたのか、という従兄の問いに、いまなら答えられる。

「シャープア・カーヴィス」

子宮に命の宿ったその時から、タハーミラィの生きるすべての季節を、喜びと光で満たした初めての、そしてただひとりの人間であった。

光の橋を渡りきる前に息子の魂を引き止め、地上に連れ戻すことができるのなら、自分の魂を悪霊《ダエーワ》に売り渡し、永遠の闇に落とされても惜しくない。

タハーミラィが未来の王国に託した夢を、領土欲と征服欲に駆られたファールスの帝王が奪い、粉々に打ち壊した。マッサゲタイの女王は頬を伝う涙を拭うこともせず、炎天を振り仰いで両手を上げ、声の限りに叫んだ。

「マッサゲタイの至高神、太陽神《スーリヤ》、そして天空をしろしめす光明神《サヴィトリ》よ、御身らに謀略の王クルシュの首を捧げることを誓う。我が復讐を叶えたまえ——」

息子の亡骸を神官に任せ、決戦の準備に没頭するタハーミラィを、シャヒーブが呼び止めた。

「解放された捕虜たちが噂していたのですが」

シャヒーブは言いにくそうに言葉を選ぶ。

「シャーリヤー王子が、殺害されたそうです」

「シャーリヤーも捕虜になっていたのか」

捕縛された王族の名が報告されていなかったことに、タハーミラィは驚いた。戦闘中であれば真っ先に殺される王族だが、生け捕りにされれば人質としてそれなりの待遇を受けるため、その生存はすぐに明らかになる。

「ファールス王に呼び出されたのか、自ら会いに行ったのか、詳細はわからないのですが、捕虜の解放時に大王と面会し、処刑されたもようです」

マッサゲタイ兵はその場に居合わせなかったため、ファールス王ともうひとりのマッサゲタイ王子の間で、どのような会話がなされ、なぜ処刑されたのか誰も知らない。ただ、その屍は王族の扱いは受けず、他の戦死者たちの骸の山に打ち捨てられたという。兵士らがシャーリヤーの死を報告するのをためらったのは、そのためらしい。

「カーリアフ様の血統を絶やす気か」

タハーミラィは、マッサゲタイ征服と支配に、万全を計るクルシュの冷酷さに歯嚙みをした。

「絶対に、許さぬ。マッサゲタイの天と地に坐《いま》すすべての神々にかけて、必ずクルシュを破滅させてみせる」

東方山岳民の信じる憤怒の女神《ドゥルガー》が降りたように、冷たい憎悪に燃えてタハーミラィは誓った。

七、マッサゲタイの戦女王

紀元前五三〇年、豊穣の月。

カスピ海東岸、マッサゲタイの大平原を流れるアム大河《ダリヤ》の支流のひとつを背に、ファールス帝国の全軍が布陣を終えた。

その翌朝、ナーンとチーズをかじっていた最前列のファールス兵が突然立ち上がり、北の地平を指差して大声で警告を発した。

遮るもののない大平原。西から東までまっすぐに横たわる空と地平の境目に、灰色の砂煙が立ち昇る。それはやがて厚い雲となって天へと舞い上がり、半天を薄暗く塗り潰した。ファールス軍の、敵襲を伝達するラッパや太鼓の音が平原に吸い込まれ、本陣から部隊へと伝令が慌しく行き交った。

そうするうちにも、北の地平線を押し上げて、地響きとともに長大な大波が押し寄せてくる不気味な光景に、前衛のファールス兵は度肝を抜かれた。端から端まで見渡しても、飛ぶ鳥はもちろん、人間などひとりも見かけないこの荒涼とした大平原のどこに、これだけの人間がいたのかと思えるほどの軍勢が、一刻一刻と迫ってくる。

やがて、百両を超える戦車の両翼に、それぞれ青銅の鎚鉾や戦斧を携え、金色に輝く黄銅の鎧冑に身を包んだ、二千のマッサゲタイ重装騎兵が、ファールス兵の目測で捉えられる距離まで進み出た。その背後と両翼を、氏族ごとに色や形の異なる旗や幟をはためかせて駆け抜ける数千の軽装弓騎兵、さらに無数に林立する槍の穂先をそろえた、移動する森を思わせるマッサゲタイ歩兵が、続々と大地を埋め尽くした。

その数万を数える軍隊の先頭に、青と純白の戦袍を風にひるがえし、黄金に輝く甲冑をその身にまとった、小柄な戦士を乗せた戦車が現れた。

装飾に黄金がふんだんにあしらわれた黄銅の胸甲と魚鱗札の胴鎧、そして戦士と同じく黄銅の煌びやかな防具をまとった戦闘馬は、昇り始めた曙光に燦然と輝き、金色の光で風を染め上げる。

黄銅の冑の尖頭から純白の馬尾飾りを風になびかせ、赤と金のファールス軍旗が無数にはためく川沿いの平原を睨みつけるのは、北辺の遊牧王国マッサゲタイの全軍を率いる、女王タハーミラィその人であった。


武装した御者よりも一段高いところに立った女王の右腕には、黄銅の籠手と細身の鎗、左腕に掲げた楕円の青い盾には、黄銅で打ち出したマッサゲタイの神、黄金の太陽《スーリヤ》。

ファールス軍の本陣を見極め、そこにいまや生きた伝説でもあるクルシュ大王の、紅紫の戦袍、黄金色に輝く青銅の鎧と冑飾りを視認したタハーミラィは、盾の金属枠と鎗の穂先を打ち、すり合わせて、甲高い金属音を大気に響かせた。


数万という軍勢が、女王の言葉を聞こうと沈黙する。

マッサゲタイの女王タハーミラィは、全軍を前に長年鍛え上げたよく通る声を上げた。

「マッサゲタイの勇士たちよ、あれが私の息子、そなたらの王となるはずであったシャープア・カーヴィスを罠にはめ、謀略によって破滅させたファールス軍だ。世界の王を僭称《せんしょう》する卑怯な男に率いられた、臆病者の集まりだ。さらに、すでに降伏し武装を解いたシャーリヤー王子を殺害し、その死体を辱めた。マッサゲタイの王族を滅ぼし、国土を蹂躙し、わが民を奴隷にするために、国境を踏み越えてきた侵略者どもだ。やつらに教えてやれ、メディアとファールスの王クルシュは、マッサゲタイの国土を求めた報いとして、この日、世界を失うであろうことを」

勝利の女神のごとく堂々としたタハーミラィの演説に、マッサゲタイの将兵は盾と戦斧を打ち合わせ、鬨の声を上げた。余韻が治まると、手綱と鬣に赤と金糸を編み込まれ、金銅の胸甲と額覆いを着けられたニサイアの白馬が引き出されてきた。盾を従卒に手渡し、ふわりと戦車から乗り移ったタハーミラィは鎗を高く掲げ、金色の穂先を陽光に煌めかせて兵士らの前を駆け抜けながら、天へ届けとばかりに亡夫の名を呼び、祈りの叫びを上げた。

「偉大なるカーリアフよ、我らの愛児《まなご》を守りたまえ」

マッサゲタイの父、カーリアフの名は、たちまち全軍の鬨の声となって、その果てが天空へと続く大平原をどよもした。

「マッサゲタイに、勝利の栄光と自由を」

女王の宣戦布告とともに、マッサゲタイの軍勢はファールスの陣営へと前進を始めた。

ファールス軍からは鼓膜を裂くラッパ音が地平へと響き渡り、双方から同時に矢の豪雨が放たれた。盾を次々に撃ち抜く雷鳴の轟《とどろ》きは止むことなく、盾ごと腿や胴を射抜かれて地面に縫い付けられた兵士の、苦悶の叫びをもかき消してしまう。あるいは頭や心臓などの急所に矢を受け、立ったまま絶命する兵士たち。

数分の間に、厖大《ぼうだい》な死者と負傷者を双方に出した。

互いに矢が尽きるまで応酬し合うと、双方から騎兵隊が突撃した。疾駆する馬上から放たれる投げ槍が、接近する騎兵の頭や胸甲を貫く。馬が斃れ、騎手が落馬した。

地に伏した人馬を踏み越え跳び越して、双方の先鋒《せんぽう》が激突する。ファールス騎兵の鎗がマッサゲタイ騎兵の胴を貫いて宙へと飛ばし、マッサゲタイ騎兵の鎚鉾がファールス兵の頭を冑ごと叩き潰して馬から討ち落とす。マッサゲタイ騎兵の振り回す、両頭の戦斧に斬り飛ばされたファールス騎兵の頭や腕、あごを砕かれ落馬した者たちが、地面に落ちた柘榴《ざくろ》の実のように、馬蹄や軍靴に踏み潰されていく。

起伏のほとんどない、見渡す限りの大平原においては、陽動も伏兵も意味がなく、小細工も戦術も効果はない。

緒戦の矢の応酬を豪雨に喩えるとすれば、双方から強肩の槍歩兵が、足並みを揃えて一斉に投擲する数百数千の投げ槍は、密に固められた大盾隊の防壁を枯れ葉のように粉砕する土石流であった。

投擲槍をかわして生き延びた双方の大盾隊は、日ごろの訓練の成果を競うように、部隊長の命令を待たずにたちまち隊列を立て直した。白兵戦用の長槍を構え、盾の間から突き出す。

両軍は、どちらも長大な巨体から無数の長針の生えた獣として、ほぼ同時に蘇り、指揮官の号令とともに屍の山を踏み越え、敵へ向かって突進した。真っ先に無数の槍に顔を砕かれ腹を貫かれ、苦悶の果てに死ぬであろう前列の兵士たちの、戦場を駆ける足には迷いもためらいもない。

自らの犠牲が国土と家族を守り、戦場における死こそが天上の栄光と信じる民族が、真っ向からぶつかり合い、力ずくで相手をねじ伏せようとする、文字通りの正面対決だった。

数では圧倒されているにもかかわらず、一歩も引くことをしないマッサゲタイの勇兵に対して、西方の異民族が『不死隊』と呼び怖れる、黒覆面と揃いの戦袍をまとったファールス軍の精鋭一万人隊《アヌーシヤ》が投入された。

恐ろしく整然とした隊列と厚い陣を組んで盾を並べ、鉄の鎗穂を陽光に鈍く光らせて、粛々と進む精鋭一万人隊。この不吉な光景と行軍の地鳴りだけで、士気を挫かれ逃げ出す軍もあったという。

タハーミラィは全軍の中央、本陣の戦車に盾と鎗を構え、地上の災厄を差配する女神のように、凛とした不動の姿勢で戦場を俯瞰《ふかん》していた。

流れ矢や投石が、風を切って冑をかすめようと、女王は微動だにしない。天空石《フィルーザ》のごとく青く澄んだ女王の邪視は、あらゆる攻撃を撥ね返すと、マッサゲタイの戦士たちは固く信じているからだ。

それは信仰といってもよかった。

女王ある限り、マッサゲタイは不敗無敵であるという。

敵の陣営をかき回して、高速で走り抜ける戦車の高い車台から、長槍兵と弓兵が歩兵を追い散らし、狩り取ってゆく。

「シャヒーブ。右翼が崩されている。ハイラー軽騎兵隊を援護に回せ。後衛にはサヴァクシュの投石隊を投入せよ」

冷静な女王の命は、ただちに側近の将から伝令に託され、待機の部隊へと伝えられた。入れ替わりに届けられる、重鎮の戦死の報に表情も変えず、女王は側近の武将を名指して、防御の穴を埋めるよう命じた。

厚い陣容も応援を投入してゆくに連れて、薄くなってくる。伝令の行き交う間隙《かんげき》を狙って切り込んできた敵の数騎が、親衛隊の壁を崩して女王の戦車に肉薄した。タハーミラィは槍や短剣を投げつけられることを予測し盾を構えたが、戦車にとりついたファールス騎兵のひとりは手摺りに手をかけ、馬上から戦車に飛び移ろうとした。

「痴《し》れ者が」

通常の女人と変わらぬ体格を侮り、生け捕りにでもするつもりか。

タハーミラィは敏捷な動きで、手にした短鎗を肩の上から突き出す。短鎗は敵騎兵の胸甲を貫いた。タハーミラィは短鎗の柄に体重を乗せて足を踏み込み、ファールス騎兵を戦車から押し出した。敵の胸に埋め込んだ短鎗をためらうことなく手放す。

身を翻し、帯に佩いた短剣を抜き放ちながら、背後に迫る敵兵に盾を叩きつけた。軽装歩兵が行軍に持ち歩く編盾と違い、堅材を黄銅で補強した重厚な盾だ。女の力であろうと、その盾で勢いに任せて殴りつけられれば、鼻どころか首も折りかねない。そして、マッサゲタイの女王は、並の女ではなかった。

　女王の背後を狙った敵兵は、黄銅製の太陽神に口づけされた衝撃に鼻を折られ、歯と血反《ち へ》吐《ど》を撒き散らしながら、地面に叩きつけられた。

　駆け戻った側近の騎将シャヒーブが、左右の手に持った戦斧を交互に薙ぎ払い、追従するファールス騎兵を地上に叩き落とす。囲まれたファールス兵は、マッサゲタイ兵の槍で次々に串刺しにされ、斧で頭を叩き割られ、あるいは短剣で喉を掻き切られて絶命した。

「無謀な」

　タハーミラィは低くつぶやいた。ひと握りの騎兵で本陣を占拠できると思ったのか。伝令の出入りのわずかな隙をついた、向こう見ずな少数ファールス騎兵の特攻であった。

　敵と味方の鮮血が戦袍を濡らし、脳漿《のうしょう》が盾を彩り、臓物が足元に飛び散ろうと、タハーミラィは眉ひとつ動かすことはない。

　歴戦の将シャヒーブは拡散しかけていた親衛隊を再編制し、女王の護りを一層厚くした。

　女王の戦車を窺うファールス騎兵は、先ほどの失敗から、寡数で突出することを避けている。しかし、投擲の射程に近づいても、どういうわけか女王に槍を投げつけることはせず、ひたすら馬や護衛を攻撃している。

　まるで、マッサゲタイの女王に傷をつけることをためらっているようだ。

戦況を睨み続け、帝国軍の侵攻を阻むタハーミラィの思考の隅を、ファールス王はなぜ河を渡ったのか、という疑問がかすめた。

敵地での戦闘で河を背にして戦うなど、その半生を戦場で生き抜いてきたファールス王にはありえない判断だ。

敵軍の王は、最も戦闘の激しい前線で奮迅していた。軍神ウルスラグナのように黄金に輝く甲冑を血に染めて、その首を求めて群がるマッサゲタイ兵を蹴散らしていく。冑の頂より真紅の馬尾飾りをなびかせ、紅紫の戦袍を風に舞わせつつ、片刃の長鐴を縦横に揮うその姿に、二十年以上も前の光景がタハーミラィのまぶたに蘇り、重なった。

ヒルバの戦いで、タハーミラィの夫カーリアフの騎兵を撃退した青年王クルシュ。

ファールス国境戦でメディア王イシュトゥメーグに反旗を翻し、二十倍に比するメディア帝国の大軍に一歩も退かずに戦い抜いた、小国ファールスの若き王。

どちらの戦いも、タハーミラィは見届けたのだ。後の世に四翼の軍神と讃《たた》えられたクルシュの、獅子奮迅、不撓《ふとう》不屈の戦いぶりを。

そして真夏の帝都エクバターナ、水の流れる涼やかな森の庭園で花の苗を植えながら、自由と調和の実現という、かつて誰も想像したことのない、夢の王国への理想を語る青年の、穏やかな微笑。

あれは、本当に同じ人物だったのだろうか。

――これが、あなたの求めた理想の王国か、大王クルシュよ。力ずくで地上の王国をすべて屈服せしめ、その屍の上にファールスの栄光を築き上げることが。

あの日から、二十年以上の歳月が過ぎ去っていた。

記憶の奔流が腸《はらわた》を焼く。胸を締め付ける熱い情動が、胃の底から眼球の奥へと駆け上がる。

あれは息子の仇だ、祖国の敵だとおのれに言い聞かせ、平静を取り戻したときは、混乱の激しくなる戦場に、タハーミラィはファールス軍を指揮する軍神の姿を見失った。

――クルシュ！

しかし、どれだけ必死に見渡しても、その背に四翼の軍神の加護を受けた王が奮戦する姿は見えない。タハーミラィは戦車から飛び降り、クルシュを捜して馬を走らせたい衝動に駆られた。

いくらもしないうちに、ファールス軍の後方から、歓声と鬨の声が上がった。冑の頭頂から靡く真紅の馬尾飾りと、風に翻る紅紫の戦袍が、ファールス兵の波を割って、押し寄せるマッサゲタイ兵を薙ぎ払う。新しい馬を獲《え》て蘇った王に、ファールス兵は新たな力を注ぎ込まれて前進を再開した。

突然、息子の死に顔がまぶたに蘇る。

――私はいま、何を血迷っていたのか。あれは、息子の仇。

胸の奥から噴き上げる憎悪に、タハーミラィは深く息を吸い込んだ。

タハーミラィは女王として、マッサゲタイの神々にクルシュの首を捧げることを誓ったのだ。

ぐいと冑を押し上げ、肩をそびやかす。短鎗と盾を激しく打ち鳴らし、声を張り上げる。

「マッサゲタイの戦士たちよ！　シャープァ・カーヴィスの仇、ファールスの王はあそこだ！　討ち取れ！　討ち取ってその首を汝らの女王のもとへもたらすがいい！」

高く掲げた短鎗で真紅の馬尾飾りを指し示し、御者に前進を命じた。

マッサゲタイ兵士らはファールス兵に劣らぬ鬨の声を上げた。

女王の邪視がファールス軍を破滅させると信じて、タハーミラィの戦車を厚い陣で囲み前へ前へと進む。熱狂のあまり密集しすぎたため、足をもつれさせて転び、味方に踏み殺される兵士までいたが、ファールス王の真紅の馬尾飾りしか目に入らぬマッサゲタイ兵は、ひたすらに前進する。

もはや双方とも、再編制のために撤退させることもかなわない。河を背後にしたファールス軍は、不利な状況になっても後退することもできず、マッサゲタイ軍が包囲の弧を狭めていくなか、最後の一兵まで殺し合う消耗戦となっていった。

両軍が正面から激突し、接近戦においては槍で突き合い、短剣で切り刻み合う。肘まで血糊で染まり、額を割られ目が潰れ、盾を持つ手を失っても、二本の足で進むことができる限りは、互いに一歩も譲らず戦い続けた。

百年後の歴史家が『数ある異民族同士の戦争の中で、もっとも激烈なものであった』と記したこの戦は、マッサゲタイの勝利で終わった。アジアの大半を征服し、空前の世界帝国を打ち建てたクルシュ大王は、この地で戦死したと伝えられる。

血と日没が大地を真紅に染め上げるころ、戦場に立つのはマッサゲタイ兵ばかりとなっていた。

タハーミラィは、大地を隙間なく埋め尽くす戦死者の中を、息子の仇を捜して歩き回った。

血にまみれた青銅の甲冑を着けた、ファールス軍指揮官の戦死体をいくつも踏み越えて、ようやく血と泥で汚れた紅紫の戦袍に横たわる、壮麗な尖頭飾りのついた精巧な冑と、ハカーマニシュ家の紋章を打った胸甲の戦死者を見つけた。足を止め、その冑を取らせて顔を検分する。

――クルシュは、このような顔だったろうか。

タハーミラィは首をかしげた。自らの戦袍の裾で、死者の血と泥と埃を拭き取ったが、戦斧によって鼻と頬を叩き潰され、あごも砕かれた顔は原型をとどめておらず、若き日のクルシュの面影とは重ならない。

クルシュの艶やかな栗色のひげと長い巻き毛は、いまでもタハーミラィの記憶に鮮やかであったが、この死体の髪は血と泥で赤黒く固まり、本来の色も不明であった。死者の汚れた睫《まつげ》に伸ばしたタハーミラィの指が震える。

その閉ざされたまぶたを開いたなら、ダマーヴァンド山の氷雪に似た、青灰色の瞳をのぞき込むことができたら——

タハーミラィは空を仰ぎ、目を閉じた。

立ち上がり、控えていた兵士に首を落とすように命じ、満々と血の湛えられた大きな水盤を用意させてから、首級《しるし》を受け取る。

これが、世界の王の首であろうか。かつての若く美しかったクルシュの面影は、戦闘により破壊されて血にまみれ、偲《しの》ぶよすがもない。

「戦に勝ち、息子の仇は取ったが、そなたはマッサゲタイの王となる者を謀略で陥れ、命を奪った。未来への希望のすべてを失い、負けたのは、私の方かも知れぬ」

ひとの頭は、重い。そのまぶたを押し上げて瞳の色を見たかったが、腕が震えてくる。

「大王よ、約束どおり、そなたを血に飽かせてやろう。マッサゲタイには、そなたの愛する赤くて甘い葡萄酒はないゆえに」

タハーミラィは、千の針を呑み込んだような胸の痛みに耐えてそう言い捨て、戦に先立ち太陽神に敵将の首を捧げると誓った通り、人血に満たされた黄金の水盤に諸王の王の首を沈めた。

大地を真っ赤に染め上げ、巨大なオレンジ色の円盤となって地平線に沈み行く太陽神《スーリヤ》に戦勝を感謝し、マッサゲタイの将兵は喜びの歓声を上げた。

だが、夕陽を見つめる女王の胸には、神々への冷たい怒りが滾《たぎ》っていた。この日の戦いは、クルシュの最期は、イシュトゥメーグ王の夢によって予言の為されたその瞬間から、すでに定められていたのだろうか。

ふたりが出会い、そしてまだ見ぬ夢の王国について語り合った同じ季節に、大王の栄光と少女タハーミライの恋の残滓《ざんし》が、ともに終焉を迎えるように。

ただ、どうしても解せぬ疑問の針が、タハーミライの胸を突く。


――大王よ、なぜ河を渡った。


ファールス軍の侵攻に当たって使者を送り、どちらの軍が河を渡るか、選ばせたのは女王であった。マッサゲタイの領内においてどちらの川岸で戦おうと、戦況が不利になれば女王の軍はどこへでも撤退が可能であったからだ。

だが敵領内に深く入り込んだファールス遠征軍は違う。大王の幕僚は、誰も反対しなかったのか。

ファールス軍の精鋭一万人隊が、恐ろしく整然とした隊列で前進を始めたときも、タハーミライは怖れを感じなかった。労務階級からなるマッサゲタイの大盾隊は、どんな敵が来ようと、堅固な防壁の役割を完全に果たせるだけの訓練を積み重ねていた。

軍政も戦術も、メディア対ファールス戦のそれを模したものではあった。クルシュの歴戦の軍隊を越えるものではなかったかもしれない。だが、まるで鏡を向かい合わせるように、ほぼ同等の力を以てぶつかり合ったのだ。世界を征服したクルシュの軍を上回るものがあったとしたら、それはマッサゲタイ軍の装備であった。潤沢な銅資源によって、ほぼすべての兵士に与えられていた黄銅製の防具であった。大半の兵士が、フェルトの帽子や頭巾という軽装のファールス軍に対して、マッサゲタイは歩兵でさえ黄銅の冑を着けていた。高速と機動力を必要とする軽装弓騎兵をのぞいて、みな鎖帷子を上着の下に着けていた。装備に劣るファールス兵がマッサゲタイ兵をひとり殺そうとする間に、黄銅の鎖帷子に急所を守られたマッサゲタイ兵は、致命傷を負う前に、もうひとりのファールス兵の息の根を止めることができたのだ。

クルシュが北伐を決意した真の理由は、この黄銅——後世の歴史家がオリハルコンとも呼び、マッサゲタイ族の衰退ののち、人類の歴史から一度姿を消し、二千年ののちに真鍮《しんちゅう》として蘇ることになるこの幻の合金——を求めてのことではなかったか。

ファールス王の首級の処理を、神官に任せて天幕に戻ったタハーミライは、ひどい疲労に立っていることもできず、配下の者たちを下がらせるなり膝をついた。

ヒルバの報復は果たした。ファールス軍は撃滅された。だが、何よりの宝であった息子は死んだ。この先は、どれだけ待ち続けても、息子が王になることはなく、クルシュがアルボルズを越えてくることはないのだ。

憎しみも哀しみも涸れ果て、頭も、胸の奥も、ひどく虚ろであった。

誰もが寝静まった夜半、天幕の外で誰何のやりとりがなされた。入るように声をかける。伝令かと思ったが、闇の中で感じた気配はゼーズルのものだ。

「もう来ないつもりだったのだが、用事ができた。それから、訊き忘れたことがあった」

まるで、戦争が起きたことも知らず、タハーミラィの息子の死も、世界の王が戦死したことすらなかったかのような、淡々とした口調で訊ねる。

「なにを」

身構えるのも、言葉を絞り出すのも、体がつらかった。

「クルシュの求婚の贈り物を、見たのか」

タハーミラィは、贈り物の箱さえ、開けていなかった。重たい体を引きずるように、獣脂のランプを引き寄せ、頼りない灯りの下で銀の箱を取り出した。

蓋を開けたとたんに、清浄な糸杉と爽やかな柑橘を思わせる薫香がふわりと立ちのぼった。覚えのある香りが鼻腔だけではなく胸をも満たす。吐き気を催すほどの目眩《めまい》とともに、時が恐ろしい速さで巻き戻る。

その懐かしい匂いが何であったか思い出す前に、タハーミラィの胸は熱くなり涙が込み上げ、息もできなくなった。

乳香を焚《た》き染《し》めた柔らかな布に包《くる》まれていたのは、黄金虫の形をした、網の目模様が縦横に走る天空石《フィルーザ》であった。摘《つ》まみ上げ、目を細めて凝視するタハーミラィの顔が歪む。

森の庭園の玉座に、置き去りにしてきた天空石であった。タハーミラィの指が震えた。クルシュは、誰に求婚していたのか知っていたのだ。名前も、知らなかったくせに。

エクバターナを陥落させ、荒廃した森の庭園を訪れたクルシュはこの石を見つけた。そして二十年を超える年月、タハーミラィが思い出そうともしなかった天空石を、失くすことも、手放すこともしなかったのだ。

この聖なる青い石と、誓約の神ミトラにかけて、決してタハーミラィのことを忘れないと誓った、その約束の証を。

そして、果たされた予言。

「世界の大王クルシュよ」

焼けた石に水を注いだように、二十年を超える歳月があっという間に蒸発した。城下で交わした熱い体温が蘇り、タハーミラィの胸が締め付けられる。

「来い。大王がおまえを呼んでいる。ひとかけらでも想いが残っているのなら、後悔が残らないようにするんだ」

ゼーズルはタハーミラィの腕を摑んで、立ち上がらせた。嗚咽を吞み込んだタハーミラィは、女王の天幕を護衛する少年兵士に、誰にも知らせず、静かに待っているように命じた。

ゼーズルは、自分の馬にタハーミラィを乗せ、自らも後ろに乗った。

「クルシュが生きているというの？　では、あのファールス王の甲冑の戦士は――」

「替え玉だ。たとえクルシュが負傷して、すぐに戦線に戻れないときでも、大王の姿は常に戦場にあって兵士の士気を保つため、背恰好の似た勇猛な替え玉の武者が、何人かいるんだ」

タハーミラィは顔を潰された遺体とその首を思い出した。しかし、心身の疲労の激しさに、それが今夕に起きたことだとは、もはや思えなくなっていた。

中天の月と、天空を逬る星の滝が、澄んだ大気を透過し、平原を真昼のように照らす。

ゼーズルがどこへ行こうとしているのか、タハーミラィは訊かなかった。ただ、ゼーズルが背中越しに淡々と話すことに耳を傾けた。

シャープァ・カーヴィスが目を覚ましたとき、クルシュは自ら若き王子に会いに行った。クルシュはシャープァ・カーヴィスに顔を近づけて『目は、青くないのだな。女王の息子は・カーリアフによく似ている』と言った。シャープァ・カーヴィスの、縛《いまし》めを解いて欲しいとの願いを聞き届けたクルシュは、さらに王子に短剣と馬を返した。短剣を受け取ったシャープァ・カーヴィスは、その場で剣を抜き放ち、誰にも止める暇も与えず、自決したのだ。

クルシュはシャープァ・カーヴィスの遺体を使者の待つ馬車へ運ばせながら、暗澹《あんたん》とした面持ちで『マッサゲタイの女王は、けっして私を赦しはしないであろうな』とつぶやいた。

「まるで、すぐそばで見ていたようね」

タハーミラィの責めるような言い方に、ゼーズルはうなずいた。

「クルシュとシャープァ・カーヴィスの通訳を務めたのは俺だ。シャープァ・カーヴィスを看取り、息を引き取る前になぜ自決を選んだかと訊いたのも、俺だ。かれは、『女王はひとり子の自分を溺愛している。人質として降伏を要求されれば、すべてを投げ出して受け入れるだろう。マッサゲタイ族は奴隷にされ、母は敗国の女王として、卑劣なファールス王にどのような辱めを受けるかわからない。だから、自分は生きては帰れない』と言った。そして最後の息で、『自分はマッサゲタイの自由と独立を守るために死ぬのであって、けっして、手柄に逸った自分の軽率さを、母に叱られるのが怖くて逃げるのではない』と、女王に伝えてくれと俺に頼んだ」

聞きながら、息子の顔が浮かんで涙があふれ出す。いたずらを見つかって叱られても、すぐに笑顔を作って母の気を引こうと、さらに困ったいたずらを思いつく、幼いシャープァ・カーヴィスの豊かな表情が蘇る。

タハーミラィは嗚咽をこらえながら訴えた。

「行き違いだった？　クルシュには、シャープァ・カーヴィスを殺すつもりなど、なかったと？　でも、シャーリヤー王子を処刑したと聞いた。クルシュはカーリアフ様の血を絶やし、マッサゲタイを滅ぼすつもりだったのではないのか？」

「囮のファールス軍を攻めるようにシャープァ・カーヴィスをそそのかしたのも、捕虜にされた女王の息子に自決を迫ったのも、シャーリヤーだ。シャープァ・カーヴィスの側近から聞き出した」

　ゼーズルは吐き捨てるように言った。

「捕虜が解放されたとき、シャーリヤーはクルシュに謁見を求めてきた。マッサゲタイ族すべてが戦争をしたいわけじゃない。王位継承権のある自分は、マッサゲタイがファールスの属州になることに異論はない。帰参して女王を暗殺し、その首を持って降伏すれば、自分をマッサゲタイの太守に任じて、戦わずにマッサゲタイから兵を退いてくれるかと交渉してきた」

「シャーリヤーが、そんな」

「クルシュは、シャーリヤーの申し出を拒絶した。むしろ、若く思慮の浅いシャープァ・カーヴィスに、マッサゲタイと母親のために自決を言い含めたのがシャーリヤーと知って、女王との交渉の道を閉ざされたことに激怒したクルシュは、王子の処刑を命じた」

　息子の命を奪った者に報復したのは、クルシュであった。そして、息子の仇を討った男を、タハーミラィは破滅させたのだ。激しい目眩に、タハーミラィは気が遠くなりそうだ。

反逆者の子であることを赦し、王庭では王子として敬い、何不自由のない王族の待遇を与えてきた者から受けた、裏切り。あるいは、シャーリヤーは凡庸を装いつつ、母の仇を討つ機会を待ち続け、そしてついに果たしたのか。

「恨みのある人間を身近に使い、王位を争う人間の側に置いておくとは、おまえは甘すぎる。内乱のほとぼりが冷めたころに、アルラウンでも食わせて、処分しておけばよかったんだ」

息子の若すぎる横死《おうし》は、シャープァ・カーヴィスが生まれるより前に、いや、ロクシャンダを打ち負かしたあの日に、すでにその種は蒔かれていたのだ。不幸の芽を摘み取っておかなかった自分の愚かさに、行き場のない怒りで胸が破裂しそうであった。

「自分に恨みを抱えた身内に対する甘さから身を滅ぼす、という点では、クルシュとおまえは似ているな」

含むところのあるゼーズルの口調に、タハーミラィはかすかに苛立つ。

「どういうこと」

「リュディアの最後の王の名を知っているか？　幕僚が全員反対する中でただひとり、クルシュに川を渡るように勧めたのはクロイソスだ。いかにも有効そうな献策を並べて、周りを説得するのに成功し、渡河を実現させた。リュディアを滅ぼされてから十七年。クルシュの判断が曇るこのときを、ずっと待っていたんだろうな」

タハーミラィは混乱してうしろへと顔を向ける。

「誰も止めなかったの？」

「誰に止められた？　クロイソスは渡河を望むクルシュに代わって口にしただけだ。川を渡れという女王の誘いを、クルシュは勘違いしたんじゃないかと俺は思うが。クロイソスはクルシュのために川を渡ることの理を説いて、将軍どもも納得させてしまった。渡河の献策に関しても、シャーリヤーは一枚噛んでいたようだ」

「シャーリヤーが、こちらの内情をファールスに漏らしていた？」

タハーミラィは驚きつつも、使節を追い返してから、公廷においてシャーリヤーが不在がちになっていたことを思い返す。ファールス軍と渡りをつけていたということなら、腑に落ちる。

「女王か女王の息子を生け捕りにすれば、戦争は早く済むと、クロイソスに進言してきたマッサゲタイ人がいたらしい。俺が通訳に呼び出されなかったということは、シャーリヤーはメディア語を話せる部下を派遣したんだろう。シャーリヤーは処刑されるときに、約束が違うと叫んでいたが、クルシュは聞く耳を持たなかった」

王族なら、ひとりやふたりはメディア語を話せる側近がいる。使節が追い返されてすぐ、シャーリヤーは寝返りの意思をファールス側に伝えた。

クルシュの本意を知らなかったシャーリヤーは、女王とその息子を排除すれば、ファールス王が喜び、自分がマッサゲタイの太守に収まることができると考えたのだろう。クルシュはシャーリヤーの手引きでシャープァ・カーヴィスを人質に取り、タハーミラィに降伏を促すつもりで、シャーリヤーの謀《はかりごと》を容れたであろうから、シャープァ・カーヴィスに自決を迫ったシャーリヤーを許すはずがない。

タハーミラィは、ふたたび襲ってきた目眩に、手綱をしっかりと握り直す。

やがて、楊の木がぽつりぽつりと立つ河原の岩場についた。そこには小さな天幕がいくつか建てられていた。なかでもひとつの天幕を数人のファールス将兵が囲んで守っていた。が、かれらの鋭い誰何の声にも、タハーミラィは臆することなく応える。

「大王の招きに応じて来た。大王の客に剣を向けるのがファールスの流儀か」

ゼーズルが兵士の長と短く言葉を交わしたのち、天幕の中から神官がふたり出てきた。恭しい態度でタハーミラィを迎え、天幕の内側へ招き入れる。

小さな灯りが点《とも》された天幕の中には、壮年の男が重傷を負って横たわっていた。その蠟《ろう》のような頬には、すでに死の影が忍び寄っていた。

「クル、シュ？」

喉をつかえさせながら、タハーミラィは声をかけた。眠っているように見えた男は、まぶたを開いて呼びかける声の主を見上げた。青灰色の、諦観に満ちた瞳が、タハーミラィを見つめた。

「ああ、姫君。間に合ったか」

低くかすれていたが、確かに聞き覚えのある声であった。タハーミラィは、神官の差し出す小さなランプの灯りを頼りに、クルシュの枕元に膝をついた。二十二年という歳月は、クルシュの額にも頬にも、まぶたにも刻まれていたが、瞳の憂いと声の深さはタハーミラィの記憶と寸分変わらない。

クルシュは、浅く息を吸った。

「せっかく、マッサゲタイに来たのに、純白の天空馬の群れを、見ることもできず、残念だ。しかし、姫君と話せる、時間があったのは僥倖《ぎょうこう》だ。全知全善《アフラ・マッダ》の神に、感謝する」

浅い呼吸に息を切らしながら、苦しげに語るクルシュに、タハーミラィの息も浅くなる。

「クルシュ、話はあとで。手当てを先に」

「姫君の息子には、申し訳ない、ことをした。卑怯な手を使って、すまなかった。なるべく、生け捕りにして、戦を、手早く片づけて、しまいたかったのだ。却《かえ》って、ややこしく、してしまったが」

タハーミラィの声が聞こえているのか、クルシュの言葉は途切れることなく、ひとことずつ切れ切れに謝罪して、苦しそうに息を吸った。

「カーリアフを、打ち倒したあの日、あのまま、姫君を、さらってしまえば、よかった。このたびは、絶対に、そうする、つもりだった。まだ、私を赦して、なければ、国ごと、奪い取って、しまえば、いい。姫君が、われらの、庭園を一目、見れば、きっと――」

傲岸さも力強さも失われた。なのに、深みある穏やかな響きがいつまでも耳に残る、懐かしいクルシュの声にタハーミラィの胸が締め付けられる。

「もう、黙ってください。それ以上は、命にかかわります」

涙をこらえ、思わず握りしめたクルシュの固く大きな手は、もう石のように冷たかった。

「そなたの目を、よく見せてくれないか」

灯りを引き寄せ、顔を近づけて見つめ合う。

ゆっくりと息を吸い込んだクルシュの口元に、微笑が浮かぶ。

「昔と変わらぬ、晴れた夏の空のような――まさか、あの可憐《かれん》な姫君が、ここまで戦上手な、女王になっていたとは。黄金の甲冑に、身を包み、白馬を駆り、兵士を鼓舞するそなたは、とても、気高く、美しかった。慈眼の女神アナーヒターと、信じてきたが。姫君は、魅惑された者に、至上の栄光と、破滅をもたらす美神、青のイシュタルであったか――」

「クルシュ、黙って」

休むようにと説き伏せるタハーミラィの声は、クルシュの耳には届いていないようであった。冷たい頬に落ちた熱い滴に、クルシュはタハーミラィの頬に手を伸ばそうとする。

「姫君、泣いているのか。ヒルバの戦いから、次は、二度と、泣かせまいと、思っていたのだが――」

言葉を紡ぐために、ただひたすらに最後の力を絞り出そうとしているようだ。

「男を知らぬ、純情な姫君を、騙して、悪かった。騙すつもりでは、なかった。ずっと、後悔して、いた。いつかもし、姫君が私を赦す気に、なったら、間もなく、完成する、私の王宮庭園を、見に来て、もらえないだろうか。私の庭園は、誰でも、自由に入れる、のだよ。帝国の民なら、誰でも」

そこまで言うと、息を吸い込むことも難しくなった。足元でようすを窺っていた神官が進み出る。クルシュの首に手を当て、水を飲ませる。水は、唇の端からこぼれて、栗色のあごひげを濡らした。

クルシュは、神官の腕を押しやった。

「姫君の名を、教えて、くれないだろうか」

タハーミラィは、嗚咽を噛み殺してクルシュの耳に口を近づけた。あくまで、マッサゲタイの女王として、この男を見送るのだ。

「マッサゲタイのタハーミラィ、です。諸王の王」

ああ、とクルシュは息を吐いた。口の中で二度繰り返して、声に出す。

「正しく、発音できて、いるだろうか。異国人の名は、難しい。タハーミラィ」

その声で自分の名を呼ばれて、タハーミラィは皮膚の下に火がついたように熱く感じ、どうしようもなく震えた。

「タハーミラィ」

かすれた声とともに、クルシュの冷たく大きな手がタハーミラィの頬に触れ、頭巾からほつれ出た髪に指を滑らせ、そして床に落ちて動かなくなった。


天幕の中と外では、旅立つ魂を深い闇の世界に連れ去ろうとする悪霊を遠ざけ、導きの善霊《アムシャ・スプンタ》の加護を祈る、ファールス語の低い祈禱が流れる。生き残ったファールス将兵たちの、嗚咽と慟哭が、神官たちの祈禱にからみつくように夜の底にわだかまる。

帰りの馬上では、タハーミラィはとめどなく流れる涙にまかせて、男の身勝手さをなじった。

「ゼーズルも、クルシュも、自分の考えや、自分の言いたいことしか話さない。私の気持ちは知りたいとも思わないの？　私がどんな想いを抱えて生きてきたか、聞こうともしない」

「時間があれば、聞いていた。クルシュはもう、謝るだけで精一杯だったんだ。おまえも女王ならわかるだろう。王が、しかも諸王の王が他者に謝罪するなど、あってはならない。そして、最後の息で、おまえの名を呼んだんだ。それで、充分じゃないのか」

タハーミラィの半生を支配し、人生を狂わせたクルシュがどういう人間だったのか。何を見て、どのように考えて生きてきたのか。その心の内にあったものを、タハーミラィはついに知る機会がなかった。真実を知るものは、いまとなってはタハーミラィの握りしめる、黄金虫の天空石《フィルーザ》のみとなった。

女王の天幕までタハーミラィを送ったゼーズルは、負傷したクルシュの身代わりとして、ファールス王の甲冑と戦袍をまとって戦い続けた、戦死者の遺体を返還するように頼んだ。

「それから、ファールス兵の生き残りも帰国できるよう、便宜を図ってやってくれないか。戦争は終わったんだ。死なずに済んだやつは、家に帰してやってくれ」

タハーミラィの一存で決められることでもなかったが、小さくうなずき返す。

「クルシュが築き上げたものを見たければ、あと二、三年したら、迎えに来るから、俺と一緒に来るといい」

そう言い残して、ゼーズルは来た方向へと戻っていった。

しばらく呆然とゼーズルの消えた闇を凝視していたタハーミラィは、ゼーズルとクルシュの関係を訊きそびれたことに気づいたが、次に会うときに訊ねればよいと思った。

南の空の地平近く、白馬星《ティシュトリヤ》が青白く強い光を放っている。

夜明けが、近い。

星の天空馬に導かれて、諸王の王《シャー・ハンシャー》は、世界の王の魂は、光の橋を渡りきったころだろうか。ファールス人がチンワトの橋と呼ぶ、善霊《ヤザダ》たちの待つ岸へと続く橋を。光明の宮殿の、水と光の庭園《パラディイサ》へと。

タハーミラィは、大王の柩車《きゅうしゃ》を牽くのにふさわしい白馬を選りすぐり、ファールスの敗残兵のもとへと送らせた。帰国に必要な食糧や幌馬車だけでなく、遺体の保存に必要な蜂蜜と蠟、清潔な麻布。そして王者の寝床にふさわしい、もっとも上質で、春の花壇のように色彩の鮮やかな絨緞を添えて。

戦後の処理に努めたのち、タハーミラィは成人したファリダの長男の人柄が、控えめではあるが、弓も馬術も優れ、人の意見を容れる度量を具えていることを確信して、氏族会議において後継者に指名した。

タハーミラィ自身は、老いたペローマだけを伴って、生まれ育った沼沢へ帰る。河の女神の神殿に入り、息子と夫のために、そしてあの日大地を赤く染め上げげた、幾万の魂のすべてが光の橋を渡りきるまで、マッサゲタイの母として、祈りの日々を送るために。

エピローグ　夢の王国

神殿での務めが一年を過ぎたころ、ゼーズルが沼沢を訪れた。

タハーミラィは何も訊かずに、ゼーズルは目的地を告げずに、ふたりは旅に出た。アルボルズを越え、ダマーヴァンド山の白嶺を仰ぎ、来し方の記憶をたどりながらエクバターナに至る。そしてアナトリア半島西岸のサルディスを回り、エーゲ海を望む。エジプト王国はまだファールスに滅ぼされてはいないものの、王女を諸王の王の後宮に納め、毎年の朝貢を欠かさないという。

戻り来てユーフラテス川を下り、バビロンに至った。

タハーミラィが驚きを禁じ得ないことに、どの州のどの都市にも、ゼーズルには知人や友人がいて、宿を貸し、歓待の席を設けられる。なかには総督級のメディア人やファールス人までが、ゼーズルの顔を見て挨拶するためだけに、滞在先へ押しかけてきた。

タハーミラィは、行く先々でゼーズルの妹だと紹介されて、丁重なもてなしを受けた。

「ゼーズル、あなたずいぶんと有名人なのね。二十年以上も何をしていたの」

もはや女王ではない、神殿に仕える尼として、タハーミラィはゼーズルを身内として扱い、気安い口をきく。

「放浪時代の傭兵仲間や、一緒に仕事をしたことのある職人、あと俺の弟子だった連中で戦争を生き残ったのが成功して出世して、帝国中のあちこちに散らばっている」

「マッサゲタイを出た方が、ゼーズルにはよかったみたいね」

思い起こせば、タハーミラィがカーリアフに嫁いでから、ゼーズルが追放されるまで、従兄の笑った顔を見た覚えがない。いつも眉間に皺を寄せて、公務に打ち込んでいたゼーズルの顔を思い出し、タハーミラィは皮肉を言う。

生粋のファールス人のように、ゼーズルは供される葡萄酒を当たり前に口に運んで答える。

「死にかけたり、散々な目に遭った方が多いんだが、そんなときに出会って助け合った連中とは、長い縁ができるようだ。何年も会わなくても、十何年ぶりでも、昨日別れたようにいっしょに飯を食い、同じ壺から酒が酌み交わせる。シリアで世話になった城主のハマダンは特に、リュディア陥落のときも一緒だったから、話すことは尽きない」

バビロンではテッサという、歯の欠けたカルデア人行政官の豪邸に世話になった。テッサの邸を拠点に、ゼーズルは何日もかけてタハーミラィに巨大都市バビロンを案内して歩いた。

クルシュの建設した帝国は、始祖が去ったあとも、繁栄を続けていた。マッサゲタイに侵攻したときは、クルシュはすでに王位を長男に譲っていたのだという。

クルシュが奨励して再建されたという、カルデア王朝に破壊された数々の神殿を訪ねた。いろいろな民族が、ありのままの姿で、それぞれの町に共存していた。

誰もがクルシュの名を讃えていた。


帝国内の、あらゆる信教の自由を宣言した王。

帝国に住む、すべての民族の伝統と慣習と言語を受容し、公職にある者がこれを辱め排斥することを禁じた王。

前王朝により、父祖の地から連れ去られ、異郷に強制移住させられ、鎖でつながれた労働を強いられてきた奴隷民族らを解放し、父祖の地へ還ることを許した王。


バビロニア人の神殿では、再建者クルシュの彫像に添えられたバビロニア語の碑文を、ゼーズルがタハーミラィのために読み上げた。

国民の父、偉大なる王　世界の四隅を照らす王
ファールス大帝国　初代の王　パサルガード大氏族首長
ハカーマニシュの裔《すえ》

天則の守護者、アフラ・マッダ神と、
バビロンの守護神、古き神々の王ベル・マルドゥクの名に於いて
世界を統一した解放王　救世主
諸王の王《シャー・ハンシャー》　クルシュ大王

アルボルズ山脈の向こうで聞いていた評判と、随分と印象が違う。いや、こうしたことは吟遊詩人の英雄譚に織り込まれていたはずだ。ただ、タハーミラィが聴こうとも、信じようともしなかっただけだ。

戦いの興奮を求め、たてつく敵に容赦のない苛烈な報復を下す軍神が、統一された王国の平和と、そこに住む二十八の民族の融和を希求する心とともに、ひとりの人間の内側に共存できると、誰が信じるだろう。

だが確かに、権勢と支配を好む豪胆苛烈な祖父のイシュトゥメーグ王と、妻子と庭園を慈しむ温厚柔和な父のカンブジヤ王の、まったく相反する資質は、クルシュの中で矛盾することなく同居していたのだ。

マッサゲタイを出て一年後に、帝国の第一首都パサルガードに着いた。

不毛な荒地と沙漠を越えて、岩と灰色の灌木に覆われた山岳を抜けると突然、目前に緑の

牧場と樫や杉の森が現れた。

白と茶の茫漠とした山岳地帯の奥懐、帝都パサルガードの王宮庭園を訪れた者は誰もが、その美しさに息を呑んだ。

杉から楊、椰子の木まで、あらゆる種類の木々が風に揺れている。それぞれの樹木は、絶妙の配置と組み合わせで、王都への長い長い並木道を形作っていた。

王国の庭園を縦横に走る長大な運河の、端から端を見渡すことはできず、それひとつで馬が存分に走り回れそうな長方形の花壇が規則正しく並び、無数の噴水と蓮の池があちらこちらに配置されていた。赤い石畳の遊歩道はきれいに掃かれて、宮殿へと続く。

ざあっと森を騒めかせて、白い鳥の群れが舞い上がる。

オリーブや果樹園の緑陰では、ゆるく広やかなファールスの宮廷衣装に身を包んだ人々と、肌や髪の色も違い、各々の民族衣装をまとった人々が、優雅に語り合っていた。

「勝手に入ってもいいのかしら」

自分の旅疲れた、埃っぽい地味な服装を見下ろして、タハーミラィは怖気《おじけ》づいた。

ゼーズルは頭巾の上から頭を掻きながら、

「誰でも入っていいって、大王が死に際に言っていただろう。忘れたのか」

と言い返す。パサルガードに来てから、ゼーズルのクルシュに対する呼称が変わった。ここはクルシュの庭園都市なのだから、敬意を払うべきということか。

「宮殿に入って玉座の国王夫妻に会いたければ、何か贈り物が要るが、いまはふたりとも別の首都にいる。この宮殿は留守だから、堅苦しいことはない」

「国王夫妻」

「大王の息子夫婦だ。カンブジヤ二世と、その妃」

ゼーズルは臆することなく、まるで自分の庭でも散歩するような気軽さで、庭園へと足を踏み入れた。

庭のそちらこちらで作業中の庭師が、ゼーズルを目に留めて言葉をかける。ファールス語なので、タハーミラィにはなんと言っているのかはわからないのだが、ゼーズルはひとりひとりに鷹揚に会釈を返した。

「みんな、知り合いなの？」

「部下だ」

ゼーズルは簡潔に応えた。

長い庭園の歩道を歩きながら、ゼーズルは自分の二十数年の来し方を、ぽつぽつと語り始めた。

『パラダイサ』を探してイーラーン高原とアナトリア半島、シリアからメソポタミアへと旅した。やがて馬を失い、貧窮してゲタイ貴族の証である短剣《アケナケス》も失い、奴隷に身を落とした。

クルシュがバビロンを陥落させて奴隷を解放し、ゼーズルは他の奴隷ともども自由になったものの、無一文であることに変わりはない。解放奴隷の多くは、自力で自分の道を切り拓いて生きる自由より、隷属と最低限の衣食住を引き換えにできた昔ながらの境遇を求めた。

数世代にわたって顧みられなかった貧民窟の撤去と、住宅街の再建設、神殿や運河、水道設備といった公共の建設に関わる者たちは『奴隷』でなく『労働者』と呼ばれ、一日に銀一枚から二枚の給金が支払われた。ゼーズルは、クルシュがパサルガード建設の技術者を募集していると聞き、即座に応募し採用された。

パサルガードへ着き、建設中の王宮庭園を見て、すぐにこれがタハーミラィの言っていた『パラダィサ』とわかったという。ここで働きファールス語を覚え、庭師から造園師として知識と技術を学び、いまは監督の地位にあるという。

「日当は銀七枚だ。生活は悪くない。タハーミラィくらい、養える。おまえが、気にしないのなら」

顔色を窺うように斜めにこちらを見るゼーズルに、タハーミラィは撥ねつけるように言い返した。

「女の人も働いているではないの。草むしりなら、私にもできるわ。自分の食い扶持《ぶち》くらいなんとかなるのではないかしら」

「未経験者は半銀からだぞ。タハーミラィなら、すぐに高給取りの女監督《サーラ》になれるだろう」

「ところで、ゼーズルはどういういきさつで、クルシュについてマッサゲタイの戦場まで来ることに——」

そこまで訊ねかけて、タハーミラィは思わず立ち止まった。

無花果《いちじく》の木の下で、葉をひっくり返しながら実の大きさを確かめている人物に、気を取られたからだ。

息が止まりそうになった。

その、淡い緑の宮廷服、背の高い円筒帽は、他の官僚や武官の装束より人目を引いた。襟や袖の縁取りには金や銀があしらわれ、指や胸を飾る宝石類が光を撥ね返す。傍らには、やはり段違いに華やかな宮廷服に身を包み、透ける素材の被り布を、尖った帽子の頂から帳《とばり》のように肩まで垂らした貴婦人。

高貴な一対の男女は、仲睦まじく無花果の実を味見していた。

「大王の第二王子バルディィヤと、末の王女だ」

かれらは、タハーミラィの凝視に気づき、ゼーズルが傍にいるのを見て、鷹揚に手招きした。ゼーズルが招きに応じ、地面に両膝をついてファールス式の敬礼をする。タハーミラィは、自分はすでに女王を降りていたことを思い出し、同じように膝をついた。

ゼーズルがファールス語でタハーミラィを王子たちに紹介したが、タハーミラィには聞こえていなかった。

クルシュの次男であれば、ヒルバの戦いの前年に生まれたはずだ。目前のバルディィヤ王子は、タハーミラィが出会ったころのクルシュよりはいくらか年上になる。

それだけの時間が流れたのだ。

明るい栗色の巻き毛、青灰色の瞳、秀でた額に、少し高すぎる鼻。少し年を重ねた――

「クルシュにそっくり」

無意識にメディア語でつぶやいたタハーミラィに、バルディヤ王子ははにかむように微笑んでから、父親のクルシュにも負けない流暢なメディア語で話しかけた。

「ゼーズルがやっと休暇から戻ってきたので、西園の拡張が始められる。ゼーズルの縁者なら、マッサゲタイ人なのだろうね。四年前の遠征では、かの地で父上が命を落とされたが――思い出すのはつらいが、そなたらの罪ではない。故地を離れて帝国の民として生きるのなら、痛みは過去に置いて、迎え入れよう。帝国に住むすべての民族の融和が、父上の願いでもあるから」

「意中の方へ求婚しに行くのに、脅すように軍隊を率いていくお父様が、間違っていたのです。私だったら逃げ出してます。私はお父様に申し上げたのです。親書も使節も要りません。一番のお気に入りの白馬に乗って、お父様が丹精された、真っ赤なラーレを両手いっぱいに抱えて、女王に直接求婚されたらいいのです、と。真面目に取り合っていただけませんでしたけど」

王女が涙ぐみながら兄に訴える。タハーミラィは王女の少女らしい発想に微笑まされた。

遠い昔、森の庭園でクルシュに手渡されたラーレの花束と、野に咲き乱れる赤い絨緞が脳裏をかすめる。

「ここからマッサゲタイまでは、どんなに急いでもふた月はかかるのだよ。花束では枯れてしまう」

バルディヤ王子は妹王女の背中を撫でて慰め、ゼーズルに向き直った。

「ゼーズル、旅の疲れを落としたら、水路担当官と一緒に私の宮室に来ておくれ。今後の庭園拡張について打ち合わせよう。兄上が、記念塔を建てたいそうだ。ご希望の規模では、予算がかかりすぎると申し上げたら、エジプト遠征に乗り出した。少しは都に落ち着いてくれたらよいのに」

バルディヤ王子はそう嘆じると、無花果の籠を両手に抱えた妹を促した。城壁のように聳える高い白壁に、壮麗な彫刻と彩色を施された宮殿へと立ち去る。

「私がクルシュの顔を知っているの、不思議に思われなかったみたい」

「そこら中に大王の像があるからだろ。銀貨にも打ち出してあるし。バルディヤ王子は本当に大王にそっくりだから、言われ慣れているんだ。性格はぜんぜん違うけどな」

まるでそれが最後の防衛線であるかのように、ゼーズルは付け足した。

「さっきの質問だが――マッサゲタイの遠征についていったのは、大王に命令されたからだ。マッサゲタイ人の造園師がいることが大王の耳に入ったらしくて、王宮に呼び出され、カーリアフ王の青い目の妃についていろいろ訊かれた。タハーミラィが俺の従妹だってのは、教えてやらなかったが、俺が、カーリアフ様の側近だったことは、気づいていたと思う。エクバターナにいたことはないかと、そらっとぼけた訊き方をされた。もし求婚を断られたら、マッサゲタイの陣営に忍び込んで、女王の目の色と、本心を確かめて欲しいと頼まれていた。あとは、おまえも知っている通りだ」

「私の名前をちゃんと教えなかったのは、ゼーズルなのね」

「むこうが正しく聞き取れてなかっただけだ。第一、大王とおまえを取り持つなんて、業腹だろうが」

「それで何万人死んだと思っているの」

タハーミラィは声を荒らげた。

「あそこまでこじれると、誰に想像できたんだ。というか、俺のせいなのか？　大王の贈り物を最初に開けて中を見ていたら、いまごろおまえはこの宮殿の、王妃の玉座にふんぞり返っていただろうよ。大王は、天空石を見せれば必ずおまえには通じる、と言っていたぞ」

ゼーズルは眉間に皺を寄せて、タハーミラィを睨みつけた。

「あの天空石にかけて、メディア帝国からの独立ですら命がけの大博打《おおばくち》だった小国の王に、『世界の王になれ』と焚きつけたのは、マッサゲタイの碧眼の姫君だったらしいな」

ゼーズルの咎《とが》める口調に、タハーミラィは唇を噛んで、懐の天空石を右手で押さえた。

若い日のほろ苦く甘い記憶が、永遠に輝き続けるものと信じた一番の夢想家は、世界の王と恐れられ敬われた、クルシュその人ではなかったか。人々が互いの違いを尊重し共存し合える、理想の王国という夢を追って、追い続けて、そして、地上に実現させた。

「私のせいかしら。誰の、せいかしら。クルシュも、私も、ただ、必死で生きて、自分の務めを果たそうと、夢を叶えようとしてきただけなのに」

ゼーズルはしばらく黙っていたが、やがてタハーミラィの肩に手を載せた。気落ちした、しかし、できるだけ優しい声を出す。

「あとで、旅の汚れを落として着替えたら、大王の墓に連れていってやる。そこも、庭園になっている。おまえが望むなら、バルディヤ王子に頼んで墓守の仕事をもらってもいいぞ」

「ゼーズルの方が、私よりもずっと、クルシュのことを知っているようね」

ゼーズルは鼻の頭をこすりながら、むっつりと答えた。

「気前のいい雇用主だったが、注文の細かい、やたらと口うるさい施主だったな。だが、数えるほどしか会ってない。パサルガードは春の首都なんだ。ファールス帝国の王と政庁は、夏はエクバターナ、秋はスーサ、冬はバビロンを首都として移り歩く。マッサゲタイの王族が、年中行幸しているのと、似てるな」

タハーミラィは、王宮の上に広がる、パサルガードの青い空を見上げた。

二十五年も前に、ここでも、ひとつの王国の存亡を賭けた激戦が繰り広げられ、大量の血が流された。

　ここは、メディア帝国の一藩王であったクルシュが、世界制覇へ向けて最初の一歩を踏み出し、起死回生の勝利を果たした場所であった。

　そして偉業を成し遂げた諸王の王《シャー・ハンシャー》が、永遠に眠る地であった。

岩沙漠の高原、オアシス都市パサルガード。

　ザグロス山地の地下深くから汲み上げられた水は、宮殿の背後、丘の高いところで滝となって流れ落ち、大小の運河と水路を巡って庭園を隅々まで潤しながら、王宮外園の森や果樹園、麓の都市の水道へと流れ込み、そこに住む人々の需要を満たしつつ、草原へと迸り、やがて荒地に吸い込まれていく。

　より強大な異民族の圧迫により、不毛の荒野に追いやられ、文明から遠い辺境の地で生き抜かねばならなかったファールス人が、代々守り伝えてきた水の魔術——地下水を利用した地下用水路《カナート》の掘削と整備保全の技術に加えて、先行する文明都市のバビロンやニネヴェ、リュディアの灌漑技術や水利土木技術を融合させた、ファールス帝国の都市建築と庭園文化は、世界がこれまでに見たことのない、壮麗な王宮庭園都市を地上に出現させた。

　そして、その春の帝都を築いたのは、奴隷ではなく、特定の隷属民族でもなく、それぞれの分野に必要な技術と経験を具えた、雇用された自由民《ペラト》であった。

思い起こせば、クルシュがタハーミラィに嘘をついたことは、一度もなかった。言えばタハーミラィを傷つけ、恨みを買うであろうことを、話さなかっただけだ。

そしてかれが口にしたこと、誓ったことはほぼ実現された。

タハーミラィは糸杉の上の、目に沁みる青空を見上げる。

「ゼーズル。クルシュの作り上げた帝国を見せてくれて、ありがとう。この庭園に連れてきてくれたおかげで、私の迷いも消えました。クルシュのお墓に参ったら、私はマッサゲタイへ帰ります。クルシュが肉体の命を終えたあとも、その霊とかれが残した理念が、ファールス父祖の地から帝国の民をとこしえに見守り続けるように、私もマッサゲタイの女王として、故郷の土となって全ゲタイ族のために祈り続けたい。私が愛した人々は、この私を王国そのものとして愛してくれた。命を投げ出し、血を流してでも、私とカーリアフ様が築き上げたマッサゲタイを守り抜いた人々は、あの地に眠っているのだから」

厳かに言い終えたタハーミラィは、地面にひざをつき、芝生を抱きしめるように両手を広げてうつ伏せた。

すべての水の流れに、梢の騒めきに、木漏れ日に、風にそよぐ花畑に、クルシュの意思と祈りが満ちている。

もしも、許されるのなら。

いつか、光の橋の彼方の楽園で。

王でも、妃でも、女王でもなく。


目を閉じれば、まぶたの裏に鮮やかに蘇る濃い緑の森、夏の庭。

棗椰子《なつめやし》の木の下で、籠を抱えた背の高い庭師が熟した果実を摘み取っている。タハーミラィの草を踏む足音にふり返った庭師の、青灰色の瞳に軽い驚きが浮かんだ。タハーミラィが笑いかけると、庭師はぎこちなく笑みを返した。庭師は慌てた仕草で果実の汁に汚れた指を袖で拭いてから、優雅な仕草で手を差し伸べる。

「ようこそ、姫君。われらの理想の王国《パラディイサ》に」

解説　女王と覇王の壮大な叙事詩

田中芳樹《たなかよしき》
（作家）

※解説の中で、本書の結末の一部に触れる箇所（史実に当たる部分です）があります。
（編集部）


マッサゲタイ。

その固有名詞を聞いて、「ああ、あれだな」と、すぐに首肯する日本人が、さて、どれほど存在するだろうか。もちろん、というと変だが、私も知らなかった。東大の大学院で中央アジア史を専攻した友人のK君も首をひねった。

異世界ファンタジーであれば、創作された名だな、と割りきって、すぐ読みはじめるのだが、この作品は歴史小説である。実在の人名や地名が登場するはずだ。しかし、パラパラとページをめくってみても、知った人名は目にとまらなかった。ただ、メディアとかバビロニアという地名は私のお粗末な脳細胞を刺激した。頼みとする平凡社の『アジア歴史事典』を繙《ひもと》いてみたが、「マッサゲタイ」という項目はない。

ここは作品に回帰すべし。私は本書の冒頭部にもどり、本文の前のページを見た。きちんと地図が描かれ、年代も記されており、注までついている。登場人物の呼称も——

キュロス　↓　クルシュ

私は声をあげるところだった。キュロスなら私だって知っている。古代アケメネス朝ペルシア帝国の建国者だったか、再建者であったか。最小限のことを検《あらた》めてみた。

「キュロス二世（大王）……紀元前五三〇年、カスピ海東方の遊牧民マッサゲタイ人を討伐中に戦死」

私は一息ついた。この作品は途方もなくおもしろそうなので、作品自体を愉しめばいいのだが、自分自身も歴史小説を手がけているので、一片でもいいから歴史的事実の背景をつまんでおきたいのである。つまむことができたので、私は目前の仕事を一時的に抽斗《ひきだし》にしまいこみ、腰をすえて読みはじめた。本の厚さにしても、文章の緻密さにしても、口笛を吹きつつ流し読みできるような代物でないことは明らかだった。

読了したときは、はたして、大きな疲労感に襲われ、椅子にすわったまま大きく伸びをせずにいられなかった。念のため記しておくが、「徒労感」ではない。巨大な山嶺の登頂に成功した後のような気分であり、左右に「満足感」と「充実感」をともなう感慨である。お医者からカフェインを禁じられているので、漢方薬みたいな味のカフェインレスコーヒーを飲みながら、さまざまに思案をめぐらせた。

最初に浮かんできたのは、平凡ながら、

「おもしろいものを読ませてもらったなあ。読みそこねていたら、後日さぞ無念だったろう」

という読者としての感慨である。ただ、その思いが通り過ぎていった後に、十倍二十倍の質量で押し寄せて来て居すわったのは、同業者としての感歎と悔やしさであった。

よくこんな魅力的な素材を歴史の大河のなかに見出し、拾いあげ、磨きあげたものだ。私も中央アジアから西アジアにかけての壮麗な歴史には興味があり、ペルシア風の異世界ファンタジーや、フラグ汗《ハン》の大西征に関した歴史小説を書いたことがあるが（ここ、宣伝）、アケメネス朝ペルシアの、それも初期について物語を書こうなどとは考えもしなかった。

K君が調べてくれたのだが、かのヘロドトスが、ギリシアの宿敵国ペルシアについても叙述しているという。ただ、ペルシアとマッサゲタイとの戦いについてはヘロドトスが言及しているだけで、ペルシアや中国の史家は記述しておらず、「マッサゲタイ」という遊牧民族についてては全体像は未だ不明だそうだ。ただ、中央アジア諸国では広く知られており、カザフスタンが国をあげて大スペクタクル映画を製作し、DVD化もされているとのこと。何と日本語版もあるそうだから、ぜひ入手したいものである。

さて、キュロス大王（作中のクルシュ）といえば、吹けば飛ぶような小部族から出て、史上最初の世界帝国を樹立した英雄である。本書は、そのキュロス大王の生涯を描いた、日本で最初の小説であり、その一点だけにおいても、金字塔と称される価値がある。

昨今、「女だから」とか「男なら」とかいう表現を迂闊に使うと、言葉狩りに遇《あ》いかねないが、あえて言う。これは女性ならではの作品である。もし男性作家がキュロス大王の生涯を描こうとしたら、かならず彼自身を主人公として、「男たちの世界」を叙述したにちがいない。『三国志演義』が好例で、極端に言えば、「女性不在」の物語や歴史が成立してしまう。まあ、それはそれで、幾多の傑作や名作が生み出されてきたのではあるが。

本書の著者は、意図はどうあれ、旧来の男性中心史観小説に対して、堂々たる異議を提出した。本書の主人公はタハーミラィ、ヘロドトスによれば、「マッサゲタイの女王トミュリス」である。彼女の存在は、ヘロドトスのおかげでギリシア側の史料には残っているが、ペルシア側の史料には記述されていないそうで、実像は知る由《よし》もない。

実像がわからないなら、創造すべし。それが小説家の特権であり、レゾンデートルでもある。いかに魅力的で説得力を持つ「虚像」を創《つく》りあげるか。それこそ小説家の技倆《うで》の見せどころであり、苦労のしどころである。

　作中のタハーミラィとクルシュは、いわば「宿命の男女」として描かれた。クルシュことキュロス大王は、蓋世《がいせい》の英雄であり、それを暗殺ではなく、戦死せしめた女性となれば、凡庸であるはずがない。といって、美点や長所だけを塗りたくれば、プロパガンダまがいの偉人伝に堕するだけだ。弱点や短所や失敗を描いて魅力を読者に伝えるのがベストではあるが、言うは易く行なうは難《かた》し。私など未だに会得できない。

　著者の手腕は、おみごとである。女性の心情、男性に対する恋愛感情、愛憎並存《アンビバレンツ》心理の描写等々、私などのとうてい及ぶところではない。ここでまた「女性ならでは」と述べると叱られそうだが、男性は、心理描写がないことを「ハードボイルド」と称して持ちあげる傾向があるから、スタート地点から差があるような気がする。いや、私はべつに全男性の代表ではないから、無責任なことを述べてはいけないが。

　繰り返しになるが、よくこれほどの舞台を、素材を、見つけ出したものだ。小説の世界に男女の対抗など存在しないが、日本人男性作家の大半の筆は、お隣り中国の、それも『史記』や『三国志演義』の世界までで停止してしまい、あとはせいぜいモンゴルどまり、例外的にオスマン帝国や西遼《カラ・キタイ》が孤高を保っているぐらいである。それでも、私がはじめて隋末《ずいまつ》唐初《とうしょ》を描きはじめた頃に比べれば、ずいぶんとましにはなったようだ。若い世代の人たちに期待している。

それにしても、「キュロス大王を戦死せしめた遊牧民族の女王」を小説化した著者の勇気と作家的野心には舌を巻く。この挑戦に対しては、正当な評価が与えられて然るべきだ、と思うが、どうも、そうなっているとは言えそうにない。

はい、わかっております。素材の新鮮さとスケールの大きさだけで、作品の価値は決まらない。だけど、いつまでも歴史時代小説といえば、下級武士の意地と長屋の人情だけでは飛躍がないでしょう。すこし前に、全米図書賞の翻訳文学部門賞というオリンピック金メダル級の賞を受けた日本人女性作家の小説が、日本国内では何の賞の候補にもならなかった、というニュースがあった。その新聞記事の小さかったこと。もちろん載せないよりはずっとましだが、この件は日本の読書界に何の波乱も起こさなかったようだ。

話を本作品にもどすと、著者の筆力にはつくづく魅了された。ヒロインの言動、服や宝飾品や食事の多彩な描写はもちろん、大合戦シーンも、血なまぐさくはあってもグロテスクには堕さず、迫力に満ち、映画の大画面に劣らず、読者を圧倒する。日本で映画化される可能性がなさそうなのは、残念なことこの上ない。アニメでも無理だろうな。

マッサゲタイ人の日常生活は、詳しく記述されているが、遊牧民の衣食住など、二千年も三千年も変わらない。匈奴も、フン族も、突厥も、モンゴル族も、ごく小さな差異でしかなかったろう。遊牧民が世界史に残した足跡は、昨今かなり高く評価されるようになって、

「かつて地上にはユートピアが実在した。それこそモンゴル帝国だ！」

などとダボラを吹いて人を惑わす専門家まであらわれた。私は、歴史学者とはもっと公正で理性的な人だと思っていたが、そうでもないようだ。ダボラを吹くのは小説家の仕事である。横奪《よこど》りしないでいただきたい。

この解説は依頼されて書いてきたのだが、どうもその体《てい》を成していないどころか、逆効果になりそうな気になってきた。著者はニュージーランド在住だそうだが、地球の北側から、お詫びを申しあげる。そして何よりも、本作に勝るとも劣らぬ傑作をつづけて読ませてくれるよう、願うや切である。

二〇二四年二月二十九日

本作品は、歴史フィクションです。歴史上の実在人物名は可能な限り、
古ペルシア語名音に沿って表記されています。

本書は、2020年11月、光文社より刊行された
『マッサゲタイの戦女王』を改題したものです。

【参考文献、ドキュメンタリーVTR】

ヘロドトス『歴史』上（松平千秋訳／岩波文庫）

Herodotus. *The Histories*. translated by George Rawlinson. Everyman's Library

Dr. Kaveh Farrokh. *Shadows in the Desert: Ancient Persia at War*. Osprey Publishing

Xenophon. *Cyropaedia: The Education of Cyrus*. translated by Henry Graham Dakyns. a public domain book

The Sháhnáma of Firdausí, done into English by Arthur George Warner and Edmond Warner. a public domain book

Max Duncker. *The History of Antiquity vol. V*. translated by Evelyn Abbott. Richard Bentley & Son

『原典訳　アヴェスター』（伊藤義教訳／ちくま学芸文庫）

青木健『ゾロアスター教』（講談社選書メチエ）

フィルドゥスィー『王書（シャー・ナーメ）』（黒柳恒男訳／平凡社東洋文庫）

ピエール・ブリアン『ペルシア帝国』（小川英雄監修、柴田都志子訳／創元社）

Nabonidus Chronicle（ナボニドゥス年代記／英語ウィキペディア抄訳版）

Recreating Pasargadae, Cyrus the Great's Paradise. Sunrise Visual Innovations

Persepolis: A new Perspective. Directed by Farzin Rezaeian, Iranian Cultural Heritage Organization and Parse- Pasargadae Research Foundation

Engineering an Empire: The Persians. The History Channel

Lost World/ the Forgotten Empire. Darlow Smithson Productions with Discovery

Cyrus the Great (Korosh Kabir) کوروشبزرگ

光文社文庫

夢《ゆめ》の王国《おうこく》　彼方《かなた》の楽園《らくえん》　マッサゲタイの戦女王《いくさじょおう》
著　者　篠《しの》原《はら》悠《ゆう》希《き》

2024年4月20日　初版1刷発行

発行者　三　宅　貴　久
印　刷　堀　内　印　刷
製　本　ナショナル製本

発行所　株式会社　光　文　社
〒112-8011　東京都文京区音羽1-16-6
電話（03）5395-8147　編集部
8116　書籍販売部
8125　制作部

ISBN978-4-334-10281-4　Printed in Japan

組版　萩原印刷